T0244041

No hay manera

ANNA CASANOVAS

No hay manera

LOS HERMANOS MARTÍ

TITANIA

Argentina • Chile • Colombia • España
Estados Unidos • México • Perú • Uruguay

1ª. edición Noviembre 2022

Copyright © 2022 *by* Anna Casanovas
All Rights Reserved
© 2022 *by* Ediciones Urano, S.A.U.
Plaza de los Reyes Magos, 8, piso 1.º C y D – 28007 Madrid
www.titania.org
atencion@titania.org

ISBN: 978-84-17421-82-3
E-ISBN: 978-84-19251-95-4
Depósito legal: B-17.022-2022

Fotocomposición: Ediciones Urano, S.A.U.
Impreso por Romanyà Valls, S.A. – Verdaguer, 1 – 08786 Capellades (Barcelona)

Impreso en España – *Printed in Spain*

Yo me quedo para siempre con mi reina y su bandera
Ya no hay fronteras, me dejaré llevar
A ningún lugar

No puedo vivir sin ti
No hay manera

No puedo vivir sin ti

Coque Malla

Para quienes nunca dejan de buscar su final feliz.
Para las personas que alguna vez han preguntado a un escritor
cuándo saldrá su próximo libro. Os merecéis el mundo entero.
Y para mi familia, porque sin ellos los Martí no existirían.

PEQUEÑA INTRODUCCIÓN AL CAOS

Barcelona
Lunes, 16 de mayo de 2016

La editorial es uno de los pocos lugares a los que odio llegar tarde. No me considero una persona impuntual, sino una persona que se distrae fácilmente porque se detiene a observar lo que la rodea y eso a veces acarrea consecuencias. Como hoy, por ejemplo, que se me ha pasado la parada del autobús porque estaba escuchando a las dos señoras que tenía sentadas delante: estoy completamente de acuerdo con lo que decía Desiré: el sobrino de Rosita tiene que empezar a asumir responsabilidades; con veinte años ya no es un niño al que su tía tenga que solucionarle los problemas.

El discurso motivacional de Desiré ha sido tan convincente que me he olvidado de bajar del autobús cuando tocaba y por eso ahora cruzo la entrada del impresionante edificio donde se encuentran las oficinas de la editorial con la respiración entrecortada y la frente empapada de sudor.

—Hola, Martina. ¿Te ha pasado algo? Pareces acalorada.

—Hola, Juan. No, nada. Estoy bien. He venido corriendo.

—No sufras. Estás preciosa como siempre.

Si esa frase saliera de la boca de cualquier otra persona, le respondería que no fuera condescendiente y que se dejase de actitudes machistas y paternalistas. Pero es Juan, y sería como pelearte con uno de esos cachorros con enormes ojos que solo quieres abrazar. Además, sé que Juan también le diría algo así a un chico; yo misma he visto cómo el chico en cuestión se sonrojaba hasta las orejas.

—Gracias, Juan.

—Toma, tu pase para entrar. —Me entrega la tarjeta de plástico; vengo tan a menudo que ya no tengo que darle el número de mi documento nacional de identidad. Se lo sabe de memoria; el mío y cientos más—. ¿Vienes a recoger un nuevo encargo?

—No lo sé. Eva me ha pedido que viniera.

—¿El cactus es para ella?

Juan señala la maceta que sobresale del interior de mi bolso. Otro motivo por el que casi llego tarde, además del discurso de Desiré; porque me he detenido a comprarlo antes de subir al autobús. No es culpa mía; han abierto una floristería cerca de casa y el cactus me ha llamado la atención. He pensado que tal vez con él (el cactus tiene púas, así que he decidido que es un chico) tendría más suerte que con mis anteriores plantas.

—Creo que Eva es más de petunias, pero le preguntaré si quiere arriesgarse con algo más punzante. —Le guiño un ojo—. Gracias por el pase, nos vemos luego.

Llevo años viniendo por aquí, pero cada vez que se cierra el ascensor y veo el logo de la editorial grabado en los botones se me encoge el estómago y pienso que cuando las puertas se abran aparecerá un guarda de seguridad para echarme de allí. Suena la campana que me avisa de que he llegado a la sexta planta y sonrío. Sé que a estas alturas no habrá ningún guardia y que tendría que hacer algo muy grave para que Eva, mi editora, dejara de llamarme, pero aun así sigo sintiéndome un poco intrusa.

Sé de dónde nace mi inseguridad y lo peor es que creo conocer los pasos que debería dar para ponerle solución, pero por ahora no me atrevo. Más de la mitad de los escritores que conozco matarían por escribir para uno de los sellos editoriales de Planta Principal, el mayor grupo editorial del país, aunque tuvieran que hacerlo bajo otro nombre, como es mi caso. La otra mitad supongo que también, pero lo negarían hasta perder el aliento.

Saludo a dos editoras compañeras de Eva antes de llegar a su despacho y una vez allí doy unos golpecitos a la puerta, que está entreabierta.

—Adelante.

Meto primero la cabeza y cuando Eva me ve se pone en pie y viene a abrazarme. Hace cinco años que nos conocemos y supongo que nuestra relación es una extraña mezcla de amistad, conspiración y fechas de entrega.

—¡Hola, Martina! Deja que te vea. —Me levanta el brazo—. ¿Tienes pulseras nuevas? ¿Cómo llevas la novela? ¿Qué tal están tus hermanos?

Así es Eva, capaz de mantener tres conversaciones distintas con el mismo interlocutor y no perder el hilo de ninguna.

—Tengo una pulsera nueva. —Se la enseño—. Me la regalaron hace poco mis sobrinas, las hijas de Ágata y Gabriel. La novela sigue estancada —reconozco y cruzo los dedos para que no me haya pedido que viniera para hablar de eso. Se supone que no tengo fecha de entrega. Ni siquiera tengo contrato. Ni siquiera sé si querrán publicarla. El cactus es un pésimo regalo para darle las gracias si me ha llamado para eso—. ¿Me has llamado para eso?

—Siéntate.

Señala el sofá rosa que tiene pegado a la pared. Solo he visto dos despachos más de esta planta y ninguno tenía un sofá para tumbarse, y mucho menos un mueble de color rosa. Supongo que Eva consigue lo que quiere. Un extremo del sofá está lleno de manuscritos y de montañas de libros sorprendentemente equilibradas. Me siento con cuidado de no derribar ninguna y dejo el bolso en el suelo. Eva ocupa una de las dos butacas que tiene frente al sofá. Una tiene un estampado floreado y la otra es gris. Un día le pregunté cuál de las dos no había elegido y había heredado del anterior ocupante del despacho y ella me miró confusa, respondiéndome que las dos eran suyas y obviamente se había deshecho de todas las posesiones de su predecesor. Tiene que haber una historia detrás de eso, pero no me atreví a insistir.

—¿El cactus es para mí?

—¿Quieres que sea para ti?

Eva enarca una ceja.

—No, no me pega. Yo soy más de flores. —Y como prueba señala la butaca donde está sentada—. Además, seguro que te lo has comprado para ti para ver si consigues no matar una planta.

—Esta vez lo conseguiré.

Me gusta que Eva me conozca y me gusta conocerla a ella; no sé qué clase de relación tienen otros autores o traductores con sus editoras, y seguro que las hay de muy distintas clases, pero me atrevo a decir que Eva y yo nos llevamos bien y nos entendemos.

—Espero que el cactus pueda viajar.

—¿Por qué lo dices?

—Tengo un encargo para ti. —Aparta la mirada y el gesto me anuda el estómago.

—¿Qué clase de encargo? Se supone que ya tenemos el plan de este año.

—Esa cantante puede esperar y diría que el chef estrella de la tele ya tiene suficientes libros sobre él.

En inglés existe un término más romántico para definir a qué me dedico: *ghost writer*. En castellano es algo más incómodo: negro. Escribo libros para famosos, que pueden ir desde actores octogenarios a políticos retirados a *youtubers* de doce años. Mi nombre no aparece nunca en las cubiertas, evidentemente, y tampoco soy yo quien los firma en Sant Jordi o en las ferias del libro. Yo solo los escribo, siguiendo las directrices de Eva y las del equipo de márquetin. En esta clase de libros una nunca sabe con seguridad qué departamento de la editorial lleva el timón del proyecto.

No empecé así, no era mi sueño, pero mi sueño se hizo añicos hace unos años y aceptar este trabajo fue el primer paso para recomponerlo. Y lo cierto es que este trabajo me ha permitido recuperarme, tomar aire y aprender muchísimo, así que no me gusta que la gente lo critique sin conocer los detalles.

—¿Qué clase de encargo?

Eva adora la planificación, así que si está dispuesta a modificar su Excel tiene que ser por alguien muy importante. Y si ese alguien es de verdad tan importante no tiene sentido que me lo pidan a mí. Sé de lo que hablo, no es falsa modestia. Cuando alguien es importante y quiere escribir un libro y es lo bastante listo para reconocer que no sabe, contratan a un periodista famoso y lo publican a cuatro manos. Seguro que sabéis de qué libros hablo.

—Arriba no pueden creerse todavía que todo esto esté pasando de verdad. —Eva está tan contenta que vibra de emoción, y cuando señala arriba se refiere a Dirección—. Puede ser el libro del año de la editorial y hasta del país. Es un milagro que haya aceptado publicar su historia y, por supuesto, han accedido a todas las condiciones que ha impuesto.

—¿Qué condiciones? ¿De quién estás hablando?

—En teoría no puedo decírtelo sin que firmes un contrato, tienen miedo de que la competencia se entere e intenten hacer una contraoferta, pero confío en ti y sé que no firmarás nada si no te digo antes de quién se trata.

—Me conoces bien. Dime de quién estás hablando antes de que me dé un infarto.

—De Leo Marlasca, el juez más joven y con la carrera más brillante y escandalosa de España. Tiene la mística de un superhéroe, no me digas que no sabes quién es o que nunca has leído uno de esos *fan fiction* que escriben sobre él como si fuera Batman o el Capitán América. Confieso que mis preferidos son los del Capitán. El país entero lo adora. Mi madre, que nunca soporta a nadie, está medio enamorada de él porque dice que le recuerda a Kennedy. Nunca concede entrevistas a no ser que sean para hablar de su trabajo y apenas sabemos cuatro cosas de su vida personal. Por no mencionar los ojos y los hombros que tiene y ese porte de hombre atormentado.

Eva sigue hablando; imagino que está contándome detalles sobre este libro estrella, pero yo no oigo nada después de haber escuchado el nombre de él.

Leo Marlasca.

Me pongo en pie, es imposible. No pienso escribir la biografía o lo que sea que tenga intención de escribir Leo. Antes me trago el cactus que tengo en el bolso.

—¿Qué estás haciendo, Martina? —Eva me mira confusa—. ¿Adónde vas?

—No puedo aceptar el proyecto —balbuceo sudando—. Gracias por pensar en mí, es un honor o lo que sea que se diga en situaciones como esta, pero no puedo..., no voy a hacerlo.

Eva también se pone en pie y corre a mi lado.

—Tienes que hacerlo.

—No, no tengo que hacer nada que esté relacionado con —trago saliva— Leo Marlasca.

Eva da unos pasos, primero pienso que está alejándose de mí porque teme que vaya a ponerme a llorar o a mostrar alguna emoción más allá de las bromas que siempre compartimos, pero se coloca delante de la puerta. Si quiero salir voy a tener que apartarla y Eva, aunque es bajita como yo, es cinturón negro de no sé qué arte marcial japonés.

—Tú conoces a Leo Marlasca —adivina.

—No, ya no. —No servirá de nada que intente negarlo—. No del modo que estás pensando. Es muy mala idea que me encarguéis a mí su libro. Es una pésima idea. No voy a decirte nada más, pero te prometo que no miento cuando te digo que no puedo escribirlo; sería mucho mejor para todos que eligierais a otra persona.

—Lo sé.

Ahora me toca a mí mirarla anonadada.

—¿Lo sabes?

—Claro que lo sé. Tú no estás especializada en temas judiciales y tu tono se ajusta más a biografías desenfadadas. No conozco personalmente al juez Marlasca, pero diría que no me equivoco si digo que no es desenfadado y que no encaja para nada contigo.

Si Eva supiera lo cierta que es esa frase...

—Pues si sabes todo eso, ¿por qué me lo pides a mí? Pídeselo a un periodista de *El País* o de *La Vanguardia*.

—Lo haría, pero no puedo.

—¿Cómo que no puedes?

—Eres una de las condiciones.

—Perdón, ¿cómo dices?

—Eres una de las condiciones que ha puesto Marlasca para firmar con nosotros. O escribes tú el libro o no hay libro.

—Creo que tengo que volver a sentarme.

No entiendo nada. ¿Leo ha pedido que escriba su libro? ¿Qué clase de broma cruel es esta?

Eva aparta una montaña de libros y manuscritos, y se sienta a mi lado.

—El juez ha accedido a escribir un libro sobre todo lo que ha sucedido estos años. —No hace falta que Eva entre en detalles—. Yo no negocié con él, pero me han explicado que lo primero que hizo fue decir que él no era escritor y que necesitaba a alguien que le ayudase. El abogado de la editorial le dijo que, por supuesto, que nosotros pondríamos alguien a su disposición, y le entregó una lista de candidatos. Lista en la que tu nombre no figuraba.

No sé si sentirme aliviada o dolida.

—¿Por qué no?

—Es una lista de escritores que utilizamos para libros más serios.

Decididamente me siento dolida y un poco ofendida.

—¿Y qué pasó entonces? ¿No le gustó ningún nombre?

—Ni siquiera abrió la lista. Contestó diciendo que o lo escribías tú o no había trato.

—¡Dios mío! —Agacho la cabeza y suelto el aliento—. No puedo hacerlo, Eva. No me preguntes por qué, pero no puedo hacerlo, créeme. No soy la persona que necesitáis para que el libro del juez salga adelante.

—¿Te acuerdas de cuando nos conocimos?

De eso hacía cinco años. En aquel entonces Eva era la editora de otro sello editorial, Casiopea, el sello que publica literatura romántica, y nos conocimos porque le envié mi primera novela, la publicó y fue un completo fracaso. Historia que no me apetece recordar ahora mismo porque además coincidió con otro fiasco mucho más importante. Meses después, Eva me llamó para decirme que me pasara por la editorial porque quería proponerme algo. Acudí a la cita muy ilusionada, convencida de que iba a tener una segunda oportunidad, pero no fue así. A Eva la habían cambiado de sello, algo más habitual de lo que debería serlo en el mundo editorial, y había pasado a ocuparse de Huella, la editorial de no ficción encargada de publicar biografías y libros sobre vivencias personales. El primer libro que me encargó fue para un niño de doce años que se había hecho famoso en YouTube probando juguetes. Arrasó, va por la décima edición y el niño que ahora es un adolescente, tiene colas quilométricas para firmar cada vez que acude a una feria. Ya he escrito cuatro libros para él; es majo, pero no se ha leído ninguno.

—Claro que me acuerdo.

Eva respira, juega con el anillo de casada y sé que va a negociar. La he visto hacer eso varias veces, no conmigo, con otras personas y sé que no va a ceder. El problema, y lo que no sabe ella, es que no puedo aceptar. No puedo.

—¿Cuántas veces me has dicho que quieres volver a publicar? Llevas años trabajando en tu nueva novela y lo que me has dejado leer es una maravilla.

—No sigas por ahí, Eva. Por favor. No es justo.

—Sé que no lo es, pero esto es un negocio y si perdemos el contrato con el juez los de arriba no se lo tomarán nada bien.

—No me importan los de arriba. —Vuelvo a ponerme en pie.

—Claro que te importan. Ellos pueden hacer que tengas una carrera o pueden destruirla.

—Me da igual.

—No te da igual, Martina. ¿Cuántas biografías de famosos has escrito ya? ¿Cuántas veces se te ha caído el alma a los pies porque ves que esos libros ocupan los primeros puestos en las listas de ventas y tu nombre no aparece en ninguna parte? Ningún librero sabe quién eres, nadie...

—Déjalo ya, Eva. No puedo escribir el libro del juez.

—Piénsatelo, por favor. No lo decidas ahora. Deja que te cuente en qué consiste exactamente el encargo y luego decides.

—No voy a cambiar de opinión.

Eva alarga un brazo hacia la mesa y tira de un sobre marrón.

—Aquí dentro están el resto de las condiciones. Vienen pactadas desde arriba, son innegociables y muy generosas. Tendrás que trasladarte a Escocia durante unos meses, allí es donde está Marlasca, y ha insistido en estar involucrado en todo el proceso.

Esto sí que no. La mera idea de volver a ver a Leo me da las fuerzas necesarias para irme de una vez de ese despacho.

—No iré a Escocia. No iré a ninguna parte.

Eva me mira confusa y supongo que puedo entenderla porque no sabe qué pasó entre Leo y yo hace años. Nunca se lo he contado y no pienso hacerlo ahora. Hablar de eso es como tragar chinchetas, por no mencionar que si alguna vez pienso en esa época o en él, mi pobre corazón vuelve a romperse en pedazos y tardo semanas en recuperarme. Ninguna oferta de trabajo merece que vuelva a pasar por eso, así que me mantengo callada y firme en mi decisión. Entonces Eva mete el sobre en mi bolso y sonrío cuando se pincha con el cactus. He hecho bien en comprarlo; al menos él está de mi parte.

—No seas infantil, Martina. Este encargo puede cambiarte la vida.

Me agacho para tirar del bolso y me lo cuelgo del hombro.

—Me gusta mi vida.

Abro la puerta y miro a Eva por última vez.

—No quiero crearte problemas con los de arriba, Eva, y te aseguro que esto no es ninguna táctica de negociación desquiciada. Sencillamente no puedo escribir ese libro.

Mi editora, o al menos espero que siga siéndolo después de esto, me mira a los ojos y creo que va a dejarme ir sin más, pero me equivoco.

—Pasara lo que pasase contigo y ese juez, no dejes que eche a perder la que podría ser la oportunidad de tu vida. Tienes tiempo hasta el viernes. Después tendré que comunicar tu decisión a Dirección. Piénsatelo, Martina. Hazlo por ti y también por mí.

Odio que a Eva se le dé tan bien manipularme y odio que tenga parte de razón.

Leo eligió salir de mi vida y al irse destrozó todo lo que encontraba a su paso. ¿Puedo escribir sobre él, con él, y que no me afecte?

Salgo a la calle e intento resistir la tentación y no abrir el sobre. Lo consigo solo durante unos minutos porque entro en la primera cafetería que se cruza en mi camino. Pido un agua antes de sentarme, no estoy en condiciones de beber café, y después elijo una mesa para empezar a leer lo que hay dentro. Eva tenía razón, las condiciones son más que generosas, y en el contrato se incluye la publicación de mi nueva novela con un adelanto digno de un superventas. No tiene sentido que me ofrezcan esto a no ser... —trago saliva— a no ser que esta sea otra de la condiciones impuestas por Leo.

Tengo arcadas y dejo los papeles encima de la mesa.

¿Qué pretende Leo con todo esto? Si quiere hablar conmigo existen maneras mucho más fáciles de lograrlo. Hace años me dejó claro que él solo pensaba en sí mismo, tal vez este libro es un paso más en su ambiciosa carrera y ha insistido en que lo escriba yo para ¿compensarme? O porque cree que a mí podrá controlarme mucho mejor que a un periodista profesional. Visto está que nunca llegué a conocer a Leo del todo y que me equivoqué con él más de una vez.

La oferta de la editorial es tentadora, pero ¿estoy dispuesta a volver a ver a Leo y escuchar su parte de la historia? ¿O es mejor que siga así, como hasta ahora, conociendo solo la mía?

ENTONCES

1

Barcelona
Viernes, 7 de julio de 2006

Desde donde estaba, Martina veía las coronillas de las tres personas que atendían en el mostrador a los estudiantes que habían ido a matricularse. La cola no era muy larga, pero apenas avanzaba. Llevaba casi una hora allí de pie y cada minuto que pasaba le costaba más controlar las ganas que tenía de salir corriendo. La verdad era que no había huido porque tampoco sabía adónde ir. La incertidumbre es tan paralizante como el miedo. Se había pasado los últimos meses esperando que el destino, la suerte (fuese buena o mala) o incluso el lanzamiento de una moneda al aire decidiera el futuro por ella. Porque ella no sabía qué hacer.

Martina había sido incapaz de preguntarse qué quería hacer de verdad, tomar una decisión y asumir las consecuencias. Había sido incapaz de hablar con sus padres, de pedir consejo a sus hermanos. Ni siquiera había sacado el tema y, cuando este aparecía en boca de otra persona, se limitaba a asentir y a corroborar con su silencio lo que todos creían. Y ahora estaba allí, y solo tres chicas y dos chicos la separaban del momento definitivo. Había llegado a la Facultad de Derecho a las nueve de la mañana; su hermano Marc había insistido en llevarla en coche. Él tenía una reunión en la ciudad y así charlarían durante el trayecto. Aunque Marc era su hermano favorito (algo que negaría ante cualquiera de los demás), aquel día Martina habría preferido ir a la ciudad sola en autobús. En tren. Perder el tren y tener que esperar otro. No ir. Que la tierra se abriera durante la noche y la tragase. Que durante el viaje apareciera un tornado a lo *Mago de Oz* y se la llevase a cualquier otra parte.

Habría podido hablar con su hermano, habría sido lo más lógico, seguro que él la habría ayudado a ver la situación de otra manera o, como mínimo, habría escuchado y le habría dicho que estaba ahogándose en un vaso de agua. Además, Marc era el candidato perfecto; él había pasado por algo parecido. Pero no, Martina no le había contado nada y Marc se había pasado el trayecto diciéndole las ganas que tenía de que ella empezase la Universidad, porque así se verían más a menudo. Helena y Ágata, sus otras hermanas, estaban bien, pero no eran tan divertidas como ella y estaba cansado de ejercer de comparsa de Álex, su otro hermano y además gemelo, y Guillermo, mejor no hablar de él; su especialidad era chafarle los planes y recordarle una y otra vez que tenía edad de centrarse en su carrera y ser de una vez más ambicioso. Martina, sin embargo, le entendía y él a ella, así que no tenía ningún sentido que Martina se hubiese quedado callada y no le hubiese dicho que no quería matricularse en Derecho.

La cola avanzó medio metro y una chica alta y morena se alejó del mostrador de Secretaría con una sonrisa y una carpeta azul con el logo de la Universidad bajo el brazo. Todavía tenía cuatro personas delante, cabía la posibilidad de que alguna de ellas tuviera un sinfín de dudas y el personal de la facultad necesitase el resto de la mañana para resolverlas. Podía fallar la electricidad y entonces tendrían que cerrar y ella tendría otro día para pensar. Empezó a sudar y notó que perdía el poco color que había conseguido adquirir durante el verano. Dejó el bolso en el suelo y oyó la voz de su abuela diciéndole que eso haría que se le escapasen los ahorros, pero ni siquiera aquel recuerdo consiguió aliviarla. Cualquiera que la viera creería que estaba a punto de desmayarse. Y alguien la vio.

Unos ojos se fijaron en ella; Martina pudo sentirlo en la piel y, cuando encontró al propietario de esa mirada detrás del mostrador de Secretaría, se le aceleró el pulso. En el rato que llevaba allí le había visto aparecer y desaparecer unas cuantas veces tras la puerta que había al final de la sala, la que suponía que comunicaba el espacio de atención a los alumnos con los despachos del personal de la facultad. Martina se había fijado en él por cómo se movía, pues le había recordado un delfín con el que se había cruzado varias veces en el mar tres años atrás. Entonces Martina tenía quince años y su padre y ella se habían animado a apuntarse a un curso intensivo de submarinismo que se realizaba en un pequeño velero durante una travesía de ida y vuelta desde Arenys de Mar, el pueblo donde vivían, hasta Mallorca. Había sido una experiencia casi mágica la primera y única vez que hacían algo ellos dos solos, y Martina creía que ese viaje había servido para crear una relación especial entre ella y su padre. Por eso ahora lo estaba pasando tan mal; no quería decepcionarle. El delfín, el mismo delfín, aparecía cada día cuando salía el sol y nadaba cerca de ella como si la conociera. El capitán y la instructora de buceo le habían prohibido acercarse, pero eso no había impedido que Martina le sonriera al animal o que le buscase cada mañana. El último día se había despedido de él con el corazón encogido, convencida de que iba a echarle de menos y de que algún día volvería a verle.

El desconocido que la observaba le provocaba la misma sensación y era igual de ágil y rápido que el delfín, por lo que si no prestabas atención desaparecía ante tus propias narices. A diferencia del delfín, que le había sonreído cada mañana que habían coincidido, el chico tenía los labios firmes, decididos, incluso apretados, y Martina imaginaba que se contenía para no decirles a las personas con las que interactuaba lo que pensaba de ellas. Parecía impaciente, igual que un profesor que sin éxito espera a que un alumno le dé la respuesta correcta que él considera obvia. Que hubiese desarrollado todas aquellas teorías sobre el desconocido de pelo negro y jersey azul oscuro (que lo asemejaba aún más al animal marino) no era excepcional en Martina.

De hecho, era una costumbre muy arraigada en ella, como aquella vez que tuvo que estar tres horas en la sala de espera de un hospital y se inventó historias enteras sobre los desconocidos que la rodeaban. Como, por ejemplo, aquella sobre la mujer con el brazo en cabestrillo que encendía un cigarro tras otro sin parar, a pesar de que el enfermero se acercaba a ella para recordarle que estaba prohibido fumar y ella le contestaba: «Solo los enciendo, no los fumo». Había escrito sobre ella y era uno de los relatos favoritos de sus hermanos, en especial de Guillermo. Sus hermanos eran los únicos que los leían. En esa historia, por cierto, la señora acababa abandonando a su marido enfermo por el enfermero, que la trataba mucho mejor, no le recriminaba ninguna de sus manías y tampoco le rompería nunca ningún brazo ni el corazón.

El desconocido de la Facultad de Derecho podría haberse quedado en eso, en un desconocido, pero el instante en que la miró rompió el acuerdo que existía entre Martina y los sujetos sobre los que imaginaba historias en su cabeza y se convirtió en algo más. Se suponía que nunca hacían eso ni se acercaban a hablar con ella. Jamás.

Hasta que aquel desconocido ignoró también esa norma y salió de detrás del mostrador para acercarse a ella.

—Hola, me llamo Leo.

—Hola, yo soy Martina.

Y así empezó su larga historia.

2

Leo Marlasca iba a empezar por fin el último curso de Derecho. Llevaba un año opositando a juez; varios profesores le habían dicho que era una temeridad hacerlo antes de terminar la carrera, pero otros le habían animado, y lo cierto era que a él le daba igual lo que opinara cualquiera de ellos. Él tenía un plan, un objetivo, y nada iba a desviarlo de él.

Su vida giraba en torno a ese objetivo, no era cuestionable, y cualquier decisión que tomaba iba enfocada en ese sentido. Por eso se había ofrecido voluntario para ayudar en las matriculaciones de ese año, porque así ganaba unos créditos de una optativa, y cuando empezase el curso no tendría que perder el tiempo con cosas absurdas como «búsqueda de jurisprudencia en las bases de datos» y podría centrarse en estudiar lo que de verdad le interesaba. Por no mencionar que el personal administrativo de la facultad le adoraría y siempre venía bien contar con su cariño en vez de su desprecio, que era el trato habitual que recibían los alumnos (y la verdad era que muchos se lo ganaban a pulso).

Había llegado a las ocho y se había puesto las pilas. Había aprendido cómo funcionaba el proceso de matriculación y había arreglado ya dos impresoras que se negaban a colaborar con las órdenes que recibían de los ordenadores. Todo iba viento en popa hasta que apareció esa chica y Leo notó que físicamente le daba un vuelco el corazón.

Imposible.

Impensable.

Inaceptable.

Él no tenía nunca esa clase de reacciones. Durante unos segundos había sentido la imperiosa necesidad de mirarla y no pudo dejar de hacerlo hasta que ella le devolviera la mirada. Entonces se obligó a cerrar los ojos, por supuesto, pero instantes más tarde volvió a abrirlos temeroso de que ella se hubiese desvanecido. Volvió a encerrarse dentro, en el despacho de la secretaria de la decana, para seguir archivando los comprobantes de las matrículas ya formalizadas. Cuando salió de nuevo ella seguía allí y el efecto que le produjo mirarla fue todavía peor. No podía dejar de preguntarse si sus ojos eran tan verdes como parecían desde allí, si su sonrisa era tan cálida como anunciaban los hoyuelos que tenía marcados en las mejillas, si su pelo... ¡Dios, vaya sarta de tonterías! Sacudió la cabeza y decidió que tenía que hacer algo para poner punto final a lo que fuera que le estuviera pasando.

Ella no paraba de morderse el labio inferior y parecía estar a punto de salir corriendo en cualquier momento. A diferencia del resto de futuros alumnos que había en la cola, que se mostraban ilusionados o bien indiferentes y aburridos, esa chica le recordó al aspecto que tenía alguien cuando se asoma a un precipicio. Y eso Leo sí podía entenderlo bien, demasiado bien.

Quizá por eso sentía esa conexión con ella, pensó de repente, quizá era eso lo que le estaba pasando: había reconocido a alguien que estaba pasando por algo que él había vivido, nada más. Suspiró aliviado; la inexplicable curiosidad que sentía por esa desconocida se debía a que los dos en realidad querían estar en otra parte y no allí haciendo cola o archivando papeles, pero el alivio le duró poco porque nada de eso justificaba que no pudiese dejar de mirarla o que se estuviera muriendo de ganas por salir de detrás del mostrador e ir a hablar con ella.

Respiró hondo y se obligó a matar esa extraña atracción y hacerla desaparecer como hacía siempre que aparecía algo en su vida que le recordaba que tenía pulso y que tal vez existía algo más allá de su objetivo. Leo no siempre había sido de piedra y no siempre había tenido tanta fuerza de voluntad, pero ahora sí.

Ahora lo único que importaba era terminar la carrera y pasar las oposiciones a juez.

Volvió a mirarla, realmente los ojos de esa chica le producían un extraño efecto, y decidió que esa mirada sería la última que le dedicaría, una especie de despedida. Después, regresaría a lo que estaba haciendo y se concentraría en ayudar a matricular a tantos alumnos como fuera posible, evitándola a ella, obviamente, y seguro que esa tarde ya se habría olvidado por completo de sus facciones o del color de su pelo o de... Ella iba a llorar y parecía que le costaba respirar.

Y él notó como si recibiera un puñetazo en el pecho.

Leo Marlasca por primera vez, no, por segunda vez en su vida mandó a paseo sus planes y actuó por impulso. Sin dejar de mirarla, cruzó tan rápido como pudo la zona de Secretaría hasta llegar a la puerta que comunicaba con el pasillo y salió corriendo. Apenas fueron unos segundos, pero los sintió como varios minutos, y por fin estuvo delante de ella.

—Hola, me llamo Leo.

—Hola, yo soy Martina.

La voz de ella empeoró mucho las cosas para Leo, pero ahora no podía pensar en eso; a Martina le costaba respirar.

—¿Estás bien? —Quería tocarla, pero no se atrevió.

Martina sacudió la cabeza y a duras penas consiguió balbucear que no.

—Ven conmigo.

Las pupilas de Martina se dilataron y una lágrima le resbaló por la mejilla. El bolso le cayó al suelo y Leo, tras decirse mentalmente que estaba justificado, le puso una mano en el codo para tirar ligeramente de ella.

—Vamos, tienes que sentarte. —Al mismo tiempo se agachó y con la otra mano levantó el bolso del suelo—. No te preocupes por la cola.

La acompañó hasta la salida, que por suerte estaba cerca, y la sentó en el banco que había junto a la entrada de la facultad. Ella se estaba quedando pálida y había empezado a temblar.

—Siéntate, eso es. —Leo le acarició y apartó el pelo de la nuca y le indicó que agachase un poco la cabeza—. Cierra los ojos.

—No puedo... No puedo respirar.

—Sí puedes. —Buscó una de las manos de ella y apretó los dedos para acercarla a su pecho—. Fíjate en mi respiración y respira conmigo. Uno, dos —enumeró despacio al inhalar y exhalar—. Uno, dos. Vamos, puedes hacerlo.

Vio que ella apretaba los ojos con fuerza y empezaba a hacerle caso.

—Eso es. Uno, dos —siguió en voz baja y firme, fulminando con la mirada a cualquiera que pasaba por su lado curioseando.

Leo aún retenía la mano de Martina en el pecho con una de las suyas y con la otra le dibujaba círculos en la nuca. No supo cuánto rato estuvieron así, pues mantenía la mirada fija en ella por si palidecía aún más o le sucedía algo. Por suerte, Martina empezó a respirar mejor poco a poco y la tensión de sus hombros se aflojó.

—Gracias —susurró todavía débil.

—No te muevas, enseguida vuelvo.

Leo se levantó y corrió hacia el interior de la facultad, de donde salió apenas unos minutos después cargado con su mochila. Ella seguía donde estaba, probablemente porque aún temblaba demasiado para moverse, pensó él.

—Toma, intenta beber un poco de agua. —Le pasó un botellín por estrenar.

Ella lo aceptó e intentó romper el cierre del tapón sin éxito, a lo que Leo volvió a quitárselos de las manos y lo abrió.

—Lo siento.

—Es normal que no puedas abrirlo. Tendría que haberlo pensado antes. Vamos, bebe un poco, si puedes.

Esta vez Leo se sentó un poco más lejos de ella, sin tocarla, aunque siguió observándola atentamente por si necesitaba algo.

—Gracias —susurró Martina débilmente.

—De nada. Si ya estás mejor, yo... —Leo iba a levantarse, iba a levantarse y alejarse de ella. Iba a despedirse sin averiguar nada más sobre Martina, excepto su nombre, que ya era demasiado, y no volvería a verla.

Pero entonces ella lo miró y no pudo moverse.

—Siento el lío que he causado —suspiró y ladeó la cabeza—. ¿Cómo sabías lo que me estaba pasando?

Leo entrelazó los dedos de ambas manos, que dejó colgando entre las rodillas, y giró la cabeza para ver si así, sin mirarla, conseguía calmarse.

—Me ha pasado alguna vez. ¿A ti no? ¿Este ha sido tu primer ataque de pánico?

—Yo... No, no me había pasado nunca. ¿Pánico? ¿De qué? —sonaba confusa.

—Tal vez no vuelva a sucederte nunca más, aunque creo que deberías hablarlo con alguien.

—¿Tú lo hablas con alguien?

Leo sacudió la cabeza sonriendo.

—La verdad es que no. A no ser que tú cuentes, porque ahora estoy hablándolo contigo.

Martina, que todavía tenía el estómago revuelto y no respiraba con normalidad, se sonrojó.

—Yo diría que cuento.

—Pues estoy hablando contigo. —Leo soltó el aliento—. Oye, siento si antes me he propasado sacándote de la cola, apartándote el pelo y —carraspeó— masajeándote la nuca y esas cosas.

—¡Oh, no! Yo... —Martina iba a morirse de vergüenza—. Lo cierto es que si no hubieras hecho esas cosas me habría desmayado o habría acabado vomitando allí dentro.

—Ya, bueno, pero no nos conocemos y no querría que... —buscó la palabra— que hubiese ningún malentendido.

—Claro que no, por supuesto. Puedes estar tranquilo.

—Es solo... —siguió Leo, a pesar de que su cerebro le decía que ya había dejado las cosas claras y que cuanto antes cerrase la boca y dejase de decir esas tonterías, mucho mejor—. Es solo que siento si te he ofendido. A mí no me gusta que me toquen los desconocidos. —¿Por qué no se callaba?—. Perdón, ya me entiendes.

—Te entiendo y gracias. Gracias por haber evitado que me desmayase en medio de la cola y me abriese la crisma.

—Lo de la nuca y la espalda siempre funciona, y la respiración sincronizada. Al menos a mí. —Volvió a mirarla, hasta ahora había conseguido aguantarse, y al ver esos ojos centrados en él se sonrojó. Él, que nunca reaccionaba a nada, se sonrojó. Tenía que irse de allí cuanto antes, pero no se movió—. ¿Puedo preguntarte por qué te has asustado de esa manera? No hace falta que me respondas —añadió al instante, casi levantándose.

—Porque tengo miedo de estar cometiendo el peor error de mi vida. ¿A ti no te ha pasado nunca? ¿Nunca has pensado que no sabes si estás haciendo lo correcto? ¿Cómo sabes que este es el camino que tienes que seguir y no otro?

Leo se detuvo; el corazón acababa de golpearle el pecho.

Martina añadió otra pregunta:

—¿Cómo sabes que tienes que estar aquí y no en otro lugar?

3

—Perdona —dijo Martina frotándose la frente—, no sé qué me pasa. Seguro que tienes muchas cosas que hacer y yo ya te he robado demasiado tiempo.

Él volvió a acercarse.

—Creo que la cuestión es saber si quieres estar o no en ese lugar. Tal vez no sea el lugar correcto, pero si es donde quieres estar o si es donde necesitas estar para llegar al lugar que quieres —se encogió de hombros—, no tiene sentido que te plantees si estás haciendo lo correcto. Es un paso necesario más, no sirve de nada darle vueltas.

—Suena muy práctico y un poco egoísta, la verdad, como si solo pensaras en ti mismo —señaló ella, sorprendiéndolos a los dos—, pero creo que tienes razón. —Bebió un poco más de agua—. Gracias por haberme ayudado.

Leo podía irse, ella casi estaba recuperada del todo y, en realidad, acababan de conocerse. No tenía que quedarse allí pendiente de esa chica ni seguir hablando con ella. Pero era incapaz de moverse. Él, que nunca sentía curiosidad por nada, quería saber por qué Martina había estado a punto de desmayarse a seis metros de matricularse.

—Soy egoísta. No eres la primera persona en decírmelo —siguió y dejó de fingir que no quería estar cerca de ella y volvió a sentarse a su lado—. Ser egoísta no es algo malo; el egoísmo es una manifestación más de nuestro instinto de supervivencia.

—Yo no he dicho que tú seas egoísta. Era una respuesta teórica. —Le miró—. ¿De verdad crees que eres egoísta? No sé si lo dices en serio o si me estás tomando el pelo.

—Lo digo en serio. Los humanos somos unos hipócritas y acusamos de egoísmo a gente que en realidad es mejor que nosotros, a gente que lucha por conseguir lo que quiere.

—¿Y por eso has salido a ayudarme? ¿A mí, una desconocida? ¿Has dejado tu trabajo y has salido a ayudarme porque eso te beneficia, porque según tú, eres un egoísta?

—Estás tergiversando lo que he dicho.

—No. Estoy demostrándote que estás equivocado, Leo.

Él abrió los ojos y le falló la respiración. Era la primera vez que ella pronunciaba su nombre.

—Esta conversación es ridícula —sentenció entonces—. Tienes mejor color, pero creo que deberías comer un poco o beber algo con azúcar. Los ataques de pánico consumen mucha energía —improvisó—. Vamos, te acompaño a la cafetería.

No se lo pidió, lo planteó como si le estuviera haciendo un favor, y ella, seguramente por culpa de ese ataque de pánico, no se lo cuestionó ni le mandó a paseo. Leo debería sentirse mal por estar aprovechando la situación y más adelante, seguramente cuando ella se fuera, se arrepentiría de haberse comportado de esa manera, pero ahora no.

Se colgó el bolso de Martina y su mochila en el hombro izquierdo y, sin cuestionarse qué estaba haciendo ni por qué, le ofreció una mano. Martina la aceptó, tal vez porque pensó que la estaba ayudando a levantarse del banco, pero una vez estuvo en pie no la soltó y entrelazó los dedos con los de ella.

—¿No tendrás problemas si te vas antes del trabajo? —le preguntó Martina cuando ya llevaban un par de minutos andando.

—No, solo estaba ayudando. Además, cuando he ido a buscar el agua les he contado lo que había pasado.

—¿Ayudabas?

—A matricular a los nuevos alumnos.

Ella se detuvo en seco y Leo, que al parecer no quería soltarla, hizo lo mismo.

—La matrícula —dijo Martina como si de repente recordase por qué estaba allí—. Tengo que matricularme.

—Si quieres podemos volver ahora, pero también puedes hacerlo más tarde. Yo puedo ayudarte.

Ella lo miró y volvió a morderse el labio inferior. Leo notó además que le apretaba los dedos con más fuerza y que volvía a temblar.

—Mira, de verdad creo que deberías sentarte y comer algo. Si estás incómoda conmigo, podemos llamar a alguien. A tus amigas, a tu familia, a quien tú quieras.

Martina sacudió la cabeza.

—No, no quiero llamar a nadie. Nadie sabe nada de esto. —Respiró hondo un par de veces—. Tienes razón, me irá bien comer algo. ¿Seguro que puedes acompañarme?

No, por supuesto que no podía. Ahora mismo Leo tendría que estar haciendo cualquier otra cosa excepto esa. Cualquiera. Y sin embargo allí estaba, sujetando la mano de Martina y obligándose a no sentir más curiosidad por ella de la que ya sentía.

—Seguro. Vamos.

Llegaron a la cafetería, pero no la llevó a la de la facultad. Aunque por esas fechas habría poca gente, prefirió cruzar la Diagonal y llevarla a un pequeño local que había en otra calle, una especie de quiosco donde servían cafés y bocadillos. Él solía ir de vez en cuando.

Dejó la mochila y el bolso en una silla y apartó otra para que Martina se sentase. Si a ella le sorprendió el gesto, no dijo nada. Leo pidió sin antes haberle preguntado a ella qué quería, así que se arriesgó con un zumo de naranja, otra botella de agua y un bocadillo de jamón y queso.

—No sé si te gusta —le explicó dejando el plato y las bebidas delante de ella—, lo siento. Si no, puedo cambiarlo.

Martina observó el bocadillo y después a él, y esbozó una sonrisa.

—Muchas gracias, Leo.

—De nada.

A él le costó tragar saliva, así que abrió el botellín de agua y sirvió un poco en un vaso para ver si conseguía aflojar el nudo que tenía en la garganta.

Ella empezó a comer despacio, intercalando mordiscos con sorbos de zumo de naranja.

—Tienes que decirme qué te debo —dijo tras uno de esos sorbos.

—Nada.

Martina sonrió.

—Para ser alguien que defiende el egoísmo a ultranza eres muy generoso, Leo. Gracias.

Él se sonrojó y entrecerró los ojos para observarla. Esa chica era mucho más peligrosa de lo que había creído en un principio, al menos para él.

—¿Qué te ha pasado allí dentro, mientras esperabas en la cola?

Martina bajó la mirada y terminó de masticar.

—La cola ha avanzado —respondió y volvió a mirarlo, y al ver que él no entendía nada siguió hablando y arrugando una servilleta de papel—. Solo quedaban dos personas delante de mí, dos personas más y habría llegado mi turno.

—¿Y eso es malo?

—No. Sí. No lo sé. —Suspiró—. Soy la pequeña de seis hermanos. ¿Tú tienes hermanos, Leo?

Leo se tensó. ¿Qué pretendía esa chica? ¿Obligarle a pensar de pronto en todo lo que le dolía?

—No, no tengo. ¿Qué tiene que ver que tengas cinco hermanos con que llegase tu turno para matricularte?

Martina lanzó la bola de papel arrugado y tiró de otra servilleta de papel para hacer una nueva bola.

—Tiene que ver que nunca nadie me pregunta nada, nunca decido nada. Cuando nací ya estaban todos los papeles repartidos en casa y yo solo soy «la pequeña». Nadie espera nada de mí y nadie se cuestiona que pueda no gustarme el rol que me tienen asignado. —Vio la cara de Leo y exhaló—. ¡Mierda! Lo siento. Seguro que crees que soy una desagradecida y que... ¿Pero qué digo? Seguro que quieres salir de aquí corriendo. Acabamos de conocernos y te estoy soltando un rollo.

—¡Eh! No, no es eso. No pasa nada. Ya sabes lo que dicen: a veces va bien contarle las cosas a un desconocido. Pero sigo sin entender qué tiene que ver lo de tener hermanos y ser la pequeña con matricularse en Derecho.

—No sé cuándo empezó lo de que tenía que estudiar Derecho. No sé si fue mi padre o mi madre, o quizá fue cuando Guillermo, mi hermano mayor, estudió Económicas, o cuando Helena, una de mis hermanas, eligió Medicina. No sé cómo fue que me asignaron Derecho.

—¿No quieres estudiar Derecho?

—No lo sé. Supongo que sí que quiero, tampoco pasa nada. Es una buena carrera.

Leo frunció las cejas.

—Lo es si quieres estudiarla.

—Quiero estudiarla.

—No suenas muy convencida y creo que por eso antes te has angustiado tanto.

—En la cola hacía calor.

Las cejas de Leo subieron un poco más por su frente.

—En la facultad hay aire acondicionado. —Repartió el agua que quedaba entre los dos vasos—. Martina, si tienes la posibilidad de elegir qué quieres estudiar, si tienes esa gran suerte, no dejes que los demás elijan por ti. Hazme caso. No comprometas tu vida por las decisiones de otras personas.

¡Dios, qué clase de poder ejercía esa chica en él que estaba a dos segundos de contarle su vida!

Martina le observó mientras se bebía el agua.

—¿Tú estudias Derecho?

—Termino este año. Voy a ser juez.

—Suenas muy seguro de ti mismo.

—Lo estoy.

Martina sonrió.

—Te envidio.

Leo sacudió la cabeza.

—No lo hagas. A veces me gustaría no tener las cosas tan claras.

—¿Por qué? Seguro que así no tienes dudas existenciales mientras estás haciendo cola y no te pones en ridículo delante de desconocidos.

—Tal vez, pero tampoco me sucede nunca nada que me sorprenda. —O me ilusione, pensó.

—¿Y quieres que la vida te sorprenda?

—Tal vez —reconoció, aunque no debería.

Martina se quedó mirándole en silencio. A Leo normalmente no le gustaba que le mirasen, no le gustaba nada que no pudiese controlar, y cuando alguien lo hacía odiaba no poder entrar en la cabeza de esa persona para averiguar qué estaban pensando de él. ¿Veían sus defectos? ¿Sus debilidades? ¿Veían los claroscuros que llevaba años escondiendo incluso para sí mismo? Pero con Martina no sintió nada de eso y solo sirvió para que todavía tuviera más ganas de alejarse de ella corriendo.

—Lo que has hecho antes, en la facultad, sacarme de la cola y ayudarme con el...

—Ataque de pánico —terminó él.

—Eso, el ataque de pánico. Me has ayudado y no me refiero solo sacándome de allí; me refiero a traerme aquí y a esta conversación.

—No ha sido nada.

—Sí ha sido —insistió ella—, así que ahora yo voy a hacer algo por ti, Leo.

—¿El qué? —enarcó una ceja. Realmente tendría que irse de allí, alejarse de ella y dejar de quedarse embobado mirando su sonrisa y preguntándose qué significaban todas y cada una de las pulseras que tintineaban en su muñeca izquierda porque, a pesar de que acababa de conocerla, intuía que Martina era de esa clase de personas que lleva pulseras porque significan algo.

—Voy a sorprenderte.

—¿Cómo?

—Ya los verás, pero antes contéstame a dos preguntas, por favor. La primera: ¿de verdad no tienes que volver a la facultad? Y la segunda: ¿de verdad puedes ayudarme a matricularme más tarde?

—Sí, de verdad.

—Otra pregunta.

—Has dicho que ibas a hacerme dos.

—Voy a añadir una. ¿Siempre eres tan quisquilloso?

—Diría que sí, siempre.

—Está bien, te perdono. He decidido que me caes bien.

—Yo todavía no he decidido nada sobre ti —se apresuró a añadir Leo.

—Yo creo que sí que lo has decidido, pero vale, tómate tu tiempo. —Martina se puso en pie y se colgó el bolso del hombro—. ¿Vamos?

Esta vez fue ella la que le tendió la mano y Leo se sorprendió aceptándola sin dudarlo.

4

Martina nunca había hecho nada parecido y la alegría que sentía en ese instante era como el burbujeo que se produce en el interior de una botella de champán. Le hacía cosquillas por las venas y en los labios, y le resultaba imposible no sonreír.

Apenas un par de horas atrás había sufrido un ataque de pánico, el primero de su vida, y había estado a punto de desmayarse en la cola para matricularse en Derecho. Ahora estaba en la playa de la Barceloneta, en la arena para ser exactos, paseando por la orilla del mar con el pies mojados.

—¿Cómo sabías que no había estado aquí antes?

—Una intuición.

—¿Tu intuición te ha dicho que yo no había estado antes en la playa?

Leo se había arremangado los vaqueros y había guardado los zapatos en la mochila. Martina llevaba las sandalias colgando de un par de dedos de la mano izquierda y se estaba mojando el bajo de la falda, pero no le importaba.

—No. Mi intuición me ha dicho que necesitabas ver el mar.

Leo podría burlarse de ella; de hecho, en cuanto ella terminó de pronunciar esas palabras en su mente aparecieron tres frases hirientes con las que poder humillarla. Él era especialista en esa clase de comentarios, igual que lo era en burlarse y menospreciar a las personas como Martina; personas que disfrutan paseando en la playa y que suspiran cuando ven una puesta de sol.

Pero no lo hizo, sino que le contó una pequeña parte de su verdad.

—Cuando llegué a Barcelona vine a ver el mar. Era temprano, recuerdo que salí antes de casa para poder ver la playa antes de ir a clase. No me gustó, me decepcionó, pensé que no había para tanto.

—¿El mar te pareció poco impresionante? —Martina sonrió fingiéndose ofendida—. Claro, total, es solo el Mediterráneo.

—No, no fue eso. Supongo que tenía las expectativas demasiado altas, por así decirlo. Pensé que sería más azul, más abierto —soltó el aliento—. Pensé que me haría sentir algo distinto.

Martina asintió.

—Eso es que el mar aún no estaba preparado para conocerte.

Leo soltó una carcajada.

—El mar, ¿preparado para conocerme? —Sacudió la cabeza—. Tú eres consciente de que al mar le da igual que ahora estemos aquí, ¿no? Tienes que ser consciente de eso.

Ella se sonrojó.

—Ya sé que el mar es solo un conjunto enorme de gotas de agua y que es imposible que le importe que tú o yo estemos hoy aquí, que le da igual que esa gente de allí esté jugando al fútbol o que ese perro entre y salga de sus olas sin más. Lo sé.

—Menos mal. —Ahora sí que se burló un poco, pero apretó los dedos de ella, que, misteriosamente, seguía teniendo enlazados a los suyos.

—Pero ¿no te ha pasado nunca que empiezas a leer un libro del que habla todo el mundo y no te gusta y después, quizá semanas o meses más tarde, vuelves a empezarlo y te encanta?

—Sí, alguna vez me ha pasado.

—Pues eso. Creo que hay un día para cosa. Hay un día para conocer el mar y un día en el que es mejor mantenerte alejado de él —respiró hondo—. Y después de lo que has hecho por mí antes, he pensado que hoy te gustaría conocer el mar. Mi mar.

Leo no sabía qué decir. En las horas que llevaba con Martina, porque ya llevaban unas cuantas horas juntos hablando, saltando de un tema a otro, lo que más le sorprendía de ella era esa capacidad que tenía para emocionarle, para llegar dentro del corazón que él tenía encerrado en una jaula, solo con un par de palabras o con una mirada.

—¿Tu mar? —consiguió decirle.

—Ya, vale, el mar es de todos. Pero —se detuvo en la arena— ahora mismo este trocito es mío. Y tuyo. Ya verás, fíjate.

Martina hundió los dedos de los pies en la arena mojada y clavó también los talones y le indicó a Leo que hiciera lo mismo. Después se apartó de un salto y observó los dos pares de pisadas, hasta que llegó una ola y las borró.

—¿Lo ves? —le preguntó entonces.

—¿El qué?

—Este trocito de mar, de playa, ha sido nuestro, solo nuestro, durante unos segundos. Después el mar se lo ha llevado y seguro que lo ha guardado en algún lugar secreto.

¿De dónde había salido esa chica?

—No suelo hablarle así a nadie —confesó entonces ella algo avergonzada—. Creerás que estoy...

—No —Leo la detuvo al instante—. No creo nada de eso. ¿Por qué no sueles hablar así?

Martina se encogió de hombros.

—No lo sé.

—Tal vez deberías hacerlo.

Siguieron andando por la orilla. El propietario del perro que antes había señalado Martina pasó por su lado y sonrió a Leo de una manera que hizo que este se detuviera.

—¿Qué pasa? —le preguntó ella.

Leo le soltó la mano y se pasó las dos por el pelo.

—¿Qué diablos estoy haciendo? —Quizá iba solo a pensarlo, pero acabó diciéndolo en voz alta—. ¿Qué diablos estoy haciendo?

—¿Paseando?

La suave respuesta de ella le puso aún más nervioso.

—Yo no soy de la clase de persona que pasea. No soy de los que habla con desconocidas y una hora después pasea con ellas de la mano. No soy de los que se va de un lugar dejando un trabajo a medias. No soy de esos.

Martina dio un paso hacia atrás. De repente el sol le parecía menos cálido y el agua más helada. De repente se sintió como una idiota por haberse dejado llevar y haberle contado tantas cosas a Leo. Ella tampoco había hecho nunca nada parecido, pero hasta aquel momento había creído que lo que le estaba pasando era algo mágico y no ridículo, como él parecía estar insinuando.

Pese a todo, ella se mantuvo firme.

—Si quieres irte, nada te retiene. No te he obligado a acompañarme, de hecho, te he preguntado varias veces si te parecía bien venir aquí conmigo. Te agradezco lo que has hecho esta mañana y me ha gustado hablar contigo y —tragó un par de veces— pasear, pero no hace falta que te quedes si tanto te molesta.

Giró sobre sus talones y se puso a caminar; no sabía adónde se dirigía, pero no quería quedarse allí plantada mientras él se iba.

—Martina, espera. ¡Espera! —Leo corrió tras ella—. Lo siento. Lo siento —repitió hasta que ella se dio media vuelta—. A mí también me ha gustado, me gusta pasear contigo, es solo que... —Tuvo que reunir el valor para decir lo siguiente—: es solo que no entiendo nada de esto y no me gusta no entender las cosas.

—Está bien, yo tampoco lo entiendo.

Anduvieron un poco más, contándose cosas que les habían sucedido días o años atrás. Ninguno elegía los recuerdos que compartía con el otro; era como si estos cayeran en la conversación como estrellas fugaces.

—Empieza a hacer frío —dijo él al notar el cambio en la brisa—. ¿Seguro que no quieres llamar a tu hermano?

Antes Martina le había contado que Marc, uno de sus hermanos, la había llevado a la facultad y que se suponía que ella podía llamarlo cuando quisiera para volver a casa.

—No, prefiero regresar a casa en tren. Le llamaré desde la estación para avisarle; además, seguro que está ocupado. Todos lo están.

—De acuerdo. ¿Qué vas a hacer? ¿Vas a contarles a tus padres que hoy no te has matriculado? ¿Vas a volver el lunes?

—¿Estás seguro de que puedo matricularme el lunes sin problema?

—Segurísimo. Lola, la jefa de Administración, te matriculará en un abrir y cerrar de ojos, si eso es lo que quieres.

Martina miró hacia el mar.

—¿Tú también estarás el lunes?

Hasta esa pregunta no habían mencionado si volverían a verse, no se habían preguntado sus apellidos y tampoco se habían pedido sus números de teléfono. Martina quería hacerlo, pero al mismo tiempo tenía el presentimiento de que no era el momento y de que lo que estaba sucediendo con Leo no se ajustaba a las reglas que parecían regir las relaciones normales.

—¿Quieres que esté?

—Sí —contestó ella, porque uno de los dos tenía que empezar a dejar las cosas claras y al parecer le había tocado a ella—. A no ser que tú no quieras, claro.

—No, sí. —Leo se rio de sí mismo—. Sí, voy a estar y sí, quiero estar.

—Genial.

Martina le sonrió. El sol se estaba poniendo a su espalda y las olas seguían haciéndole cosquillas en los pies. Si la besaba ahora, pensó Leo, jamás lograría olvidar ese beso ni a ella. Así que respiró hondo y se permitió mirarla e imaginarse cómo sería agachar la cabeza y rozar sus labios, qué sentiría cuando ella suspirase y le devolviera el beso, el calor que notaría en la yema de sus dedos al deslizarlos por su pelo. Lo imaginó todo: el sonido, el tacto, el placer que sin duda correría por su venas. Imaginó incluso la sonrisa que le quedaría plantada en el rostro cuando ella se apartarse y el vuelco que le daría el corazón cuando ella le acariciase la mandíbula o le rodease el cuello con los brazos. Lo imaginó todo y lo encerró dentro de una cajita imaginaria que después lanzó al fondo del mar.

—Vamos, te acompaño a la estación —le dijo—. Se está haciendo tarde.

Ella notó el cambio, quizá incluso presintió que Leo se estaba despidiendo de lo que nunca permitiría que existiera entre los dos, y, aunque mantuvo la sonrisa, le brillaron los ojos.

—No hace falta. La estación de metro está aquí mismo. —Señaló el paseo que había a pocos metros—. Y conozco el camino de sobra. Es solo un trasbordo.

No le dijo en qué pueblo vivía y él tampoco se lo preguntó, igual que ella tampoco quiso saber si él vivía en un piso o en una residencia o si pensaba volver a la ciudad donde hubiera nacido después de terminar la carrera. No le preguntó de qué ciudad se trataba.

—De acuerdo —accedió Leo.

Aun así caminaron juntos hasta la boca de la estación y al llegar Martina volvía a tener la mirada limpia y seca.

—Gracias por haber cuidado de mí, Leo. Nos vemos el lunes. —Y, siguiendo un impulso, se puso de puntillas y le dio un beso en la mejilla.

Él se quedó inmóvil.

—De nada.

Martina asintió y se dio media vuelta.

—Martina, espera —le pidió él y ella se detuvo.

—¿Sí?

—¿Puedo preguntarte algo?

—Claro.

—Esta mañana, antes de que tuvieras el ataque de pánico, cuando nos miramos, ¿en qué pensabas?

Ella sonrió. Él no sabía nada de ella, o apenas nada, pero en esas horas que habían pasado juntos había descubierto que Martina era incapaz de estar enfadada con alguien mucho rato, y que ante la duda siempre elegía ser optimista y confiar en la bondad humana. Creer en el final feliz. Si no, no se explicaba que ella siguiera mirándolo como si quisiera seguir conociéndole.

—Intentaba imaginarme tu historia.

Cada respuesta que ella le daba le confundía aún más.

—¿Mi historia?

—Sí, intentaba imaginarme quién eras y qué hacías allí.

Leo negó con el gesto.

—No lo hagas, no soy nada interesante.

—Eso, Leo, tengo que decidirlo yo. Nos vemos el lunes.

¡Dios! Si Martina se volvía más dulce, a Leo le daría un ataque, pero notó que le subían las comisuras de los labios.

—Vete ya —le pidió medio en broma y medio suplicándole que se alejase de él para no seguir tentándolo—. Algún día deberías escribir todas estas cosas que dices. Se te daría bien.

—Tal vez.

Martina bajó la escalera del metro y, tras hacer un trasbordo, llegó a la estación de Sants, donde se subió al primer tren que salía hacia Arenys de Mar, el pueblo donde vivía con sus padres. Llamó a su hermano Marc para asegurarle que estaba de vuelta y que no tenía que esperarla para llevarla a casa, y después cerró los ojos.

5

Jueves, 8 de febrero de 2007

Leo llegaba tarde a la cita con el preparador de las oposiciones y él odiaba llegar tarde, claro que con la mañana que llevaba era de esperar que el día siguiera con la misma tónica. Había tenido un día de mierda, para qué negarlo, y las cosas solo podían empeorar.

Subió los peldaños de dos en dos y, cuando llegó a la planta donde se encontraba el despacho del Departamento de Derecho Civil, buscó con la mirada la puerta donde se suponía que el nuevo preparador le estaba esperando. Él solía cantar los temas en otro edificio, pero su preparadora habitual, Marisa Lestrad, había tenido que ausentarse a última hora y ella, previsora como era y consciente de que Leo no era de los que se saltan los días de preparación, le ofreció que lo hiciera delante de un colega suyo, el doctor Jiménez de Derecho Civil. A Leo cambiar de preparador, aunque fuese solo un día, no le gustaba demasiado, pero Marisa tenía razón: él se habría puesto de muy mal humor si hubiese tenido que saltarse esa sesión.

Cruzó el pasillo en dirección al despacho. Las puertas le quedaban a la izquierda y a la derecha había unas ventanas desde las que se veía el patio interior del edificio y los pisos inferiores. Desvió la mirada hacia allí un segundo y se detuvo en seco. Frente a él, dos líneas de ventanas más abajo, estaba Martina. No pudo dar ni un paso más; se quedó quieto observando desde la distancia, buscando esa prueba que le confirmase que se trataba de ella, pero no la encontró.

La chica que estaba en la tercera planta de la facultad, mientras él estaba en la quinta, terminó de escribir lo que fuera que estuviera escribiendo en el papel que sujetaba encima de su carpeta y cruzó corriendo el pasillo en dirección a la escalera.

Tal vez fuera Martina o tal vez no, pero Leo contó hasta diez sin moverse y después soltó el aire que tenía en los pulmones y caminó hacia el despacho del preparador donde ya llegaba tarde.

No era la primera vez que creía ver a Martina por la facultad o por alguna calle de Barcelona, ni tampoco la primera que se preguntaba si era ella de verdad o una desconocida con rasgos parecidos. Ni la primera que tenía que contenerse para no salir corriendo detrás de ella. Ni la primera que no dejaba de preguntarse si había cometido un error con ella. En julio, Leo no acudió a la cita del lunes ni les dejó ningún recado a las encargadas de la matriculación para que se lo diesen a Martina. Ese lunes, Leo no se acercó a la facultad. No le había surgido ningún imprevisto ni le había atropellado una moto ni tenía amnesia ni nada parecido. No fue porque no quiso, aunque eso tampoco era cierto del todo.

No fue porque pensó que sería mejor así.

No fue porque si a esa chica le había bastado con un día para que él sintiera esa clase de curiosidad por ella, no podía correr el riesgo de volver a verla.

Por desgracia, eso no significaba que no quisiera.

En julio la teoría de Leo había sido bastante simple: si no vuelvo a verla me olvidaré de ella y, por tanto, no volveré a preguntarme dónde está o qué hace o si tiene otro trozo de mar en alguna parte.

La teoría había demostrado ser un fracaso al llevarla a la práctica, pero Leo seguía insistiendo y por eso, cuando se cruzaba con alguna chica que le recordaba a Martina o que podía ser ella, corría en dirección contraria y se preguntaba si alguna vez llegaría el día en que la viera y las ganas de acercarse desaparecieran.

Ese lunes Leo no se acercó a la facultad, pero sí que llamó a la jefa de Secretaría para decirle que tal vez una chica llamada Martina acudiría a matricularse y por favor la ayudasen. No puso demasiado énfasis en la petición porque no quería llamar la atención y el martes, cuando pasó por la facultad, no se acercó a Secretaría ni preguntó si Martina había estado el día anterior.

Durante esos meses, él ni siquiera había consultado una vez la lista de alumnos de Derecho, algo que no le habría resultado difícil y que podían hacer todos los alumnos, y nunca había buscado a Martina activamente por la biblioteca o por la cafetería. Pero al parecer sus ojos habían decidido no hacerle caso y cada vez que entraba en uno de esos lugares buscaban el rastro de la melena de Martina, igual que hacían sus oídos con la voz de ella o el sonido de su risa. O sus pulmones, que insistían en dejar de respirar durante unos segundos cada vez que creían estar cerca de ella.

Cantó los temas mal y el preparador lo miró entre sorprendido y decepcionado mientras Leo se tropezaba con el temario y se olvidaba varios puntos importantes. Al terminar no hacía falta que el doctor en Derecho Ares Jiménez le dijera que tenía que centrarse ni que le recordase todo lo que había hecho mal, pero Ares, ajeno a lo furioso que ya estaba Leo consigo mismo, lo hizo de todos modos. Seguro que la semana siguiente, cuando Marisa volviera, añadiría el insulto de que se sentía decepcionada.

Genial.

Bajó la escalera de mal humor, preguntándose, y no por primera vez, si el verano pasado se había equivocado o como mínimo precipitado.

—Lo que pasó es que te asustaste, capullo —se riñó a sí mismo tras asegurarse de que estaba solo en aquel tramo.

Si aquel lunes hubiese acudido a la facultad como tenía previsto, lo más probable sería que Martina le hubiese parecido una chica más.

Una chica olvidable. Seguro que lo que había pasado el viernes había sido algo excepcional, como cuando cae un rayo en medio del mar, y ya se sabe que un rayo jamás cae dos veces en el mismo lugar.

Si hubiese visto a Martina aquel lunes se habría dado cuenta de que ella no poseía ninguna especie de poder sobre él y que mirarla ni le aceleraba el corazón ni le hacía sudar ni nada de nada. Había sido un idiota y ahora estaba pagando las consecuencias de aquella estúpida decisión.

No pensaba en esa chica todo el tiempo; eso sería absurdo teniendo en cuenta que apenas había pasado unas horas con ella y que no había sucedido nada entre ellos. El recuerdo de Martina era como esa canción que aprendiste de pequeño, tal vez en el colegio o porque era la de tu serie favorita de la tele, y acude a tu mente cuando menos te lo esperas. Esa canción que no puedes olvidar y que te descubres tarareando en cualquier momento.

Leo llegó a la calle y caminó hasta donde había aparcado la moto. Miró a su alrededor rápidamente, uno de esos tics que se negaba a reconocer que tenía, y se puso el casco mientras se sentaba en el sillín. Mientras recorría la Diagonal de Barcelona quiso repasar el tema que le había preguntado el preparador de la oposición y que él había fallado, pero su cabeza le llevó la contraria y optó por seguir pensando en Martina, aunque en esta ocasión, quizá por culpa del tráfico o por culpa del enfado de Leo, siguió otro razonamiento.

Quizá si él hubiese acudido ese fatídico lunes a la facultad y hubiese ayudado en las matriculaciones de los nuevos alumnos tal como había prometido que iba a hacer, hubiese descubierto que Martina no se había presentado. Sí, esa era la teoría que más odiaba Leo, a pesar de que tampoco estaba dispuesto a reconocerlo. En esas divagaciones, Martina no había acudido el lunes a matricularse porque después de hablar con él el viernes había visto claro que Derecho no era para ella y había decidido estudiar otra cosa o irse a vivir un año en el extranjero, donde ahora salía con un estudiante sueco altísimo, rubio y que le decía cursilerías.

Leo casi se saltó un semáforo en rojo y provocó un accidente por culpa de la imagen del sueco que él solito había creado. Sacudió la cabeza mientras esperaba que la luz cambiase a verde y después condujo furioso hasta su casa; un pequeño apartamento alquilado cerca de Arc de Triomf. Entró en casa sin poder quitarse de encima el mal humor y optó por cambiarse y ponerse la ropa de deporte y salir a correr un rato. Tal vez junto con las toxinas del sudor eliminaría aquellos pensamientos sobre Martina y lo que habría pasado si aquel día de meses atrás él se hubiese presentado. Se ató los cordones de los zapatos, se aseguró de ponerse los auriculares con la música bien alta y de llevar las llaves en el bolsillo, y después salió a correr hasta que le quemaron los músculos de las piernas y los pulmones.

Una hora y media más tarde volvía a abrir la puerta de casa y se metía bajo la ducha con el cuerpo agotado y la mente igual de enredada que antes. Lo único que había conseguido era cansarse y enfadarse más consigo mismo por haber fallado. No reaccionaba del mismo modo siempre que se cruzaba con alguna chica parecida a Martina; a veces lograba recuperar la calma con relativa facilidad, pero otras no lo conseguía.

Si él fuese de los que creen en las señales del destino, creería que este intentaba decirle algo, pero como no lo era ignoraba el mensaje. Él decidía su futuro y por eso tenía ese presente, el que necesitaba. Y Martina, o cualquier otra persona, sueño, objeto o locura que le hiciera sentir esa punzada en el corazón, ese encogimiento de estómago o ese calor en las venas no tenía cabida.

Estaba vistiéndose en el dormitorio y negándose a hacer caso a lo que le sucedía en cierta parte de su cuerpo, porque esa línea no pensaba cruzarla ni ahora ni nunca, cuando sonó el timbre de la puerta y parpadeó confuso. Entonces recordó que esa noche tenía un compromiso y que por culpa de..., no podía culpar al espejismo de Martina, por culpa suya, de él mismo, se había olvidado.

—¡Mierda, mierda, mierda! —soltó mientras acababa de ponerse la camiseta y corría hacia la puerta—. Lo siento.

En el umbral estaba Belén. No parecía enfadada, sino más bien tranquila porque le había encontrado tal y como creía que le encontraría.

—Sabía que te habías olvidado. Tienes la cabeza tan metida en las oposiciones que te olvidas de todo, incluso de mí —añadió con un mohín al cruzar la puerta y antes de ponerse de puntillas para darle un beso en los labios.

Y la culpabilidad sacudió a Leo con tanta fuerza que tuvo que sujetarse del marco para no temblar frente a ella. Frente a Belén, su novia y la chica que no le generaba ni un ápice de curiosidad comparada con Martina; algo que se obligaba a evitar porque no era justo y porque le hacía sentirse como un desgraciado, pero que al parecer, siguiendo la tónica del día, hoy iba a hacer.

—No me he olvidado —mintió—. La fiesta no es hasta las diez.

Al menos recordaba los suficientes detalles para que Belén no creyera que no la escuchaba cuando le hablaba o que no le importaban los compromisos que adquiría con ella.

—Son las nueve y seguro que nos has comido nada. —Lo miró con cierta condescendencia, algo que hacía a menudo y que Leo no siempre conseguía fingir que no le molestaba—. Vamos, vístete. Ponte esa camisa nueva que...

—Belén —la interrumpió—, creo que sé vestirme solo y que soy capaz de elegir qué camisa ponerme.

Ella le puso morritos y Leo contó mentalmente hasta diez, ¿o fue hasta cien?, antes de dirigirse a su dormitorio.

—No seas así, cielo. Solo quería ayudar y con esa camisa estás muy guapo.

Leo soltó el aliento y se dijo que Belén no tenía la culpa de su mal humor y no se merecía que se desahogara con ella. Y mucho menos después de, bueno, después del motivo que había detrás de dicho mal humor.

—Lo siento, he tenido un mal día —le dijo, deteniéndose junto a ella para agacharse y darle un beso en la mejilla porque llevaba los labios pintados y Belén odiaba que la besase cuando llevaba los labios pintados—. Enseguida salgo.

Ella sonrió, feliz de que las aguas volvieran a su cauce, y la sonrisa se ensanchó cuando un par de minutos más tarde Leo salió de la habitación con la camisa que ella había elegido.

6

Leo y Belén cenaron en uno de los restaurantes favoritos de ella y que él odiaba porque cada vez que entraba se sentía como un intruso. Además, la comida tampoco le gustaba especialmente. Iban a llegar tarde a la fiesta, pero a ninguna de las amigas de Belén, que era con quienes habían quedado, les sorprendería y Leo, si no fuera porque todavía se sentía mal por lo de antes, tal vez habría intentado encontrar la manera de acompañar a Belén hasta allí y después volver a casa.

Las fiestas en general no eran lo suyo y las que organizaban en el club de polo todavía menos, de hecho, estaba convencido de que le salía urticaria siempre que se veía obligado a asistir a una. Esas y las del club de tenis eran las peores, pero estaba dispuesto a aguantarlas porque sabía que eran necesarias. Las soportaba con el mismo estoicismo que había soportado las clases de Filosofía del Derecho o de Informática Jurídica, dos asignaturas inútiles por motivos muy diferentes pero que había tenido que aprobar y con nota para seguir adelante. La primera era inútil porque era una utopía, un cuento de hadas, y en el caso de la segunda, la asignatura era absurda porque incluso él, que no era ningún genio de las tecnologías, sabía que las herramientas que tenían ahora quedarían obsoletas antes de que él terminase la carrera.

Llegaron en taxi al club de polo, pues Belén consideraba que la moto de Leo era una atrocidad y nunca se montaba en ella, y él no tenía ni el dinero ni la intención de comprarse un coche mientras estudiase. En realidad, si era sincero consigo mismo, mientras su moto funcionase no la cambiaría por nada. Leo pagó el taxi y después ayudó a Belén a bajar del vehículo. Juntos entraron en el local, donde ya había gente bebiendo y bailando, aunque la gran mayoría de invitados hablaban en círculos reducidos que se habían formado por selección natural; igual que las gacelas se juntan entre ellas y huyen de los leones, los jueces hablaban con otros jueces y tal vez con algún fiscal, los abogados con los abogados, los catedráticos con los catedráticos y el resto intentaba arrimarse.

Eran círculos en extremo cerrados, a pesar de que todos se esforzaban en proclamar a los cuatro vientos lo contrario, y era muy difícil acceder a ninguno de ellos, aunque se tuvieran las cualificaciones necesarias. Obviamente en la ciudad había otros jueces, otros abogados, otros catedráticos que no estaban allí presentes y que ni siquiera conocían de la existencia de esas fiestas. Y el motivo de que fuera así era porque no ostentaban el mismo grado de poder.

No todos los jueces valían lo mismo y no todos los abogados eran iguales, eso Leo lo sabía mejor que nadie. Lo tenía grabado en su mente y nunca podría olvidarlo.

—Leo, cielo, vamos a saludar a mis amigas. —Belén entrelazó los dedos con los de él y lo guio hacia el interior.

—¿Tus padres están aquí esta noche?

—Sí, claro. Ellos han cenado aquí con sus amigos; después vamos a saludarlos. Papá ha preguntado por ti este mediodía, me ha dicho que el preparador que ibas a tener esta tarde es amigo suyo.

¡Mierda!, pensó Leo. Entonces seguro que ya le había dicho que la había jodido esa tarde. Tendría que improvisar, o quizá tendría suerte y Amancio, el padre de Belén, no se había enterado aún del desastre.

—El profesor Ares no me ha dicho que conociera a tu padre.

—Bueno, ya sabes cómo son esas cosas.

—Sí, claro.

Leo lo sabía perfectamente. El juez Amancio Almoguera de Periel era una institución dentro de la judicatura y al mismo tiempo una especie del hombre del saco entre los miembros de la abogacía y del sector académico jurídico de la ciudad: le admiraban y temían a partes iguales. Almoguera tenía dos hijas, Belén y Amaya. Belén era la mayor, tenía un año menos que Leo, veintiuno, y estudiaba Derecho para seguir con la tradición familiar a pesar de que nunca le había dicho a nadie, ni siquiera a Leo, que le gustase especialmente. Toda la familia Almoguera, Amancio y Belén incluidos, daba por hecho que Belén no ejercería, sino que se dedicaría a la fundación que tenía la familia Almoguera-Andueza; igual que hacía su madre, la siempre elegante y refinada Begoña Andueza, señora de Almoguera, por favor.

Conocer a Belén y establecer una relación con ella nunca había entrado en los planes de Leo porque ni en sus fantasías más descabelladas había contemplado la posibilidad de que uno de los jueces más poderosos de España tuviese una hija de su edad y dicha hija se cruzase en su camino. Leo tenía algunas líneas morales que nunca cruzaría, y una de ellas era la de no utilizar a otras personas para conseguir sus fines.

Había sido Belén la que se había fijado en él, un alumno de un curso superior, cuando lo vio un día en la biblioteca dos años atrás. Y había sido Belén la que se había acercado a hablar con él y la que prácticamente le había perseguido hasta conseguir que aceptase salir con ella. Leo sabía que esa resistencia era el principal motivo por el que ella se había encaprichado de él. Otro de los motivos se lo había confesado la propia Belén: ella siempre tenía lo mejor y Leo era, según ella, el mejor alumno de la facultad, el más prometedor, ese al que todo el mundo auguraba un futuro brillante.

Representaban convencidos el papel de pareja perfecta; frente a la galería actuaban sincronizados sin apenas parpadear e intercambiaban la cantidad justa de palabras de afecto para ser creíbles, porque aunque nunca habían hablado abiertamente de cuáles eran las reglas del juego al que estaban jugando, tanto Belén como Leo las conocían y sabían que se necesitaban mutuamente para alcanzar la vida que según ellos se merecían. Se tenían cariño, o al menos Leo necesitaba creerlo así, y, lo más importante, se respetaban y se ayudaban a conseguir sus objetivos: estaban el uno al lado del otro y a Leo no se le ocurría una cualidad más necesaria en su pareja.

—Leo, tío, ¿te traigo otra copa? —le preguntó Pablo tras chasquear los dedos delante de sus narices.

—Perdona, estaba atontado. No, gracias. —Levantó el vaso medio lleno que todavía tenía en la mano—. Estoy bien.

—Hoy estás muy raro —siguió Pablo—. Espérame aquí; voy a por otra copa y vuelvo. No quiero que vuelvan a pillarme esos dos imbéciles.

Pablo era el novio de Patricia, una de las amigas de Belén, y el único del grupo al que Leo podía soportar sin hacer demasiado esfuerzo. Con el resto tenía que estar borracho, dormido o, si tenía suerte, ausente. Una parte de él sabía que, si seguía por el camino que había empezado hace años, lo más probable sería que esos individuos u otros muy similares formasen parte de su futuro, pero otra parte estaba todavía en fase de negación o confiaba en encontrar la manera de no volver a verlos nunca más: Belén podía quedar con ellos sin él. Leo jamás le pondría impedimentos a eso y ella lo sabía, pues nunca se entrometían en lo que hacía el otro cuando no estaban juntos.

Eres un iluso, susurró una voz amargada en su cabeza, y para acallarla Leo vació la copa de un trago.

—¿Ahora te la terminas? ¡Joder, Leo, con lo que me ha costado colarme en la barra! —se quejó Pablo.

—Estoy bien —repitió Leo—, y seguro que no te ha costado tanto. ¿Has levantado la ceja y le has enseñado el hoyuelo?

Pablo se rio y puso cara de inocente.

—¿Yo? Jamás. La ceja y el hoyuelo son solo para Patri.

—Seguro.

—Hablando de Patri y Belén, ¿sabes dónde están? Hace rato que no las veo.

—Están hablando con Carla, creo que la han acompañado al baño.

Leo agradecía que tardasen tanto, así cuando salieran ya habría estado en esa fiesta el tiempo suficiente para irse a casa, después de saludar al padre de Belén, por supuesto. Como si las hubiese conjurado con la mente, vio a las tres amigas dirigiéndose hacia la mesa donde estaban él y Pablo, y le bastó con ver el paso firme de su novia para saber que esa noche, siguiendo la tónica del día, no iba a salir como él quería.

—Nos vamos a una fiesta en un piso de las Ramblas —decretó Belén.

—El imbécil de Hugo nos espera allí —siguió Patri con una sincronización perfecta.

—Nos hemos peleado —remató Carla— y el muy idiota ha bebido y ahora me ha llamado pidiéndome perdón y —sorbió por la nariz— sois las mejores amigas del mundo —miró a las otras dos chicas— por acompañarme. Yo sola no me atrevería a ir.

Leo se mordió la lengua para no sugerir que no hacía falta que ejercieran de canguros o que ya iba siendo hora de que Carla y Hugo solucionasen sus problemas como personas adultas y no como si formasen parte de una *reality show*. Y, como aún se sentía culpable por lo de antes, aunque una vocecita seguía repitiéndole que no había hecho nada malo, tampoco le dijo a Belén que podían ir ellas solas perfectamente o que con Pablo tenían escolta suficiente.

Los cinco se apretujaron como pudieron en el coche de Pablo, un deportivo para dos en el que solo cabían dos chihuahuas en la parte trasera, y se fueron a la fiesta de las Ramblas. Durante el breve trayecto (por suerte a esa hora se podía circular por la ciudad), Carla les contó que la fiesta la organizaba el primo de un amigo de Hugo y que estaba llena de alumnos de Derecho. Leo no prestó demasiada atención, le importaba más bien poco, lo único que quería era salir de esa caja de cerillas antes de que se rompiera la espalda o una rodilla, encontrar al cretino de Hugo e irse a dormir. Belén ya le había anticipado que esa noche no se quedaría con él; lo hacía muy pocas veces porque no le gustaba la ducha del piso o tenía frío o calor (según la temporada), y lo cierto era que Leo lo prefería así. Las contadas ocasiones en que ella se había quedado, él no había pegado ojo en toda la noche y se pasaba las horas preguntándose si siempre le incomodaría tanto tener que compartir su espacio o su piel con otra persona.

Reconocieron el lugar donde se celebraba la fiesta por la cantidad de gente que había de pie en la calle y Pablo, que había nacido con una flor en el culo, consiguió aparcar muy cerca. La fiesta ocupaba la planta baja y el primer piso del edificio, Leo ya era incapaz de recordar la historia del propietario y organizador del evento, lo único que le pasaba por la cabeza era que si la policía no estaba allí, seguro que era alguien con contactos, porque era imposible que los vecinos no se hubiesen quejado por el ruido o la luces que emanaba de las ventanas y puertas abiertas. El grupo se dispersó nada más llegar; Belén y Patri arroparon a Carla, y Pablo y Leo, después de mirar por el piso, se atrincheraron en un rincón con un par de cervezas, convencidos de que Hugo no tardaría en aparecer, pues ese sitio tampoco era tan grande.

Pablo saludó a un par de compañeros de la facultad y a Leo le cayó encima de repente todo el cansancio del día. Apoyó la cabeza en la pared que tenía detrás sin preocuparle lo sucia que pudiera estar y cerró los ojos. ¡Joder! ¿Cuándo podría irse de ese lugar? Estaba tan exhausto que a pesar del ruido y de que alguien lo salpicó con vodka al pasar por su lado estuvo a punto de dormirse.

—Hugo, esta es la última vez. Te juro que si vuelves a hacerme pasar tanta vergüenza...

La reprimenda que Carla le estaba lanzando a Hugo consiguió despertar a Leo, que no dudó en ponerse en pie.

—¿Nos vamos? —preguntó al resto de sus amigos. Ninguno parecía tener ganas de quedarse allí más de lo necesario.

En cuanto llegaron a la calle se hizo más que evidente que los seis no iban a caber en el coche de Pablo y Leo ofreció una solución:

—Yo voy a pie; mi piso es el que está más cerca.

Esta era una más de las diferencias entre Leo y el mundo de Belén: sus amigos o, mejor dicho, las personas que formaban su círculo de amistades vivían en la zona alta de la ciudad y él no. Para Leo su pequeño piso alquilado era un verdadero palacio, algo que de pequeño había creído imposible.

—Gracias, cielo. —Belén se acercó y le dio un beso en la mejilla—. ¿De verdad que no te importa que me vaya con ellos?

—Por supuesto que no. Pablo os dejará a ti y a Patri en casa; es una tontería que te quedes aquí.

Belén en ningún momento se había ofrecido a quedarse con él.

—¿Te dejo las llaves y haces tú de chófer? —le ofreció Pablo con una sonrisa—. No tengo ganas de aguantar a Hugo en plan víctima ni los gritos de Carla.

—Ni por todo el oro del mundo. —Leo se alejó de las llaves como si fueran una serpiente venenosa—. Conduce con cuidado, ya nos veremos.

—Claro, alguien tendrá que sacarme de la cárcel.

Pablo se alejó y siguió a los demás hacia el coche, mientras que Leo empezó a caminar en dirección contraria; su piso no estaba lejos, pero tardaría al menos quince minutos en llegar y la madrugada había refrescado. En un gesto automático se llevó las manos al cuello para anudarse la bufanda y no la encontró.

—¡Mierda!

Estaba seguro de que la llevaba al bajar del coche de Pablo. Cerró los ojos para pensar, realmente estaba muy cansado, y de repente recordó que se la había quitado justo antes de quedarse dormido en uno de esos sofás roñosos que había en la fiesta. Resignado, porque no pensaba perder esa bufanda, regresó al piso. No sabía en qué clase de energúmeno se convertiría si ese día tan horrible concluía con él perdiendo la bufanda, pero no quería comprobarlo. Entró en la fiesta, que seguía a plena marcha, y se dirigió directamente a su objetivo agudizando la vista. Apartó a un chico que estaba allí sentado sin decirle nada, e ignorando su cara de pocos amigos, y tras apartar un par de abrigos y dos o tres bolsos que gente demasiado confiada o borracha había abandonado allí, tocó el familiar tacto de su bufanda y suspiró aliviado.

Se dio media vuelta tan rápido que no tuvo tiempo de reaccionar cuando chocó de bruces con la persona que tenía detrás. Era una chica y la sujetó por los brazos para que no se cayera. La luz entonces cambió, se volvió violeta por alguna especie de truco electrónico, eso o Leo empezó a perder la cabeza, porque cuando miró a la desconocida tuvo que parpadear y recordarse cómo respirar.

—¿Martina?

—¿Leo? —Ella sonrió mirándole a los ojos, sintiéndose cómoda y feliz en ellos—. Leo.

7

—Martina.

Ella seguía sonriéndole y Leo se preguntó si seguía durmiendo en el sofá que tenía a su espalda y todo eso era un sueño. Pero no, movió los dedos y pudo sentir el calor que desprendía el jersey de ella. Tenía que soltarla y, sin embargo, sus manos se negaban a colaborar.

—Hola —dijo ella—. ¿Qué haces aquí?

—Hola. —Se obligó a aflojar las articulaciones, pero no lo consiguió—. He venido a buscar mi bufanda, ¿y tú?

—Estaba allí —ladeó la cabeza y con la barbilla señaló un rincón en el que había dos chicas de pie mirándolos— y me ha parecido que eras tú. No es la primera vez que me pasa —siguió— y mis amigas me han obligado a acercarme.

Eso no tendría que hacer tan feliz a Leo ni tendría que provocarle ganas de sonreír ni de dar saltos de alegría como si hubiese ganado una medalla olímpica.

—¿No es la primera vez que te pasa el qué?

Además, seguía sin soltarla y realmente tenía que hacerlo. Tenía que hacerlo ya, antes de que fuera demasiado tarde.

—Creer que te veo en alguna parte —respondió sin disimulo y Leo pensó que eso no podía estar pasando, esa noche no.

—¿Has bebido? —le preguntó él y ella ladeó la cabeza y le miró confusa.

—No. ¿Por qué lo preguntas?

—Porque esto no tiene sentido y quería averiguar si estaba pasando de verdad.

Entonces la sonrisa de Martina se ensanchó de un modo completamente injusto y se le iluminaron los ojos, lo que a Leo ya le pareció una crueldad.

—Leo, si quieres saber eso tendrías que preguntarte si has bebido tú, no si he bebido yo. Que yo hubiera bebido no convertiría esto en una alucinación, lo contrario tal vez sí.

La sonrisa por fin conquistó el rostro de Leo y lo derrotó de tal modo que notó que se extendía desde sus labios hasta las puntas de los dedos de los pies.

—Tienes razón.

—¿Y bien? —Ella casi se rio—. ¿Has bebido?

—Un poco, pero hace rato. Además, cuando bebo nunca te veo.

Esa respuesta confundió aún más a Martina. Leo lo supo porque la vio fruncir las cejas.

—Entonces —dijo ella sin dejar de fruncirlas—, ¿cuál es el veredicto? ¿Estamos los dos aquí de verdad o esto es una alucinación?

—Estamos aquí de verdad —afirmó, aunque se preguntó si tal vez la otra opción no sería preferible, al menos para él.

—Me alegro de verte, Leo. Ya empezaba a creer que te había imaginado.

La capacidad que tenía ella para abrirle la mente y meterse dentro de él ya no le sorprendió tanto como aquella primera vez, aunque le produjo el mismo efecto.

—Yo también, Martina —confesó sincero y por fin consiguió aflojar los dedos y soltarla—. ¿Tus amigas te están esperando? ¿Qué estás haciendo aquí? Antes no has llegado a contestarme.

—Me han arrastrado a esta fiesta, diría que igual que a ti. Por suerte ya he cumplido el tiempo suficiente de condena y puedo irme a casa.

—¿Cómo sabes que me han arrastrado hasta aquí? ¿Ya te vas? —Sacudió la cabeza—. ¿Al final te matriculaste? ¡Joder! Lo siento —se disculpó—. Tengo tantas preguntas que no sé por cuál empezar.

—¿Por la primera? —sugirió ella—. Mira, Leo —parecía como si le gustase pronunciar su nombre—, si es que te llamas así de verdad...

—¿Cómo que si me llamo así de verdad?

Ella se encogió de hombros, le sonrió y guiñó un ojo, y aunque tal vez quería aparentar que bromeaba, Leo notó algo oculto detrás de ambos gestos.

—Será mejor que vaya a decirles a mis amigas que no me equivocaba y que estás aquí de verdad. —Volvió a señalar a las dos chicas y Leo vio cómo Martina construía un muro a su alrededor—. Adiós, Leo. Me ha gustado verte.

Leo asintió y tragó saliva; lo mejor que podía hacer era responderle que él también se alegraba de verla y despedirse. Pero lo que salió de su boca fue otra cosa:

—Espera un momento —le pidió—. Antes has dicho que te ibas a casa. ¿Sigues viviendo en Arenys de Mar?

Ella levantó una ceja sorprendida, probablemente porque él se había acordado del nombre del pueblo.

—Según mis padres nunca nos iremos definitivamente de casa, pero la verdad es que ahora vivo aquí, en Barcelona. Comparto piso con una de mis hermanas.

—¿Puedo acompañarte? —preguntó Leo sin más dilación, porque de nada serviría dar vueltas al tema. Quería seguir hablando con ella y ahora mismo esa era la única manera que se le ocurría de conseguirlo.

—Ni siquiera sabes dónde vivo.

—¿Dónde vives?

Martina lo miró dándole por imposible y farfulló algo que él no llegó a oír. Leo se obligó a esperar, pues sabía que no podía exigirle que le dejase acompañarla y que lo mejor para los dos sería que ella le dijese que no y volviera a desaparecer en el éter o donde hubiese estado metida esos meses. Pero Martina se acercó a él, le miró a los ojos y le dijo:

—Espera aquí, no te muevas. Enseguida vuelvo.

—De acuerdo, no me moveré.

Lo que sí hizo fue observarla mientras se dirigía a sus amigas y les hablaba gesticulando como si sus manos utilizasen un lenguaje propio. Y aguantó el escrutinio al que lo sometieron las amigas desde la distancia lo mejor que pudo. Fingió que no tenía miedo de que ella volviera a acercarse a él solo para decirle que había cambiado de opinión y que no podía acompañarla. Estaba tan convencido de que sería eso lo que sucedería que, cuando Martina se acercó y le dijo que ya podían irse, tardó unos segundos en reaccionar y seguirla.

La noche era clara y, cuando se detuvieron en el primer semáforo, Leo se preguntó si unos minutos atrás también había tantas estrellas en el cielo. Martina llevaba una falda larga como el día que la conoció, mientras que la melena la tenía algo distinta, aunque del mismo color hipnótico que él recordaba, y le producía el mismo anhelo de querer tocarla. Los ojos seguían siendo de ese tono entre el verde del agua de un lago y el gris de una tormenta, y llevaba alrededor del cuello una bufanda salpicada de vetas cobrizas y doradas que le daba un aire mágico, casi irreal. Reanudaron la marcha y Leo sonrió como un idiota al oír el tintineo.

—Tus pulseras —respondió a la pregunta que ella le hizo con los ojos—. Me gusta el sonido de tus pulseras, creo que lo reconocería en cualquier parte. Significan algo. Tienen que significar algo.

Ella se sonrojó y Leo lamentó haberse quedado tanto rato hablando con ella en el interior oscuro de esa fiesta, porque tal vez Martina se había sonrojado antes y él se lo había perdido.

—¿Por qué lo dices?

—La verdad es que no lo sé —contestó él—. Supongo que tengo el presentimiento de que todo en ti significa algo.

Martina se apartó un mechón de pelo que se le había enredado en la bufanda.

—Vivo en Gracia; queda un poco lejos. A mí me gusta caminar, pero si prefieres...

—No, a mí también me gusta caminar —la interrumpió Leo, que en realidad nunca había pensado si le gustaba o no, pero en aquel instante quería seguir hablando con Martina.

Reanudaron la marcha y, tras unos instantes de silencio, fue ella la que volvió a hablar.

—Tienen significado. Las pulseras, quiero decir, pero no es premeditado y ahora no es el momento de hablar de ello.

—¿Y de qué es el momento de hablar?

Martina le miró y levantó una ceja junto con una sonrisa.

—No sé. Veamos, ¿no hay nada que quieras contarme?

Leo notó los remordimientos mezclándose con la vergüenza en sus mejillas y soltó el aliento.

—Está bien. Supongo que tienes razón. Siento no haber ido aquel lunes —dijo como si hubiese pasado una semana y no seis meses.

—¿Cómo sabes que yo sí fui?

—Antes me ha parecido que me lo echabas en cara. ¿No fuiste? —le preguntó confuso.

—Fui, claro que sí. Tenía que matricularme.

—Creía que no lo harías.

—¿Y por eso no fuiste?

Leo podría mentirle; llevaba meses sin ver a esa chica y tal vez después de esa noche no volviera a verla. A pesar de lo que creía todo el mundo, a él se le daba bien mentir y no tenía ningún problema en hacerlo si lo creía justificado. Iba a abrir la boca, a soltar cualquier disparate, cuando se dio cuenta de que no podía hacerlo y se asustó. Una prueba más de que lo que le pasaba con Martina no era explicable ni deseable.

—No, no fui porque no quería verte.

El miedo eligió las palabras de Leo, pero Martina no lo sabía y notó el frío de cada sílaba colándose por las hebras de lana de la bufanda. Ella había intentado no pensar en él durante esos meses y a veces lo conseguía. Pensar en Leo, en el chico que la había ayudado a respirar aquel día cuando se había asustado, la hacía feliz a pesar de que era absurdo e ilógico, y a pesar también de que no había vuelto a verlo y de que él seguramente la había dejado plantada porque no quería saber nada más de ella.

Martina no había intentado adivinar por qué Leo no había aparecido ese lunes, no le conocía lo suficiente para atreverse a entender sus pensamientos y, además, tenía el orgullo herido. Si él no estaba interesado en seguir conociéndola, pues ella tampoco. Martina no era rencorosa y tampoco vengativa, algo de lo que abusaban todos sus hermanos y hermanas cuando jugaban al Monopoly: siempre le robaban las calles a ella porque era la única que después no iniciaría un plan de venganza shakespeariano.

No estaba enfadada con Leo y tampoco le deseaba nada malo. Lo que sucedía era que no podía quitarse de encima, no, mejor dicho, de dentro, la sensación de que él iba a formar parte de la vida de ella. Quizá ya había desempeñado su papel, pensó al cruzar la acera, quizá lo único que tenía que hacer Leo era asegurarse de que ella se matriculaba en Derecho. Pero eso no tenía sentido porque Martina todavía no estaba segura de que estuviera estudiando lo correcto. Además, si el papel de Leo fuese tan absurdo, ¿no se habría olvidado de él por completo?

—Lo siento —dijo él entonces, arrastrándola fuera de sus pensamientos.

—¿El qué? ¿Haberme dicho la verdad? —Martina se encogió de hombros—. Si no querías verme, es lógico que no fueras.

—No es que no quisiera verte —siguió él enfadado. Y no lo entendía porque si alguno de los dos tenía derecho a enfadarse era ella—. Era lo mejor para los dos.

—¡Ah, vale! Gracias por decidir por mí.

—¿Estás siendo sarcástica?

—Dudaba entre eso o en mandarte directamente a paseo.

—Nadie es sarcástico conmigo.

Martina se detuvo y lo miró.

—Pues una de dos: o te tienen miedo o te ignoran, porque salta a la vista que eres la clase de persona con la que se puede y se debe ser sarcástico.

—No sé si acabas de insultarme o de echarme un piropo.

—Yo, cuando dudo, prefiero creer que me están piropeando. La vida es mucho mejor así. Vamos, crucemos ahora o no llegaremos nunca a casa, y seguro que mañana tienes mil cosas que hacer.

—¿Tú no? —Leo la siguió.

—Mañana es viernes; tengo clase por la mañana y por la tarde taller de escritura. Después me subiré al tren e iré a casa de mis padres. El viernes es mi día favorito, ¿cuál es el tuyo?

—Yo no tengo ningún día favorito.

—Pues entonces seguro que es el miércoles.

—¿El miércoles? —Leo se quedó pensándolo y tras unos segundos levantó las cejas asombrado—. Tienes razón. ¡Joder! Lo siento. El miércoles es el día de la semana que más me gusta. ¿Cómo lo has sabido? Espera un momento... ¿Tal vez me has sugestionado y he dicho el miércoles porque tú acababas de decirlo?

—No te he sugestionado; no soy ni un vampiro ni un mago. He pensado que si eres tan estricto y ordenado como pareces, tenía sentido que el miércoles fuese el día que tuvieras menos cargas. —Vio que él la miraba atento y enumeró—: Si tienes en cuenta los días de clase, el miércoles está justo en medio y es el día perfecto para organizarte y está lo bastante alejado del fin de semana para que además te concedas un poco de tiempo para descansar.

Leo no se lo dijo, pero el razonamiento que había seguido Martina era el mismo que había utilizado él para confeccionar su horario.

—Lo de estricto y ordenado no ha sido un piropo.

Martina soltó una carcajada y Leo se preguntó si cuando un científico descubría la fórmula que estaba buscando se sentía tan eufórico y victorioso como él ahora.

—No, no lo ha sido —reconoció ella—. Ya estamos llegando a casa, solo faltan dos calles. ¿Tú vives muy lejos?

—En Arc de Triomf —respondió.

Martina sacudió la cabeza.

—Tendrías que haberte ido directamente desde la fiesta, ahora vas a tardar mucho en llegar a casa.

—No me importa, ya te he dicho antes que me gusta caminar. —No iba a añadir que le gustaba más ahora que lo había hecho con ella—. Y además quería hablar contigo.

A ella se le sonrojó la punta de la nariz.

—Bueno, pues hemos hablado y esta vez no me ha faltado el aire. ¿Crees que volveremos a vernos en los próximos seis meses o desaparecerás de la Facultad de Derecho y volveré a creer que te he imaginado?

Leo cerró los puños en los bolsillos de la chaqueta porque las ganas que tenía de acariciar la punta de esa nariz eran ridículas.

—¿Creías que me habías imaginado?

—No exactamente —reconoció Martina—. Sabía que eras real porque tenía tu botellín de agua y, ya sabes, pruebas físicas de que existías, pero como no te vi el lunes y no hemos vuelto a encontrarnos hasta hoy, creía que te habías esfumado.

—La facultad es muy grande —contestó él sin darle más explicaciones— y yo tengo pocas clases. Además, me paso muchas horas estudiando en casa o en la biblioteca. Los del último año apenas nos cruzamos con los de primero.

—Y tampoco me has estado buscando —se burló ella—. Tranquilo, yo tampoco te he buscado a ti. Aunque reconozco que te habría sonreído si te hubiese visto en algún pasillo, señor del último curso.

Leo se descubrió sonriendo ahora.

—Yo a ti también.

—Es aquí. —Martina se detuvo frente a un portal.

Leo lo observó como si esperase encontrar algún signo mágico, una pista que indicase que conducía a Narnia o algún lugar que pudiese explicar por qué Martina le causaba ese efecto. Era un simple portal, típico de los edificios antiguos y reformados del barrio, con una puerta con barrotes de hierro con alguna floritura y detrás un cristal.

—Gracias por acompañarme, Leo —le dijo después de abrir la puerta—. Me ha gustado que esta noche fueras real.

—Y a mí que tú lo seas.

No iba a agacharse ni a darle un beso y tampoco iba a apartarle el mechón de pelo que se le había escapado de detrás de la oreja ni a acariciarle las mejillas ni nada por el estilo. No iba a hacer nada, pero al mismo tiempo le parecía una barbaridad irse de allí de esa manera, sin decir o hacer algo que dejase claro que verla había sido lo mejor que le había pasado en meses.

—No le des tantas vueltas, Leo.

Él sacudió la cabeza.

—Es que, por más que lo busco, no le encuentro el sentido a esto. Déjalo, no me hagas caso. Es una tontería. Gracias por dejarme acompañarte, Martina.

—Gracias a ti. ¿Puedo pedirte algo, Leo?

A él le dio un vuelco el corazón porque le bastó un segundo para entender que sus instintos estaban entrenados, sin saberlo, para hacer cualquier cosa que ella le pidiera.

—Claro.

Se negaría, obviamente. Mentiría, haría lo mismo que había hecho meses atrás y volvería a alejarse de ella.

—La próxima vez que nos crucemos sin querer, te toca a ti acercarte a comprobar que el otro existe de verdad. ¿De acuerdo?

La miró a los ojos y, tras dos latidos muy dolorosos, comprendió que ella sabía lo que a él le estaba pasando por la cabeza, y le estaba diciendo que si él no volvía a acercarse, ella tampoco lo haría.

—De acuerdo, te lo prometo.

Ella no le había pedido ninguna promesa, pero Leo se la ofreció de todos modos porque, si algo era sagrado para él, eran las promesas. Nunca había roto ninguna.

Martina sonrió, a pesar de que le brillaban los ojos, y levantó las manos para colocarle bien la bufanda.

—Buenas noches, Leo.

8

Miércoles, 11 de abril de 2007

A Martina le gustaba el derecho romano y odiaba a muerte el derecho civil, lo que sin duda auguraba problemas para su futuro en esa carrera. Un futuro que, por otro lado, veía cada vez más negro. Empeoraba las cosas que en los últimos meses apenas había hablado con sus hermanos o con sus padres, y eso hacía que se sintiera aún peor, como si les estuviera mintiendo por no contarles lo que le estaba pasando. Intentaba consolarse a sí misma diciéndose que no se lo estaba ocultando, sino que sencillamente no había encontrado el momento.

En defensa de Martina, los hermanos Martí llevaban unos meses complicados.

Martina era la pequeña y aunque muchos consideraban que era una posición privilegiada, y ella era la primera en reconocer que todos la consentían, también era una posición insignificante por ser la última. Si alguna vez alguien le preguntaba cómo era ser la pequeña de seis hermanos, Martina respondía que era como ser el actor sustituto de una obra de teatro: todos los papeles ya estaban repartidos antes de que ella llegara y por eso hacía lo que le tocaba, que podía ir desde ocuparse del maquillaje hasta recitar las frases del actor principal en un día señalado. Formaba parte de todo y de nada a la vez.

Normalmente la gente no solía preguntarle esas cosas y, si lo hacían, Martina solía contestar que era la mimada de la casa y dejaba correr el tema, pero en su interior seguía creyendo que era esa actriz de reparto completamente olvidable.

El único momento donde sentía que su voz importaba era cuando escribía; allí era ella misma y no tenía que fingir ni que disimular ni que actuar como lo haría Ágata o Álex o Marc o Helena o Guillermo. No estaba siendo justa con sus hermanos, pensó cruzando el último pasillo, pues ellos siempre la habían animado a escribir, pero nunca en serio, siempre como una afición que estaba un poco por encima de correr o de pintar en los ratos libres.

Llegó al despacho en cuestión. El profesor de Derecho Civil, después de su último y estrepitoso suspenso, la había apuntado como voluntaria para unas clases de repaso. Martina habría hecho cualquier cosa antes que asistir a esas clases, pero sabía que si se negaba tendría que asumir no solo el suspenso de la asignatura, sino también la posibilidad de no pasar de curso y tener que hablar con sus padres sobre todo eso, así que metió la cabeza bajo el ala y se dijo que no pasaba nada por perder cuatro tardes analizando las bases del derecho civil. La puerta estaba entreabierta, veía los pies de la persona que estaba sentada tras la mesa asomando por debajo, y dio unos golpecitos antes de entrar. No sabía quién la estaba esperando, pues el profesor solo le había dicho que sería uno de sus ayudantes, y cuando le vio a él sonrió y pensó que tal vez había tomado la decisión acertada.

—Leo.

—Martina. —La sonrisa de él le cambió el rostro y al ponerse en pie lanzó unos papeles al suelo—. No sabía que eras tú.

—Yo tampoco.

No habían vuelto a verse desde esa noche de febrero que él la acompañó a casa tras encontrarse en la fiesta de las Ramblas. Se habían despedido sin preguntarse sus números de teléfono y sin concretar nada, dejando en manos del destino su próximo encuentro.

—Pasa, pasa —le pidió Leo—. ¿Tan mal se te da el derecho civil?

Leo volvió a sentarse, recogió del suelo los papeles y los ordenó fingiendo una compostura que no sentía. Sus ojos se rebelaron y recorrieron el rostro y el pelo de Martina, aprendiendo nuevos detalles, esos que después él recordaría durante días.

—Peor de lo que te han dicho. —Martina se sentó en la silla que él le señaló y lamentó que Leo estuviera detrás del escritorio, pues le parecía una barrera muy difícil de salvar—. La verdad es que no me interesa.

Esperó a que él asimilara la confesión y a que dejase de comportarse como si ellos dos fueran únicamente dos personas que coincidían a veces. Tal vez apenas se habían visto un par de veces, pero ellos no eran unos casi desconocidos de esos que se saludan en los pasillos sin recordar sus nombres. Ella no entendía por qué cuando veía a Leo sentía lo que sentía o por qué podía contarle lo que le estaba pasando, pero al menos no se comportaba como si él le produjera el mismo efecto que cualquier compañero de clase. Y Leo tampoco, solo que él tardaba unos minutos en rendirse a la evidencia.

Martina lo había pensado aquel día en la playa y también esa noche paseando por la calle. A Leo no le gustaba sentirse así; en las dos ocasiones él se pasaba los primeros minutos comportándose como si nada, fingiendo que ella no le afectaba. A Martina le recordaba a un soldado enfrentándose a un reto, aguantando los ojos abiertos ante un pelotón de fusilamiento o la mano inmóvil encima de una llama, negándose a apartarla. Hasta que se daba cuenta de que era inútil y de que en realidad le gustaba el calor del fuego y sonreía.

La sonrisa de Leo era la culpable de todo, de eso Martina no tenía ninguna duda.

—¿Acabas de decir que no te interesa el derecho civil?

Allí estaba la sonrisa que sería la perdición de Martina. Era distinta a las demás, a cualquier otra. Una sonrisa que, aunque no podía demostrarlo, estaba convencida de que él tenía solo para ella.

—Sí, eso he dicho.

—¿En serio?

—En serio.

Leo apoyó las manos sobre la mesa, confuso por lo que ella le estaba diciendo y porque ella estaba delante de él, sin más. No era la primera vez que el catedrático de Derecho Civil le pedía que lo ayudase; sabía que él no podía negarse y que esas ayudas voluntarias siempre eran bien vistas por el resto de los profesores o miembros de la facultad. Tampoco era la primera vez que conocía al alumno que tenía delante. Era la primera vez que era Martina y justo por eso no sabía qué hacer. ¿Ella quería que la aconsejase sobre técnicas de estudio? ¿Que le recomendase bibliografía extra?

—Si no te interesa el derecho civil, ¿qué te interesa?

—¿Del derecho?

Leo la observó. Por más que lo intentaba no lograba encontrar ese detalle que le explicase qué hacía ella allí.

—No —respondió él— o, bueno, sí. —Miró la pila de libros que tenía junto al codo: la Constitución, el Código Civil y la Ley de Enjuiciamiento Civil, uno encima del otro—. ¿Te interesa el derecho? Supongo que deberíamos empezar por ahí.

—No demasiado —soltó el aliento—. Nada en absoluto, en realidad.

Leo abrió los ojos.

—Pero... y entonces...

—Lo sé. Sé qué quieres decir: ¿por qué estoy estudiando Derecho?

—Eso, por qué.

—No me disgusta, hay asignaturas que no están mal. —Ocultó el rostro entre las manos—. ¡Dios! Seguro que piensas que soy una malcriada.

—Yo no pienso eso.

—Pues deberías —insistió Martina, y Leo la entendió un poco mejor.

—Ya veo —dijo—. Prefieres que me enfade contigo a que sea comprensivo, ¿es eso? Quieres que te suelte un sermón diciéndote que te pongas a estudiar, que dejes de perder el tiempo, que pienses en la suerte que tienes de poder estudiar sin tener que preocuparte de nada más. Pues no voy a hacerlo.

—¿Y qué vas a hacer? ¿Vas a darme bibliografía extra sobre derecho civil y a decirme que si estudio acabaré encontrándole la gracia?

—No, tampoco voy a hacer nada de eso.

—Si yo no fuera yo, seguro que me darías esa lista. La veo desde aquí.

Leo movió el papel que señalaba ella, que efectivamente era una lista de bibliografía recomendada, bajo el montón de códigos.

—Pero eres tú, así que no voy a hacerlo. —Guardó el portátil en la mochila y escribió una nota a mano para el propietario del despacho dándole las gracias por prestárselo; se trataba de un doctorando que se había tomado esa tarde libre—. Vamos, salgamos de aquí.

Martina se puso en pie de un salto.

Bajaron la escalera uno detrás del otro y nadie se fijó en ellos, aunque Martina estaba convencida de que cualquiera con quien se cruzasen se daría cuenta de que estaba sucediendo algo importante. ¿¡No lo veis!?, les habría gritado. ¡Estáis presenciando la mejor escena de la película; la que marcará el tono del resto de la historia!

Llegaron a la calle y Leo, colocándole una mano en la espalda, la guio hasta una moto negra algo vieja y al mismo tiempo reluciente. Le dio un casco, el único que tenía.

—Toma, póntelo.

Al ver que ella no reaccionaba, soltó el aliento y resignado (no había otra manera de describirle) se plantó frente a Martina y se lo puso él. Le abrochó la cinta por debajo del mentón con movimientos secos, aunque asegurándose de no hacerle daño, y dio un paso hacia atrás.

—Tienes moto —dijo ella—. Te pega.

Él le bajó la visera del casco y se sentó en la moto para ponerla en marcha, esperando a que ella ocupara su lugar detrás de él.

Leo nunca conducía sin casco, igual que nunca sobrepasaba el límite de velocidad ni incumplía las normas de tráfico, y sin embargo aquel miércoles, con Martina pegada a su espalda, le habría costado diferenciar un paso de peatones de una señal de stop. No le dijo adónde iban, de hecho, él tardó un par de minutos en adivinar adónde la estaba llevando. Cuando lo hizo sonrió para sí mismo; si bien su cabeza no tenía ni idea de lo que estaba haciendo, otra parte de su cuerpo (esa que él se negaba a reconocer que existía en su día a día) los estaba llevando al lugar perfecto.

Giró por Via Laietana y después condujo hasta el lugar donde aparcaba siempre que iba por allí. Hacía casi un año de la última vez. Detuvo el motor, ayudó a bajar a Martina y le quitó el casco sin decirle nada, aunque a ella por suerte no pareció importarle.

—¿Qué estamos haciendo aquí? —le preguntó cuando se descubrió delante del Palau de la Música, que a esa hora estaba cerrado.

—Un amigo mío trabaja aquí, ven.

Igual que las otras dos ocasiones que había visto a Martina, Leo tenía ganas de darle la mano, pero a diferencia de la anterior, esta vez le tendió la suya con la esperanza de que ella la aceptara. Lo hizo y caminaron juntos hasta una puerta que había en un lateral, cerca de la entrada de la cafetería. Leo llamó y esperó, confiando en que Simón no hubiese cambiado de empleo y le dirigiera la palabra cuando lo viera.

La puerta se abrió y fue el propio Simón quien apareció tras ella. Estaba más encorvado que antes, aunque seguía siendo el propietario de una espalda ancha y corpulenta. Por el cuello le sobresalían las sombras de dos tatuajes y la barba blanca no conseguía ocultar la tinta que también le subía por el cuello. Llevaba pantalones negros, calzado del mismo color y, encima de un jersey también negro, la bata de los empleados del archivo y la biblioteca del edificio.

—Creía que ya no te acercabas por aquí, Leo —lo saludó con fingido enfado mientras le abrazaba—. ¿Has dejado tu toga de juez colgada en alguna parte?

—Todavía no tengo toga. —Le devolvió el abrazo—. Siento no...

—Déjalo —le ordenó Simón soltándolo— y dime quién está hoy contigo. Deduzco que se lo debo a ella y no a tu conciencia que hayas decidido pasar por aquí.

—Ella es Martina.

—Hola, Martina. —Simón le sonrió—. Vamos, pasad.

—Gracias. Nunca había estado aquí. Bueno, en el Palau sí, pero no en esta parte.

Simón los llevó por un pasillo hasta la escalera interior y empezó a subir. Los rellanos eran acristalados y desde ellos podía verse la parte noble del edificio. Aquel día ni siquiera estaba abierto a los turistas, pero podía oírse música de fondo.

—Parte de la orquesta está ensayando —les explicó Simón—; si queréis después bajamos.

—¿Y no les importará? ¿No se meterá usted en un lío?

Simón soltó una carcajada.

—No te preocupes por mí y trátame de tú, por favor. Mis huesos ya se encargan de recordarme lo mayor que soy.

—Está buscando que le halagues, Martina —apuntó Leo—. Simón sabe perfectamente que no tiene el físico de un hombre mayor.

Martina observó el intercambio de miradas entre Leo y Simón preguntándose qué clase de vínculo los unía: era obvio que había cariño entre los dos, aunque intuía que ambos lo negarían si se lo preguntaba, pero también algo de rencor. Físicamente no encontraba similitudes; la semejanza que los unía era más sutil.

—Me gustan tus tatuajes, Simón —dijo cuando vio que la estaban mirando—. Te hacen parecer un lobo de mar.

—Gracias. —Simón estaba delante de una puerta—. Deduzco que si Leo te ha traído aquí es porque quiere enseñarte esto.

Martina vio que Leo se sonrojaba y no pudo evitar tomarle un poco el pelo.

—La verdad es que no sé por qué me ha traído aquí. Leo es un hombre de pocas palabras.

—En gestos también es parco, pero a veces me sorprende —añadió después de detener y apartar la mirada de la mano que Leo tenía casi en la cintura de Martina—. Bienvenida a la biblioteca del Palau, Martina.

Simón se apartó y descubrió un pasillo lleno de libros que terminaba en una escalera de caracol que conducía a una pequeña cúpula.

—Os dejo, tengo que ocuparme de unas cosas. Volveré dentro de un rato.

Leo le dio las gracias con el gesto. Voz no tenía porque se le había secado la garganta mientras observaba a Martina acariciar los lomos de los libros.

9

—Este lugar es... —Martina buscó la palabra— mágico. Gracias por traerme aquí.

—Es un lugar muy especial.

—¿Podemos subir la escalera?

La alegría desbordaba a Martina.

—Claro.

Ella se puso en movimiento y subió los escalones de hierro forjado igual que haría una niña pequeña. Se detuvo bajo la cúpula y alzó el rostro hacia el cielo. La melena le caía por la espalda y Leo recorrió con los ojos cada mechón. Cuando ella volvió a moverse y él oyó el tintineo de las pulseras sonrió.

—¿Tú también sientes como si las notas de las partituras que hay aquí guardadas, las historias que contienen estos libros, estuvieran vivas? ¿Como si se alegrasen de vernos?

—No —respondió él, sincero y resignado, acercándose a la escalera sin subirla.

—¿No lo sientes?

—No.

Ella frunció las cejas.

—Entonces ¿por qué me has traído aquí?

Él se encogió de hombros.

—Intuía que tú lo sentirías. Vamos, acaba de subir, arriba hay un balcón que también quiero enseñarte.

Leo esperó a que Martina estuviera arriba para subir él la escalera. Después la acompañó hasta una pequeña puerta escondida entre unas estanterías protegidas por cristales, en las que se mostraban dos ejemplares de novelas muy antiguas. La abrió con la llave que sacó de un cajón y la invitó a salir. Una vez fuera, volvió a hablar.

—¿Por qué me has traído aquí, Leo?

—Tú me enseñaste tu playa —le dijo a modo de explicación y esperó que eso le bastase, porque se sentía incapaz de elaborar mucho más.

—Gracias por compartir tu lugar especial conmigo. —Bajó la vista hacia la calle que se veía a lo lejos. No eran tantos metros, Martina había estado en lugares más altos, pero en aquel instante se sentía como si estuviera en otro universo, como si el mundo real, el que había a esos metros de distancia, no existiera y no pudiera alcanzarlos.

Leo se colocó junto a ella.

—Hacía demasiado tiempo que no venía por aquí.

Martina le miró.

—Pues es una pena; yo estaría aquí cada tarde.

Sin darse cuenta eliminaron el vacío que los separaba y sus brazos se rozaron. Tenían las manos apoyadas en la barandilla del balcón y una fuerza invisible las iba acercando hasta que el meñique de Leo tocó el de Martina.

—Cuéntame qué harías si no estuvieses estudiando Derecho.

—Escribir, pero es una tontería.

—¿Por qué dices eso?

—Porque es un sueño de niña pequeña y se supone que ya no creo en los cuentos de hadas ni en los finales felices de Hollywood. En el mundo real nadie vive de la escritura; en el mundo real tienes un trabajo de ocho a tres, si tienes suerte, o de ocho a ocho si no tienes tanta, y escribir es un *hobby*.

Oír hablar así a Martina, con palabras y razonamientos que él creía y aplicaba a diario, rompió algo dentro de él. Intentó analizarlo mientras seguía fascinado por el cosquilleo que nacía en su meñique cada vez que tocaba el de ella y después se extendía por su brazo y el resto del cuerpo. Un meñique y ya podía hacerle temblar.

—Tú no crees nada de eso —le dijo—. Tú no.

—¿Cómo lo sabes?

Se suponía que era él y no ella quien actuaba siguiendo la razón y no el corazón.

—Lo sé. —La lógica había abandonado completamente el cerebro de Leo—. Antes has dicho que el derecho civil no te interesa y —suspiró— tuviste un ataque de pánico el día que tenías que matricularte. Quizá deberías plantearte la posibilidad de cambiar de carrera.

—No creo que te corresponda a ti decirme eso. Apenas sabes nada de mí.

—Te estás poniendo a la defensiva.

—Y tú te estás metiendo donde no te llaman.

—Lo sé. Lo siento. Perdona, es que... —se giró hacia ella— es que no soportaría que se apagara tu luz.

—¿Mi luz? Yo no tengo luz. —Se sonrojó—. No digas tonterías.

—Créeme, soy el primero en creer que eso que acabo de decir es una tontería, pero contigo, ¡joder, Martina!, contigo no soy yo o, mejor dicho, soy una versión de mí que desconocía y que me gusta. La prefiero a la versión de cuando no estás. Si tú no estuvieras aquí, jamás se me pasaría por la cabeza decir que alguien tiene luz, pero ahora mismo no tengo la menor duda de que tú la tienes.

Volvió a girarse y a mirar hacia la calle.

—Gracias, y si sirve para que te sientas menos confuso, yo también creo que tú la tienes. Y también me parece una frase absurda.

Martina se atrevió entonces a hacer algo que llevaba rato queriendo hacer: levantar una mano y apartar un mechón de pelo negro de la frente de Leo. Él cerró los ojos.

—No voy a pedirte el teléfono y no voy a preguntarte si podemos volver a vernos —masculló sin abrirlos.

Y cuando ella iba a apartar la mano, él la capturó sujetándola por la muñeca y la acercó a su rostro. Con la palma contra su mejilla, Leo soltó el aliento y la mano de Martina, pero ella no la apartó. Leo respiró y movió el rostro contra la piel de la mano de ella igual que haría un gato buscando una caricia. No había abierto los ojos ni un segundo porque sabía que si veía lo que estaba pasando su mente grabaría a fuego aquel recuerdo.

—Tú no tienes que estudiar Derecho, no tienes que sacrificar tu pasión por la escritura para hacer felices a tus padres o para no molestar a tus hermanos. Tú no. Tú te mereces todo lo bueno de este mundo y te mereces hacer realidad hasta el más ridículo de tus sueños.

—¿Y tú no?

Martina estaba temblando, quería abrazar a Leo y preguntarle muchas más cosas, algunas que entendía y otras que no, quería seguir acariciando su piel y descubrir si el tacto de esa mejilla era igual al de su espalda o si era distinto.

—No, yo no. —Soltó el aliento y volvió a sujetarle la mano por la muñeca, ladeó el rostro para depositar allí un beso y se apartó. Cuando abrió los ojos la distancia entre ellos dos era equiparable a la que Martina había sentido que existía entre ese balcón y el resto del mundo—. Vamos, seguro que Simón no tardará en llegar.

Efectivamente Simón entró en la biblioteca en el mismo instante en que ellos bajaron de la cúpula y le ofreció a Martina una visita privada del Palau mientras los músicos terminaban de ensayar. Ella aceptó no porque fuera una oportunidad única, sino porque quería estar un poco más con Leo y también conocer a Simón. Durante la visita Simón y Leo se atacaron como solo pueden hacerlo dos personas que se tienen mucho cariño y Martina tuvo que cerrar los puños y clavarse las uñas en las palmas para contener las lágrimas porque una parte de ella creía que era imposible que Leo la hubiese llevado allí y le hubiese presentado a ese hombre si no quería volver a verla y otra parte sabía que eso era una despedida.

—Me ha gustado mucho conocerte, Martina —le dijo Simón en la misma puerta donde unas horas antes les había recibido—. Espero volver a verte muy pronto.

—Lo mismo digo —mintió ella porque no se veía capaz de decirle a ese adorable caballero que Leo no tenía intención de volver a llevarla allí—. Gracias por compartir el Palau conmigo; ha sido una de las mejores tardes de mi vida.

Al menos podía decir la verdad en eso.

Intuyó que Leo quería hablar a solas con Simón y se alejó unos pasos; luego caminó hasta donde estaba aparcada la moto y esperó. Mientras lo hacía observó cada detalle del vehículo. Ella no era ninguna experta, pero parecía un modelo antiguo y restaurado con mucho esmero. Cuantas más facetas descubría de Leo, más complejo le parecía y más ganas tenía de seguir averiguando sus secretos.

—Ya estoy aquí. Ven, te ayudaré a ponerte el casco.

—No hace falta, creo que podré apañármelas. —Después de lo de antes, no sabía si sería capaz de disimular si él la tocaba—. ¿Así está bien?

Aseguró bien el cierre bajo la barbilla e incluso se bajó el visor, confiando en que así él no se acercaría. Leo se acercó de todos modos y pasó con cuidado los dedos por debajo de la cinta para comprobar que todo estaba donde tenía que estar. Martina no supo si eran imaginaciones suyas o si él estaba temblando tanto como ella. De lo que no tenía ninguna duda era de que le había visto tragar saliva dos veces mientras miraba ese cierre, que no era tan complicado, y que a ella al parecer le resultaba fascinante (y muy sensual) ver subir y bajar la nuez del cuello de Leo.

Él condujo con los mismos movimientos eficientes que en el viaje de ida y la llevó, sin decirle nada, a su casa. Cuando se detuvo en el portal, Martina bajó de un salto de la moto y se quitó el casco que le entregó con más fuerza de la necesaria.

Él ya le había dejado claro que no iba a preguntarle si quería volver a verlo, pero al parecer tampoco quería seguir ni un minuto más en su compañía.

—Gracias por traerme. Diría que ya nos veremos, pero supongo que no va a ser así. Adiós, Leo.

—¡Eh! Martina, espera. —Dejó el casco y corrió tras ella—. No te vayas así.

Ella se detuvo en seco.

—¿Y cómo quieres que me vaya, Leo? Porque al parecer esto, sea lo que sea, solo depende de ti, así que dime, ¿cómo quieres que me vaya?

—No depende de mí.

Martina enarcó una ceja.

—Has sido tú el que ha dicho que no nos veríamos más.

—Está bien. Sí, es cierto. Lo he dicho.

—Genial. No voy a suplicarte que nos des una oportunidad ni a decirte que te equivocas, no es mi estilo. Pero tampoco voy a aceptar que juegues conmigo, así que si no quieres que volvamos a vernos, tú sabrás. Adiós, Leo.

Él alargó la mano para tocarla, pero al ver que ella lo fulminaba con la mirada se detuvo.

—Tú no tienes que estudiar Derecho, pero yo sí. Estoy opositando a juez y no puedo aceptar que nada me distraiga.

—Hasta donde yo sé, las relaciones que valen la pena no se basan en la carrera que tengan o no tengan las personas que la componen, y si tú eres de los que piensan eso, tal vez me he equivocado contigo. Además, en realidad no ha sucedido nada entre nosotros.

—Y aun así, cada vez que te veo me convierto en alguien irreconocible —confesó él enfadado.

—¿Y eso es culpa mía? ¡Ah! Ahora lo entiendo, claro. Es culpa mía. Estás convencido de que es culpa mía.

—¿Y de quién va a ser si no?

Martina soltó una carcajada sin humor.

—Para ser alguien tan inteligente como se supone que eres, eres muy idiota, Leo. Pues no sé, piensa. Tal vez lo que pasa es que no te permites ser tú delante de nadie. Tal vez solo eres tú cuando estás conmigo. O tal vez eres un cobarde que busca excusas para no enfrentarse a algo que tal vez, y solo tal vez, podría alterar su vida.

—¿Yo soy el cobarde? Tú ni siquiera les has dicho a tus padres que no te gusta lo que estás estudiando, cuando es más que evidente que eres la niña de sus ojos y que, como mucho, te dirán que dejes el curso y aproveches para sacarte el inglés o el francés o lo que sea que hacen las pijas alternativas como tú cuando se aburren de algo. El mundo real es mucho más complicado y no gira a tu alrededor. Yo no giro a tu alrededor.

A Martina le tembló el mentón y se obligó a no llorar.

—Adiós, Leo.

Corrió hacia el portal y, por suerte, salía una vecina y no tuvo que buscar las llaves para abrir. Una vez dentro subió la escalera corriendo y no vio que Leo corría tras ella y se detenía ante la puerta cerrada.

10

6 de julio de 2007
Fiesta de graduación de la Facultad de Derecho

Martina no tendría que haberse dejado convencer por su hermana Helena y mucho menos haber aceptado que ella y sus hermanos gemelos, Marc y Álex, la acompañasen a esa fiesta. La lista de motivos por la que eso era mala idea podía dar la vuelta a la manzana y, sin embargo, allí estaban los cuatro y, exceptuando a Marc, los otros tres estaban más perdidos que un pulpo en un garaje.

Marc había sido, además, el causante de todo. Él era el que se había enterado de esa fiesta y el que había decidido que tenían que asistir porque todos llevaban un año de lo más complicado. Aunque la definición de Marc de «complicado» era muy relativa. Álex había accedido porque por algún extraño motivo que algún día haría muy rico a un terapeuta, estaba convencido de que tenía que vigilar a Marc a todas horas y protegerlo incluso de su propia sombra. Álex había tenido después la idea de decírselo a Helena porque, al parecer, si iban acompañados de sus dos hermanas pequeñas, Marc sería más sensato y él solo no podía vigilar a Marc todo el tiempo; necesitaba refuerzos, así que, como mínimo, Helena tenía que ir. Y Helena, obviamente, había accedido con la condición de no ir sola y de que los acompañase

Martina, quien, al fin y al cabo, era la única que conocía a gente de Derecho.

En resumen, Martina estaba en una fiesta a la que no había tenido ni la más mínima intención de asistir acompañada de tres de sus cinco hermanos, y si eso no dejaba claro el lamentable estado en que se encontraba su vida social, no se le ocurría qué podía hacerlo. Ella no había hecho muchos amigos durante el curso, pero los que había hecho estaban ahora mismo babeando alrededor de sus hermanos.

—Es un espectáculo lamentable —dijo Helena tras ver cómo una chica desnudaba a Álex con la mirada—. ¿Acaso no tienen vergüenza?

—Me temo que ninguna y no se puede decir que ellos —señaló a los gemelos— estén sufriendo. Nunca entenderé qué ven en esos dos.

—Ni yo. Vamos a buscar algo de beber; quizá entonces todo esto nos hará más gracia.

La fiesta se celebraba en una casa antigua de la zona alta de la ciudad que los alumnos que se graduaban habían alquilado para la ocasión. Martina había visto los carteles que la anunciaban durante semanas y ni una sola vez se había planteado ir porque, primero, a ella no le gustaban esas fiestas; segundo, ninguna de sus amigas más cercanas iba (aunque hubieran ido, la relación con ellas era tan distante últimamente que tampoco habría sido un factor determinante), y, tercero, no quería cruzarse con Leo. Le habría gustado que ese tercer motivo no existiera, no podía negarlo, qué se le iba a hacer, igual que tampoco podía negar que era verdad.

No había vuelto a verle desde la tarde del Palau de la Música y estaba convencida de que él se había esforzado para que así fuera. Ya no se sentía como una estúpida, le había llevado días dejar atrás las inseguridades que él le había creado con sus comentarios y con su decisión de no volver a verla, pero al final había llegado a la conclusión de que no iba a darle tanto poder a sus palabras: era absurdo que un chico al que solo había visto tres veces le produjese tal efecto. Justificó su reacción inicial diciendo que Leo había aparecido (y desaparecido) en un momento peculiar de su vida, cuando Martina tenía más dudas que certezas, y él, sus ojos, la manera que tenía de hablarle y de contenerse para no acercarse a ella, le había parecido mágico y romántico, también especial y, lo peor de todo, seguro. Desde el primer momento, Martina había tenido el presentimiento de que Leo iba a formar parte de su vida y que él estuviese tan convencido de lo contrario la había dejado confusa, pero ya no.

Bailó con Helena y después también con Marc y Álex. No recordaba la última vez que se había reído tanto en una fiesta. Seguro que la gente que estaba a su alrededor creía que los cuatro estaban para encerrar y echar la llave, pero a ellos les dio igual. Acababan de hacer una coreografía absurda, llena de movimientos sacados de pelis ochenteras, cuando Álex pasó los brazos por encima de los cuatro y decretó que tenían que hacer eso más a menudo.

—Bailar con vosotros es lo mejor del mundo. No tenéis sentido del ridículo.

—¡Qué remedio nos queda! Contigo a nuestro lado, pareces un pato mareado —Marc se rio—, y has bebido más de la cuenta si nos estás echando un piropo.

—Noooo —Álex tuvo hipo—. Sois los mejores. El resto del mundo es una mierda; todos menos vosotros.

—¿Qué le pasa? —preguntó Helena—. ¿Se ha metido en algún lío?

—Eh... No, yo no hago esas cosas —se defendió Álex—. Ese es Marc.

—¡Eh, que yo no te he dicho nada! Chicos, allí hay un tío que nos está mirando muy mal. ¿Tú sabes quién es, Álex? ¿El novio de alguna chica a la que le has tirado los tejos, tal vez?

—Repito —otro hipo—: yo no hago esas cosas, eso lo haces tú. —Levantó la cabeza hacia la dirección que señalaba Marc—. No sé quién es, no me suena, pero no sé si nos está mirando mal o si está desnudando con los ojos a una de nuestras hermanas.

—¿¡Qué!? —Marc se tensó.

—¡Eh, para! No te pongas en plan neandertal —le detuvo Helena—. No nos está mirando a nosotras; no tenemos ni idea de quién es. ¿A que no, Martina?

Los tres la miraron y Martina no tuvo más remedio que reaccionar.

—La verdad es que yo sí sé quién es.

Marc silbó y Álex y Helena se quedaron tan atónitos que Martina no supo si reírse de ellos o sentirse insultada.

—¿Quién es? —preguntó Helena.

—Nadie. Vale, es alguien, pero solo he hablado con él tres veces. Estudia el último curso.

—Esa cara no la pone alguien con quien solo has hablado tres veces —dijo Álex.

—El tío viene hacia aquí. Debe de tener más huevos de lo que aparenta —dijo Marc.

—¿¡Queréis callaros, por favor!? Seguro que no viene hacia aquí; se habrá confundido —masculló Martina.

Leo se detuvo delante del semicírculo que formaban los cuatro hermanos Martí.

—Hola, Martina.

Álex y Marc se irguieron detrás de Martina. Álex incluso le puso una mano encima del hombro y a Helena le hizo tanta gracia el gesto que casi se atraganta con el agua que estaba bebiendo. Martina no sabía dónde meterse.

—¿Podemos hablar? —Leo aguantó el escrutinio casi sin parpadear.

—¿Ahora?

—Si a ti no te importa.

Cualquiera diría que estaban en una sala de reuniones y no en medio de una discoteca con el suelo pegajoso, música sonando a todo volumen y rodeados de gente saltando y bailando.

—De acuerdo —accedió Martina y se giró hacia sus hermanos, que volvieron a rodearla—. Se llama Leo. —Sabía que tenía que darles algo de información o no la dejarían alejarse sin más—. Me ayudó con una asignatura hace meses y supongo que, como se ha graduado, quiere despedirse de mí o algo así. Enseguida vuelvo.

—Ese tío no me gusta, Martina —sentenció Marc.

—Ni a mí.

—Sois unos pesados —intervino Helena—. Si Martina quiere hablar con él, que hable con él.

—Gracias —bufó esta.

—Pero no tardes o iremos a buscarte —terminó Helena.

—Genial, he salido con los hermanos Dalton.

Marc y Álex, en vez de sentirse ofendidos, le hicieron la forma de dos pistolas con los dedos y fingieron que disparaban.

—Sois idiotas, de verdad. —Se rio Helena, llevándoselos de nuevo a bailar.

Martina volvió a darse media vuelta, convencida de que Leo habría desaparecido, pero él seguía esperándola con cara de pocos amigos, aunque un poco más relajado que segundos atrás.

—¿De qué quieres hablar? —le preguntó ella antes de que él pudiese decir nada.

—No sabía que ibas a estar aquí.

—¿Se supone que tenía que pedirte permiso?

Leo suspiró y se pasó las manos por el pelo. Martina vio que le temblaban.

—No, por supuesto que no. Solo que no esperaba verte hoy aquí.

—Ni hoy ni ningún otro día, supongo.

Seguía habiendo más de dos metros de separación entre ellos y Martina se sentía ridícula hablando con él allí en medio, como si estuviera pasando un examen que ya sabía que había suspendido.

—¿Podemos hablar en otro sitio? —pidió Leo—. ¿En el jardín?

—Está bien, pero solo un momento.

Martina hizo señas a sus hermanos para indicarles adónde iba y le bastó con la mirada de Marc para saber que si tardaba demasiado irían a buscarla. Leo frunció el ceño y esperó a que acabase el intercambio para ponerse en marcha hacia las puertas que conducían afuera. Se colocó tras Martina sin llegar a tocarla en ningún momento, pero estaba convencido de que ella podía notar lo mucho que le costaba no hacerlo.

—Bueno, ya estamos aquí —dijo ella apoyándose en la balaustrada. La fiesta se celebraba en una antigua casa señorial de la zona alta de Barcelona, reconvertida en discoteca y local de moda desde hacía unos meses—. ¿De qué quieres hablar?

¿De qué quería hablar?

Leo no tenía ni la más remota idea, apenas podía enlazar dos frases con sentido dentro de su cabeza, y lo único que sabía era que se le había parado el corazón en cuanto había visto a Martina. No, parado no, se le había puesto en marcha, que era mucho peor.

Había visto a Martina y de repente se había planteado qué diablos estaba haciendo allí con esa gente cuando lo que de verdad quería era hablar con ella, estar cerca de ella, porque ahora todos los días que había pasado sin verla le parecían demasiados. Sabía perfectamente que era culpa de él y que, si le decía algo de eso, Martina le diría que estaba desquiciado y le exigiría que dejase de jugar con ella, como había hecho y con razón esa última vez, pero si bien podía mentirle a ella, a sí mismo le resultaba imposible. Así que a sí mismo se decía la verdad, mientras a ella le decía cualquier otra cosa, seguramente la peor cosa posible.

—Es mi fiesta de graduación.

—Felicidades.

—¿Has venido porque querías verme?

Ella levantó una ceja incrédula.

—El ego veo que lo tienes bien. No, Leo, no he venido para verte a ti. Tranquilo, no te he estado buscando todas estas semanas ni he recorrido llorando los pasillos de la facultad pensando en ti.

Él tuvo la decencia de mostrarse incómodo y carraspear avergonzado.

—Entonces ¿qué haces aquí?

—Es una fiesta. Bailar, que es lo que estaba haciendo antes de que aparecieras. ¿Eso es todo lo que querías saber? —Hizo el gesto de volver adentro.

—Espera, por favor. Hoy me he graduado, bueno, técnicamente eso fue hace unos días, y lo más probable es que con la oposición y todo lo demás no volvamos a encontrarnos.

—No sé, el mundo en realidad no es tan grande, y tú y yo tenemos tendencia a coincidir. Aunque, tranquilo, si tanto te preocupa, fingiré que no te conozco.

—No es eso.

—Entonces ¿qué es, Leo? —Le observó, tenía ojeras y apretaba y aflojaba las manos nervioso. No tendría que darle pena, él no tendría que provocarle ninguna clase de reacción, pero en aquel instante Martina decidió que, aunque fuera absurdo, intentaría que Leo aflojase la tensión que le dominaba los hombros, así que le hizo una pregunta absurda—: ¿Vas a opositar a juez aquí en Barcelona?

—Sí, aquí está la escuela judicial y mi preparador... —Desvió la mirada—. ¿Llevas una pulsera nueva?

Martina levantó el brazo y Leo siguió el baile de las pulseras que le resbalaron por la muñeca.

—Sí —deslizó el índice por la pulsera en cuestión—, me la regaló Guillermo.

—¿Quién de esos dos es Guillermo?

—Guillermo no es ninguno de esos dos. —Martina dejó caer el brazo y optó por ser sincera—: No lo entiendo, Leo. Dices que no vamos a coincidir de nuevo como si eso fuera lo que más desearas de este mundo, como si realmente no quisieras volver a verme jamás. Y luego vas y te das cuenta de que llevo una pulsera nueva. Una pulsera minúscula, por cierto.

—Yo tampoco lo entiendo —confesó él—, y claro que me he dado cuenta de que llevas una pulsera nueva, contigo nada me pasa desapercibido. Me fijo en cada detalle aunque no quiera y se me queda grabado aquí dentro —señaló la cabeza entrecerrando los ojos con enfado—. Y necesito todo este espacio para lo que de verdad es importante.

—Claro, claro, no vaya a ser que lo ocupe una nimiedad como yo. No sufras, voy a ponértelo fácil. Si de mí depende, no volveremos a vernos. No estoy hecha para estos dramas; a mí lo que me gusta es escribirlos, no vivirlos.

—¿Estás escribiendo? —Leo se atrevió a dar un paso hacia ella.

—Y tienes que ser precisamente tú el que se acuerda de que escribo.

—Tomaré eso como un sí. ¿Algún día me dejarás leer algo que hayas escrito?

Martina se cruzó de brazos porque las otras defensas, como por ejemplo su enfado, se estaban desmoronando.

—¿Cuándo? Según tú, no volveremos a vernos.

Leo se quedó pensando como si ella acabase de proponerle un acertijo y, cuando iba a contestar, un par de chicos abrieron la puerta de cristal para salir al jardín igual que ellos. La puerta se quedó sin cerrar y la música lenta los envolvió.

—Baila conmigo, por favor. —Leo le tendió la mano.

Martina se quedó mirándola. Debería irse, sería lo mejor. Hasta ahora había conseguido no acercarse a él y Leo todavía no le había sonreído, por lo que mañana le sería bastante fácil olvidar aquel encuentro y recordar el del Palau. Las notas y la brisa le hicieron cosquillas en la espalda, que el vestido de tirantes dejaba al descubierto, y se mordió el labio inferior para ver si así reunía las fuerzas suficientes para decirle que no, que prefería irse. Él no apartó la mano.

—¿Crees que es buena idea que bailemos? —le preguntó ella entonces; de los dos, era él quien repetía que no podía pasar nada entre ellos.

—No —sonrió.

Martina apretó muy fuerte el corazón para contenerlo.

—¿No?

—Es muy mala idea —siguió Leo—, pero hoy he terminado la maldita carrera, he conseguido la primera meta de mi vida y ahora mismo nada de eso me importa ni una décima parte de lo que me importa bailar contigo.

Martina colocó los dedos encima de los de él y suspiró:

—Tienes razón, es muy mala idea.

Y Leo la atrajo hacia él para empezar a bailar.

Martina no sabía bailar y juraría que Leo tampoco, y, sin embargo, juntos parecía como si supieran exactamente adónde iba cada parte de su cuerpo y cuál era el siguiente latido. Durante esa canción no hubo nada entre ellos, excepto la certeza de que se habían encontrado y no querían soltarse nunca. Pero Leo iba a hacerlo de todos modos, Martina podía sentirlo por cómo le temblaba la mano que él tenía en su espalda o por cómo le costó tragar cuando ella apoyó la mejilla en su torso. Llegó la última nota y Martina cerró los ojos para grabar aquel instante bajo los párpados; cuando pensó que lo tenía, dejó escapar el aliento por los labios, notando que él se estremecía, y se apartó.

—¿Y ahora qué? —le preguntó.

Leo tenía las pupilas completamente oscuras y estaba más pálido que de costumbre, como si aquel baile le hubiese costado el alma.

—No lo sé —respondió.

—Pues yo... —Martina no sabía qué decir y tenía miedo de ponerse a llorar delante de él. Señaló detrás de ella, hacia el interior de la casa—. Será mejor que me vaya.

Leo asintió en silencio y Martina se dio media vuelta.

Después dio un paso.

Y otro.

Observar a Martina alejándose de él le dolió físicamente y Leo, que se creía inmune a esa clase de penurias, no pudo más y reaccionó sin pensar. Se dio cuenta de lo que estaba haciendo cuando sintió el tacto de la piel de Martina bajo sus dedos. Le había colocado una mano en el hombro y la bajaba despacio hasta la mano para tocarle los dedos suplicándole sin palabras que le entendiera y se detuviera.

—¿Podemos volver a vernos? —le pidió Leo.

—Si digo que sí —contestó ella sin darse la vuelta—, ¿vas a dejarme plantada?

Leo tragó saliva; se merecía que dudases de él.

—No.

—Mañana trabajo todo el día —siguió Martina con prisa, como si tuviera miedo de no decir nada de eso si se lo pensaba demasiado—. Estaré en El Cielo, un chiringuito de la playa de Arenys de Mar hasta la hora de cerrar. Si quieres, pásate por allí. Ahora tengo que irme. Adiós, Leo.

Leo la soltó y se quedó en el jardín mientras ella volvía adentro. Con su despedida y con el tono de su respuesta había dejado claro que no creía que él fuera a verla mañana: cuando le viera aparecer en la playa le demostraría que se equivocaba.

A Martina no le costó encontrar a sus hermanos en el interior de la fiesta; estaban esperándola casi en el mismo lugar donde ella les había dejado antes. Helena la abrazó nada más verla, era parte del poder que tenía para adivinar siempre lo que necesitaban los demás, y después les comunicó a Marc y a Álex que era hora de irse.

En el coche, que conducía Álex, Marc fue el primero en hablar.

—¿Vas a contarnos quién era ese chico?

—Se llama Leo —respondió resignada, porque sabía que no serviría de nada resistirse—. Le conocí el día que fui a matricularme, me encontré mal y él me ayudó.

—Nos dijiste que te había ayudado alguien de Secretaría —apuntó Helena.

—Leo.

Martina no les había mentido sobre eso, aunque se había olvidado de mencionar que después Leo y ella se habían ido a la playa y habían pasado la tarde hablando.

—¿Y solo le viste esa vez? —preguntó Álex—. Ese tío tenía cara de llevar tiempo pensando en ti, Martina.

—Y no precisamente en términos administrativos, no sé si me explico —añadió Marc.

—Le conocí el día que iba que a matricularme y no volví a verlo hasta el pasado febrero, cuando fui a esa fiesta en las Ramblas. A ti te lo conté, Helena. Te dije que un amigo me había acompañado a casa andando.

—Sí, sí, eso me lo dijiste. Pero diría que te olvidaste de comentar que él parece sacado de una novela victoriana y que te mira como si quisiera arrancarte la ropa.

—Eso no es verdad. Leo no me mira así.

—No he entendido la referencia victoriana —dijo Marc—, pero estoy de acuerdo con lo de la ropa. Ese tío quiere llevarte a la cama.

—Ese tío, cada vez que me ve, dice que no quiere volver a verme nunca más —explotó Martina.

—¿Cómo que no quiere volver a verte? —dijo Álex enfadado—. ¿Qué le pasa? ¿Es idiota?

—No tengo ni idea —confesó Martina apoyando la cabeza en el respaldo del coche y cerrando los ojos—. Cuando nos vemos es como... como si no pudiésemos parar de hablar, como si algo dentro de mí reconociera algo dentro de él y supiera que tengo que seguir conociéndole, como si una vocecita dentro de mi cabeza me susurrara: «Es él».

—Esas cosas no pasan, Martina, o son una chorrada. Dime que te sientes atraída hacia él, eso sí que me lo creo, pero eso de la conexión entre personas, las almas gemelas, es una estupidez —dijo Álex.

—Pues yo sí creo que pueda pasar —dijo Marc.

—¿Tú? ¿Tú? —se burlaron Álex y Helena.

—Reíros de mí cuanto queráis, me da igual. Me gusta creer que hay alguien por ahí que algún día me dará una oportunidad nada más verme, porque si tengo que esperar a que una persona me la dé después de conocerme estoy jodido.

—¡Joder, Marc! No estás tan mal —dijo Álex.

—Ya, claro, pero dejemos de hablar de mí. Martina, si ese tío no quiere volver a verte, ¿por qué ha querido hablar hoy contigo? Y ¿por qué has aceptado?

—No lo sé, Marc. No lo sé.

—¿Crees que volverás a verle? —preguntó Helena después de bostezar.

—Él ha dicho que quería, pero dudo mucho que cumpla con su palabra. Le he dicho que mañana estaría en el chiringuito y que podía pasarse.

—Yo creo que sí irá —dijo Álex.

—Y yo —secundó Marc—. ¿Tú qué dices, Helena?

—No conozco a ese tal Leo, así que no sé. Lo que sí sé es que miraba a Martina como si quisiera abrazarla y no soltarla.

—¿Se supone que eso es bonito? Yo me pierdo con estas cosas —dijo uno de los gemelos.

—Depende —respondió Martina también bostezando—. Depende de muchas cosas.

—¡Ah, vale! Ahora me ha quedado mucho más claro. Ya estamos llegando a casa. No sé cómo diablos me habéis convencido para que me quede a dormir en casa de papá y mamá y no en Barcelona.

—No te hagas el interesante, Álex. Sabes que te encanta estar en casa para que papá y mamá babeen a tu paso.

—Cállate, Marc, y duérmete como Martina y Helena. Déjame conducir tranquilo.

Hicieron el resto del trayecto hasta la casa de sus padres en silencio.

11

Martina se despertó temprano y, cuando entró en la cocina para desayunar, se encontró a su madre preparando café.

—Buenos días, Martina.

—Hola, mamá.

—Tus hermanos han salido a correr, pero antes me han dicho que ayer por la noche estuviste hablando con un chico.

—Marc y Álex son dos viejos cotillas —Martina los atacó mientras se servía una taza—. No tiene importancia. Es un chico que conocí el día que fui a matricularme y con el que he coincidido un par de veces, nada más.

—Según tus hermanos parecía muy interesado en ti. —Elizabeth también bebió un poco.

—¿Y desde cuándo te fías de lo que dicen esos dos, mamá? Sabes de sobra que les encanta montarse películas.

—En eso llevas razón. ¿Trabajas todo el día en el chiringuito?

—Ya conoces a Carmen, es un desastre montando horarios y hoy solo estamos ella, Enzo y yo, así que me temo que tendré que quedarme todo el día.

—Podrías decirle que no —sugirió Elizabeth.

—No me importa, tampoco tengo nada que hacer y así le hago un favor.

—De acuerdo. Si tú lo dices... No sé qué planes tienen tus hermanos, se supone que Guillermo también va a venir, pero ya conoces a tu hermano mayor. ¿Te esperamos para comer?

—No lo sé, creo que no. Te llamo cuando lo sepa.

—Está bien. Tenéis suerte de que os quiera tanto a todos —dijo Elizabeth poniéndose las gafas para seguir leyendo la novela que tenía a medias—, porque esto es como vivir en un circo.

—Yo también te quiero, mamá.

—Más te vale.

Martina acabó de desayunar, preparó una bolsa con un bikini, una toalla y otra muda y se fue al chiringuito.

El Cielo era uno de los chiringuitos más antiguos de la playa de Arenys de Mar. Lo habían abierto los padres de Carmen años atrás y ahora lo llevaba ella junto con su marido, Albert. Carmen había sido alumna de Elizabeth en el colegio y a Martina le encantaba que le contase historias de esa faceta de su madre: ninguno de los hermanos Martí había tenido a su madre como profesora, pues ella había insistido en que fuera así.

Martina no empezaba a trabajar hasta más tarde, pero quería pasear un rato por la playa y sabía que encontraría el chiringuito abierto, así podría dejar allí las cosas y hablar con Carmen sobre el horario. Ella le tenía cariño al matrimonio y le encantaba trabajar en el chiringuito, pero necesitaba organizarse si quería terminar el primer borrador de la novela a tiempo.

—Buenos días, Carmen —saludó a la mujer que estaba colocando las sillas exteriores.

—Buenos días, Martina. Llegas pronto.

—Quería pasear un poco. —Se fijó en que las mesas ya estaban puestas y frunció las cejas—. ¿Albert también está aquí?

Normalmente Carmen estaba sola por las mañanas porque Albert iba a comprar al mercado el género que servirían durante el día. Una persona sola no podía mover esas mesas, así que supuso que hoy habían decidido hacer las cosas de otra manera; tal vez Albert iría al mercado más tarde.

—No, está en el mercado. Tu amigo me ha ayudado a mover las mesas.

—¿Mi amigo?

Carmen la miró como si fuese tonta.

—Ha llegado hace un rato y ha preguntado por ti; creía que ya te lo había dicho.

Martina suspiró, esa era Carmen, un encanto que tenía siempre la cabeza en las nubes. Tal vez de pequeña ya era así y por eso sus padres le pusieron El Cielo a su negocio.

—No, no me lo habías dicho, pero no pasa nada. ¿Todavía está aquí?

Carmen dejó el trapo con el que estaba limpiando.

—Está dentro.

Martina reconoció la silueta que había en el interior del restaurante y no supo qué hacer; hasta ese instante estaba convencida de que Leo no aparecería. Caminó hacia el chiringuito sin poder disimular ni la confusión ni la sorpresa.

—Hola, Leo.

—Hola —respondió él con las manos en los bolsillos de los vaqueros.

—¿Qué haces aquí?

—Dijiste que podía pasarme por aquí. —Él se quedó mirándola y adivinó la verdad—: Creías que no vendría.

Martina se encogió de hombros sin saber qué decir. Leo estaba distinto, más tranquilo, como si sus hombros soportasen menos peso.

—¿Te molesta que haya venido?

—No —se apresuró a responderle—, no es eso. Es que realmente creía que no ibas a venir.

Leo sonrió.

—Ya, supongo que hasta ahora no te he dado motivos para creer lo contrario, pero aquí estoy.

—Sí, aquí estás. —Martina también sonrió—. ¿Quieres tomar algo? Carmen enciende la cafetera nada más llegar, así que...

—No, gracias. Carmen ya me ha ofrecido un café antes. También me ha explicado que hoy será un día muy ajetreado y que tu compañero Enzo os ha dado plantón.

—¿Cómo? ¿En serio?

Era un sábado de julio y hacía un calor de mil demonios; el chiringuito iba a llenarse hasta los topes y era imposible que Carmen y ella pudieran atender a todo el mundo, por no mencionar que Albert estaría solo en la cocina porque Enzo también ayudaba allí cuando ellas dos tenían las mesas controladas.

—Me ha pedido que me quede a ayudar —anunció Leo.

—¿Qué dices? —Martina dejó caer al suelo el capazo donde llevaba las cosas—. Pero tú, pero tú...

—Hace unos años trabajé de camarero, puedo ayudar —contestó él sin dar más detalles.

Martina se frotó las sienes.

—Carmen es así, pide ayuda a desconocidos porque ella la ofrece del mismo modo, pero no es necesario que te quedes. No te sientas obligado, puedo...

—No me siento obligado. —Leo por fin se movió de donde estaba y se acercó a Martina—. Tú estás aquí y quiero pasar más tiempo contigo, y si para ello tengo que hacer de camarero, pues hago de camarero. Se me daba bien, ya verás. —Le guiñó un ojo.

Ella tuvo que parpadear dos veces, tal vez estaba soñando y nada de eso era verdad.

—¿Preparáis zumos para llevar? —La voz de una turista le demostró que no soñaba.

—Claro —respondió Carmen entrando justo detrás de la recién llegada—. Leo, la licuadora está detrás de la barra, justo al lado de la nevera. ¿Puedes apañártelas?

—Ya lo hago yo —intervino Martina levantándose—. ¿De qué quiere el zumo?

—De piña, fresa y naranja.

Por supuesto no pidió la opción más fácil, pensó Martina, pero le iría bien para empezar a adaptarse a la tónica del día. Se metió tras la barra para ir en busca de la fruta, que guardaban en la nevera, y el resto de los utensilios que necesitaba y vio que Leo se ocupaba de recoger su capazo del suelo y llevarlo a la pequeña oficina que utilizaban los empleados para guardar sus cosas. Un par de minutos más tarde, Leo salió de la oficina con otra ropa: se había quitado los vaqueros y la camiseta y en su lugar llevaba un bañador y otra camiseta más gastada. Martina no pudo evitar mirarlo y cuando vio que en los pies llevaba chanclas se le hizo un nudo en la garganta porque no era justo que además tuviera los pies tan bonitos.

Martina tenía intención de hablar con Leo e insistir en que no tenía que quedarse a ayudar, seguro que él tenía muchas cosas que hacer, pero después de la turista que quería un zumo entró una pareja que quería desayunar, y después otra, y cuando quiso darse cuenta ya eran las cuatro de la tarde y Leo, Carmen, Albert y ella casi habían sobrevivido a una de las mañanas más ajetreadas del verano y tenía que reconocer que sin Leo habría sido casi imposible.

—¡Eh, Martina! Descansa un rato —le medio ordenó Albert saliendo de la cocina—. Escóndete allí dentro con tu amigo. Carmen y yo nos ocupamos de los rezagados.

El chiringuito no cerraba hasta la noche, pero había unas horas durante las cuales no tenían la cocina abierta y en las que solo servían bebidas o helados, y dado que coincidía con la hora de la siesta de la gran mayoría de turistas y bañistas, bastaba con que una o dos personas estuvieran fuera.

—Creo que si huelo unas patatas fritas o unos calamares a la romana más, salgo corriendo —le dijo Leo cuando la vio entrar en la cocina—. ¿No saben que se puede comer otra cosa?

—Son nuestros platos más populares, pero tienes razón. —Martina se sentó frente a él y lo miró a los ojos—. Gracias por quedarte. No tenías por qué hacerlo.

—De nada, ya verás cuando se lo cuente a Simón.

—¿Cómo está?

—Enfadado conmigo, como siempre, pero bien. Seguro que me dirá que te dé recuerdos.

—Lo mismo digo. ¿Tienes hambre? Deberíamos comer algo ahora que podemos —dijo Martina sin levantarse.

—Sí, pero creo que antes necesito bañarme. Si no me quito de encima este olor a fritanga me da algo.

—Procura que Albert no te oiga decir eso.

—¿Quieres bañarte conmigo? —Leo se puso en pie y le tendió la mano—. Vamos, nos irá bien a los dos.

—¿Estás seguro?

—Segurísimo.

Martina aceptó la mano de Leo y después fue a cambiarse.

Tenían un par de horas libres antes de volver al chiringuito y como Leo había dejado claro que iba a quedarse hasta el final, Martina no volvió a decirle que podía irse. Lo cierto era que ella quería que se quedase; no conocía mucho a ese chico, pero estaba segura de que esa faceta que estaba viendo solía tenerla oculta y no quería desaprovechar la oportunidad.

Estuvieron nadando sin hablar un rato; se sumergían y salían del agua casi sincronizados y con una mirada o una sonrisa decidían hacia dónde se dirigirían en su siguiente incursión. Después se tumbaron en la arena. Martina se esforzó por no fijarse en la espalda de Leo o en sus piernas o en cómo le resbalaban las gotas por el torso, y Leo hundió las manos y los talones en la arena para no recorrer con la mirada los caminos que el agua salada dibujaba sobre la piel de Martina.

Ninguno de los dos lo consiguió del todo.

Habían colocado las toallas una al lado de la otra, pero dejando un espacio de unos cuantos centímetros en medio, donde también habían colocado el capazo de Martina. Era una barrera ridícula comparada con la curiosidad que sentían el uno hacia el otro.

—Dime una cosa —empezó Leo.

—¿Qué?

—¿Al final recuperaste Derecho Civil?

Martina se rio.

—No. Me temo que el derecho civil y yo tenemos una relación imposible, pero gracias por preguntar.

—Si quieres puedo...

—No, no hace falta. Gracias. —Martina buscó la crema solar y cuando se echó un poco en las manos y empezó a extenderla por los brazos y las piernas vio que Leo se esforzaba por mirar hacia otra parte—. ¿Qué se siente al terminar? ¿Te notas distinto a cuando empezaste?

—La verdad es que no —respondió Leo tras carraspear—. Sigo pensando que no tengo ni idea de lo que estoy haciendo.

—Nadie lo diría, señor alumno estrella de la facultad.

—¿Qué? ¿Quién te ha dicho eso? —Se giró hacia ella, pero de repente volvió a apartar la mirada.

Martina vio que él observaba fascinado la tira del bikini color malva que le había resbalado por el hombro.

—Tú no, eso seguro. Lo supe después de aquel día, después del día del Palau de la Música. Eres toda una leyenda entre los estudiantes de Derecho.

—La gente habla de lo que no sabe.

—Tal vez, pero siempre he creído que hay algo de verdad en todos los rumores y leyendas.

—Yo no soy una leyenda, eso te lo aseguro.

—Dicen que llevas años opositando a juez, que al ritmo que vas aprobarás la oposición en un tiempo récord, que serás el juez más joven del país.

—Lo dudo mucho.

—También dicen que tienes novia.

Entonces Leo sí la miró. Cambió de postura, pues hasta aquel momento había estado medio recostado, con las manos apoyadas a su espalda soportando el peso de su cuerpo. Se sentó dirigiéndose hacia ella y tomó aliento.

—Te han hablado de Belén.

Martina asintió.

—Al parecer sois la pareja estrella de la facultad. Todo el mundo conoce alguna anécdota encantadora sobre vosotros. Todo el mundo habla de vosotros a la mínima. Todo el mundo excepto tú. —Le miró a los ojos—. Nunca has mencionado a Belén.

Eso había sido lo peor de todo, recordó Martina, cuando después de pasar esa tarde con él en el Palau de la Música se enteró al día siguiente de que Leo, el famoso Leo Marlasca, llevaba tiempo saliendo con Belén Almoguera, una alumna de cuarto e hija de uno de los jueces más importantes de Barcelona. Estaba en la cafetería cuando sus amigas, al enterarse de que el alumno que iba a ayudarla con Derecho Civil se llamaba Leo, se lanzaron a contarle todo lo que al parecer sabían de él.

Lo peor fue que en la mente de Martina nada de lo que decían sus compañeras encajaba con la imagen que ella tenía de Leo, nada en absoluto. Era como si le estuvieran hablando de otra persona, de alguien con quien ella sería incapaz de sentir ninguna conexión. Pero pasaron los días y Leo no fue a buscarla ni a hablar con ella, y Martina empezó a preguntarse si tal vez el Leo que conocía todo el mundo era el de verdad y no el que ella había visto apenas dos veces. La lógica respaldaba esa opción y por eso, después de encontrarlo en esa fiesta y bailar con él, estaba convencida de que no volvería a verlo.

—No deberías creer todo lo que te dicen.

Martina levantó una ceja.

—Vamos, Leo, no soy idiota. Toda la facultad tiene alguna historia que contar sobre ti y Belén. Tienes novia y no me lo has dicho, la pregunta es por qué.

—No eres idiota y nunca he pensado que lo seas. —Leo alargó una mano para tocarla, pero ante la mirada de Martina se conformó con subirle la tira del bikini hasta el hombro. Le despistaba demasiado—. Y no te lo dije porque no quería decírtelo. No, espera —se apresuró a añadir al ver que ella retrocedía—, eso ha sonado peor de lo que creía. No quería ocultarte que tenía novia, no es eso.

—Entonces ¿qué es?

—¿Te acuerdas eso que me contaste sobre ser la hermana pequeña, que a veces acababas haciendo cosas por descarte o para no defraudar a nadie?

—No estamos hablando de mí, Leo. Yo no tengo novio y no te he ocultado nada.

—Lo sé, lo siento. —Se pasó las manos por el pelo negro y como aún lo tenía húmedo por el agua del mar le quedó levantado hacia todos lados—. Se supone que soy de una manera, que tengo las cosas muy claras, seguramente todo lo que te han contado de mí sobre mi competitividad y mi obsesión por ser el mejor es cierto. No soy buena persona, Martina.

—Lo que eres es muy dramático, Leo.

—No, esa es la cuestión. Cualquiera de mis profesores, mi preparadora de las oposiciones, mis amigos, Belén o incluso Simón te dirían que no, que soy incapaz de ser dramático, que soy la persona más racional, práctica y obsesiva que existe. —Martina lo miró incrédula—. El problema es que contigo no soy así.

—¿Y cómo eres conmigo?

Leo tragó saliva.

—Contigo soy la clase de chico que acepta quedarse a hacer de camarero en un chiringuito de playa porque se lo pide una desconocida nada más verlo entrar.

—Carmen es así.

El afecto que Martina sentía por esa mujer era evidente.

—Lo que estoy intentando explicarte de un modo muy burdo es que no te hablé de Belén porque cuando estoy contigo siento como si esa otra vida, ese otro Leo, no fuera yo.

Martina silbó.

—Suena a tecnicismo legal y a excusa, Leo. Seguro que no eres el primero en utilizar una frase tan trillada como esa. Mira, la verdad es que entre tú y yo no hay nada —se obligó a decir, pero Leo la sorprendió colocándole una mano en la mejilla.

—Hay algo; si no, yo no estaría aquí y tú tampoco.

—Si eso es verdad, dime si estás o no con Belén, porque si es así quiero saberlo. Yo no tengo doble personalidad como tú y no quiero hacer daño a nadie.

—Es complicado.

—¿Estás con ella?

—No, no estoy con ella. Si estuviera con Belén, no habría venido hoy aquí, ¿de acuerdo?

—De acuerdo. —Martina asintió y al mover la cabeza notó cómo los dedos de Leo la acariciaban—. Deberíamos ir a ducharnos; el chiringuito no tardará en desmadrarse de nuevo.

—De acuerdo. —Leo se levantó de un salto y le tendió la mano para ayudarla—. ¿Podemos salir a cenar esta noche?

Martina suspiró.

—Creo que necesito pensar un poco en todo esto y lo cierto es que no sé si nos quedarán fuerzas después de cerrar el chiringuito.

—Me conformo con lo que sea, dime que podremos volver a estar un rato tú y yo solos.

—Está bien, me lo pensaré. Vamos, te enseñaré dónde están las duchas.

A las tres de la madrugada, después de fregar el suelo de El Cielo, volver a colocar las mesas, y pasarse más de dos horas hablando con Martina en el borde del mar, Leo se subió a su moto y regresó a Barcelona con la promesa de que volvería el fin de semana siguiente.

12

Sábado, 21 de julio de 2007

Era el tercer fin de semana que Leo regresaba a Arenys de Mar e igual que los dos anteriores también ayudaría en El Cielo. En julio había tanta gente en la playa que a Carmen siempre le faltaban camareros y así Leo podía estar todo el día con Martina, aunque apenas podían hablar durante esas horas. Lo que sí hacían era intercambiar miradas y había momentos, como por ejemplo, cuando los dos estaban tras la barra y se movían sincronizados como si llevasen toda la vida haciéndolo, que Leo creía que no existía un instante más perfecto.

Después Leo olía a calamares fritos durante días y le dolían partes del cuerpo que hasta entonces ni sabía que existían, y eso que él había creído que estaba en forma, pero todo valía la pena con tal de conocer a Martina y de que ella le conociera a él.

—Creo que las despedidas de soltero son lo que más odio —decretó Leo tumbado en la arena después de haber nadado con Martina, otro de sus instantes favoritos a pesar de lo mucho que ella lo torturaba con el bikini malva (el primer día), el verde pistacho (el segundo) y ese naranja y blanco que llevaba hoy.

—¿Más que las mesas de niños? —preguntó ella enroscándose el pelo para echar el agua encima del estómago de Leo.

Él escondió el estómago y se rio, y se recordó que no podía levantarse y abalanzarse encima de ella para besarla. Todavía no.

—Mucho más. Y eso que acabas de hacer tendrá consecuencias, Martina.

—Lo dudo mucho. Nunca me pillarás desprevenida.

—Tú confíate, algún día lo conseguiré.

—Así que las mesas de niños no te molestan.

—No, qué va. Además, los niños que vienen aquí como mucho son maleducados. Yo sí que he estado en mesas de niños que eran peligrosos de verdad.

—¿Ah, sí? ¿Cuándo?

Leo se quedó en silencio, de hecho, Martina llegó a pensar que se había quedado dormido cuando en realidad estaba pensando. Había dicho esa última frase sin pensar y que hubiese bajado tanto la guardia le había sorprendido incluso a sí mismo. Él nunca hablaba de eso con nadie, excepto con Martina, al parecer. Se quitó las gafas de sol y se sentó.

—¿Quieres volver al agua?

—No, quiero contarte cuando he estado con niños peligrosos de verdad, pero antes quiero que me prometas que no te pondrás dramática.

—El dramático eres tú, Leo —se burló Martina.

—Prométemelo.

—Está bien, te lo prometo. —Dibujó una cruz encima de su corazón.

—En el orfanato, bueno, y en el centro de menores donde crecí. ¡Ah, no! —Señaló los ojos de Martina—. Me lo has prometido.

—Leo, yo... no lo sabía.

—No lo sabe nadie, solo Simón. Él me sacó de allí.

—Gracias por contármelo —susurró Martina.

—¡Eh! —Levantó una mano para acariciarle la mejilla—. No pasa nada. No fue tan grave. Mírame, no he quedado tan mal, ¿no crees?

Ella comprendió la necesidad que él tenía por aligerar el ambiente e iba a permitir que se saliera con la suya, pero antes capturó su muñeca y acercó la mano a sus labios para depositar allí un beso.

—Creo que ahora que sé que has sobrevivido a eso estás listo para que te presente a mis hermanos.

—No te precipites, por lo que me han contado Carmen y Albert, tal vez los Martí sean peores que los chicos con los que me crie. —Volvió a acariciarle la mejilla—. Gracias, Martina.

—¿Por?

—Por no hacerme más preguntas.

—¿Puedo guardármelas para más tarde?

—Claro. —Tragó saliva—. Con la condición de que ahora nades un rato conmigo.

—Hecho.

Llegó la hora de cerrar y Carmen y Albert le dejaron a Martina las llaves de El Cielo para que ella bajase la persiana y pusiera la alarma. Leo se quedó con ella y la convenció para comer algo allí ellos dos solos, pues Carmen había insistido en que lo hicieran. Durante la improvisada cena hablaron de lo que les había sucedido durante ese turno, de la facultad, de Simón y de las preguntas que este le hacía a Leo sobre Martina. Después pasearon por la playa y Leo insistió en que Martina se pusiera su jersey porque soplaba una brisa marina algo fuerte.

—El próximo fin de semana no podré venir, tengo que ponerme al día con los temas de la oposición —dijo Leo.

—¿Siempre has querido ser juez? ¿No te frustra tener que estudiar tanto y tener que esperar para poder trabajar de lo que quieres? Al fin y al cabo, ya has acabado la carrera de Derecho y si quisieras ejercer de abogado podrías empezar mañana, aunque solo fuera haciendo fotocopias en un bufete.

—Siempre he querido ser juez, y por supuesto que me frustra, pero tengo asumido que no hay otra manera. Créeme, si hubiera un modo más rápido de conseguir lo que quiero lo haría.

—Cuando hablas de eso, de ser juez, no sé si es una vocación o una obsesión. Hay momentos en los que parece que te consuma.

—Nunca lo había visto así.

—Tal vez porque tú no puedes verte y yo sí. Son tus ojos, te delatan.

Leo apartó esos ojos que al parecer no tenían secretos para ella y los desvió hacia la arena. Era cierto que tenía que estudiar, ya había recibido un par de llamadas de su preparadora preguntándole si pensaba tomarse más vacaciones, recordándole que estaba perdiendo el tiempo y que si de verdad quería pasar la oposición en la fecha que se había marcado tenía que ponerse las pilas ya. De lo contrario se quedaría atrás. También era cierto que cuando veía a Martina se olvidaba de eso y empezaba a pensar que tal vez podría tomarse las cosas con más calma y vivir un poco, ser un poco feliz. Pero la realidad era la que era y cuando se subía a la moto y regresaba a su piso, a su vida de verdad, se daba cuenta de que no podía permitirse nada de eso. Así que lo mejor sería que se tomase un descanso y no verla durante unos días. Volver a recuperar la calma y alejarse de esa chica que veía verdades que él se negaba a aceptar.

—No podré venir el próximo fin de semana —repitió.

—Enzo y yo nos ocuparemos de todo. Sabes que no tienes que sufrir por eso ni justificarte. Carmen te ha metido en este embolado casi sin preguntarte.

—Y tampoco sé si podré volver a Arenys de Mar durante el mes de agosto. Tengo un examen pronto y ya voy retrasado.

Martina se detuvo en la arena y le miró por entre la luz de las estrellas. Él parecía nervioso, inquieto y ella no entendía por qué.

—¿Qué estás intentando decirme, Leo?

Leo levantó el rostro hacia la luna y pensó que sería más factible capturar una estrella que olvidarse de la chica que tenía al lado. Por mucho que se alejara de ella, lo que empezaba a sentir por Martina no dejaría de crecer. Por eso soltó sus miedos y la miró.

—Supongo que estoy intentando decirte que me gustas y que echaré de menos pasar tiempo contigo.

—Podemos hablar por teléfono —sugirió ella moviendo un pie descalzo en la arena—, y si tienes algún día libre podemos vernos. Yo podría ir a verte a Barcelona.

—No me digas eso —se quejó él como si ella le estuviese torturando—. No me lo digas.

Martina sonrió y dejó que las mariposas que tenía en el estómago aletearan libremente.

—¿Por qué?

—Porque estoy tentado a decirte que sí y no puedo. Ya no tendría que haberme quedado el primer sábado, ni el siguiente —confesó.

—¿Y por qué lo hiciste?

—Porque quería estar contigo, hablar contigo. Quería verte. Y pensé que quizá, por una vez en la vida, me merecía hacer durante un día lo que quería.

—¿Por qué solo un día? ¿Y ya no te lo mereces? —Martina sacudió la cabeza—. Tengo la sensación de que me hablas a medias. Es como intentar aprender un idioma con un diccionario al que le faltan páginas.

Leo sonrió y buscó el rostro de Martina para acariciarle la mejilla.

—Nunca había conocido a nadie que supiera jugar con las palabras como tú. ¿Te has animado a escribir algo?

Ella entrecerró los ojos con suspicacia, pero no se apartó.

—Estás intentando cambiar de tema.

—Tal vez. Deja que lo consiga, por favor. Dentro de poco tendré que marcharme.

—Está bien. He escrito algo, un relato. Me apunté a un curso de escritura hace unos meses y estoy aprendiendo.

—¿Me dejarás leerlo?

—¿Cuándo es tu cumpleaños?

—El cinco de septiembre. ¿Y el tuyo?

—El veinticuatro de diciembre. —No hizo caso a la sorpresa de Leo, la fecha de su cumpleaños sorprendía a mucha gente, como si nadie pudiese nacer en Nochebuena, y siguió hablando—: De acuerdo, si creo que es pasable y no me da un miedo atroz que lo leas, te dejaré leerlo el día de tu cumpleaños. Si es que aún quieres arriesgarte.

Siguieron hablando y andando un poco más, hasta que llegaron al lugar donde él tenía aparcada la moto y los dos se detuvieron reticentes.

—No creas que voy a olvidarme de que me has prometido que por mi cumpleaños podré leer tu relato. Además, después de lo que tendré que estudiar estas semanas, me mereceré un premio y leer lo que has escrito será la recompensa perfecta.

—No estés tan seguro, tal vez será un castigo. Puede ser horrible.

—No lo será. Confía en ti; yo lo hago.

—Si tú lo dices... —Martina se apartó un mechón de pelo de la cara—. ¿Ya te vas?

—Son las dos de la madrugada, debería irme.

—Claro. ¿Cuándo crees que podrás volver por aquí?

—Depende de ese examen, cuando sepa la fecha exacta sabré cuándo recupero mi libertad. Tendré que seguir estudiando, esto es solo el principio, pero entonces podré tomarme unos días de descanso. Ahora tengo que recuperar el tiempo perdido.

—Tal vez no lo has perdido, tal vez lo has ganado, ¿no crees? Has dejado de estudiar, cierto, pero has conseguido otras cosas.

Leo no quería irse, irse de allí y alejarse de ella era lo que menos quería y, sin embargo, era lo que iba a hacer.

—¿Cómo cuáles?

—Ahora puedes freír calamares con los ojos cerrados y te sabes de memoria esa horrible canción italiana que cantaban sin parar aquellos niños la semana pasada.

—Es verdad, seguro que ambos conocimientos me serán muy útiles en el futuro.

—Nunca se sabe.

Los dos seguían con los pies en la arena porque cuando la abandonaran él se pondría los zapatos, el casco y se iría, y ella regresaría a casa. La playa les mantenía juntos y el asfalto de la carretera los separaría.

—Vamos, te llevo a casa —dijo él cruzando para ponerse las Converse que hasta entonces había llevado en la mochila.

—Puedo ir paseando.

—Ni hablar, no voy a dejar que vayas sola a estas horas. —Leo estaba sentado en un banco atándose los cordones—. Además, así estoy un rato más contigo.

—Está bien.

Ella se puso las sandalias y se acercó a la moto y cuando él se colocó frente a ella y la ayudó a ponerse el casco ninguno se esforzó en disimular que les fallaba la respiración.

La casa de la familia Martí estaba un poco alejada del centro del pueblo. Era una casa antigua que había construido el bisabuelo de Martina y estaba llena de historias y recuerdos. Martina le había contado unos cuantos y a Leo le habían producido el mismo efecto que los cuentos de hadas que les leían en el centro cuando era pequeño: le resultaban imposibles de creer, pero se alegraba de que fueran reales para ella.

Detuvo la moto al llegar al camino de grava y árboles que precedía la entrada. Ella bajó y se colocó delante de él, que seguía sentado en la moto, para que le quitase el casco y Leo no pudo evitar acariciarle la mandíbula y colocarle el pelo detrás de la oreja.

—Tengo que irme —dijo él en voz alta, porque tal vez si oía las palabras recordaría por qué no podía seguir allí. Por qué no podía seguir con ella.

—Está bien. Llámame mañana, si quieres.

Leo vio que Martina daba un paso hacia atrás y se alejaba de él y en un acto reflejo alargó un brazo para capturar su muñeca y detenerla.

—Querré llamarte, igual que ahora quiero besarte. —Notó que ella temblaba bajo sus dedos—. Te llamaré.

—De acuerdo. —Martina se humedeció el labio y Leo deslizó el pulgar por encima del pulso de ella.

—Pero ahora no puedo besarte porque... —le soltó la muñeca— porque tengo que irme y si te beso no lo haré.

—Por mí puedes quedarte —dijo ella.

—No, no puedo. —Se llevó la muñeca a los labios y después de besar la zona que había estado acariciando la soltó y, decidido, se colocó el casco y puso la moto en marcha.

—Ten cuidado, Leo.

Él la miró a los ojos una última vez, sopesando esas palabras.

—Lo tendré.

13

Lunes, 6 de agosto de 2007

Conversación telefónica entre Martina y Leo:

—Hoy he tenido un día muy malo.

—¿Por qué? ¿Ha sucedido algo con tu preparador de las oposiciones?

—Sí, pero antes prefiero que me cuentes qué tal ha sido tu día en la playa. ¿Habéis tenido mucho trabajo en el chiringuito?

—Creo que si oigo una vez más la palabra «sangría», me da algo. Te echamos de menos; incluso Enzo ha preguntado por ti.

—Me envió un mensaje el otro día. Quería saber si podía sustituirle una noche.

—Enzo tiene la cara muy dura; ya le dije que no podías.

—Lo sé, acabó confesándolo. Me dijo que se lo pediría a uno de tus hermanos.

—A Marc. Aceptó porque le debía un favor. Fue el fin de semana pasado.

—Te echo de menos, Martina.

—Y yo a ti. ¿Vas a contarme ahora qué ha pasado con tu preparador?

—Ya te conté que mi preparadora se iba unos días de vacaciones. Su sustituto es muy amigo de la familia de Belén, mi ex, y cuando hemos terminado se ha asegurado de dejarme claro lo que piensa de mi situación actual.

—Nunca has llegado a contarme lo que pasó con Belén.

—No hay nada que contar. Cortamos y ya está. Además, mi vida personal no debería influir en las oposiciones. Si yo puedo estudiar sin que me afecte, ellos tendrían que hacer lo mismo.

—¿Y a ti no te afecta?

—¿Haber dejado a Belén? No.

—Me refería a tu vida personal.

—Hasta ahora no. ¿Sabes si vendrás a Barcelona este jueves? Tengo muchas ganas de verte.

—Dijiste que tenías que estudiar y que no podíamos vernos.

—Y no puedo, pero necesito verte. ¡Dios! No puedo creerme que haya dicho eso en voz alta.

—Bueno, si te consuela, como recompensa por tu sinceridad y tu valentía podrás verme el jueves. Llegaré a la estación de Plaça de Catalunya a las cinco. ¿Puedes venir a buscarme o quieres que nos encontremos en alguna otra parte?

—Vendré a buscarte.

Jueves, 9 de agosto de 2007

Leo siempre se había burlado del amor; lo había despreciado y esquivado. Si de pequeño había llegado a sentir y comprender tal sentimiento, la vida se había encargado de enseñarle que era de ilusos arriesgarse. Al final, esa emoción era tan desconocida para él como un planeta por descubrir y tan peligrosa como apuntarse a sí mismo con una pistola.

Y, sin embargo, ahora no se le ocurría ninguna otra palabra para describir lo que empezaba a sentir por Martina.

Había intentado mantenerse alejado de ella desde el primer día, igual que haría cualquier persona sensata ante algo que tenía la capacidad de destruirlo. Al menos así era como lo veía él. El problema era que si bien una parte de Leo intuía que Martina podía llegar a hacerle mucho daño, otra pedía a gritos que se acercase a ella porque sabía (nada de intuición en este caso) que con esa chica podía descubrir algo inexplicable. Quizá incluso a sí mismo.

Por eso ahora mismo estaba sentado encima de la moto en la acera de Plaça de Catalunya, justo enfrente de una de las entradas de la estación de tren, esperando a que Martina apareciera. Sujetaba el casco entre las manos, uno que había comprado para ella, y solo por eso ya le palpitaba el corazón y le sudaban la espalda. Solo era un objeto, no tenía más importancia, lo había comprado porque era obligatorio llevarlo y le iría bien tener otro en casa. No era solo para Martina. En absoluto.

La vio aparecer y la sonrisa que ella le lanzó cuando sus miradas se cruzaron le dejó petrificado donde estaba. Si se hubiese levantado tal vez le habrían fallado las piernas.

—Hola —susurró Martina rodeándole el cuello con los brazos.

La moto y el casco que él tenía en el regazo actuaron de separación entre los dos, pero aun así Leo la sujetó por la cintura y decidió que el espacio que ellos ocupaban ahora era el único lugar donde quería pasar el resto de sus días.

—Hola.

Él no se había quitado el casco por cobardía y porque sabía que si nada se lo impedía la besaría nada más verla y no quería que su primer beso fuese en medio de la calle.

Durante los días que habían pasado sin verse, Leo había pensado más de una vez en ese primer beso que todavía no había sucedido. Había pensado que era distinto imaginarse un beso con Martina a imaginarse el primero. Uno podía ser eso, uno, una unidad destinada a no repetirse, un acontecimiento aislado.

El primero implicaba una lista que podía llegar a ser eterna.

Y él tenía miedo a la eternidad.

La soltó y la miró; tenía la visera del casco levantada.

—Te he traído esto. —Levantó el otro casco—. Es para ti.

Martina no hizo el gesto de ponérselo, sino que esperó a que lo hiciera él y Leo no supo si darle las gracias o reñirla por torturarlo de esa manera.

—¿Adónde vamos?

Leo puso en marcha la moto sin contestarle porque ella estaba sentada detrás de él, rodeándole la cintura con los brazos, y no podía conducir y hablar a la vez. Necesitaba concentrarse en no tener un accidente y con Martina cerca su cuerpo parecía solo capaz de concentrarse en ella: en su respiración, en su aliento, en el tacto de su piel, en su voz, en su pelo. Por eso tenía miedo de estar cerca de ella, porque si ella aparecía lo demás dejaba de existir.

Condujo hasta el barrio gótico y detuvo la moto cerca del lugar de destino. Desmontó, se quitó el casco y la ayudó a hacer lo mismo sin decirle nada. Cuando hubo terminado, le ofreció la mano y enredó los dedos con los de ella. Martina no dijo nada, le miró intrigada sin dejar de sonreír y se dejó llevar. Eso que a él le parecía tan difícil, para ella era algo natural.

—Es aquí —anunció él, pasados unos minutos, deteniéndose ante una cafetería.

—¿Vamos a tomar un café?

—Ya lo verás.

Entraron y Leo buscó una mesa lo bastante cerca de la pequeña tarima que había montada en un extremo del local antiguo y lo bastante lejos para gozar de cierta intimidad. Una camarera se acercó y Leo pidió un agua, no necesitaba ni más cafeína ni azúcar en el cuerpo, y Martina un granizado de limón con menta. Justo cuando llegaron sus bebidas, una chica subió a la tarima y se puso a leer un cuento.

La mirada de Martina se llenó de luz al escuchar las primeras frases de la historia y Leo se sintió como si hubiese logrado la mayor de las hazañas.

—¿Qué historia te ha gustado más? —quiso saber Martina, que no paraba de sonreír ni de tocar a Leo cada vez que podía; la mano, el brazo, el hombro de camino a la barra para pedir otra bebida.

—La segunda.

—La más romántica —señaló ella—. Buena elección.

—¿A qué hora tienes que irte?

—Dentro de poco —suspiró resignada—. No me gusta viajar en tren muy tarde.

—¿Te apetece pasear un rato?

—Claro.

Entrelazaron los dedos al llegar a la calle y se pusieron a caminar sin rumbo fijo, deseando sin decirlo que aquel instante durara para siempre.

—¿Cómo encontraste este lugar?

—Por casualidad. Una tarde estaba intentando estudiar y no me entraba nada en la cabeza. A veces me pasa; mi cerebro dice basta y se niega a colaborar.

—Tal vez es su manera de decirte que necesitas descansar.

—Tal vez. Esa tarde no descansé, sino que salí a caminar y no sé exactamente cómo acabé delante de ese café. Aquel día había un chico, leía un cuento sobre extraterrestres, o al menos eso entendí yo. Pensé que podría gustarte.

—No me lo habías contado. ¿Cuándo fue eso?

—En diciembre del año pasado.

Martina sonrió sin añadir nada más y Leo le apretó los dedos con suavidad.

—¿Has podido avanzar mucho esta semana? Confieso que no entiendo que no hayan inventado un sistema mejor para que alguien sea juez, fiscal o abogado del estado que el de memorizar miles de páginas.

—Supongo que la idea en principio no era mala, aunque tienes razón, aprender textos de memoria no debería ser el único criterio, ni siquiera el mejor. —Leo se detuvo—. Esta semana me está costando avanzar. En realidad, hace meses que me está costando.

Martina se detuvo frente a él.

—¿Por qué? ¿El temario es más difícil?

Leo le soltó las manos y llevó las suyas al rostro de Martina.

—No lo sé. —Levantó la comisura del labio—. Tal vez sea eso o tal vez sea porque no puedo dejar de pensar en ti.

—¿Ah, no? —Martina también sonrió y levantó una mano para acariciarle la mandíbula.

—No. Lo he intentado todo y no hay manera.

—¡Vaya! ¿Y qué vas a hacer ahora?

A Leo le brillaron los ojos.

—Voy a cambiar de táctica. No digo que, objetivamente hablando, no exista la manera de dejar de pensar en ti, pero en lo que a mí se refiere diría que es imposible. Completamente imposible.

—Completamente imposible —repitió ella embobada por cómo la estaba mirando Leo.

Él soltó el aliento e inclinó la cabeza un poco hacia delante, hasta que su frente tocó la de ella.

—De todas las imágenes que llevo meses intentando sacarme de la cabeza, las que más fijas tengo en mi mente son las cosas que aún no hemos hecho.

—¿Como cuáles?

Leo parecía estar hipnotizado con los ojos de ella y si lograba escapar del hechizo quedaba atrapado en la curva del labio de Martina.

—Como nuestros besos. No hay manera de que deje de pensar en besarte, así que he pensado que si te beso tal vez dejaré de soñarlo y conseguiré leer una frase entera de una vez.

Martina sonrió y movió las manos hasta rodear con los dedos las muñecas de Leo.

—Así que solo quieres besarme para poder estudiar, ¿es eso?

—No, por supuesto que no. —Soltó el aliento—. Quiero besarte porque no me imagino no hacerlo. Aunque sé que es complicado y que tú...

Martina se puso de puntillas y le detuvo colocando los labios sobre los de él. Leo se quedó completamente inmóvil un segundo y después todo él reaccionó. Retiró las manos del rostro de Martina; una llegó a su nuca y deslizó los dedos por entre la melena que tanto le enloquecía, y la otra buscó la cintura de ella para acercarla a él. No podía hacer nada más que pegarla a su cuerpo, necesitaba la certeza que proporcionaba el tacto de la ropa, la prueba de que aquel beso estaba sucediendo de verdad y no solo en sus sueños.

Era su primer beso y tal vez habría podido mantenerlo lento y suave, tierno, si ella no hubiese suspirado y no le hubiese mordido el labio inferior o si no hubiese pronunciado su nombre de esa manera que a él le erizaba la piel y le aceleraba el pulso. Tal vez habría podido lograr eso si él fuera otra persona, pero Leo vivía de certezas y si Martina anhelaba aquel beso tanto como él, no podía contenerse.

Separó más los labios y dejó que ella sintiera el deseo y la confusión que él llevaba meses reteniendo. Su cuerpo vibraba por culpa de la tensión y sin darse cuenta los llevó a los dos hacia la pared del edificio que tenían más cerca. Colocó las manos detrás de la cabeza de ella para protegerla y siguió besándola con esa fuerza e incapaz de imaginarse un mundo donde la sensación de tener a Martina entre sus brazos no existiera.

Necesitaba saber más de ella; no solo su sabor, sino también el tacto del resto de su cuerpo, el olor de su piel por la mañana, el color de sus ojos cuando...

Ella deslizó una mano que tenía en su espalda por debajo de la camiseta y Leo apretó los ojos para contener las ganas de levantarla en brazos y llevársela de allí.

—Martina —masculló—, tenemos que parar.

—¿Por qué?

Él soltó el aire y se rio suavemente mientras le acariciaba el pelo.

—Porque estamos en la calle y tú tienes que ir a la estación.

—¿Estás seguro?

—No —reconoció—, por supuesto que no. Pero es lo que vamos a hacer.

Ella volvió a ponerse de puntillas para darle otro beso, aunque esta vez se apartó unos segundos más tarde.

—Tienes razón. ¿Crees que ahora podrás estudiar?

Leo soltó una carcajada.

—No. Estudiar es lo último que quiero hacer ahora. Pero voy a intentarlo. Vamos, te llevo a la estación y me espero a que subas al tren.

—De acuerdo.

Martina enredó los dedos con los de él y se puso a caminar. Tuvo que tirar de él porque Leo parecía anclado en los cuatro adoquines que tenía bajo los pies: en el lugar donde había besado a Martina por primera vez.

14

Lunes, 27 de agosto de 2007

Martina estaba escribiendo en el jardín cuando sonó el teléfono, vio el nombre de Leo y contestó con una sonrisa.

—Hola, Leo. —Oyó que él soltaba el aliento—. ¿Sucede algo?

—Tengo que irme unos días fuera.

Cambió la sonrisa por preocupación.

—¿Adónde?

—A Madrid. Mi preparadora de las *opos* quiere que vaya a hablar con alguien.

Había algo en el silencio que separaba cada palabra que inquietó a Martina, y la ambigüedad tampoco ayudaba.

—¿Por qué? Todavía faltan meses para el primer examen.

—Es alguien muy importante de la escuela judicial.

—¿Y tienes que ir a Madrid? La escuela judicial está en Barcelona.

—Lo sé, Martina. Sé dónde está la escuela judicial.

—No hace falta que te pongas así conmigo. Si tienes que ir a Madrid, pues vas a Madrid. Solo estaba intentando descifrar qué diablos te pasa.

Podía imaginarse a Leo con el rostro cansado, sujetando el teléfono como si apretándolo pudiese solucionar lo que fuera que le estaba pasando, y con esa mirada que le quedaba cuando alguien, en este caso ella, intentaba alejarle de su objetivo.

—¿Sabes qué? —Martina retomó la conversación—. Da igual. Espero que te vaya muy bien por Madrid y que ese encuentro sea todo lo que estás buscando. Me has llamado para eso, ¿no? Para decirme que te vas y te desee buen viaje.

Leo soltó el aliento y el cambio en su tono de voz logró que los hombros de Martina se aflojasen un poco.

—Lo siento, Martina. No tendría que haberte hablado así. No te lo mereces. He sido un capullo justamente con la única persona con la que no quiero serlo.

—¿Y por qué lo has hecho? ¿Es por este viaje? Porque si es por eso deja que te diga que puedes ir adonde quieras y cuando quieras sin darme explicaciones. Te agradezco que me hayas llamado, pero no hacía falta. Tengo muy claras cuáles son tus prioridades y nunca te he pedido que las justifiques.

—Lo sé, pero ¿y si quiero justificarlas? ¿Y si lo que me pasa es justamente eso?

—¿El qué?

Oyó que Leo respiraba y que abría y cerraba la nevera. Mejor, tal vez el aire frío del aparato le haría entrar en razón.

—Este viaje a Madrid puede ser una gran oportunidad y lo primero que he pensado cuando Lestrad me lo ha dicho es que no iba a estar aquí por mi cumpleaños y que no te vería. Y después te he llamado y te he hecho pagar mi mal humor.

—Leo, escucha. Creo que estás complicando demasiado las cosas.

—¿Tú crees? —Por fin se rio—. ¡Joder, Martina! Nunca nada me había parecido tan complicado y al mismo tiempo tan fácil. Estar contigo es fácil, es lo más natural que he hecho en la vida y...

—Y nada. No le des tantas vueltas; no hace falta que lo decidamos todo ahora.

—¿Puedo decir algo?

—Claro.

—Cada día tengo que retenerme para no subirme a la moto y venir a verte. Besarte ha empeorado las cosas, me temo —suspiró— y no lo cambiaría por nada del mundo.

—Yo tampoco.

—Te llamaré desde Madrid y vendré a verte en cuanto regrese.

—Guardaré tu regalo de cumpleaños hasta entonces.

Leo colgó riéndose y recordándose que, si no quería echar a perder varios años de trabajo, no podía dejar lo que estaba haciendo e ir a la playa o donde fuera que estuviera Martina para besarla.

Viernes, 31 de agosto

Mensaje de texto de Leo a Martina:

> Siento no haber contestado antes.
> ¿Cuándo podemos hablar?

Domingo, 2 de septiembre

Mensaje de voz de Martina a Leo:

> Esto empieza a ser ridículo, Leo. O no te encuentro o me llamas cuando estoy en el chiringuito y no me entero. Enzo, Carmen y Albert te envían recuerdos, por cierto. Llámame esta noche a la hora que sea, estaré en casa a ver si me recupero del ajetreo de hoy. Te echo de menos.

Martes, 4 de septiembre

Mensaje de voz de Leo a Martina:

Es oficial, mi vida es una mierda. No puedo regresar a Barcelona por mi cumpleaños. Te llamo más tarde y te cuento. Adiós.

Miércoles, 5 de septiembre

Mensaje de voz de Martina a Leo:

¡Feliz cumpleaños, Leo! Sé que estás durmiendo y que has apagado el móvil porque te agobia saber que lo tienes encendido cuando duermes. Haces cosas de viejo, pero no importa, me gustas igualmente. ¡Felicidades! Hablamos más tarde. Tal vez pueda darte una sorpresa. Adiós, besos, te echo de menos. Besos, *ciao*...

Viernes, 7 de septiembre

Mensaje de voz de Leo a Martina:

Martina, ¿sucede algo? Tengo la sensación de que no dejas que te encuentre. Quiero hablar contigo, te echo de menos.

El mismo viernes, mensaje de texto de Martina a Leo:

> No soy difícil de encontrar.
> A mí no me sucede nada.

128

El mismo viernes, a eso de las doce de la noche:

—Contesta, por favor, contesta —pidió Leo a través del teléfono—. Contesta, contesta.

El aparato siguió sonando. No iba a colgar, iba a esperar hasta que saltase el contestador y si no tenía suerte volvería a intentarlo más tarde.

—Leo —contestó por fin Martina—, es muy tarde.

—Quería hablar contigo, te echo de menos —se apresuró a decir—. Y no podía dejar de pensar en tu último mensaje.

—Ya te he dicho que no me pasa nada.

—No es verdad.

—¿Cómo lo sabes?

Leo suspiró.

—No lo sé, pero sé que no es verdad. Te pasa algo y a mí también me pasa.

—¿A ti qué te pasa?

—¡Joder, Martina! ¿Que qué me pasa? Pues que aquí todo es complicado. El jefe de los preparadores me odia porque dice que Lestrad me ha protegido y mimado demasiado y que están perdiendo el tiempo conmigo. Y yo te echo mucho de menos y la mayoría de los días no sé qué coño estoy haciendo aquí.

Desde que estaba en Madrid, era la primera vez que era tan sincero.

—Es la primera vez que me hablas de algo relacionado con las *opos* —dijo ella— y me gustaría poder decir o hacer algo que pudiera ayudarte, pero lo cierto es que no se me ocurre nada. Si te digo que yo también te echo mucho de menos parecerá que me estoy quejando y que no te estoy apoyando, y si te digo que vengas quedaré como una tonta por pedírtelo, porque tú estás haciendo algo muy importante.

—Yo también quiero venir, pero no puedo.

—No te lo he pedido.

—¡Joder, Martina! ¿Qué está pasando?

—Nada. —Pero él juraría que la oía llorar—. Estoy cansada; estos días hemos tenido mucho lío en el chiringuito y dentro de pocos días empiezan las clases.

—Todavía no entiendo que te hayas matriculado de segundo. Deberías dedicarte a escribir.

—Nunca has leído nada mío. Además, se supone que Derecho es una carrera que sirve para todo.

—No es para ti.

—¿Y qué es para mí?

—Tengo la sensación de que he metido la pata y es lo último que quiero. Quiero hablar contigo, Martina. No quiero discutir. Si he dicho algo que te haya molestado, lo siento.

Martina soltó el aliento.

—Estoy cansada, eso es todo.

—Es tarde, tienes razón. Será mejor que los dos vayamos a acostarnos. ¿Hablamos mañana?

—¿No tienes planes? —pareció sorprendida de verdad.

—¿Qué planes puedo tener? Voy a seguir estudiando y tal vez saldré a correr un rato. ¿Tú tienes planes? ¿Te llamo por la noche?

—Durante el día tengo que trabajar, pero por la noche estaré en casa. Hablamos entonces.

—Ojalá pudiera estar allí ahora.

—¿Cuándo podrás volver? Se suponía que ibas a estar en Madrid unos días y ahora parece que vayas a instalarte allí. —El silencio se alargó—. Leo, ¿vas a quedarte en Madrid?

—No, de momento no. Seguro que volveré a Barcelona.

Martes, 18 de septiembre

Conversación telefónica:

—Tengo que volver a clase, ya llego dos minutos tarde.

—¿Las clases de segundo te gustan más que las de primero?

—Por ahora no las distingo.

—¿Y el taller de escritura? Aún no me has enviado nada de lo que has escrito.

—Tengo que colgar, Leo.

—Estás enfadada por lo del sábado y porque hace días que no hablamos.

—No estoy enfadada, pero cuando tú no puedes hablar no lo hacemos y no pasa nada. Ahora soy yo la que no puede, me esperan en clase.

—Vale, vale. Adiós.

Viernes, 21 de septiembre de 2007

Mensaje de texto de Martina a Leo:

> No sé qué estamos haciendo, Leo. A ti tal vez no te importe o te parezca una tontería, al fin y al cabo solo nos hemos visto unas cuantas veces, pero yo me siento como si estuviera cayendo por un precipicio sin recibir nunca el golpe final. Creo que por ahora será mejor que lo dejemos. Prefiero recordar los paseos y el beso, y no estos mensajes y llamadas donde no nos decimos nada. Sé que te parecerá cobarde que no te llame, pero necesito hacerlo así. Te deseo toda la suerte del mundo en Madrid o donde sea, te la mereces.

Martes, 24 de diciembre de 2007

El timbre de la puerta sorprendió a Martina; seguro que sería algún vecino que se había quedado fuera o correo comercial. Helena y el resto de sus hermanos tenían llaves, y exceptuándolos a ellos, ella recibía pocas visitas inesperadas. Además, esa noche era Navidad y prácticamente toda la ciudad, incluida ella, estaba preparando las maletas para reunirse con su familia. En su caso, además, ese día era su cumpleaños.

—¿Sí?

—Paquete para Martina Martí.

—¿Para mí?

—¿Es usted Martina Martí?

—Sí.

—¿Puede bajar, por favor? Tengo la furgoneta encima de la acera; este barrio es horrible y a la que me despisto me ponen una multa. La Guardia Urbana no respeta a nadie.

—Enseguida bajo.

Se aseguró de tener las llaves en el bolsillo y bajó a por el misterioso paquete. El mensajero la había encontrado por los pelos, pues media hora más tarde ya habría estado de camino a Arenys de Mar para celebrar la Navidad con su familia.

—Tenga, firme aquí. —El transportista le dio un paquete rectangular y le pasó la máquina donde firmar—. Muchas gracias.

—Feliz Navidad —respondió ella sin dejar de mirar el paquete.

—Feliz Navidad.

Subió al apartamento, donde la esperaban junto a la puerta dos bolsas; una con la ropa que iba a llevarse a casa de sus padres para esos días y otra con los regalos y unos cuantos libros y cuadernos. Antes de abrir el paquete comprobó que, efectivamente, estaba a su nombre y al buscar quién lo enviaba se le detuvo el corazón: Leo.

Tiró de la cinta de cartón para abrir el envoltorio intentando controlar las preguntas que se amontonaban en su mente. No había vuelto a ver ni a hablar con Leo desde que ella le envió ese mensaje a finales de septiembre. El paquete se abrió y descubrió el contenido: una carta y un libro.

El libro era una preciosa edición antigua de *La inquilina de Wildfell Hall* de Emily Brontë. Era en inglés con las cubiertas de tela y cuando lo abrió con cuidado vio que en su interior había además unas postales también antiguas y escritas por quien las había comprado y enviado en el pasado. Leyó solo una, el texto era breve y tan romántico que deseó con todas sus fuerzas que la persona a la que iba dirigida la hubiese recibido y conservado.

Dejó el libro y las postales en la mesa y fue a sentarse en el sofá para abrir la carta.

Compré este libro antes de que me enviaras ese mensaje y me dejaras. No tiene sentido que siga guardándomelo. Las postales estaban en el mismo anticuario y cuando las vi pensé en ti, en las historias que decías que querías escribir. Ojalá lo estés haciendo.
Feliz cumpleaños.

Leo.

Dobló la carta y la guardó en el sobre para meterla después bajo la cubierta del libro. Estaba llorando, pero buscó el móvil para enviar un mensaje a Leo. Fueron solo dos líneas y tal vez no tendría que haber escrito la segunda, pero no pudo evitarlo:

Feliz Navidad.

Te echo de menos.

Él no respondió.

15

Barcelona
Mayo de 2008

Martina no podía dejar de pensar en lo que le había dicho la profesora del taller de personajes; tenía tantas ideas nuevas que temblaba de impaciencia por trasladarlas al papel. Tal vez si hacía esos cambios que le había sugerido encontraría la manera de... Sus pensamientos y sus pies se detuvieron cuando su mirada se tropezó con esa moto negra.

La reconocería en cualquier parte.

Y también al chico que estaba sentado en ella con la cabeza agachada y que se incorporó en cuanto la vio.

—Leo —pronunció su nombre sin darse cuenta.

Él bajó de la moto y se acercó a ella.

—Hola, Martina. —Tenía las manos en los bolsillos y con los ojos hacía inventario de los cambios que se habían producido en ella durante los meses que no la había visto.

—Hola.

—Quería verte y tenía miedo de que si te llamaba no fueras a contestarme —confesó tras soltar el aliento—. He llegado hace un rato. Mientras venía hacia aquí tenía miedo de que te hubieras mudado o algo, pero he visto tu apellido en el interfono y he llamado.

—No hay nadie —dijo Martina porque era lo único que se veía capaz de responder—. Helena no está y yo estaba en clase. ¿Hasta cuándo ibas a esperar?

—No lo sé, la verdad. Supongo que estaba dispuesto a quedarme un buen rato; te he echado mucho de menos.

El mensaje que ella le había enviado en Navidad y que él no había contestado quedó flotando entre ellos. Martina se negó a reconocerlo y optó por hacerle otra pregunta.

—¿Sigues en Madrid?

—No, regresé hace unos meses. ¿Podemos hablar en otra parte?

Martina no podía moverse, se había imaginado muchas veces qué sucedería si algún día se cruzaba con Leo en alguna parte y ninguno de esos escenarios imaginarios la había preparado para la realidad. Él había adelgazado un poco y parecía cansado, y, aunque no le convenía y se negaba a hacerlo, ella tenía ganas de acercarse a él y rodearle el cuello con los brazos para comprobar que olía igual y que ella seguía encajando a la perfección en el hueco de su cuerpo.

—No creo que sea buena idea.

Leo dio otro paso hacia ella.

—¿Quieres que me vaya?

—¿Por qué estás aquí? Llevamos meses sin hablarnos.

—Creía que era lo que querías. Si hubiera creído que tenías ganas de hablar conmigo, te habría llamado, pero me dejaste.

—Y tú no dijiste nada. ¿Qué quieres ahora?

—Te echo de menos y estoy harto, porque al parecer echarte de menos es lo único que sé hacer, ocupa tanto espacio dentro de mí que estoy convencido de que no tengo espacio para ninguna otra emoción o pensamiento. En Navidad fui un estúpido por no contestar tu mensaje, estaba enfadado porque tú no me habías dicho nada en todos esos meses y me comporté como un idiota. Yo también te echaba de menos, tendría que habértelo dicho y tal vez ahora las cosas serían distintas. Después quise llamarte; en Nochevieja tuve tu número de teléfono marcado en mi móvil toda la noche.

—Pero no me llamaste y no respondiste ese mensaje y ahora nunca sabremos qué habría pasado si lo hubieras hecho.

Leo apretó la mandíbula al escuchar esa frase, negándose a aceptar el tono de despedida que desprendía, y después volvió a hablar:

—Me he pasado todos estos meses estudiando como un poseso, preparándome para los exámenes, y hoy, cuando por fin me han dado el resultado, ¿sabes que he hecho?

—¿Qué?

—Me he subido a la moto y he venido a verte. Eres la única persona con la que quiero compartir la noticia y me da igual si solo nos vimos unas cuantas veces o si tú no encajas en mi vida o yo en la tuya. Me da igual que a ti no te importe lo que me pasa porque a mí, por primera vez en mucho tiempo, me importa lo que le suceda a otra persona y me importa que esa persona esté o no a mi lado.

—A mí me importa lo que te pase. Tú me importas, Leo.

—Entonces ¿por qué me dejaste? —La ira le abandonó; los hombros cayeron abatidos y se mantuvo donde estaba.

—¿Qué es lo que querías decirme? La buena noticia, ¿cuál es?

—He pasado los exámenes para entrar en la escuela judicial.

Martina se lanzó encima de él para abrazarlo a media frase y Leo le apretó contra ella.

—¡Felicidades!

Leo tardó unos segundos en reaccionar, soltó despacio el aliento y colocó las manos en la cintura de Martina.

—Me alegro mucho por ti —dijo ella.

—Gracias.

Martina respiró hondo; por mucho que hubiera intentado lo contrario le había echado de menos y hundió el rostro en la camiseta de Leo para no olvidar su olor.

—No puedo quitarme de encima la sensación de que sucedió algo que no me estás contando, Martina, que algo se estropeó entre nosotros sin que yo me diera cuenta y sin que tú me dieras la oportunidad de arreglarlo, y necesito saber qué es.

—¿Podemos hablar de eso más tarde? —le pidió—. Ahora quiero abrazarte y alegrarme por ti.

—De acuerdo, hablaremos más tarde. Yo también quiero abrazarte y quiero pedirte algo.

—Más tarde.

—Me temo que esto no puede esperar. —Leo se apartó un poco para mirarla a los ojos—. Esta noche hay una fiesta en la escuela judicial para celebrar el nombramiento de los nuevos jueces y la entrada de los alumnos del nuevo curso. Puedo ir acompañado y me haría muy feliz que tú fueras mi pareja. —Le acarició la mejilla y al ver la mirada confusa de Martina añadió—: Si tienes planes, lo entenderé, pero no podía dejar de pedírtelo.

—¿Estás seguro de que quieres que yo te acompañe?

—¿Por qué no iba a estarlo? —Vio que ella se mordía el labio inferior—. ¿Por qué no voy a querer que tú me acompañes?

—Tal vez estarías más tranquilo si te acompañase otra persona.

—No. O me acompañas tú o voy solo. No es un acto tan importante, bueno, lo es para los nuevos jueces, pero no para los nuevos alumnos. Nadie se fijará en nosotros y significaría mucho para mí tenerte a mi lado, pero si no quieres o no puedes...

—Sí, sí que quiero. ¿Has dicho que es hoy? ¿A qué hora?

—A las nueve. ¿Te parece bien que pase a buscarte a eso de las ocho y media?

—Leo, tal vez no es buena idea que...

Él volvió a abrazarla.

—Sé que tenemos que hablar y sé que esto no significa que estemos juntos o que hayamos solucionado lo que sea que pasó el septiembre pasado. Pero hoy he conseguido algo muy importante para mí, algo para lo que llevo años preparándome y quiero que estés a mi lado para celebrarlo. Por favor.

—Está bien, iré.

Leo depositó un beso en su frente y la soltó para después dirigirse impaciente hacia la moto, temeroso de que si se quedaba allí unos segundos más Martina cambiara de opinión.

—Nos vemos dentro de un rato. —Le sonrió antes de ponerse el casco y encender el motor.

Martina subió al apartamento. Llevaba cinco minutos sentada atónita en el sofá cuando oyó girar la llave y apareció su hermana Helena.

—Hola. —Helena dejó el bolso en el suelo y fue al baño; en cuanto salió se quedó mirándola—. ¿Te pasa algo? Llevas cinco minutos mirando la pared del comedor.

—Acabo de ver a Leo.

—¿Leo? ¿Ese Leo?

—El mismo.

Helena silbó y se sentó junto a Martina.

—¿Dónde le has visto? ¿Ha sido por casualidad? ¿Habéis hablado? ¿Estás bien?

Martina no pudo evitar sonreír ante el disparo de preguntas.

—Estoy bien. La verdad es que creía que me afectaría más volver a verle. Estaba esperándome en la calle, sentado en su moto, quería decirme algo.

—¿Te estaba esperando en la calle?

—Suena peor de lo que es. Cuando me ha visto me ha dicho que se iría si se lo pedía.

—¿Y no se lo has pedido? —Martina se encogió de hombros y Helena abrió los ojos sorprendida—: No le has contado lo que pasó en septiembre.

—No serviría de nada. Además, ya ha quedado atrás.

—¿Y qué era lo que quería decirte? —Helena no intentó disimular la desconfianza que le inspiraba la aparición de Leo.

—Que ha pasado el examen de acceso a la escuela judicial.

—Y supongo que ha añadido que ahora sí que no tiene tiempo para conocerte mejor o alguna idiotez por el estilo.

—La verdad es que no. Me ha invitado a una fiesta.

—Y le has dicho que no. —Miró a su hermana—. Le has dicho que sí. Martina —suspiró—, esto no va a acabar bien.

—¿Cómo lo sabes?

—Ese chico no te está contando toda la verdad. Aparece y desaparece de tu vida casi por arte de magia, y no olvidemos lo que pasó cuando se fue a Madrid.

—Tal vez tengas razón, pero tú deberías entender mejor que nadie que a veces se confía en alguien sin que esa persona se lo merezca. ¿O no recuerdas cómo era Anthony al principio?

—Anthony es distinto.

—¿Y Leo no? —Martina se levantó del sofá—. Sé que es muy posible que la esté cagando, Helena. Lo sé, créeme, pero Leo me gusta. Me gusta mucho y quiero ir a esa fiesta y quiero que tú me ayudes a elegir qué me pongo y que me digas que estoy guapa y que me lo pasaré muy bien. Ya tendrás tiempo de consolarme y de decirme «Te lo dije» cuando las cosas salgan mal, pero hoy no.

Helena escuchó el discurso de su hermana pequeña. Se dio cuenta de que no podía protegerla siempre y que se estaba comportando como una egoísta, porque Martina siempre la apoyaba con Anthony, incluso cuando él hacía cosas sin sentido.

—Tienes razón, lo siento. ¿Cuándo es esa fiesta de la que hablas? ¿Tenemos tiempo de que te arregle el pelo?

Martina abrazó a su hermana y fue corriendo a la ducha.

A las ocho y media en punto sonó el timbre y Martina se despidió de su hermana Helena con una sonrisa nerviosa.

—¿Estoy bien?

—Estás preciosa. Ese chico se arrepentirá de haberla cagado contigo. Pásalo genial y llámame si sucede algo y si necesitas que vaya a buscarte, ¿de acuerdo?

—Vale, pesada. Gracias por el vestido. —Se tocó el tirante verde esmeralda.

—Te queda mucho mejor a ti. Vamos, baja, que el futuro señor juez te está esperando.

A pesar de la defensa que había hecho sobre su decisión de acompañar a Leo a esa fiesta, Martina sabía que la reticencia de su hermana tenía fundamento. Pero le había bastado con ver a Leo unos minutos para volver a sentir la calidez que la envolvía siempre que estaban juntos. No le sucedía con nadie más; era como si al encontrarle, una voz dentro de ella le susurrase que ya podía dejar de buscar. Una búsqueda que conscientemente no había iniciado nunca; esa que nos impulsa a dar con esa persona, con ese sueño, con esa historia que nos hará sentirnos menos solos.

Abrió la puerta y vio que él estaba de pie frente a su moto, dándole la espalda.

—Hola —susurró.

Él se dio media vuelta y el mundo se detuvo en sus ojos. Tuvo que tragar saliva para recuperar la voz.

—Estás preciosa.

Martina no pudo evitar sonrojarse.

—Gracias. ¿Vamos en moto?

Leo tardó unos segundos en comprender qué le estaba preguntando.

—No, no. Había pensado que podríamos ir paseando, si a ti te parece bien. La fiesta es en un hotel aquí cerca, en Jardinets de Gràcia. Pero si quieres podemos ir en taxi, lo que tú prefieras.

—No, podemos ir paseando. Me gusta caminar.

—Lo sé. —Leo sonrió al recordar el día que ella le había dicho eso por primera vez—. ¿Vamos? —Le ofreció la mano y esperó que ella no notase lo nervioso que estaba.

—Vamos. —Martina la aceptó—. Es la primera vez que te veo con traje; te queda muy bien.

Leo bufó.

—Me siento ridículo.

—Pues no lo estás. Estás...

—¿Qué? ¿Absurdo? ¿Raro? ¿Como un niño disfrazado?

—No. Impresionante. Estás impresionante y ahora deja de buscar cumplidos.

Leo apretó los dedos de Martina.

—No buscaba cumplidos, lo que pasa es que verte con este vestido verde me ha aturdido. Tú sí que estás impresionante.

Se detuvieron en un semáforo y Leo se giró hacia ella; sin soltarle la mano, le levantó el brazo.

—He echado de menos el sonido de tus pulseras.

Estas se deslizaron hacia el codo y dejaron al descubierto la piel del interior de la muñeca. Leo se la acercó a los labios y escondió un beso en el pulso de Martina que por algún milagro estaba tan acelerado como el suyo.

El semáforo se puso en verde y reanudaron la marcha.

16

Leo le había contado tan pocas cosas sobre la fiesta, que Martina no tenía ni idea de cómo iba a ser o qué iba a encontrarse. Aun así, dudaba que hubiese sido capaz de imaginarse la escena que tenía delante aunque él se hubiese pasado horas dándole detalles.

La escuela judicial había reservado una sala entera para el evento y estaba decorada en tonos sobrios y elegantes (un poco aburridos para Martina). Había una orquesta tocando canciones de los años cincuenta al estilo *big band*, las reconoció porque su abuelo solía escucharlas, y mesas redondas bien colocadas con los nombres de los asistentes asignados.

—No me dijiste que esto iba a ser como una boda —le susurró a Leo apretándole los dedos.

—Tranquila, nadie nos hará caso.

—¡Hombre, Leo, por fin has llegado! —Un señor se acercó a ellos y Martina tuvo que contenerse para no dejar los ojos en blanco.

Leo le soltó la mano para estrechar la del recién llegado y después de un breve intercambio de palabras se giró hacia ella para presentarla. Al hacerlo se colocó a su lado y movió una mano hasta su cintura.

—Doctor Llobet, le presento a Martina Martí. Está en segundo de Derecho.

Martina seguía aturdida, pero consiguió aceptar la mano del señor y farfullar que estaba encantada de conocerlo (a pesar de que era mentira).

—Encantado, señorita. —El doctor le soltó la mano casi al instante y dirigió toda su atención a Leo—. Deduzco que Belén no ha podido acompañarte hoy.

Leo tensó los dedos que tenía en la cintura de Martina.

—Belén está muy ocupada, pero si la veo le diré que ha preguntado por ella.

—Es una joven encantadora, dale recuerdos de mi parte. —Volvió a tenderle la mano a Leo sin dejar de mirar de soslayo a Martina—. Felicidades por ser admitido en la escuela. He oído decir que eres el alumno más joven. Tu carrera es muy prometedora; no olvides que para ser juez todos los detalles cuentan, no solo los resultados académicos.

—Gracias, lo tendré en cuenta.

El doctor Llobet se despidió de ambos y después Leo guio a Martina hacia la que iba a ser su mesa.

—¿Vas a fingir que ese hombre no ha insinuado que tendrías que estar aquí con Belén y no conmigo? Por cierto, ¿cómo está Belén?

—No tengo ni idea y sí, tenía intención de fingir que no había pasado. —Leo se giró hacia ella—. Sé que tenemos que hablar de eso y de mucho más, pero aquí no, por favor. Ahora no. ¿No podemos fingir que estamos bien?

—No me parece muy buena idea.

Leo volvió a buscar sus manos, ambas, y le sujetó los dedos con cuidado.

—No estoy con Belén, estoy contigo, o mejor dicho, quiero estar contigo si tú también quieres. Eres tú quien está hoy aquí, eres la única a la que quiero tener hoy aquí. Diga lo que diga ese hombre o cualquier otro, eres tú y no Belén a quien quiero a mi lado. Confía en mí, por favor, aunque sea solo durante la cena. Después te prometo que hablaremos y que contestaré a todas tus preguntas.

Martina le miró a los ojos. Pensó en lo que había dicho su hermana y en lo que le había respondido ella. Pensó en lo que sentía cuando tenía a Leo cerca y en lo que perdía cuando él se alejaba.

—Está bien. Durante la cena, confiaré en ti.

Él soltó el aliento y tiró de ella para darle un beso en la frente.

—Gracias.

Por suerte los invitados que se sentaron en la mesa donde figuraban los nombres de Leo y «Acompañante» eran alumnos recién admitidos como él y sus parejas o amigos y ninguno hizo mención alguna a Belén. Provenían de distintas ciudades y todos coincidían en que estaban ansiosos por empezar en la escuela y seguir su preparación para ser jueces. La cena fue agradable, incluso se rieron varias veces cuando empezaron a contar batallitas sobre las oposiciones y las distintas desgracias a las que habían sobrevivido. A Martina le cayeron bien y sin darse cuenta se imaginó quedando de nuevo con ellos, pero tan pronto como la imagen se plantó en su mente sacudió la cabeza para echarla de allí.

—¿Sucede algo? —le preguntó Leo al ver el gesto.

—No, nada.

Una juez estaba hablando de pie frente a la orquesta y Martina no le había prestado demasiada atención hasta que la pregunta de Leo la sacó de su ensimismamiento. La juez terminó el discurso, donde hablaba del sacrificio de los alumnos de la escuela y de la responsabilidad que recaería en sus hombros cuando terminasen. Martina no dudaba que ser juez fuera algo importante, pero las palabras que elegía esa mujer le causaban escalofríos; hablaba de los jueces como si fueran seres distintos, tocados por una especie de gracia divina, y que eran ellos o ellas los defensores de la justicia. Una justicia que al parecer solo conocían ellos. No, esa idea no le gustaba en absoluto y mucho menos cuando en el airado discurso no había aparecido ni una sola vez la palabra «bondad».

El estrepitoso aplauso del público la sobresaltó y Leo le puso una mano en la espalda. Tal vez estaba siendo una exagerada, tal vez les daba a las palabras más poder del que tenían y tal vez buscaba desesperadamente defectos en el mundo de los jueces y abogados porque ella no encajaba en él; no pertenecía a ese club y, por muchas veces que se repitiera que no pasaba nada, que nadie encaja en todas partes, eso la hacía sentirse inferior.

La orquesta se puso a tocar una canción de Cole Porter y varias parejas salieron a bailar. Un camarero le llenó la copa de champán y, buscando fortaleza, Martina bebió tres sorbos sin respirar.

Leo deslizó los dedos por la parte de la espalda que el vestido dejaba al descubierto.

—¿Bailas conmigo?

Era bailar o salir corriendo y Martina eligió bailar.

—Claro.

Llegaron a la pista y Leo la sujetó por la cintura para empezar a guiarlos a los dos al ritmo de la música. Si cerraba los ojos, Martina podía alejar las dudas y los miedos e imaginarse que solo estaban ellos dos bailando abrazados al ritmo de una preciosa canción. Pero era mejor dejar la imaginación para sus historias y asumir que eso era el mundo real y que tenían mucho de qué hablar.

—¿Tú también crees eso? —le preguntó a Leo.

—¿El qué? —Él estrechó el abrazo y Martina pudo notar cómo a Leo se le aceleraba la respiración.

—Que los jueces son mejores que el resto de los mortales.

—No, por supuesto que no. Pero tienen más poder.

—¿Y eso es lo que quieres tú, poder?

—Eso solo lo pregunta alguien que nunca se ha sentido indefenso. Siento lo que ha dicho antes el doctor Llobet; no tenía derecho a hacerte sentir que no tenías que estar aquí conmigo.

—No me importa lo que piense de mí ese hombre, vale, tal vez me importe un poco. Pero lo que me preocupa de verdad es cómo te afecta a ti. No le has dicho que ya no estabas con Belén.

Leo se echó un poco hacia atrás para mirarla a los ojos.

—No te preocupes por mí; a mí no me afecta lo que digan de mí y te aseguro que al doctor Llobet no le importa mi situación sentimental.

—Diría que te equivocas, pero bueno. Tampoco me has presentado como tu novia; has dicho que era una estudiante de Derecho, como si eso fuera a darme más caché ante sus ojos.

—¿Querías que le dijera que eres mi novia? Porque si es eso te aseguro que voy a buscarle ahora mismo y se lo digo. No te he presentado así porque todavía no hemos hablado; no me he atrevido a dar por hecho que las cosas volvían a estar bien entre nosotros.

—Has hecho bien —reconoció Martina entre dientes.

—Y en cuanto a lo de que eres estudiante de Derecho, no sé por qué lo he dicho. Cuando estoy cerca de ti se me funde el cerebro. A ti no te hace falta tener caché. Si fueras más interesante, más lo que sea, dudo que mi corazón pudiera soportarlo.

Martina se quedó mirándole a los ojos. Se habían detenido en la pista de baile a la espera del siguiente paso en su relación.

—Será mejor que sigamos bailando —farfulló ella.

—De acuerdo.

Seis canciones más tarde se despidieron de las parejas con las que habían compartido la cena y de unas cuantas amistades de Leo y salieron a la calle. Todavía era temprano y Leo sugirió que dieran un paseo. Martina aceptó. Ninguno quería dar la noche por concluida.

En la calle había refrescado un poco y Leo se quitó la americana y la colocó en los hombros de Martina antes de que ella pudiera rechistar. Aunque no lo habría hecho, le gustaba sentirse envuelta por su perfume y calidez, pero no hacía falta que él lo supiera.

—Gracias. —Fue lo único que le dijo.

—De nada. —Le rodeó los hombros con un brazo y se pusieron a caminar así—. Ahora que estoy en la escuela judicial todo será distinto. Tendré que estudiar mucho, eso está claro, y todavía tengo que prepararme para más exámenes. Y no puedo bajar el ritmo, eso tampoco, pero las cosas serán distintas.

—¿A qué te refieres?

—Sé que soy un desastre, que cuando fui a Madrid no te llamaba y que te dejé tirada más de una vez. Sé que cuando estoy centrado en un objetivo no veo nada más y después tengo que lidiar con las consecuencias de la catástrofe que he causado.

—Entiendo que tienes que estudiar; ese no ha sido nunca el problema.

Leo siguió hablando como si no la hubiera escuchado o, peor aún, como si lo hubiese hecho y hubiese decidido él solo que ella no le estaba diciendo toda la verdad.

—Con Belén era distinto.

La cara de asombro de Martina podría haber detenido el tráfico.

—Claro, cuéntame más sobre Belén. No hay nada que me apetezca más que hablar de tu novia.

Leo enarcó una ceja.

—Belén ya no es mi novia. —Colocó la otra mano en el otro hombro de Martina y la detuvo; apenas pasaba nadie por la calle—. Te parecerá una frase muy trillada, pero te aseguro que por Belén nunca sentí nada parecido a lo que siento estando contigo. Incluso ese primer día, el día que fuiste a matricularte, lo supe; por eso no fui el lunes. Porque tuve miedo.

—¿Y ahora ya no?

Él no contestó esa pregunta.

—Con Belén era distinto por dos motivos. Uno, el más evidente y que te acabo de confesar, porque por ella no sentía nada de todo esto y no tenía ningún problema para ponerme a estudiar y no pensar en ella.

—Continúa.

—Y dos, porque ella sabía a qué atenerse. Es hija de un juez, nieta de una notaria y sobrina de una abogada del estado. La lista es casi interminable. Belén sabe cómo es estar con alguien que oposita y que está tan centrado en su futuro profesional. En cambio tú...

—¿Yo qué? Te aviso que no me gusta el rumbo que está tomando esta conversación.

—¿No puedes darme una tregua, Martina? Apenas puedo pensar de las ganas que tengo de besarte.

Eso no tendría que haberle derretido las rodillas y tampoco tendría que haberla impulsado a ponerse de puntillas para sujetar el rostro de él entre las manos y besarle, pero en el fondo solo era humana y ella también tenía problemas para concentrarse.

Leo separó los labios en el mismo instante en que bajó las manos hasta la cintura de Martina para levantarla del suelo y pegarla a él. Fue un beso carente de delicadeza, cargado de los días que habían estado sin verse y del fuego que nacía cada vez que estaban cerca. Martina deslizó los dedos hacia la nuca de él, acariciándole el pelo con las uñas y logrando que él se desesperase y aumentase la intensidad con la que movía los labios.

—¡Joder, Martina! —consiguió decir él separándose para respirar—. Dime que estamos bien.

Ella llevó las manos al cuello de la camisa para volver a acercarlo y capturar de nuevo su boca. Antes había bailado en lugar de salir corriendo y ahora prefería besarle en vez de enfrentarse a lo que estaba pasando.

—Podemos ir a mi casa —le pidió él entre caricias—, o a la tuya. Solo para hablar —puntualizó entre más besos.

—¿Se supone que estamos hablando?

Leo sonrió y despacio la depositó en el suelo para después sujetarle la cara entre las manos.

—Solo tú consigues que me ría en un momento así. —Le dio un beso muy lento—. ¿Adónde quieres ir? Para hablar, aunque también para besarnos.

—¿Solo eso?

—No me tientes, por favor. No sé si estamos listos para nada más, pero si sigues tentándome, si vuelves a preguntármelo, no sé si seré capaz de responder lo mismo.

—Vamos a tu casa. No sé si Helena estará en la mía; últimamente va muy liada, pero si está... digamos que tampoco estamos listos para enfrentarnos a su interrogatorio.

Leo le acarició el rostro con el dedo índice y la soltó para detener un taxi que pasaba justo entonces. Llegaron al apartamento de él y subieron la escalera en silencio; él porque apenas podía pensar al tener a Martina tan cerca y ella porque durante el trayecto había recordado el comentario del doctor Llobet y no podía quitarse de la cabeza las miradas inquisitivas de varios compañeros de Leo que no disimularon su sorpresa y decepción por el cambio de pareja que él había hecho.

Leo se detuvo al llegar a su piso y tomó aire para ver si así recuperaba cierta calma y podía abrir la puerta. Temblaba tanto y estaba tan ansioso por ver a Martina en su casa que en la calle había estado a punto de levantarla en brazos y subir corriendo sin soltarla. Sabía que estaba cometiendo una locura y que probablemente se estaba precipitando. Ellos dos no habían resuelto nada y ceder a la atracción que sentían no iba a ayudarles, pero él no podía ni pensar de lo mucho que la deseaba. Él, que había practicado el sexo casi con aburrimiento, estaba ahora tan desesperado por estar cerca de la piel de Martina que si no volvía a tocarla pronto se pondría a gritar.

—Ya hemos llegado —anunció apartándose del umbral para que ella pudiera entrar.

—Gracias.

Leo cerró y después se acercó a Martina para quitarle de los hombros la chaqueta que le había prestado. La sintió temblar y se agachó para depositar un beso en su nuca.

Ella se giró para mirarle.

—¿Estás seguro de que quieres que esté aquí?

Leo dejó la chaqueta y con las manos libres acarició el rostro y el pelo de ella.

—En mi vida he estado más seguro de nada.

Ella no pareció creerle.

—A algunos de tus amigos no les ha gustado que no estuvieras con Belén.

—No son mis amigos y aunque lo fueran al que le tiene que gustar es a mí, y yo no quiero estar con Belén. Confía en mí. Quiero estar contigo.

—¿Estás seguro?

Leo no sabía cómo demostrárselo y le dolía que ella dudase cuando él se estaba arriesgando tanto.

—¿Y tú? ¿Estás segura de que quieres estar conmigo? Tal vez todas estas dudas se deben a que no sabes si quieres estarlo. Con un chico que no opositara sería más fácil; podrías salir más y hacer planes con él.

—Quiero estar contigo.

—Entonces no dudes de mí, no dudes de nosotros. No hagas caso de las miradas o de los comentarios de la gente. Danos una oportunidad. Esto es nuevo para los dos y reconozco que no tengo ni idea de lo que estoy diciendo y que nunca he hecho nada parecido a esto, pero solo con pensar en no estar contigo... —Sacudió la cabeza y dejó esa frase sin terminar—. Sé que tengo que hacer las cosas de otra manera y me temo que volveré a meter la pata, pero confía en mí. Por favor.

—De acuerdo.

Leo suspiró aliviado; no sabía qué habría hecho si Martina le hubiese dicho que no. La habría acompañado a su casa, por supuesto, pero después ¿qué habría sido de él? Por suerte no iba a tener que averiguarlo.

—¿Puedo besarte? —le pidió agachando la cabeza en busca de los labios de ella.

Martina sonrió y tiró de él. Decidió que besar a Leo era lo más importante y que tal vez si él la besaba igual que antes y volvía a mirarla a los ojos como si solo existiera ella, los secretos y las palabras que no se habían dicho desaparecerían.

17

Arenys de Mar
Martes, 17 de junio de 2008

Martina no podía seguir estudiando Derecho un año más. No era solo que no le interesase o no le gustase, era que se sentía como una intrusa por estar allí y al mismo tiempo como una traidora por no estar en otra parte, en donde debía estar.

Había terminado el curso con suficientes asignaturas aprobadas para pasar al siguiente, pero solo con pensarlo se le retorcía el estómago y tenía ganas de vomitar y ponerse a llorar. No por los estudios en sí mismos, sino porque sabía que no podía seguir retrasando el momento de hablar con sus padres, y si algo odiaba Martina en este mundo era decepcionar a Eduard y a Elizabeth Martí. Por eso se había matriculado en esa carrera y por eso llevaba dos años arrastrándose por los pasillos de la facultad intentando en vano enamorarse de algo, lo que fuera, relacionado con el mundo jurídico.

Pero no había sucedido, todo lo contrario, cuanto más se aburría en las clases de Derecho más le apasionaban las clases de escritura a las que acudía por las tardes. Las pagaba con el dinero que ganaba trabajando durante el verano y también algún que otro fin de semana. Las clases de escritura eran su refugio y le permitían mantenerse cuerda mientras seguía soñando. Sus padres y sus hermanos estaban al corriente de que asistía a esas clases, la animaban a ello y a menudo le pedían que les dejase leer lo que escribía. Siempre la felicitaban y la animaban a seguir adelante, pero Martina tenía la misma sensación que cuando era pequeña y la felicitaban por el festival de fin de curso.

No la tomaban en serio.

¿Y cómo podían hacerlo cuando en realidad no se había arriesgado de verdad a luchar por ello? Ella era la primera que no confiaba en su sueño, la primera que lo relegaba a un segundo o tercer plano, la que nunca se atrevía a que nadie leyera nada suyo, la que nunca se presentaba a ningún concurso, la que nunca había mandado un manuscrito a una editorial. La primera que no creía que pudiera convertirse en escritora. La profesora de la escuela de escritura le decía que se dejase de tonterías, que no hacía falta ninguna de esas cosas para que alguien, quien fuera, pudiera considerarse escritor, que ella ya lo era porque escribía, hubiese publicado o no, hubiese ganado mil concursos o ninguno, pero Martina no acababa de creérselo.

La triste realidad era que su familia lo consideraba un *hobby* porque ella era la primera en hacerlo, así que si quería se la tomasen en serio tendría que demostrárselo. Cambiar la carrera de Derecho por la de Filología era el primer paso y hacer más talleres en la escuela de escritura, el segundo.

Estaba en casa de sus padres en Arenys de Mar y ella, Marc y Álex preparaban la mesa para cenar mientras sus padres estaba en la cocina. Leo todavía no había comido en casa, pero sí que había conocido, brevemente, a varios de sus hermanos; habían intercambiado unas cuantas frases y Martina sabía que a ninguno le gustaba Leo especialmente, sobre todo a Helena, pero por ella estaban dispuestos a darle una oportunidad.

Se lo estaban tomando con calma. Después de la fiesta de los jueces (Martina la llamaba así y al final Leo la había imitado) se habían pasado horas hablando y besándose en el apartamento de él, pero no habían ido más allá de los besos y la conversación también había guardado varios secretos. Todavía no estaban listos para enfrentarse a algo más serio, aunque en lo que al sexo se refería cada vez que se veían estaban más cerca de perder la cabeza y olvidarse de esperar a más adelante.

Martina sabía que Leo quería que fuera especial y que por eso se negaba a precipitar las cosas cuando se veían si ella solo podía quedarse una hora con él. Él mismo se lo había dicho, pero había algo que la inquietaba y era que no podía quitarse de encima la sensación de que Leo volvería a desaparecer y esta vez le rompería definitivamente el corazón. No le gustaba sentirse así y mucho menos ahora, cuando las cosas entre los dos parecían ir tan bien.

El próximo fin de semana, sin ir más lejos, Leo le había pedido que se quedase a dormir en su apartamento en Barcelona; gracias a Simón tenían entradas para un concierto en el Palau y sería muy tarde para que ella regresase a Arenys de Mar, además de que Martina compartía apartamento con Helena y tal vez su hermana también estuviese acompañada. Martina dudaba que Leo y ella estuvieran listos para pasar una mañana jugando a las parejas con Helena y su novio. Le había prometido, pues, que se lo pensaría y la verdad era que, a pesar de aquel mal presentimiento, se moría de ganas por estar con él.

—¿En qué estás pensando? —la interrumpió Marc—. Estás roja como un tomate.

—Cállate. No estoy pensando en nada. Es el calor.

—Ya, ya, el calor. Seguro que estabas pensando en Leo. Tengo que admitir que no me extraña; si me gustasen los chicos, no lo dudaría ni un segundo. Tiene un físico impresionante.

Viniendo de su hermano era un gran cumplido.

—No seas superficial.

—¿Superficial? Di mejor «realista».

—¿Me estás diciendo que quieres que una chica se fije en ti solo por tu físico?

—No, no estoy diciendo eso. Aunque en mi caso el físico es lo mejor de mí.

—Marc, no digas...

—Pero no estamos hablando de mí; estamos hablando de la cara de pervertida que pones cada vez que piensas en Leo. —Marc le lanzó una servilleta a la cara—. Seguro que te imaginas desnudándolo y recorriendo esa espalda increíble con la...

—¡Cállate! Eres lo peor. —Martina se rio y le lanzó otra servilleta—. Aunque reconozco que sí, Leo está buenísimo.

Marc soltó una carcajada y apareció Elizabeth.

—¿Estáis poniendo la mesa o jugando con las servilletas?

—Yo estoy poniendo la mesa, mamá —dijo Marc—. Martina está pensando en los músculos sudorosos de Leo.

—¡Marc!

Elizabeth les dio por imposibles y regresó a la cocina donde estaba Eduard mientras terminaban de poner la mesa. Durante la cena, Martina decidió arriesgarse y sacar el tema.

—Mamá, papá, tengo que deciros algo —empezó y esperó a que ambos la mirasen—: No puedo seguir estudiando Derecho.

Elizabeth dejó el tenedor en el plato.

—¿Por qué no? ¿Te ha sucedido algo en clase? Creía que habías aprobado suficientes asignaturas para continuar.

—No es eso. He aprobado suficientes asignaturas para continuar. No me echan ni ha sucedido nada. —Tomó aire—. Es que no quiero seguir estudiando Derecho. No me gusta. Nunca me ha gustado.

Sus padres se miraron unos segundos y sus hermanos gemelos hicieron lo mismo. Después todos la miraron a ella como si les hubiese anunciado que iba a convertirse en dragón o en un elfo de las montañas. Su madre fue la primera en recuperar el habla, pero no la calma.

—¿Nunca te ha gustado?

—Quería que me gustase y lo cierto es que la idea de la carrera no me desagradaba.

—¿Y qué piensas hacer? —dijo al fin su padre—. ¿Qué vas a hacer si dejas Derecho?

—Quiero escribir, quiero ser escritora. Me matricularé en Filología y haré más cursos en la escuela de escritura.

Eduard dejó caer la servilleta encima de la mesa.

—¿Vas a dejar Derecho para escribir? —No hizo falta que añadiera qué opinaba de esa opción—. ¿Por qué? Puedes hacer ambas cosas. Mira a Marc. —Señaló a su hijo, que combinaba Económicas con Veterinaria.

—¡Eh! A mí no me metas en esto. Mi caso es distinto; a mí me gustan las dos. Martina está diciendo que no le gusta Derecho.

Martina dio las gracias a su hermano con la mirada.

—No me veo ejerciendo de abogada o de nada que esté relacionado con el derecho. —Volvió a intentar explicarse.

—¿Y sí te ves haciendo de profesora? Porque eso es lo que acabarás siendo —dijo Eduard—. Siempre te hemos animado a escribir, pero es una locura arriesgarlo todo a esa carta. Nadie vive de escribir en este país.

—Eso no lo sabes. Sí, tienes razón, es muy difícil y quizá imposible, pero es lo que quiero hacer. Estoy dispuesta a trabajar de camarera, de dependienta, de lo que sea durante el resto de mi vida si eso me permite compaginármelo con la escritura.

—Pues trabaja de abogada —sentenció su padre, que cada vez estaba más enfadado.

—No quiero ser abogada. Ir a esas clases me está apagando el alma.

—Y ahora te pones melodramática. Ya está bien, Martina. Lo que pasa es que eres una consentida.

—Eduard, tranquilo. Martina se ha sacado estos dos cursos y ha trabajado todos los veranos y fines de semana para pagarse las clases de escritura. Eso tenemos que reconocerlo —dijo su madre.

—No me pongo melodramática —afirmó, aunque tuvo que secarse una lágrima—. ¿Sabes que el día que fui a matricularme tuve un ataque de pánico en la cola de la facultad? —Todos la miraron atónitos—. Por eso tuve que irme y volver el lunes siguiente, porque la idea de apuntarme me dejaba sin aire. Llevo dos años sin respirar y no puedo más.

—Yo te veo bien —dijo Eduard ganándose que Elizabeth le diera un pisotón por debajo la mesa.

—¿Estás segura de que quieres dejar Derecho? —Álex habló por primera vez—. Si estás segura, cuenta conmigo, pero tienes que asumir que tal vez nunca te ganarás la vida escribiendo. Ojalá pudiera decirte que los sueños, si te empeñas con tesón, se hacen siempre realidad, pero todos sabemos que no es así, Martina.

—Lo sé y lo tengo asumido. Tal vez no publique nunca o tal vez publique y nunca gane suficiente dinero para vivir de la escritura. Lo sé. Pero tengo que intentarlo y no puedo seguir estudiando Derecho. No puedo.

—No lo entiendo, Martina —dijo entonces Eduard—. Nunca te hemos obligado a estudiar nada. Podrías haberte matriculado en lo que hubieras querido. Esto es solo un capricho.

—No lo es y eso que dices que no me has obligado no es cierto. No me mires así, no me has obligado apuntándome con una pistola ni diciéndome que me echarías de casa si no hacía esto o lo otro. Eso es verdad. Pero desde pequeña me has dicho lo que tenía que hacer, lo mucho que te decepcionaría si te fallaba.

—Eres una exagerada. —Eduard volvió a ganarse una mirada de Elizabeth, que optó por tomar el timón de la conversación.

—Si quieres dejar la carrera de Derecho y matricularte en Filología, podemos hablarlo, pero me gustaría que me hubieras contado antes lo infeliz que eras. Podríamos haber hecho algo. Tu padre y yo solo queremos lo mejor para ti, lo mejor para todos vosotros, y si te animamos a estudiar Derecho es porque creíamos que te gustaba y que podías tener un buen futuro.

—Lo sé, mamá. Tendría que haberos dicho antes que no me gustaba.

—Creo que te estás precipitando y que tu madre te está mimando demasiado. —Eduard se puso en pie—. Decidid lo que queráis, visto está que mi opinión no cuenta o hace que te cueste respirar.

—Papá, te estás pasando —dijo Marc.

—Siempre eres demasiado exigente y cuando te des cuenta de que te has pasado de la raya, será demasiado tarde —le advirtió Álex, a lo que Eduard se limitó a bufar exasperado y salir del comedor.

—Voy a pasear por la playa un rato; no me esperéis.

El portazo consiguió que Martina perdiese la batalla contra las lágrimas.

Más tarde, sola en su dormitorio, llamó a Leo y pensó que sin el apoyo de él todo eso habría sido mucho más difícil.

Barcelona
Viernes, 20 de junio de 2008

Kathie Melua actuaba en el Palau de la Música. Simón les había regalado dos entradas muy bien situadas y Martina iba a quedarse a pasar la noche con él en Barcelona. Leo no podía creerse que fuese tan feliz, que por primera vez en la vida pudiera tener todo lo que quería. Había momentos en los que se asustaba porque estaba seguro de que sucedería algo que se lo arrebataría, al fin y al cabo, él no se merecía tener tanta suerte. Pero ese algo no llegaba y había empezado a respirar tranquilo, a confiar en que estaba tomando las decisiones correctas.

Lo único que ensombrecía un poco esa noche era que Martina seguía triste por la discusión que había mantenido con su padre días atrás. Todavía no se hablaban y los dos se mantenían intransigentes en sus posturas. Ella le había contado que su madre y sus hermanos se habían puesto de su parte, pero Leo la conocía y sabía que para

Martina la aprobación de Eduard Martí era la que más valoraba y necesitaba.

Estaban en el vestíbulo del Palau, habían saludado a Simón hacía unos minutos y él se había despedido de ellos con la promesa de volver a verlos pronto; quería invitarlos a comer en su casa, algo que nunca había hecho con Belén y que no hacía falta que se lo explicase a Leo para que este supiera lo que significaba.

—¿Estás bien? Si no quieres quedarte, podemos irnos —le sugirió a Martina al ver lo pensativa que estaba.

—No, quiero quedarme. Lo siento, solo estaba... No entiendo que esté tan enfadado conmigo.

Leo le acarició la mejilla con el pulgar.

—No conozco a tu padre, así que no puedo decirte por qué está comportándose así, pero te conozco a ti y sé que es imposible que no quiera hacerte feliz. Seguro que pronto solucionaréis las cosas.

—Eso espero. —Sonó el timbre que avisaba del inicio del concierto—. Vamos a sentarnos, te prometo que dejaré de darle más vueltas a esto.

—Dale las vueltas que necesites. No quiero decir que me alegre de tus problemas, porque no es así, pero está bien que por una vez seas tú y no yo quien está hecho un lío.

—Bueno, me alegro de serte útil.

Leo sonrió y se sintió invencible por haber conseguido que ella también sonriera.

—«Útil» no es como te definiría, pero vale.

—¿Y cómo me definirías?

—Como necesaria para respirar y para pensar. Como la chica más bonita que he visto nunca. Como la culpable de que lleve días sin poder concentrarme. Como el motivo de que ahora mismo me esté planteando irme de aquí sin escuchar ni una sola canción para poder por fin tumbarte en mi cama y desnudarte. Te definiría de esa manera y muchas más, ¿te valen?

—Creo que sí, me valen.

Tras esa respuesta, Leo se agachó para darle un beso en los labios que seguían perplejos por el discurso de él y después tiró de ella hacia el patio de butacas.

18

Después del segundo bis y de los aplausos, Martina y Leo fueron de los últimos en abandonar el Palau. A pesar de que el concierto había terminado, el ambiente todavía era mágico y ninguno de los dos quería hacer nada que pudiera romperlo. Seguían con las manos entrelazadas y él no dejaba de besarle los nudillos o acariciarle el pelo cada vez que se detenían en un semáforo.

—Tengo una sorpresa para ti —le dijo Martina, que llevaba horas guardándose el secreto esperando el momento perfecto.

—¿Ah, sí? ¿Cuál?

Paseaban por la calle; habían decidido ir a tomar algo pero no tenían un destino fijo. Él debió de notar que estaba nerviosa porque les detuvo a ambos en la acera.

—¿Sucede algo? —La miró a los ojos de esa manera que a Martina le derretía las rodillas—. ¿Sigues preocupada por lo de tu padre?

Ella se sonrojó y sacudió la cabeza.

—No, te aseguro que ahora mismo mi padre y su enfado o decepción conmigo es lo último que me preocupa. He dejado Derecho y voy a empezar Filología, espero que pueda aceptarlo, pero si no —se encogió de hombros—, es mi vida y no la suya.

—Entonces, ¿qué pasa? Estás nerviosa.

—Sé que no hemos vuelto a hablar de ello...

—¿De qué? —Leo frunció el ceño.

—Y no pasa nada si mañana tienes que estudiar o si has quedado con tu preparadora.

—Siempre tengo que estudiar, pero ¿de qué estás hablando, Martina?

—Tengo fiesta del chiringuito. Le conté a Carmen que teníamos entradas para este concierto y que seguramente me quedaría a dormir en Barcelona, y como Enzo se ha columpiado tanto últimamente me dijo que él podía cubrirme mañana y pasado. —Martina habló a mil por hora.

—Espera un momento.

—Puedo ir a mi piso, no sé si Helena está, pero tengo las llaves y seguro que...

—Espera un momento. —Leo llevó un dedo bajo el mentón de Martina para levantarle el rostro hacia él, pues desde que había empezado a hablar evitaba mirarle—. ¿Me estás diciendo que puedes quedarte todo el fin de semana? ¿Que te tengo solo para mí hasta el domingo por la noche?

—Sí, bueno, si no puedes o no...

Leo la besó y no le dejó terminar la frase.

—Puedo, quiero. ¡Joder, Martina! Por supuesto que quiero. —Volvió a besarla—. Menos mal que no me lo has dicho antes.

—¿Por qué?

—Porque habría sido incapaz de prestar atención al concierto. De hecho, ahora mismo no puedo pensar, no sé ni cómo me llamo.

—Leo —sonrió Martina.

—¡Ah, sí! Ese nombre me suena. —Le guiñó un ojo—. ¿Cuántas ganas tienes de ir a tomar algo?

—No muchas, ¿y tú?

—Ninguna, solo lo había sugerido porque creía que a ti te apetecía. Estabas un poco ausente cuando hemos salido del concierto.

—Estaba muerta de miedo de decirte que podía quedarme el fin de semana contigo.

—¿Por qué?

Martina le miró. Iba a bromear, a seguir con el tono de la conversación, pero cambió de idea al ver la seriedad que siempre parecía dominar los ojos de Leo.

—No sé explicarlo y si lo intento te parecerá una locura. En mi familia dicen siempre que tengo demasiada imaginación, lo que es bueno si quieres ser escritora como yo, pero suele crear problemas en el mundo real, en especial cuando estás intentando decirle a...

—¡Eh, Martina! Para. —Esperó a que lo hiciera—. Respira, por favor. A mí siempre puedes decirme lo que quieras.

Ella soltó el aliento.

—Tengo un mal presentimiento.

Leo enarcó una ceja.

—¿Sobre qué?

—¿Has leído alguna vez una novela romántica?

La confusión de Leo aumentó.

—Ninguna de momento. Puedo estrenarme con la tuya. ¿Qué tiene eso que ver con tu mal presentimiento?

—En las novelas románticas la pareja protagonista tiene que superar distintos conflictos antes de estar juntos.

—De acuerdo, sigo sin entenderlo.

—No puede decirse que lo nuestro haya sido fácil, Leo.

—Yo no estoy del todo de acuerdo, pero vale. Lo importante es que lo hemos conseguido.

—Mi mal presentimiento dice lo contrario.

—¿No será que buscas problemas donde no hay?

—Tal vez —reconoció Martina—. Puede ser. Pero si lo piensas, tengo motivos para ello. Hasta ahora, cada vez que hemos estado a punto de estar juntos ha pasado algo que nos ha separado.

—Ese algo he sido yo, puedes decirlo, no ha sido el destino ni el malo de una película o de una de tus novelas. Te aseguro que no tienes motivos para pensar así, no voy a volver a comportarme como un idiota.

—Eso no puedes saberlo. Además, tal vez me toca a mí ser la idiota de los dos.

—No, qué va. Imposible. Tú jamás harías algo así. —Se agachó para darle un beso lento y suave y no se apartó hasta que ella suspiró—. Si lo que te pasa es que estás nerviosa por acostarte conmigo, no lo estés. No hay prisa.

Martina se sonrojó tanto que habría podido iluminar la calle.

—No es eso o, bueno, sí, tal vez, pero no en el sentido que estás pensando. —Leo esperó a que siguiera y Martina le acarició el rostro mientras hablaba—: Me muero por estar contigo, tengo tantas ganas que mis hermanos se ríen de mí cada vez que me pillan mirando al vacío. Según ellos te estoy imaginando desnudo y, aunque delante de ellos lo niego, suele ser cierto.

Vio que a él se le oscurecían los ojos y que sin darse cuenta se lamía el labio.

—Vas a matarme —masculló.

—Espero que no —siguió ella—. Quiero acostarme contigo, Leo.

Él no dejó que dijera nada más, tiró de ella para devorarle los labios y solo la soltó para detener un taxi y darle la dirección de su apartamento.

Durante el trayecto no se besaron; fue como si los dos supieran que si empezaban a tocarse otra vez no podrían parar y se conformaron con darse la mano. Leo pagó la carrera y antes de abrir la puerta tuvo que recoger dos veces las llaves del suelo de lo que temblaba. Él subió la escalera delante de ella (no se veía capaz de ir detrás y no levantarla en brazos) y aprovechó cada escalón para buscar algo de calma.

Además de excitado (de un modo bastante ridículo, la verdad, teniendo en cuenta que llevaba rato sin besarla), Leo estaba confuso. Él, obviamente, había sentido deseo antes y, por ejemplo, en su primer año de Universidad había mantenido una relación sexual con una estudiante de intercambio con la que había hecho de todo y se alegraba de ello. Con Belén había sido distinto, seguramente porque la naturaleza de la relación era otra, pero no tenía un mal recuerdo y esperaba que ella tampoco.

Pero nada podía compararse con lo que le sucedía cuando pensaba en tocar a Martina. Ni siquiera le hacía falta estar cerca de ella, le bastaba con imaginar que la tenía cerca para perder el control. Aunque sin duda se esforzaba por disimularlo.

Lo que más le confundía era que en sus relaciones anteriores él, si bien quería que su pareja estuviera a gusto y disfrutase del encuentro, pensaba en sí mismo. En cambio ahora, a pocos minutos de poder estar por fin con Martina, en lo único que pensaba era en ella.

Quería, no, «querer» era un verbo absurdo para describir lo que le pasaba, necesitaba que ella disfrutase; el resto, él, le daba completamente igual. Por eso estaba hecho un lío, porque no hacía falta ser muy listo para entender qué significaba eso.

Ella le tocó la espalda y Leo se dio cuenta de que llevaba varios segundos frente a la puerta de su apartamento sin abrirla.

—Leo, ¿estás bien?

—Sí, claro, perdona.

¿Bien? ¿Cómo iba a estar bien si no podía dejar de temblar de las ganas que tenía de desnudarla y tocarla? No quería asustarla; él ya lo estaba porque nunca había deseado tanto a nadie, y mucho menos después de que le hubiese contado lo de ese mal presentimiento. Pero si quería ir despacio iba a tener que encontrar la manera de tranquilizarse.

Abrió la puerta y soltó el aliento. Podía hacerlo, podía calmarse y hacer que esa noche fuese maravillosa para Martina. Podía hacerlo.

Hasta que Martina le sorprendió, como hacía desde el día que la conoció, y tiró de él para besarle al mismo tiempo que saltaba en sus brazos. Leo reaccionó; la sujetó por las nalgas y, olvidándose durante unos instantes del sermón que se había dado a sí mismo sobre ir despacio, la llevó al dormitorio sin dejar de besarla frenéticamente.

La tumbó en la cama y se obligó a apartarse para mirarla. Llevaba tanto tiempo esperando ese instante, que ahora que lo estaba viviendo no acababa de creérselo, así que se agachó para besarla de nuevo y cuando ella apartó el rostro para suspirar su nombre, porque Leo le estaba acariciando un pecho por encima del vestido, y después le lamió el cuello y le mordió el lóbulo de la oreja tuvo que volver a alejarse.

—¿Sucede algo? —le preguntó Martina con el aliento entrecortado.

—No sé por dónde empezar —confesó él, ganándose la sonrisa de ella, que solo sirvió para que se le acelerase más la circulación—. ¡Joder, Martina! Quiero hacerlo todo contigo, quiero —sacudió la cabeza—, no, necesito hacerte tantas cosas...

Vio que ella se sonrojaba y que se incorporaba un poco para tirar de él por la cintura de los vaqueros. Leo cedió porque, a quién quería engañar, necesitaba besarla de nuevo, y después la tumbó con cuidado en la cama para desabrocharle los botones del vestido que, por suerte para él, se abrochaba por delante.

—No te imaginas la cantidad de tiempo que llevo pensando en este momento. —Volvió a hablar tras soltar un botón, acariciando la zona que dejaba al descubierto, sonriendo cada vez que ella se quedaba sin aliento porque él deslizaba los nudillos por la piel desnuda—. Quiero tocar todo tu cuerpo. —Llegó al último botón y separó los dos extremos del vestido para después dibujar con un dedo una línea invisible del mentón de Martina al ombligo—. Quiero descubrir cómo te gusta que te toquen.

—Así —suspiró ella—, me gusta que me toques tú.

Él procedió a hacer justo eso y llevó una mano hacia la entrepierna de ella.

—¡Dios! —farfulló—. Me muero por descubrir a qué sabe todo tu cuerpo. Desde aquí —la besó en los labios— hasta aquí —dijo acariciando su sexo sin desnudarla.

—Leo, yo...

—Y creo que me moriré aquí mismo si tengo que pasar otro día sin saber qué siento al estar dentro de ti.

Martina no pudo responder que a ella le pasaba lo mismo, porque Leo se tumbó entonces junto a ella y no dejó de besarla ni de acariciarla hasta que a ella se le fundieron todos los huesos del cuerpo. Cuando abrió los ojos después del orgasmo, se dio cuenta de que él seguía completamente vestido a su lado y que no dejaba de mirarla.

—Leo —susurró incorporándose un poco para darle un beso y desabrochar los botones de la camisa que llevaba él. En cuanto le tocó, él capturó su muñeca.

—Dame un minuto —le pidió.

Martina lo miró confusa.

—¿No quieres que...?

Leo bufó.

—Claro que quiero. Necesito un minuto porque tengo miedo de correrme en cuanto me toques. Y no sonrías así, no tiene gracia.

—Sí que la tiene. Vamos, deja que te desnude, te prometo que iré despacio.

Leo sacudió la cabeza.

—¿Estás segura?

—Segurísima —afirmó dándole pequeños besos por la mandíbula hasta conseguir que él también sonriera y aflojase la tensión de los hombros.

Martina también se había imaginado a Leo desnudo e, igual que él, también había soñado con lo que harían cuando llegase ese momento. El cuerpo de él estaba lleno de promesas y volvió a recordarle a ese delfín que había visto años atrás. Leo tenía los hombros más bonitos que había visto nunca, quizá porque desprendían que podían con todo, y también las piernas más largas del mundo. Lo mejor, pensó Martina mientras le desnudaba y recorría el torso a besos, era que algo en su interior le decía que el cuerpo que ahora tenía delante era solo un boceto, que la versión definitiva sería incluso más espectacular.

Y en ese instante Martina comprendió que se estaba imaginando a Leo de mayor y que ella nunca había hecho nada parecido con ninguno de los chicos con los que había estado. Tal vez Leo tenía razón y ella había buscado problemas donde no los había. Tal vez el mal presagio que tenía no estaba justificado y esa noche era su final feliz.

—¿Sucede algo?

—No, nada. —Le miró a los ojos—. Soy muy feliz por estar aquí.

Leo, que hasta ese segundo había conseguido mantenerse quieto y dejar que Martina le desnudase y le besase, se incorporó en menos de un segundo e intercambió sus posiciones para quedar encima de ella.

—No puedo más —le dijo mordiéndole el labio—. Necesito... —No pudo terminar la frase porque ella le recorrió la espalda con las manos.

Martina tampoco podía hablar, lo único que sabía era que la piel de Leo era perfecta y que tenerlo encima, dentro, era la mejor sensación del mundo; que sus manos y sus labios podían recorrerla de arriba abajo y no se cansaría nunca. De hecho, insistiría en que no se alejasen ni un milímetro de ella.

—Leo.

Él tuvo que besarla, si volvía a oír cómo pronunciaba su nombre terminaría allí mismo, y ahora que por fin estaba dentro de ella quería quedarse allí para siempre.

—Martina, yo... —Ella le lamió el cuello en busca de sus labios—. ¡Dios! Para, para. Yo quería... quería ir despacio. ¡Joder! —farfulló moviendo más rápido las caderas.

—¿Por qué?

—Porque... ¡Yo qué sé! —Se incorporó un poco, lo justo para buscar las manos de ella y entrelazar los dedos—. No lo sé.

Martina echó la cabeza hacia atrás y Leo aprovechó para besar la curva hasta el hueco del esternón.

—Leo, ¿podemos dejar lo de «despacio» para después?

Leo parpadeó al oír la última palabra: «después». Eso significaba que habría más veces, infinitas, si él tenía algo que decir al respecto, y de repente su cuerpo se rindió y se movió al ritmo que los dos necesitaban.

Buscó los labios de Martina y no dejó de besarla hasta que ambos perdieron el control.

El sábado Leo fue el primero en despertarse y cuando lo hizo se quedó mirando a Martina, que dormía desnuda pegada a él. Todavía no podía creerse que la noche anterior hubiese sucedido de verdad, que por fin hubiera recorrido el cuerpo de ella con los labios y las manos y no solo con su imaginación. Ahora que había hecho el amor con Martina jamás podría arrancársela de la cabeza, aunque tampoco tenía intención de intentarlo. No quería arrancársela de ninguna parte, ni de la cabeza, ni del corazón, ni de la piel, ni de los labios, de ninguna parte. Y si tenía que hacer cambios en su vida para que las oposiciones y su plan no se resintieran, lo haría.

Martina se movió dormida y Leo le acarició el pelo hasta que volvió a quedarse quieta. Tenía que estar cansada, no solo por lo que habían estado haciendo, sino porque Martina no dormía bien desde la discusión que había mantenido con su padre por lo de la carrera. Le iría bien descansar un rato y a él nada le haría más feliz que pasarse el resto del fin de semana cuidándola.

Y besándola, lamiéndola, acariciando hasta el último centímetro de piel y haciéndole el amor deprisa, despacio, suave, con fuerza... Sacudió la cabeza.

Era la primera vez que le sucedía algo así y le asustaba un poco la intensidad con la que deseaba a Martina, la cantidad de cosas que deseaba hacerle; cosas para las que tal vez ni él ni ella estaban preparados. Él no lo estaba; una cosa era desear a alguien y otra anhelarla y necesitarla como le sucedía a él con ella. Respiró hondo y se obligó a calmarse.

—Buenos días —susurró ella desperezándose.

—Buenos días.

Leo se agachó a besarla y un beso llevó a otro, una caricia a otra y cuando terminaron, Leo decidió que no había mejor sensación en el mundo que despertarse con el sabor de Martina en los labios.

El domingo por la noche, y después de descubrir que jamás podría deshacerse del sofá de su apartamento porque Martina le había hecho el amor en él, Leo la acompañó a la estación y se despidió de ella.

—Odio no poder acompañarte a casa —confesó, poniéndole un mechón de pelo detrás de la oreja.

—No digas tonterías. Estoy acostumbrada a ir en tren y, además, me gusta. —Ella se puso de puntillas para darle un beso—. Y tú tienes que estudiar.

—Lo sé.

—Y yo mañana tengo que ir a trabajar. Aunque mi padre acabe entrando en razón, quiero tener el máximo de dinero ahorrado cuando empiecen las clases.

Leo la rodeó por la cintura.

—No voy a poder dormir sin ti. ¿Qué me has hecho? Esto que me pasa no es normal. —Era como si estuviera hablando solo porque intercalaba las frases entre besos y mordiscos al cuello de Martina.

Ella enredó los dedos en su pelo y le echó la cabeza hacia atrás para mirarle a los ojos.

—Me ha gustado mucho estar contigo, Leo.

Él tragó saliva.

—Vamos, vete de aquí antes de que te levante en brazos y vuelva a subirte a mi moto para regresar los dos a la cama.

—Está bien —sonrió Martina apartándose—, me voy.

Él capturó su muñeca y esperó a que ella se diese media vuelta.

—A mí también me ha gustado mucho estar contigo, Martina. ¿Hablamos mañana?

—Claro. Ya sabes dónde encontrarme.

Martina subió al tren y Leo volvió al apartamento, donde jamás dejaría de ver a Martina.

Los dos vivieron en una nube hasta el martes, que era el día que Leo tenía cita con la preparadora de las oposiciones y cuando cantó los temas que tocaban se olvidó la mitad de los artículos que entraban y cometió tres errores imperdonables.

Lestrad le puso a caldo y esa noche, cuando Leo llamó a Martina, discutieron porque él necesitaba desahogarse y se comportó como un cretino con ella. Leo era consciente de lo que había hecho y una parte de él quiso llamar de nuevo a Martina para pedirle perdón y explicarle lo que de verdad había pasado, pero no lo hizo. Igual que tampoco le contó a Martina que estaba preocupado porque se suponía que a esas alturas del mes de julio ya tendría que haber dado dos vueltas al temario y solo llevaba una y media y también le ocultó que Simón le había llamado para invitarlos a los dos a cenar a su casa y él dijo que no, que estaba demasiado ocupado para ir y que, de todos modos, su relación con Martina no era para tanto.

Llegó el fin de semana y Leo, que se suponía que iba a ayudar a Martina en el chiringuito, la dejó plantada en el último momento. Ella tuvo que ir a El Cielo, obviamente, y, aunque le dijo a él que lo entendía y que no pasaba nada, que sabía que para Leo las oposiciones eran lo primero, estuvo seca con él cada vez que hablaron. Leo sabía que el mal humor de Martina estaba justificado, más de lo que ella creía, porque lo cierto era que él habría podido ir a ayudarla, pero estaba tan descolocado por lo que le estaba pasando que había llegado a la conclusión de que lo mejor sería ganar tiempo y distancia.

Distancia de Martina y tiempo para pensar.

Ni lo uno ni lo otro le sirvieron de nada excepto para echar de menos a Martina y para volver a cagarla delante de Lestrad: no había visto a Martina y aún había estudiado menos que los días que la veía o hablaba horas con ella.

El miércoles se dejó a sí mismo por imposible y, sin cuestionarse lo que estaba haciendo, se subió a la moto y condujo hasta la playa de Arenys de Mar. Cuando llegó vio a Martina tumbada en la arena, tenía la piel mojada, seguro que acababa de salir del agua, y estaba tomando el sol. Junto a ella estaba su capazo de siempre, del que asomaba una tira del delantal de El Cielo. No era la primera vez que salía del chiringuito con él puesto. Antes de acercarse, vio que pasaba un vendedor ambulante con rosas blancas y compró una. Después, se quitó los zapatos y cruzó la arena.

—Lo siento —le dijo al llegar a su lado.

Martina se incorporó de golpe.

—¿Leo?

Él se sentó en la toalla, dejó la rosa entre los dos y la miró a los ojos.

—Te echo de menos. Esto es más difícil de lo que creía.

—¿El qué?

Ella parecía dispuesta a escucharle, pero le brillaban los ojos y tenía los brazos cruzados como si quisiera protegerse de él. A Leo se le cerró la garganta con solo pensar que le había hecho daño.

—Buscar espacio para esto, para nosotros, y no volverme loco —reconoció sorprendiéndose a sí mismo—. Antes todo era más fácil.

—¿Y eso no lo echas de menos? —Vio que él fruncía el ceño—. Quiero decir que si no echas de menos tener la vida más fácil, verlo todo más claro. Porque, deja que te lo diga, Leo, a mí tampoco me está resultando fácil... —Apartó la mirada y apretó los dientes un instante para retener las lágrimas—. Hace dos fines de semana no salimos de la cama, lo que pasó entre nosotros yo nunca... —No terminó esa frase—. Y luego casi vuelves a desaparecer y cuando hablamos solo dices que por mi culpa vas retrasado en el temario.

—Yo nunca he dicho eso.

No lo había dicho, de eso estaba seguro.

—No ha hecho falta.

—Lo siento —repitió a falta de una frase más elocuente, pero era verdad, lo sentía muchísimo—. Estudiar Derecho, opositar, llegar a ser juez es lo único que ha ocupado mi mente hasta ahora. Es lo único que he querido en la vida y ahora... —tragó saliva— ahora estás tú y no sé qué hacer. Me siento como esos chicos que hacen malabares en la Rambla, lanzando bolas al aire y haciéndolas girar una tras otra. Y no quiero que me caiga ninguna al suelo.

—Habla conmigo —le sugirió ella tocándole la mano que él tenía en la rodilla y Leo soltó por fin el aliento—. Cuéntame qué te pasa. Tal vez pueda ayudarte, no soy mala funambulista.

Leo sonrió y despacio se agachó a besarla: tenía el corazón en un puño hasta que Martina separó los labios y le devolvió el beso.

—¿Estamos bien? —le preguntó una hora más tarde cuando se despedían frente a su moto porque ella tenía que regresar al trabajo y él a Barcelona.

—Estamos bien. Conduce con cuidado.

—Lo haré. Te llamo esta noche.

Él le acarició el rostro y buscó por última vez sus labios. Quería decirle muchas cosas más, pero no era el momento. Martina aún estaba dolida, lo veía en sus ojos, y él todavía tenía que poner en orden sus pensamientos.

—El mar te sienta bien —le dijo mientras se ponía el casco. No quería irse de allí sin verla sonreír de nuevo.

Ella ladeó la cabeza.

—Tal vez el próximo día que tengamos libre los dos podríamos pasarlo en la playa.

—Hecho. —Leo habría accedido a lo que fuera—. ¿De verdad estamos bien?

—De verdad. Vamos, vete.

Leo la creyó y de regreso a casa montó y desmontó sus planes y sus horarios de estudio en la cabeza. Tenía que haber una manera de que todo encajase, de que Martina y él tuvieran el espacio que necesitaban sin que él tuviera que sacrificar nada.

Martina entró en el chiringuito, guardó la rosa que Leo le había regalado entre las páginas del libro que estaba leyendo y se puso a trabajar. A la hora de cerrar aparecieron Gabriel y Ágata, que habían ido a pasar el día en la playa.

—¿Ese que hemos visto antes era Leo? —le preguntó su hermana.

—Sí, era él. Ha venido a verme. Si hubiera sabido que estabais aquí os lo habría presentado.

—No se te ve muy contenta —señaló Gabriel.

—Estoy cansada, eso es todo.

—No nos hemos acercado porque parecía que estabais hablando de algo importante —siguió Ágata—. ¿Ha sucedido algo? ¿Todo va bien?

—Sí, todo va bien. Lo único que pasa es que Leo tiene que estudiar mucho y papá sigue sin hablarme. Supongo que los dos estamos algo nerviosos y el otro día discutimos un poco. Por eso ha venido, porque quería hacer las paces. Ahora estamos bien.

—¿Segura?

—Segurísima. No os preocupéis por mí. Os prometo que Leo y yo estamos bien. El próximo día que los dos tengamos libre iremos a la playa.

Gabriel y Ágata intercambiaron una mirada que Martina no vio porque, a pesar de lo que acababa de decirles, el mal presentimiento que la había envuelto semanas atrás acababa de regresar y esta vez no conseguía quitárselo de encima.

19

Playa de Arenys de Mar
Martes, 15 de julio de 2008
Chiringuito El Cielo

Martina estaba tan sudada que si alguno de los mosquitos que pasaba por allí osaba acercarse a ella se quedaría pegado. Por si no hubiera bastante con el calor, hacía una humedad insoportable, le costaba respirar y se había recogido la melena en una trenza bien apretada porque de lo contrario parecería la bruja del bosque. Para rematar, una hora antes una niña le había echado por encima medio batido de fresa y, aunque se había cambiado la camiseta, sus zapatillas seguían algo pegajosas y hacían un ruido extraño cuando caminaba.

El chiringuito estaba a reventar. Enzo, Carmen, Albert y ella no daban abasto, anticipaba que no cerrarían hasta tarde y que cuando lo hiciesen estarían exhaustos y de mal humor. La gente que adoraba los días calurosos nunca había trabajado en un local de la playa en pleno verano.

—Acaba de llegar un nuevo grupo, ¿puedes encargarte tú? —le pidió Enzo entrando en la cocina cargado de platos.

Martina suspiró y se dirigió hacia la entrada de El Cielo. Una de las chicas le sonaba y, justo antes de alcanzarlos, algo hizo clic en su cabeza y la situó. No sabía su nombre, pero estaba segura de que la había visto en la Facultad de Derecho. Sonrió y los saludó.

—Queremos una mesa para cuatro, a poder ser en la zona de sofás. ¿Sabes si tendremos que esperar mucho?

Ninguno pareció reconocerla y tampoco podía decirse que fueran especialmente simpáticos.

—Unos treinta minutos. —Estimó al alza—. Si queréis mesa en la zona de las sombrillas azules —se la señaló—, seguramente será más rápido.

—Esperaremos a los sofás.

—De acuerdo. Os aviso cuando haya una mesa disponible. Mientras, podéis esperar en la barra si os apetece. ¿Me das tu nombre para anotarlo en la lista?

Martina sacó el bloc del delantal que llevaba atado a la cintura y preparó el bolígrafo.

—Pablo. Gracias, esperaremos en la barra.

Tomó nota del nombre y de las bebidas que iban a tomar mientras esperaban y siguió trabajando, sintiéndose observada. Primero pensó que eran imaginaciones suyas, pero levantó la mirada hacia el grupo de amigos dos o tres veces mientras estaba atendiendo a otras mesas y todas ellas los pilló mirándola. Tal vez eran de esos clientes que vigilan a los camareros porque no se fían y temen que estos vayan a colar a alguien antes que a ellos, se dijo. Sin embargo, el escalofrío que se había instalado en su nuca insistía en lo contrario.

Por fin una familia francesa se levantó de los sofás que llevaban horas ocupando y Martina fue a limpiar la mesa. Cuando estuvieran sentados seguro que dejarían de estar tan interesados en ella.

—Vuestra mesa ya está lista —les dijo.

Pero ninguno de ellos se movió hasta que Pabló habló.

—Tú eres Marina, ¿verdad? Esa chica que Leo conoció hace tiempo.

—Martina —le corrigió.

—Eso, Martina.

—Ya verás cuando le digamos a Leo que te hemos visto.

El escalofrío se extendió por la columna vertebral. ¿Esa gente tenía que decirle a Leo, a Leo, que la habían visto? ¿Leo se veía con ellos? Y si era así, ¿por qué no sabían nada de ella?

—Mejor no —apuntó una de las chicas—. Ahora que las aguas han vuelto a su cauce, solo serviría para crear problemas.

¿Problemas?

—Tienes razón, Patri —dijo otra de las chicas—. Ya sabes cómo se pone Belén con estas cosas.

Martina no podía seguir la conversación; se negaba a atar los cabos que iban soltando esas palabras.

—¿Habéis podido mirar las cartas? —Intentó cambiar de tema, lo que fuera con tal de que dejasen de hablar de eso.

No sirvió de nada. Pablo volvió a mirarla y Martina supo que iba a hacerle daño y que iba a disfrutar haciéndolo. Tenía esa clase de mirada.

—No hemos podido mirar las cartas; lo haremos ahora. —Se colocó junto a ella y con el gesto le indicó que los acompañase a la mesa. Quizá se había precipitado al juzgarlo—. Tienes que disculparnos, es que para nosotros hasta hoy eras unas especie de leyenda.

—¿Ah, sí? —Martina cometió el error de picar el anzuelo.

—Sí. La única persona capaz de alejar al estricto e imperturbable Leo Marlasca de su plan. No te lo tomes a mal, pero me alegro de que solo fuera una tontería.

—¿De qué estás hablando?

—De lo que fuera que tuvieras con Leo. Es obvio que solo duró un fin de semana y mejor así. Está claro que no hacéis buena pareja —la recorrió con la mirada y a Martina se le revolvió el estómago— y él está muy bien con Belén. Acaban de comprometerse, por eso no están hoy aquí.

Martina se tropezó con sus pensamientos y con una de las maderas del suelo. Por suerte chocó con Enzo, que en aquel momento acababa de recoger otra mesa, y el repugnante de Pablo no tuvo que auxiliarla, aunque tampoco había hecho el gesto.

—¿Estás bien? —dijo Enzo—. Albert tiene que arreglar ese tablón antes de que alguien se rompa la crisma.

—Estoy bien, gracias. —Con movimientos mecánicos le indicó a Pablo y al resto del grupo que podían sentarse y les pasó las cartas—. Volveré en unos minutos a tomar nota.

Tenía que llamar a Leo. Eso que acababa de decirle Pablo era mentira, una broma de muy mal gusto. Leo le había contado que nunca había sentido que encajase en el entorno de Belén.

—Gracias, todo tiene muy buena pinta.

Por el modo en que lo dijo, bajando la mirada por las piernas de ella, estaba claro que no se refería a la comida.

Tenía que salir de allí antes de que estrangulase a un cliente. Carmen y Albert no se lo perdonarían.

—Enseguida vuelvo.

Consiguió dar cuatro pasos.

—Espera un momento, Marina, quiero decir, Martina. Lo siento. —Por su sonrisa no lo sentía en absoluto—. Ven, seguro que esto te hará gracia. —Sacó el móvil del bolsillo y buscó algo. Martina no pudo resistir el embrujo y se acercó—. Aquí está, mira. —Giró el aparato hacia ella—. Es de hace dos días, de la fiesta que organizaron los padres de Belén para celebrar que estaban comprometidos oficialmente.

No podía ser Leo. Era imposible.

—Deja a la pobre chica en paz —se quejó el otro chico, que hasta entonces se había mantenido al margen—. Seguro que le da completamente igual lo que haga Leo, ¿me equivoco? Y está trabajando, déjala tranquila, Pablo. A veces te comportas como el cretino que todo el mundo cree que eres.

—Desde que volviste de rehabilitación estás muy quisquilloso, Hugo, tal vez deberías volver a beber.

Martina no podía reaccionar y su cerebro no conseguía procesar lo que estaba pasando, aunque le quedaba suficiente cordura para saber que Pablo era un imbécil y que había atacado a Hugo porque este se había atrevido a defenderla. Miró a este último para darle las gracias y se alejó de la mesa antes de que volvieran a atacarla.

—Enzo, ¿puedes ocuparte tú de esa mesa? —No esperó a que su amigo contestase—. Es importante, tengo que llamar a Leo.

—Claro. ¿Te quedas después tú la zona de delante?

—Hecho.

Martina buscó el móvil dentro del capazo que guardaba en la oficina de Carmen y salió del chiringuito por la puerta de atrás. Llamó a Leo, que a petición de su preparadora se había ido a Madrid hacía un par de días a preparar unos exámenes.

—Hola, Martina. ¿Hoy no trabajabas en el chiringuito?

—Sí, estoy aquí. Acabo de atender a unos amigos tuyos, un tal Pablo. —Apretó el aparato.

—¡Oh! No sabía que le conocías.

—Y no le conocía. Me sonaba su cara, pero no sabía su nombre ni quién era. Él se ha presentado; me ha dicho que es amigo tuyo.

En el silencio sintió que Leo se tensaba.

—Es amigo de Belén —dijo Leo.

—Hablando de Belén, Pablo me ha dicho que estás comprometido con ella —intentó bromear, impregnar la voz de confianza hacia Leo.

—Martina, yo...

El corazón se le detuvo un instante y después se precipitó hacia el fondo de su estómago, donde se resquebrajó igual que un vaso al golpear el suelo.

—Ahora mismo lo único que quiero que me digas es que no estás comprometido con Belén, que Pablo es un mentiroso y que me ha hecho una broma de muy mal gusto.

—No estoy comprometido con Belén, pero...

—Para. ¿Cómo que «pero»? Esa frase no puede tener un pero al final.

Leo no le hizo caso y siguió hablando.

—El padre de Belén quería presentarme a unas personas. Él sabe que ya no estamos juntos y aun así ha insistido en ayudarme. Me dijo que organizaría un encuentro para que pudiéramos conocernos;

cuando llegué vi que era más un acto social que profesional. Belén estaba allí, obviamente, y también su madre. Al parecer las dos dijeron a varias personas que nos habíamos reconciliado.

Martina apretó el aparato.

—Sabías que ibas a verte con él y no me lo dijiste, y después de esa cena de reconciliación, no me contaste nada.

Estaba tan enfadada que incluso le costaba hablar.

—No tuvo importancia. Hablé con Belén y me explicó que solo había dicho lo de nuestra reconciliación para quitarse a su madre de encima. Belén se alegra tanto como yo de que no estemos juntos, pero a su familia le cuesta aceptarlo. Fue una noche nada más, pensé que no pasaba nada por seguirle el juego a un par de tías abuelas que viven en Pozuelo y a unos cuantos jueces que están a punto de jubilarse.

—Podrías habérmelo contado —insistió Martina, atónita por lo que estaba escuchando.

—Quería evitar una conversación como esta.

—¿Por qué? —Le hirvió la sangre.

—Porque sabía que no lo entenderías.

—Tal vez no sea tan lista como tú, señor opositor, pero si no me lo explicas, seguro que no lo entenderé. Ocultar cosas nunca trae nada bueno; creía que en eso estábamos de acuerdo. Si me hubieras dicho que ibas a reunirte con el padre de Belén, no me habría importado.

—¿En serio? Porque diría que ya te estás poniendo sarcástica. —Sonó incrédulo y molesto, y ella se enfadó aún más—. Todavía recuerdo lo insegura que te sentiste en la fiesta de los jueces o lo que pasó hace unas semanas cuando tuve que recuperar el tiempo que había perdido contigo.

—¿Perdido? ¡Vaya! Usted perdone; no sabía que acostarse conmigo era una pérdida de tiempo.

—¡Dios, no! ¡Joder, Martina! Sabes que no me refería a eso.

—Y tú sabes que lo de la fiesta de los jueces fue distinto. Entiendo perfectamente que tengas que cruzarte con Belén o con gente de su entorno, lo que no entiendo es que no me lo cuentes o que permitas que ellos crean que tú y tu ex estáis comprometidos, Leo. Haz el favor de dejar de tratarme como si fuera una niña pequeña y dime la verdad.

—Tú no sabes cómo es el mundo real. Tu familia parece sacada de una serie estadounidense; todos vosotros con vuestra infancia idílica, vuestros viajes y vuestros trabajos de ensueño. A la gente normal no nos pasan esas cosas, crece de una vez. No te conté lo de Madrid porque tenía que pensar en mí, en mi futuro y no quería que una estúpida conversación como esta me desconcentrase. ¡No es tan complicado de entender, joder!

—¿Complicado? Tienes toda la razón, no es nada complicado. A mí tampoco me lo parece, Leo. O estás con Belén o estás conmigo. No puedes vivir entre dos mundos, no eres Batman. No puedes tener dos vidas y, por lo que acaba de sucederme, diría que tienes otra en la que ni siquiera existo.

—Estoy contigo, pero empiezo a cansarme de que siempre dudes de mí, de tener que recordarte todo el tiempo que estamos juntos. Tal vez eres tú la que no quiere estar conmigo.

Martina bufó.

—Mis dudas están más que justificadas, Leo.

—No, no lo están, Martina. Estoy contigo y no estoy con Belén. Lo que pasa es que Belén, su familia, sus amigos, se mueven en el mismo círculo que yo ahora y necesito llevarme bien con ellos. Tal vez tú no lo entiendas porque...

—Te aseguro que lo entiendo perfectamente.

—Necesito hacer esto y contigo... —Le oyó soltar un par de tacos en voz más baja—. Contigo todo es complicado. ¡Joder, lo siento! —añadió cuando oyó que ella se quedaba sin aliento—. Tengo que estudiar, tengo que ponerme al día y pasar estos exámenes, y si tú no entiendes eso tal vez los dos nos hemos precipitado con nuestra relación.

—¿Precipitado? —A ella le falló la voz un segundo—. Lo que pasa es que te estás arrepintiendo o qué sé yo. Has cambiado de idea y ahora te das cuenta de que con Belén todo sería más fácil.

—¡No estoy con Belén, joder! Pero si tanto te aferras a eso tal vez eres tú la que se arrepiente. Tal vez deberías buscarte un pijo con la vida solucionada, seguro que él sí encajaría a la perfección con tu familia. Seguro que a él ya se lo habrías presentado a tus padres.

—Yo no me arrepiento. Yo no soy la que ha acudido a su fiesta de compromiso con otra persona. ¡Y no te he presentado a mis padres porque nunca estás aquí, Leo!

—Odio discutir contigo, Martina. Tengo la sensación de que cada frase que digo o me dices tú es peor que la anterior. Deja que te lo explique mejor cuando regrese. Sí, hubo una fiesta y sí vi a Belén y a los demás allí, pero no sucedió nada entre ella y yo.

—Dime una cosa: ¿le dijiste a Belén que estás conmigo? Porque es obvio que Pablo y el resto de la pandilla no tienen ni idea de quién soy. Ni siquiera saben que existo.

—Te estás comportando como una niñata.

—¿Sabes qué? Quédate tranquilo en Madrid o donde te dé la gana y con quien te dé la gana. Esta niñata tiene que volver al trabajo.

Las respiraciones de los dos cambiaron y se alargó el silencio unos segundos.

—Martina, no te pongas así. Lo siento.

—Yo también lo siento, Leo. No vuelvas a llamarme; dudo que pueda soportar más mentiras.

Leo llamó y Martina no contestó.

Lo último que supo de él fue este mensaje:

> Me quedo en Madrid durante un tiempo.
> Es mejor así.

20

Barcelona
Viernes, 23 de abril de 2010

Era su primer Sant Jordi, y aunque todavía no había publicado nada (ni siquiera había abierto un *blog* donde colgar los textos que escribía ni había enviado ningún manuscrito a una editorial), era el primero en que se sentía un poco escritora y era una sensación maravillosa.

Había quedado con Roque y Mika, sus mejores amigos de la facultad, para pasear por las paradas de libros y por la tarde quizá haría lo mismo con los compañeros de la escuela de escritura. Iba a ser un gran día; sentía como si tuviera una colmena en su interior y las abejas zumbasen de alegría. Bajó a la calle y sonrió como una boba al ver unos niños montando una parada para vender rosas frente al portal de su edificio. En momentos como ese echaba de menos a Helena; si su hermana hubiese estado allí le habría comprado una rosa para sobornarla para que bajase a la calle a pasear con ella. Martina se alegraba mucho de que su hermana fuese tan feliz como era, pero vivir sola no había resultado ser la bicoca que había imaginado. Durante unos meses se planteó la posibilidad de buscarse un compañero de piso, pero al final descartó la idea porque así podía utilizar la antigua habitación de Helena para escribir y si alguno de sus otros hermanos o algún amigo lo necesitaba podía quedarse a dormir. Gracias a la ayuda de sus padres, que al final habían aceptado su decisión, y a que seguía trabajando en el chiringuito en verano y en una cafetería de un centro comercial en invierno podía permitírselo, y también porque básicamente era una ermitaña que solo gastaba en libros y en cuadernos, que luego no estrenaba porque ¿qué loco utiliza esos cuadernos tan bonitos para hacer esquemas de tramas novelescas?, pero ese era otro tema.

Hizo una foto a la parada de rosas y se la envió a su hermana con un guiño. Helena estaba en Londres con Anthony y seguro que le gustaría verla.

—¡Eh, Tina! Estamos aquí —la saludó Roque desde la entrada de una panadería—. Mika ha tenido que comprarse un cruasán.

—Si tú no sabes disfrutar de los placeres de la vida no es problema mío, Marciano. —Mika la saludó antes de dar un mordisco al cruasán en cuestión.

Roque, que en realidad se llamaba Marciano Roque Estrada y por eso utilizaba su primer apellido de nombre, la fulminó con la mirada.

—Cuando quieras te enseño lo bien que se me da disfrutar de los placeres de la vida, Mika querida.

—Niños, no os peleéis. ¿Dónde queréis ir primero? ¿Tenéis algún plan?

—No morir de calor ni aplastado por la gente —dijo Roque.

—Tú mandas. Yo sigo flipando con esto de que vendáis libros y rosas el mismo día. Y no hace falta que vuelvas a contarme la historia del dragón; es preciosa, pero sigo sin entenderlo y me da igual. Voy a dejarme envolver por la magia —dijo Mika.

—Y por los cruasanes.

—¡Roque! —le riñeron Mika y Martina riéndose.

Se habían conocido el primer día de carrera porque los tres se equivocaron de aula; se encontraron sentados en la última fila de una clase a la que ninguno tenía que asistir. Cuando se dieron cuenta se pusieron a reír de tal manera que los echaron (afortunadamente ninguno había vuelto a coincidir todavía con ese profesor) y después del bochorno se pusieron a charlar en el pasillo de la Facultad de Filología y no habían parado desde entonces.

—En realidad, tal vez sí tenga una sugerencia que haceros. Mi amigo Fer, ese que es periodista, trabaja hoy cubriendo la fiesta que organiza Vitela en el hotel Vela y me dijo que me llamaría si conseguía más invitaciones —explicó Roque—. Puede ser un coñazo o puede ser la manera de que conozcas a tu futuro editor, Tina.

—Lo dudo mucho.

Recorrieron las calles llenas de libros y flores, y Martina se contagió del optimismo que sus amigos sentían por su potencial carrera literaria. Los dos bromeaban sobre qué harían cuando ella estuviera allí firmando su flamante primera novela.

De momento ella se conformaba con terminar el manuscrito y con atreverse a enviárselo a alguien para que lo leyera. Cada vez que sujetaba un libro en una de las paradas intentaba imaginarse qué había sentido la autora al terminarlo y si le había costado tanto como a ella llegar a la última página.

—¿Martina?

Se giró al oír la voz.

—¡Simón!

Él hombre sonrió y la abrazó con la sinceridad de un amigo al que se ha echado de menos.

—¿Qué estás haciendo aquí? —le preguntó ella cuando se separaron—. ¿Cómo estás?

—Haciéndome viejo, pero bien. Tú estás preciosa. No me digas que estás aquí porque has sacado una novela. Mira que no avisarme...

—¡Qué va! No he escrito ninguna. —Ladeó la cabeza confusa—. No sabía que supieras que escribía.

A lo que Simón no contestó, sino que la miró con una ceja en alto y sacudió la cabeza.

—Pues a ver si la acabas; no me gustaría perdérmela.

—Si la acabo, te prometo que serás de los primeros en saberlo; incluso te llevaré un ejemplar adonde me digas. ¿Qué estás haciendo por aquí?

Simón señaló con el mentón un edificio de su derecha.

—Salgo de hacer una visita, ¿y tú?

—Estoy paseando con unos amigos. Ven, te los presento. Me alegro mucho de verte, Simón.

—Y yo a ti, Martina.

No se habían visto desde la noche del concierto en el Palau y, aunque Martina había pensado varias veces en pasar por allí y preguntar por él, no se había atrevido.

Simón fue un verdadero éxito con Roque y Mika, y charlaron varios minutos como si hubiesen coincidido en otra vida, hasta que él dijo que tenía que irse.

—¿Te importa acompañarme hasta la parada de taxis, Martina?

—Por supuesto que no —aceptó solícita y confusa, pues si alguien no necesitaba ayuda para subirse a un taxi era Simón, o eso pensaba ella—. ¿Estás cansado?

—No —se burló—. Es que quería hablar un segundo a solas contigo.

—¡Ah! ¿Sobre qué?

—¿Sobre qué va a ser? Sobre la subida de precio del barril de crudo. Sobre Leo. ¿Sobre quién va a ser si no? Ese chico no está bien.

—Por lo que yo sé, sí que lo está, Simón. Y no te lo tomes a mal, eres una de mis personas favoritas, pero lo que le pase a Leo no es asunto mío.

Todavía se le encogía el corazón cuando recordaba lo que había pasado la última vez que vio a Leo tres meses atrás. Martina iba en autobús hacia la facultad cuando el medio de transporte se detuvo en un semáforo en la Diagonal. Como de costumbre, desvió la mirada hacia la calle y en la acera, junto a la ventana del autobús, estaba él. Leo. Tenía cara de frío, a pesar de la bufanda que le rodeaba el cuello, y la mirada perdida hacia el infinito. No pudo evitarlo, reaccionó antes de pensar, golpeó el cristal y en cuanto se dio cuenta de lo que había hecho cerró los dedos en un puño como si así pudiera retroceder en el tiempo y encerrar allí esos golpes antes de darlos. Tal vez él no los había oído, la calle era ruidosa y era obvio que él estaba distraído. Si tenía suerte, el autobús se pondría en marcha antes de que él reaccionase. Leo levantó la cabeza y, sin titubear, clavó los ojos en los de Martina como si hubiera sabido que ella estaba allí. Como si hubiese deseado que ella estuviera allí.

Martina le sonrió, tampoco pudo evitarlo, y llevó los dedos a la ventana deseando poder atravesarla. Estuvieron así varios segundos, durante los cuales Martina se imaginó que él golpearía la puerta del autobús para exigir que le dejasen entrar y hablar con ella. Pero no sucedió nada parecido: Leo agachó la cabeza y la sacudió hacia ambos lados, se metió las manos en los bolsillos y reanudó una marcha furiosa en dirección opuesta a la del autobús.

Ni siquiera se volvió para mirarla.

Martina no le contó nada de eso a Simón, no quería que Leo se enterase de lo mucho que también le había dolido ese desplante y esperó a que se diera cuenta de que no quería seguir hablando del tema.

—Vosotros dos vais a acabar conmigo. Está bien, Leo no es asunto tuyo, pero sigue siendo asunto mío y te aseguro que no está bien. Sin ti es como... —levantó las manos— es como, no lo sé, como un autómata.

—Diría que Leo es como quiere ser y no es asunto mío. Si tan preocupado estás por él, habla con él, no conmigo.

—Habla con él, dice, como si eso fuera fácil. Está bien —suspiró resignado—, ya veo que no quieres saber nada de Leo, y lo entiendo. Lo entiendo perfectamente; yo haría lo mismo. De hecho, hice lo mismo hace años, así que no puedo culparte. Solo prométeme una cosa, aparte de lo de la novela, claro está. —Le guiñó un ojo.

—¿Qué?

—Prométeme que, si algún día él se pone en contacto contigo, hablarás con él.

—Simón, Leo no...

—Tú prométemelo.

—Está bien, te lo prometo —accedió Martina, convencida de que después de todo lo que había sucedido entre ellos, era tan probable que Leo la llamase como que las vacas volasen.

21

Martina se había enterado de la noticia por casualidad. A veces, cuando estaba atascada escribiendo, leía la sección de esquelas del periódico en busca de historias. Parecía algo macabro, pero había periódicos, como *The New York Times*, en los que grandes escritores habían escrito esas notas funerarias durante meses, creando breves historias muy peculiares. Algunas eran verdaderas joyas literarias.

Estaba bloqueada en un capítulo de la novela; le parecía aburrido y, si ella se aburría escribiéndolo, seguro que si algún día llegaba a publicarla sus futuros lectores se aburrirían leyéndolo. Apagó el ordenador y salió a la calle, caminó hasta el quiosco más cercano y compró cuatro periódicos para leer las esquelas (este último detalle no se lo contó al quiosquero porque no quería que la mirase mal). De regreso a casa, dejó los periódicos encima de la mesa, se preparó un café y con la taza en la mano se dispuso a abrir el primero.

Justo en aquel instante, Fer salió del dormitorio.

El contrato de alquiler del piso de Fer había terminado en enero y los dos habían decidido que era una tontería que buscase otro. Podía instalarse con ella; al fin y al cabo, hacía meses que salían juntos, sin contar el tiempo que llevaban siendo amigos, y él ya solía pasar una o dos noches allí a la semana. Además, había cosas suyas por todas partes y los dos tenían claro que, aunque vivieran juntos, seguirían teniendo su espacio. Compartir piso y gastos tenía todo el sentido el mundo; sus vidas eran de lo más compatibles, tenían los mismos intereses y los dos se llevaban bien con la familia del otro. Más o menos. En el caso de Martina era fácil, pues Fer tenía solo una hermana que vivía en Santander, y a la que veía como mucho un par de veces al año, y sus padres eran un matrimonio encantador afincado en Murcia con los que había cenado en tres ocasiones y todas ellas acompañados también de Mika y Roque. No podía decirse, sin embargo, que Fer fuese un gran éxito entre los Martí; en el tiempo que él y Martina llevaban saliendo había conocido a su familia pero, aunque era cordial con todos ellos, nunca había hecho un esfuerzo especial para integrarse en el grupo.

Martina siempre había imaginado que cuando tuviera pareja esta se haría amiga de sus hermanos y cuñados, igual que había sucedido con Emma, la novia de Guillermo, que enseguida se había hecho amiga de Helena y de ella; o con Anthony, a quien ella consideraba ahora un hermano más. A veces tenía la sensación de que Fer los observaba y analizaba igual que a los sujetos a los que entrevistaba para su trabajo. Ni siquiera con Gabriel, el marido de Ágata, con quien compartía profesión, y al que Martina quería con locura, había sido capaz de tejer algo que fuera más allá de una mera relación formal.

—Buenos días, Tina. —Él se detuvo a su lado y se agachó para darle un beso.

Fer se había acostado tarde trabajando, llevaba semanas peleando con un artículo sobre la última crisis política, y el cansancio junto con la barba incipiente contribuían a que perdiese el aspecto de alumno perfecto que solía tener y se acercase más al de surfista atormentado. A Martina le gustaba más así porque entonces le parecía más humano.

—Buenos días. —Le devolvió el beso—. ¿Te he despertado?

—No, llevaba un rato dando vueltas en la cama. ¿Qué estás leyendo?

—Las esquelas.

Fer sonrió y la despeinó.

—¿Es para tu novela?

—Ajá.

Él se apartó y la miró a los ojos.

—En el periódico buscan becarios; deberías enviar el currículum. Ya sé que dices que no quieres trabajar allí, pero deberías pensártelo.

Martina no tenía ganas de discutir y sabía que, si respondía lo que de verdad pensaba, eso sería lo que acabarían haciendo.

—Lo pensaré.

Él debió de darse cuenta de que ella quería zanjar el tema o quizá todavía estaba medio dormido porque asintió sin más y fue a la cocina a por una taza de café.

Martina abrió entonces el periódico y buscó las páginas que le interesaban. Cuando vio la esquela parpadeó dos veces, convencida de que no era verdad lo que estaba leyendo.

—¿Sabes quién es? —le preguntó Fer al verla en ese estado—. ¿Conoces a este hombre?

—Sí, bueno, no mucho la verdad. —Pasó los dedos por encima del texto, como si así pudiera certificar su autenticidad.

—Simón Márquez Marlasca —leyó Fer en voz alta—, conservador del Palau de la Música durante más de cuarenta años.

En la esquela no había ninguna mención a Leo ni a ningún miembro de la familia de Simón. Hasta aquel instante, Martina ni siquiera sabía los apellidos de Simón, pero no tenía ninguna duda de que era él.

—Aquí dice que hacen una ceremonia en su nombre este mediodía en el Palau, aunque la entrada está reservada a amigos y familiares —siguió Fer—. ¿Estás bien? ¿De qué le conocías?

—Sí, estoy bien. Le había visto unas cuantas veces. No le conocía mucho, la verdad, pero era un hombre encantador. Me ha impactado leer la esquela, eso es todo. Es la primera vez que leo la de alguien que conozco —improvisó.

—Bueno, voy a ducharme. Hoy tengo un día muy ajetreado —dijo Fer dirigiéndose al baño.

Martina se quedó donde estaba, leyendo una y otra vez la esquela hasta que decidió que iría a la ceremonia.

Llegó al Palau con tiempo, tampoco sabía si iban a dejarla entrar, y no le sorprendió ver que la entrada estaba llena de gente. No conocía toda la historia de Simón, pero la poca que sabía le había demostrado que tenía un gran corazón y que su vida había tocado la de muchas personas. Se quedó en una esquina, esperó a que un grupo entrase en el Palau y después se acercó a una chica que había junto a la puerta y que llevaba una carpeta en la mano.

—Buenas tardes —la saludó la chica, visiblemente triste—. ¿Conocía a Simón?

—Un poco, pero quería despedirme de él.

—¿Le importaría decirme su nombre? —Ante la sorpresa de Martina, la chica levantó la comisura del labio en un intento apagado de sonrisa—. Simón era así, le gustaba hacer planes y organizar las cosas. Hace semanas, cuando empeoró, hizo una lista de las personas a las que podíamos dejar entrar a la ceremonia de despedida. Así la llamaba él.

—¡Oh, vaya! —Martina se descubrió sonriendo.

—Sí, Simón quería ponernos las cosas fáciles. Siempre cuidaba de los demás.

—Dudo que esté en la lista.

La chica sacudió un poco la carpeta.

—Solo hay una manera de averiguarlo.

—Martina Martí.

—Está, y es una de las primeras. —La chica se apartó de la puerta—. Adelante.

—Gracias.

Martina entró perpleja y tuvo que contener las lágrimas cuando vio la sala llena de fotografías en las que aparecía Simón en distintas etapas de su vida; o bien dentro del Palau o fuera de él rodeado de lo que debían de ser familiares o amigos. Se sentía una intrusa; no entendía qué estaba haciendo allí ni por qué Simón había incluido su nombre en esa lista.

Tal vez debería irse antes de que...

—Martina.

Demasiado tarde.

Se dio media vuelta y vio a Leo.

Estaba más delgado y las comisuras de sus ojos y labios contaban los meses que había pasado sin verle. Llevaba un traje oscuro y el pelo negro un poco largo y despeinado, quizá porque se había pasado las manos demasiadas veces por entre los mechones.

—Hola, Leo. Lo siento mucho.

Él asintió; le brillaban los ojos y le temblaba la mandíbula cuando se acercó. Se detuvo frente a ella y, sin decirle nada, enredó los dedos en los suyos igual que aquel primer día, años atrás, en la playa para tirar de ella y llevarla hacia las escaleras de los empleados. Subió dos pisos, giró por un pasillo, abrió una puerta y aún en silencio los entró a ambos en una habitación menuda y cerró tras él.

Dentro la abrazó y se puso a llorar.

Primero Martina no supo qué hacer, nunca había visto llorar a Leo, ni siquiera sabía que era capaz de mostrar tal emoción. Él era tan alto, tan fuerte, que en la imaginación de ella era como un roble o un muro de piedra incapaz de que nada o nadie lo afectase y, sin embargo, ahora se estremecía en sus brazos.

Le rompió el corazón verle así. Le rompió el último pedazo que le quedaba y buscó fuerzas dentro de su alma para ser lo que él necesitaba que fuera en ese momento.

Levantó despacio las manos y le acarició la nuca y la espalda sin decirle nada, dejando que él se desahogara, que buscase en ella, en aquel abrazo, el consuelo para seguir adelante.

Poco a poco él fue dejando de temblar, su respiración se volvió menos agitada y los dedos con los que se había sujetado en la espalda de Martina se aflojaron despacio. Se apartó y la miró a los ojos y Martina vio en ellos tanta tristeza que si hubiera sido capaz de hablar le habría preguntado si todo ese dolor era por Simón o si le había sucedido algo más.

Pero no pudo hablar porque Leo se agachó y sujetándole el rostro entre las manos la besó.

Empezó lento, con un suspiro agridulce, hasta que sus lenguas se rozaron y Leo separó los labios para perderse dentro de ella, para alejar el dolor con el deseo y para que los dos olvidasen durante unos minutos que esa caricia no les pertenecía.

Cuando la soltó, a Martina no le dio tiempo de reaccionar, abrió los ojos y Leo ya no estaba.

El sonido de la puerta al cerrarse fue lo único que le recordó dónde estaba.

Seis meses más tarde, y también por casualidad, se enteró de que Leo Marlasca se había casado con su novia de toda la vida, Belén Almoguera.

Martina no tenía derecho a ponerse celosa y tampoco tenía sentido que el corazón le doliese de aquel modo después de descubrir la noticia de la boda, pero eso fue justo lo que pasó cuando por una carambola del destino se cruzó con el doctor Llobet en una fiesta del periódico donde trabajaba Fer y este le contó con una pérfida sonrisa en el rostro que Leo y Belén se habían casado. Ella consiguió aguantar el tipo, ayudó que justo en aquel instante apareciera Fer con una copa de champán para ella en la mano, y dejó a Llobet para ir a bailar con su novio.

Esa noche, cuando ella y Fer regresaron de la fiesta, Martina no podía dormirse y salió de la cama para poner en marcha el ordenador e intentar escribir un poco. Al menos podía aprovechar el insomnio para algo útil, pensó. Pero lo único que consiguió fue pensar de nuevo en Leo y en que él al final había elegido a Belén. A pesar del tiempo que había pasado desde que habían roto una parte de Martina seguía creyendo que algún día volverían a encontrarse igual que había sucedido antes. Se suponía que ellos dos siempre se encontraban.

Que Leo se hubiese casado con Belén ponía punto final a eso.

Martina descubrió entonces algo sobre sí misma que no le gustó demasiado: si Leo hubiese reaparecido para ir a buscarla, ella habría sido capaz de dejar a Fer.

Desvió la mirada de la pantalla hacia una fotografía que había encima de la mesa. Era una polaroid que les habían hecho un par de meses atrás en una cena en casa de Mika. Martina la había dejado junto al ordenador al regresar y allí seguía todavía. La levantó y la observó.

Fer y ella estaban sonriendo, parecían felices, y sin duda encajaban bien el uno con el otro. Dejó la fotografía e intentó recordar algún instante especial entre ellos. No pudo porque salir con Fer había sido tan fácil y cómodo desde el principio que, a diferencia de su relación con Leo, nunca les había pasado nada dramático.

Conoció a Fer un Sant Jordi, cuando Roque las llevó a ella y a Mika a la fiesta que organizaba una editorial para la ocasión; él estaba cubriendo el acto y enseguida se integró en el grupo. Pasaron de ser un trío a ser cuatro, como si Fer fuera la pieza que les faltaba para estar completos. Al principio salían los cuatro sin más; cuando Roque organizaba una excursión, Fer estaba allí. Si Mika quería ir a ver la película coreana de turno, Fer se encargaba de las entradas. Y si Martina trabajaba hasta tarde en la cafetería del barrio, él se acercaba para acompañarla a casa. El día que él le preguntó si le apetecía que fueran a cenar los dos solos, Martina dijo que sí porque le pareció lo más natural del mundo.

Y cuando semanas más tarde él le dijo que tenía que irse un par de días a Praga y que si ella quería podía acompañarle, también aceptó porque los dos estaban bien juntos y Fer había conseguido, sin saberlo ni proponérselo, que Martina se sintiera menos imperfecta, que sintiera que era suficiente y no demasiado. Porque hasta que llegó Fer, Martina sentía que Leo la había dejado, la había intercambiado por Belén, porque era demasiado distinta, demasiado fantasiosa, demasiado ella.

Con Fer no le pasaba nada de eso, con él sentía que era suficiente y eso hacía que la traición de Leo doliera menos.

Pero Martina nunca le había hablado a Fer de Leo y tampoco sentía por él nada parecido a lo que había sentido por Leo. Porque tal vez Fer también era suficiente para ella y no demasiado. El problema o uno de ellos era que Martina echaba de menos esa sensación, echaba de menos que le faltase el aliento, morirse de ganas por estar con alguien, esos nervios que son como abejas zumbando en el estómago. Por mucho que intentase convencerse de que era injusto comparar a Fer con Leo porque nada puede compararse al primer amor y menos cuando este parece sacado de una novela, Martina no podía desprenderse de la sensación de que su historia con Leo no había terminado.

Hasta ahora.

Él se había casado con Belén, con la chica que encajaba en sus planes y en su futuro, con la chica que no le desconcentraba y que nunca le exigía ni le hacía sentir demasiado.

Así que sería mejor que se despidiese de él de una vez por todas y para siempre.

Abrió el cajón del escritorio y del interior sacó las entradas del concierto al que habían asistido juntos en el Palau y una diminuta rosa blanca que se había secado con el paso del tiempo. Ella tenía pocas cosas de Leo y estaban guardadas en su antigua habitación, en casa de sus padres, porque así tenía la sensación de que las había dejado atrás igual que los álbumes de manualidades del colegio de cuando era pequeña. A Barcelona se había llevado esas entradas y esa rosa por razones que ya no valía la pena analizar.

Leo estaba casado.

Ella estaba con Fer y era feliz.

Esperaba que Leo también lo fuera.

—Adiós, Leo —susurró con las entradas y la rosa en la mano mientras las llevaba al balcón y abría. Esperó a que saliera el sol y alargó la mano hacia fuera con intención de lanzar los dos rectángulos de papel y la flor al vacío y despedirse de él para siempre.

AHORA
2016

22

EL COMPLICADO ARTE DE PEDIR CONSEJO

Lo primero que pienso al salir de la cafetería es que no es justo que el universo siga igual que hace una hora, cuando mi mundo ha cambiado tanto.

Leo Marlasca quiere verme, de hecho, prácticamente está chantajeando a una de las editoriales más importantes del país para conseguirlo.

Lo segundo que pienso es que lo que quiera o deje de querer Leo a estas alturas no debería tener ningún efecto sobre mi vida. Pero la teoría es mucho más difícil que la práctica y nuestra historia, la mía y de Leo, nunca ha tenido un final cerrado. Nunca he podido dejarlo atrás del todo porque de un modo u otro siempre ha estado aquí, y no me refiero a que siga enamorada de él ni nada de eso. Es como si tuviéramos una conversación pendiente, como si el destino hubiese dejado esa puerta entreabierta.

No me subo al autobús, pasear siempre me ha ayudado a pensar, pero esta vez estoy tan aturdida y confusa por la noticia que además de andar necesito hablar con alguien. Busco el móvil en el bolso y abro la lista de contactos. Cualquiera de mis hermanos podría ayudarme, pero tengo que elegir bien. Una de las desventajas de contárselo todo a tus hermanos es que les das la información necesaria para que formen su propia opinión, y digamos que ninguno de ellos tiene una opinión demasiado favorable de Leo.

No les culpo, yo tampoco la tengo, la verdad, pero ahora no necesito que me recuerden lo que pasó. Mientras bajaba en el ascensor de la editorial ya he recordado yo sola algunos de nuestros momentos estelares. No, ahora necesito a alguien que sepa escuchar, que crea que la gente puede cambiar, y que no tenga demasiada memoria, lo que descarta de inmediato a mis hermanas; cualquiera de las dos recuerda siempre hasta el último detalle. Enseguida pienso que Marc y Álex son mejores opciones que Guillermo, que le hizo cruz y raya a Leo hace tiempo, y su complejo de hermano mayor ha empeorado desde que nació Matilda.

Dudo entre Marc y Álex, pero al final me decido por Álex por dos motivos: uno, mis pies me han leído el pensamiento y estoy a dos calles de su piso, y dos, de todos mis hermanos es el único que ha perdido su final feliz.

Le llamo y contesta al instante.

—¿Qué tal, hermanita?

—¿Te pillo mal? —Le oigo suspirar.

—¡Qué va! Estoy solo y estaba pensando si era demasiado pronto para cenar leche con galletas.

—Demasiado pronto y demasiado triste, Álex. ¿Estás vestido?

—¡Eh, que soy tu hermano!

—Mente sucia, eso es lo que eres. ¿Estás vestido o no?

—Claro que estoy vestido.

—Pues baja a la calle y vamos a tomar algo; en dos minutos llego. No me hagas esperar.

Cuelgo antes de que se invente una excusa para no acceder a mi amable petición y acelero un poco el paso. Llego al portal justo en el instante en que él abre la puerta y, al colocarme bien el bolso, sonrío al ver el cactus.

—Toma, te he traído un regalo. Seguro que no lo matas.

Mi subconsciente ha estado muy inspirado (o ve el futuro y no me avisa) cuando hace unas horas me ha obligado a comprar esta planta: es perfecta para Álex.

Mi hermano la acepta confuso.

—¿Gracias? ¿Desde cuándo me compras plantas?

—Desde hoy.

—¿Tengo que llevármelo al bar?

Mira el cactus como si fuera una bomba a punto de explotar.

—Deja, puedo guardarlo en el bolso hasta que regresemos, pero después es tu responsabilidad.

—De acuerdo. ¿Adónde vamos?

—Adonde tú quieras —le respondo, y él levanta las cejas y, aunque lleva una camiseta con un gato haciendo kung-fu y está despeinado y mal afeitado, de repente parece mucho más serio de lo que realmente es.

—¿Qué está pasando, Martina?

—Solo quiero hablar contigo. Hoy me ha sucedido algo en la editorial y quiero que me aconsejes. —Tomo aire—. Y también quiero preguntarte por Sara.

Álex se desinfla un poco, es casi imperceptible, y gira el rostro hacia la calle para que no vea que aprieta los dientes y que durante un instante le brillan los ojos. Cuando vuelve a girarse hacia mí está casi igual que antes.

—¿Te lo ha pedido mamá?

—¡No! ¿Por quién me tomas? Hoy todavía no he hablado con mamá, aunque todos estamos preocupados por ti y por Sara.

—Si tenemos que hablar de Sara, vamos al griego que han abierto en la esquina. Al menos allí no la veo sentada frente a mí.

—Genial. Vamos adonde tú quieras.

El restaurante está decorado en blanco y azul y parece sacado de un anuncio de yogures. No sé si los propietarios son griegos o si sencillamente han decidido copiar una escena de *Mamma Mia*. La música que suena es griega, pero el camarero no, aunque es muy simpático y nos aconseja muy bien.

—Empecemos por ti. ¿Qué te ha pasado en la editorial? ¿Por fin has terminado tu novela? —Álex da un trago a su cerveza.

—Todavía no. Sigo atascada.

—Tienes que terminarla y dejar de escribir libros para otra gente. El otro día vi uno del *youtuber* ese y me dieron ganas de tachar su nombre en la cubierta y escribir el tuyo.

—Gracias, pero no es necesario. Esos libros son mi trabajo y me pagan bien. —Álex ladea la cabeza—. Vale, me pagan lo suficiente para vivir y para poder seguir escribiendo mi novela. ¿Mejor así?

Él se encoge de hombros y bebe un poco más.

—Eva, mi editora, me ha encargado otro libro; una biografía, pero tendría que escribirla con el sujeto en cuestión.

—Eso no lo has hecho nunca, ¿no?

—No, normalmente escribo yo el libro y ellos ponen el nombre. Lo normal es que en la editorial me den la información que necesito y yo escriba a partir de ese dosier.

—¿Por qué no se lo piden a un periodista? O, llámame loco, ¿por qué no lo escribe el sujeto en cuestión, si está dispuesto a involucrarse tanto?

—Es que...

Álex empieza a atar cabos.

—¿Quién es el sujeto en cuestión, Martina?

—Leo.

Deja la cerveza vacía en la mesa y me mira a los ojos.

—Leo. El sujeto es Leo. Ese Leo.

—El mismo.

—¡Joder, Martina! ¿Cuántos años hace que no le ves? No me dirás que estás dispuesta a aceptar.

—Cuatro, tres... Según lo mires, sale a menudo en las noticias. Estoy pensando si aceptar o no.

—¡Joder! Vamos a necesitar algo más fuerte que cerveza. —Le pide al camarero una botella de ouzo y, tras servirnos un vaso a cada uno e insistir en brindar, sigue con la conversación—: Explícame eso de que te lo estás pensando.

—Las condiciones del contrato son muy buenas. Si acepto escribir el libro de Leo, podré estar tranquila durante un tiempo y, no solo eso, Eva me ha dicho que después publicarán mi novela como Dios manda.

—¿Qué quiere decir «como Dios manda»? —Nos llena los vasos otra vez—. Y ¿qué novela? ¿Esa que aún no has terminado?

Vacío el mío de un trago. El ouzo nunca me ha gustado especialmente, pero me hace falta.

—Quiere decir que le harán promoción y sí, es esa novela. No me falta tanto, solo tengo que escribir el final.

Y tengo que saber cómo quiero acabarla; estoy en ese punto de la historia que podría acabar bien y ser una novela romántica, o acabar mal y ser una historia de amor triste. No es que dude sobre qué final darle, es que el final feliz no soy capaz de escribirlo porque no soy capaz de imaginarlo y me duele porque siempre soñé con escribir finales felices, y al parecer ahora no soy capaz, pero eso no se lo digo a Álex. Bastante tiene el pobre con la bomba que le he soltado.

—Pues escríbelo y envía la novela a otras editoriales, o autopublícala en Amazon o cuélgala en Whatpadd. Tienes muchas opciones que no incluyen tener que volver a ver al imbécil de Leo.

De mis hermanos, Álex siempre ha sido uno de los más comprensivos con Leo, por lo que tiemblo solo de pensar qué dirán los demás cuando les cuente esto.

—Tienes razón, pero si envío la novela a otras editoriales puedo perder mi trabajo, y lo mismo si decido autopublicarla.

—No será para tanto, que yo sepa no tienes firmada ninguna exclusividad.

—No, no la tengo, pero.... —nos sirvo otra copa— no sé si soy capaz de hacerle eso a Eva, y la verdad es que quiero que me publiquen ellos y que lo hagan bien. Después de lo que pasó con mi primera novela, a mi ego no le vendría mal.

—¿Y tu ego qué tal llevará lo de ver a Leo? Porque cada vez que ese tío ha aparecido en tu vida has acabado hecha un mar de lágrimas.

Cierto.

—Esta vez será distinto. Ahora ya no siento nada por él.

—Veo que ya estás decidida. —Por suerte nos traen la comida; al ritmo que estamos vaciando la botella de ouzo nos va a hacer falta—. No sé por qué me has llamado entonces.

—Porque quería verte y porque no estoy al cien por cien decidida. Como mucho estoy al setenta.

—Noventa.

—Vale, noventa. ¿Tú qué harías?

—¿Si en el trabajo me dieran la oportunidad de mi vida pero tuviera que enfrentarme a mi ex?

—No, si tuvieras la oportunidad de entrevistar durante semanas a alguien que te ha roto el corazón. Si pudieras hacerle a Sara todas las preguntas que nunca le has hecho y supieras que ella tiene que contestártelas.

Álex deja un trozo de pita en el plato.

—Eso no es justo, Martina. Lo que pasa entre Sara y yo no es lo mismo que hay entre tú y ese desgraciado. Sara es mi esposa y quiere divorciarse porque dice que es lo mejor para mí. Ese tío te dejó porque no encajabas en sus planes.

La verdad duele, y dicha por alguien que sabes que te quiere tanto, todavía más.

—Tienes razón, perdona. —Bebo un poco de agua antes de continuar—. ¿Cómo está Sara?

—En Madrid y sin querer hablar conmigo.

—¿Y qué vas a hacer?

—¿Qué puedo hacer? Esperar, darle tiempo y rezar para que entre en razón y se dé cuenta de que lo mejor para mí es estar con ella. —Se bebe un vaso entero de ouzo—. Cada día le envío un mensaje de voz preguntándole cómo está y si podemos hablar. Todavía no me ha contestado ninguno, pero sé que los escucha y no me ha pedido que deje de enviarlos, así que supongo que no está todo perdido. La semana que viene le preguntaré si podemos vernos; deséame suerte.

—Sara te quiere, Álex. No me imagino por lo que debéis de estar pasando, pero sé que te quiere y tú también lo sabes.

—Aun a riesgo de sonar como el protagonista de una de tus novelas, a veces, Martina, quererse no es suficiente.

—Tienes razón, pero es un buen punto de partida. ¿Crees que si la llamo yo querrá hablar conmigo?

—¿Sara? No lo sé, pero no lo hagas por mí, y si la llamas no le digas que hemos estado hablando. No quiero que crea que te estoy utilizando. Tú y ella siempre os habéis llevado muy bien; para ella sois más que cuñadas y, pase lo que pase entre nosotros, no quiero que se pierda vuestra amistad. Llámala si quieres, pero hazlo porque quieres hablar con ella, no porque creas que así me estás ayudando.

No existe nadie mejor que Álex, y después de oírle decir eso me doy cuenta de que quiero algo así, quiero que la persona que esté conmigo quiera lo mejor para mí incluso si no estamos juntos.

23

PRIMERA PARADA: LONDRES

Podría haber viajado a Glasgow directamente, pero he decidido hacer una pequeña parada en Londres para visitar a Ágata, Gabriel y las niñas, y también porque soy una gallina y ahora que sé que faltan pocos días para que vuelva a ver a Leo estoy buscando excusas para retrasarlo.

Cuando volví a reunirme con Eva para decirle que aceptaba el encargo de hacer la biografía del juez Marlasca (todos le llaman así y yo no voy a ser menos), dio saltos de alegría. Bueno, saltos no fueron, Eva es muy puesta, pero sí que se puso eufórica y me dijo que había tomado la decisión correcta. Según ella, escribir la biografía iba a ser pan comido porque el juez estaba más que predispuesto a colaborar y, al ser alguien tan joven (Leo cumple este año treinta y tres), tampoco hay tantas cosas por contar. Sé que durante la reunión se mordió la lengua para no preguntarme de qué conocía a Leo y si sabía por qué él había insistido tanto en que yo escribiera su libro. Yo me hice la tonta, por supuesto, aunque me imagino que no podré mantenerlo en secreto mucho tiempo más. Tarde o temprano Eva o alguien de la editorial se enterará de que conocí a Leo cuando estaba en la Universidad. Pero nadie va a enterarse de lo que sucedió después; eso no forma parte del trato y si Leo cree que puede incluir un capítulo, qué digo un capítulo, una línea sobre nosotros en su preciosa biografía, está muy equivocado.

El contrato de la editorial es más que generoso. Además de un anticipo muy bueno, van a pagarme un sueldo durante los meses que esté viviendo en Escocia y van a hacerse cargo de mi alojamiento y transporte. El alojamiento es una pequeña casa en el remoto pueblo de Bellamie, en la zona del Loch Lomond, porque en dicho pueblo no hay hoteles ni hostales y, obviamente, me negué a instalarme en casa del señor juez, a pesar de que él se había ofrecido. También se ocupan del alquiler de un vehículo, que al principio iba a rehusar porque conducir por el otro lado de la carretera me da pavor, pero puestos a correr riesgos, este sería mucho menor que el que correré cuando vea a Leo. Quien, por cierto, no me ha llamado ni me ha escrito para contarme nada de todo esto. Podría haberlo hecho yo, supongo, pero está claro que le toca a él ponerse en contacto conmigo, al fin y al cabo, es él quien está orquestando todo esto.

El avión aterriza. Tengo las palmas de las manos sudadas de los nervios, porque por más que finjo que este viaje no tiene nada de especial y que este encargo es uno más, no dejo de recordar momentos que creía olvidados. Durante el vuelo he sacado cuatro veces el cuaderno del bolso, dispuesta a escribir un poco, y me habría conformado con dos frases o con delinear una escena, pero no he sido capaz porque cada vez que intentaba fijar la atención en Grace y Eddie, así se llaman los protagonistas de mi novela, aparecía una conversación o un instante de los que viví con Leo, y me entraban ganas de decirle a Grace que se largase y dejase a Eddie tirado, porque el amor es la mayor estafa de la historia.

Creo que debería dejar la romántica, alejarme de hecho de cualquier género que hable de sentimientos. Tal vez podría convertir mi historia en una novela negra o en uno de esos textos literarios que solo consiguen deprimirme, seguro que eso se me daría mucho mejor que intentar convencer a alguien de que el amor existe y vale la pena luchar por él.

En el aeropuerto me está esperando Mika. Por suerte mi maleta no tarda en salir; he viajado con más equipaje del que acostumbro porque si tengo que quedarme tres meses en un pueblo lleno de vacas y lejos del resto del mundo quiero estar preparada, y cuando cruzo la puerta de llegadas mi amiga grita eufórica mi nombre. Hoy pasaremos el día juntas, curiosamente mañana Mika tiene que volar a España, incluso en este sentido soy gafe, pero yo estaré con mi hermana Ágata y mis sobrinas, así que estaré bien. Pasado mañana recogeré el coche de alquiler y si no me doy a la fuga conduciré hasta Bellamie para reunirme con el juez.

Intento pensar así en Leo; es mejor para mi estómago.

—¡No puedo creerme que estés aquí! —Mika me abraza y sus mechones de pelo rosa me hacen cosquillas en la nariz.

—Ni yo.

Me suelta y sonríe de oreja a oreja.

—Mira que solo podamos coincidir un día... Siempre has sido muy gafe, Tina.

Solo mis amigos de Filología me llaman así.

—Justo eso mismo pensaba hace un rato. Pero me quedo en Escocia tres meses; seguro que podremos organizar algo y si no, nos veremos cuando regreses de España. ¿Cuánto tiempo vas a quedarte esta vez en Barcelona?

Mika vive en Londres desde hace tiempo, aunque visita España con frecuencia por cuestiones de trabajo y eso nos permite vernos constantemente.

—Quince días, tal vez me baste con menos, pero si es así aprovecharé para ver a algunos amigos. —Insiste en tirar de mi enorme maleta y la dejo porque nunca se me ha dado bien discutir con Mika y porque ella tiene mucha más fuerza que yo—. He quedado un día con Roque, Fer y los demás. ¿Te lo ha dicho?

Fer es mi ex desde hace más de un año, aunque a algunos de nuestros amigos todavía les cuesta aceptarlo. Supongo que eso se debe a que nunca nos han visto discutir y a que durante los primeros meses los cuatro seguimos haciendo cosas juntos como si no hubiera pasado nada. Fui yo la que puso punto final a eso y la que empezó a marcar las distancias. Tuve el presentimiento de que si no rompía ese círculo vicioso jamás encontraría mi camino y es una de las mejores decisiones que he tomado en mucho tiempo. Prefiero estar sola a estar con alguien con quien no soy yo. Nunca se lo he contado así a Mika porque ella también es amiga de Fer y no quiero incomodarla, pero hay ocasiones, como hoy, en que tengo que morderme la lengua.

—No, hace días que no hablamos —le contesto.

—Pero seguís llevándoos bien, ¿no? Siempre os pongo de ejemplo.

—No somos ejemplo de nada, Mika. Diría que tus estándares son muy bajos.

—¿Ha sucedido algo?

—No, nada que no sepas ya.

Hemos llegado a la estación de tren que hay en la terminal y esperamos a que se detenga el próximo tren que nos llevará a la ciudad.

—Sé que no quieres hablar del tema, pero sigo sin entender por qué rompisteis. Os llevabais muy bien, erais la pareja perfecta.

—Siempre y cuando yo no le hiciera sombra a Fer. Mira, Mika, me alegro de que Fer siga formando parte del grupo y que tú y Roque sigáis siendo sus amigos. Jamás os he hecho elegir y no voy a hacerlo ahora, pero ¿podemos dejar el tema? Seguro que Fer no tardará en estar con otra y a todos os encantará su nueva novia.

—Fer quiere volver contigo y lo sabes.

—Fer hace más de un mes que no me llama y que ni siquiera me envía un mensaje. Hace un año que rompimos, Mika. Nueve meses desde que se llevó sus cosas de mi apartamento. No queda nada entre nosotros, así que déjalo. No quiero volver con él y te aseguro que Fer no quiere volver conmigo.

El tren se detiene frente a nosotras y abre las puertas.

—Lo que tú digas. Vale, lo siento. No tendría que haber sacado el tema, es que me da mucha pena.

No puedo creerme que tenga que consolar a mi mejor amiga porque mi ex y yo hayamos roto.

—A mí también me da pena, pero estas cosas pasan y por suerte Fer y yo seguimos llevándonos bien.

—Lo sé.

—No pongas esa cara. Fer y yo no vamos a volver. —Frunzo las cejas; conozco la cara que Mika está poniendo y no me gusta nada—. ¿Qué has hecho? Vamos, confiesa, ¿qué estás tramando?

—¿Yo? Nada.

—Confiesa de una vez.

—Roque y Fer van a venir a Inglaterra dentro de un mes y medio. Hemos pensado que podríamos pasar el fin de semana juntos como hacíamos antes. Un viaje solo nosotros cuatro.

—¡Joder, Mika! ¿Y me lo dices ahora?

—¡Me has obligado! Se suponía que no podía decirte nada y que iba a ser una sorpresa.

—¿Y qué ibais a hacer? ¿Ibais a presentaros en Bellamie así, sin avisar? ¡Oh, Dios mío! Eso es precisamente lo que ibais a hacer.

—No le digas a Roque y a Fer que te lo he contado.

—Tranquila, no se lo diré.

«Pero intentaré que anuléis el viaje», pienso.

—Eres la mejor, Martina.

—Sí, soy una jodida maravilla. Será mejor que me digas que no tienes ninguna otra sorpresa preparada para el día de hoy porque no creo que pueda asimilarla.

—No, tranquila —dice con una sonrisa—. No tengo más sorpresas. Podemos pasar el día como tú quieras.

Después de dejar la maleta a buen recaudo en casa de Mika, que vive en Londres desde que encontró trabajo en una fundación cultural muy esnob dedicada a conservar el patrimonio de Chopin, pasamos el día charlando y comiendo todas las *pavlovas*, el pastel favorito de Mika, que somos capaces.

Ágata me llama a primera hora para darme una sorpresa: Helena, mi otra hermana, también está en Londres porque ella, Anthony (su marido) y su hija han acudido a la graduación del sobrino de Anthony, quien, como su nombre indica, es inglés. Mi padre todavía le toma el pelo a veces y le llama «el guiri de la familia», supongo que es su manera de vengarse por haberse casado casi en secreto con Helena, aunque después organizaron una boda preciosa. Me estoy yendo por las ramas...

La cuestión es que tengo la suerte de almorzar con varias de mis personas favoritas antes de iniciar mi camino hacia Bellamie. Hemos quedado en un *pub* cerca del Támesis, lo ha elegido Gabriel siguiendo la recomendación de sus amigos, y mientras les espero me doy cuenta de lo arropada que estoy en realidad. Si cuando llego a Bellamie y veo a Leo descubro que no quiero o no puedo seguir adelante, tengo a mi hermana y a su familia y también a sus amigos, por no mencionar a Mika. Si sucede algo, recojo mis cosas y regreso a Londres, y después ya lidiaré con Eva y la editorial.

Claro que eso pondría en riesgo el futuro de mi novela, esa que no sé cómo terminar. Desvío la mirada hacia el río. Es un sitio muy bonito, romántico sin ser cursi y que desprende alegría. Saco la libreta del bolso y escribo una frase:

«Grace miró a Eddie buscando la alegría que sentía antes cada vez que él le sonreía».

—¡Tía Martina! —El grito me avisa justo a tiempo, porque dos segundos más tarde Mia, la hija mayor de Ágata y Gabriel, se lanza a mis brazos y después la imita Charlie, su hermana.

—¡Eh, cuidado! Vais a romper a Martina —las riñe con cariño Gabriel, levantando a una niña con cada mano, como si estuvieran llenas de aire—. Lo siento —se disculpa—. Tenían muchas ganas de verte.

—No pasa nada; yo también tenía muchas ganas. He echado de menos estos abrazos. —Les saco la lengua a las dos.

Gabriel las deja en el suelo porque acaban de llegar Helena y Anthony con Kat y salen al encuentro de su prima. Él me da un abrazo; siempre he pensado que Gabriel da los mejores abrazos del mundo, quizá porque él es el primero que parece sorprenderse de que se le dé tan bien.

—¿Cómo estás, Martina?

—Ahora bien; mañana ya será otro tema.

Gabriel me suelta, me mira a los ojos y después añade:

—Será mejor que vaya a buscar a tus hermanas; diría que tienes que hablar con ellas.

24

EL LADO EQUIVOCADO DE LA CARRETERA
(Y DE LA VIDA)

La distancia entre Londres y Bellamie es, según el mapa que tengo delante, cuatrocientas treinta y seis millas, o dicho en quilómetros, casi setecientos dos, y tengo intención de recorrerlas yo sola en un día. La señora de la oficina de alquiler de vehículos me ha mirado como si le hubiese dicho que iba a ir a la luna en patinete.

Tal vez sea igual de imposible.

Ayer Ágata y Helena escucharon cuál era mi plan y lo único que puedo decir es que, de momento, Álex ha sido el más generoso con Leo. Los insultos que le lanzaron ayer mis hermanas podrían pasar a los anales de la historia. Al final las dos me aseguraron que me apoyaban y que podía contar con ellas y sus respectivas parejas si al final cambiaba de opinión y decidía vengarme de Leo y descuartizarlo. Me preocupa lo bien informadas que están las dos sobre este tema.

De mis hermanos solo me falta hablar con Marc y Guillermo, aunque estoy segura de que gracias a mamá y a papá los dos están al corriente de todo. Mañana, si no me estrello durante el viaje, les llamaré y se lo contaré personalmente. Y anotaré los insultos que seguro recibirá también Leo; creo que debería hacer una lista, quizá pueda serme útil más adelante.

La duración del trayecto es de ocho horas, suponiendo que no me pierda ni una sola vez y sin contar el tiempo que tendré que detenerme para descansar, poner gasolina y comprarme patatas con sal y vinagre, porque si este tiene que ser mi último día en la faz de la tierra, bien puedo morir comiendo las patatas más asquerosas y que más me gustan del mundo. Total, tampoco va a olerme el aliento nadie.

Mi equipaje está en el maletero y tengo el mapa abierto, el GPS, el móvil y una lista de canciones preparada. Eva me ha enviado varios mensajes para preguntarme si todo va bien y para asegurarme que, si me pasa cualquier contratiempo, ella está al tanto y dispuesta a solucionarlo. Se me hace raro que esté tan pendiente de mí, Eva siempre me ha tratado bien, pero es evidente que la biografía del juez es muy importante para la editorial.

¿Por qué habrá aceptado hacerla ahora? Seguro que se lo habían pedido antes y se había negado. Hace un par de años, por ejemplo, cuando sonaron rumores de que Leo iba a dedicarse a la política, seguro que alguna editorial le pidió que escribiera un libro. ¿Por qué ha aceptado hacerlo ahora y no entonces?

Da igual, no es asunto mío.

Hace tiempo que Leo no es asunto mío.

Tras dos o tres (o veintisiete) errores en la carretera que es mejor no mencionar, le pillo el truco a esto de conducir por el otro lado y me tomo el trayecto como una oportunidad para pensar. En el pasado, siempre que me he quedado atascada escribiendo algo, la solución se me ha ocurrido mientras me duchaba o conducía o hacía algo igual de mecánico.

Publiqué mi primera y hasta ahora única novela, al menos con mi nombre en la cubierta, hace cinco años. Llevaba por título *Algún día dejaré de soñarte* y sus protagonistas se llamaban Madeleine y Luke. La acción transcurría en un pueblo de ficción de la costa este de Estados Unidos y trataba la historia de una chica, Madeleine, que llevaba años enamorada del mejor amigo de su hermano mayor, Luke, que también era muy buen amigo suyo. Madeleine estaba convencida de que Luke no sentía ni la más mínima atracción hacia ella, hasta que un día él la besó y luego desapareció de la faz de la tierra. Madeleine le buscó durante un tiempo, pero pasaron los meses sin tener noticias de él y se acabó dando por vencida. Hasta que un día recibió una carta sin remitente, y que resultó ser de Luke, que decía que la echaba de menos. A partir de entonces, las cartas de Luke aparecieron cuando Madeleine menos lo esperaba, sin seguir un patrón, y ella se desesperó porque no sabía adónde enviar las respuestas, y porque en las cartas Luke parecía saber qué estaba pasando en su vida. La verdad es que ahora estoy muy orgullosa de cómo resolví el misterio y de algunas escenas de la novela. Es muy romántica, volqué mi corazón en ella, y también mi inexperiencia. La novela vendió poquísimo y me llevé un buen baño de realidad, la decepción todavía me dura y supongo que por eso tengo miedo de terminar la historia de Grace y Eddie; no sé si superaré otra decepción y no sé si sirve de nada que vuelva a intentarlo. Lo peor no fueron las pocas ventas o que en la editorial me dijeran que, de momento, no iban a publicar otra obra mía. Lo peor fue que durante mucho tiempo creí que no servía para escribir y que mi primera historia, a la que quiero con locura, estaba mal.

Eva me ha asegurado que esta vez tendré un buen lanzamiento, pero no soy tan inocente para creer que con eso basta para que la novela guste a la gente y se venda.

Tal vez soy una cobarde. Fer solía acusarme de eso, de no defender mis historias, de no ser lo bastante agresiva. Claro que él también me decía que tenía que dejar de escribir tonterías y dedicarme a algo serio o a escribir directamente lo que se vendía. Meses después de que saliera *Algún día dejaré de soñarte*, estábamos desayunando y leyendo el periódico y se giró hacia mí para enseñarme la lista de libros más vendidos de esa semana. En el número uno había una novela femenina (odio esa clasificación, pues el sexo del autor o del lector no es un género literario ni lo será nunca) que llevaba varias semanas en el top cinco. «Me alegro por su autora», le contesté, «pero yo no quiero escribir dramas o tragedias».

Todavía recuerdo que me miró como si fuera idiota y aún me duele.

Sin embargo, quizá Fer tenga razón, quizá debería dejar de escribir lo que quiero y centrarme en lo que se lleva o en lo que vende. Tal vez buscar tu lugar en el mundo está sobrevalorado y es mejor dejarse llevar, aunque a mí eso siempre se me ha dado muy mal.

La primera gasolinera en la que me detengo está a tres horas de Londres y aprovecho para caminar un poco y enviar un mensaje a mamá como prueba de vida. Me tomo un té con leche y un sándwich. Pienso que no lo estoy haciendo tan mal, me siento bien y estoy incluso feliz de estar arriesgándome tanto. Y no me refiero solo a atravesar media Inglaterra en coche yo sola.

La segunda gasolinera es más pequeña; allí voy al baño (no tendría que haber bebido tanta agua) y después repaso la ruta. Tengo un mensaje de Marc diciéndome que está enfadado porque no le llamé antes de irme y no le puse al corriente de todo. No está enfadado de verdad, noto en su voz que sonríe y que está orgulloso de mí. Él lleva años diciéndome que tendría que haber dejado las cosas claras con Leo antes. En el mensaje aprovecha para decirme que, si de verdad me quedo en Escocia tres meses, vendrán a visitarme. Se despide exigiéndome que le llame en cuanto esté instalada y veo también que me ha enviado una foto donde aparece con Olivia, mi cuñada, sus hijos gemelos trepándole por los hombros y Tosca, su perro, saltando. La felicidad de Marc siempre me ha emocionado de un modo especial; a él no se lo he dicho nunca, pero es uno de los motivos por los que escribo novelas románticas: porque quiero creer que todo el mundo se merece una segunda oportunidad, y una tercera, o las oportunidades que hagan falta para encontrar su final feliz.

Si escribir consiste en crear mundos, cuando empecé a escribir quería que en el mío existieran los finales felices. Ahora ya no estoy tan segura.

Si no me he equivocado con los cálculos, estoy a una hora y media de Bellamie. La editorial me ha alquilado una casa para estos meses, se supone que tiene una habitación, una cocina pequeña con un comedor, un baño y es perfectamente habitable a pesar de tener más de cien años. Ese último dato no me hacía falta saberlo, pero al parecer a Eva le hacía mucha gracia y fue lo primero que me dijo cuando me informó de todo. La casa es propiedad del matrimonio que regenta el *pub* del pueblo y es allí donde tengo que ir a buscar la llave y las instrucciones necesarias para llegar.

No es para nada habitual que en España las editoriales se hagan cargo de esta clase de gastos. No es como en las películas estadounidenses, que cuando un autor quiere escribir sobre la Revolución francesa le envían a París con los gastos pagados y allí el autor se enamora de una pastelera que le enseña el significado de la vida. No, aquí no pasan estas cosas. Si llego a decirle a Eva que tengo dudas sobre la vida en New Hampshire cuando escribía mi primera novela, me habría contestado que buscase en Google. Que en la editorial estén dispuestos a sufragar esta clase de gastos es una prueba más de lo mucho que les interesa la biografía de Leo y cuanto más lo pienso menos lo entiendo.

Intento dejar a un lado mis recuerdos, algo difícil mientras conduzco por el lado equivocado de la carretera, y analizar las razones objetivas por las que puede ser interesante publicar un libro sobre el juez Leo Marlasca: es la primera vez en la historia de nuestro país que un juez es famoso, y con «famoso» quiero decir «popular». Es joven y su imagen no encaja para nada con la imagen que teníamos todos hasta ahora de los jueces. Su foto y la de su esposa aparecen en revistas del corazón cada dos por tres. Esto es más mérito de su esposa, que pertenece a la alta sociedad, que no al trabajo de Leo, pero aun así cada vez que cazan una imagen de él sale en todas partes.

Lo que, obviamente, no me ha ayudado a mí en absoluto.

Sigamos, la primera vez que se ocupó de un caso de menores salió en todos los periódicos porque fue más allá de la labor que se otorga a un juez y no descansó hasta asegurarse de que ese maltratador no salía de la cárcel. Desde que entró en la judicatura ha dictado sentencias ejemplares en este sentido y nunca ha ocultado que tiene intención de hacer todo lo posible para cambiar la ley de menores y muchas otras.

Y eso es solo el principio, la lista sigue y sigue.

Nunca concede entrevistas y, si alguna vez alguien le pregunta por su vida personal, se niega en redondo a responder o abandona la sala. Hay varios vídeos virales en los que se le ve haciendo justo eso.

Hace un par de años estuvo varios meses desaparecido y todavía se especula si sufrió un accidente o si estuvo en una isla desierta con una amante. Él nunca ha hablado de este tema públicamente, lo que solo ha servido para que circulen rumores absurdos sobre él o al menos yo creo que lo son ahora que los leo.

Lo cierto es que soy una experta en no interesarme por Leo. Hace años, cuando su nombre empezó a sonar públicamente, decidí que no prestaría atención y lo he logrado. Aun así, es imposible vivir en España y no saber nada de «el juez». Una verdadera cruz cuando tú no le ves así y solo recuerdas que es el primer chico del que te enamoraste y también el primero que te rompió el corazón.

Después del repaso supongo que puedo entender por qué la editorial, de hecho cualquier editorial o periódico del país, está interesado en saber más sobre Leo Marlasca, pero ¿qué pinto yo?

Leo podría haberse puesto en contacto conmigo alguna vez durante todos estos años. Exceptuando *esa* llamada, esa que prefiero no recordar, lo único que ha existido entre nosotros ha sido silencio; ni llamadas, ni mensajes, ni siquiera una postal en Navidad. ¿Qué pretende conseguir con esto? No soy la escritora más indicada para esto y seguro que él lo sabe. Eva lo sabe, los directivos de la editorial lo saben y seguro que se lo dijeron y él no cedió. Cuando hace años no le costó lo más mínimo ceder y dejarme atrás.

Esto no es un gesto romántico, de eso estoy segura, él ahora es un hombre casado y, aunque es obvio que no sé de la misa la mitad, Leo no es así. Entonces ¿qué es? ¿Acaso cree que está en deuda conmigo, que debe compensarme por algo? Si es así, va a llevarse una sorpresa porque si hay algo que no pienso tolerar es darle lástima a Leo.

Será mejor que deje de pensar en esto, pues me estoy enfadando yo sola y empieza a llover. Lo que faltaba. Aminoro la marcha y aprieto el volante cada vez que cae un rayo. No quiero morir en medio de esta carretera, todavía tengo muchas cosas que hacer. Esta muerte es demasiado dramática para mí, es una muerte de protagonista y yo solo soy un personaje secundario, me digo para tranquilizarme. Al menos circulan pocos coches, no me he cruzado por ahora con ningún animal y la carretera está bien iluminada. Por fin, el cartel de Bellamie aparece a pocos metros y sigo las instrucciones hasta el *pub*.

Seguro que es un pueblo muy pintoresco, pero estoy tan tensa que no me fijo, lo único que quiero es llegar viva a mi destino y salir del coche. Tengo los brazos y la espalda tan tensa que tardaré semanas en aflojar los nudos de mis músculos.

Detengo el vehículo frente al *pub*, que se llama *The last pub of the world*. Mañana me parecerá un nombre muy elocuente, pero ahora tengo que concentrarme para poner un pie frente al otro y no resbalar en las piedras de la calzada mientras caen litros y litros de agua encima de mí y mi paraguas descansa a buen recaudo en el fondo del maletero dentro de mi equipaje.

Abro la puerta del local y el olor a comida caliente hace que sea consciente del frío que tengo y de lo empapada que estoy. Los feligreses se quedan en silencio; cualquiera diría que no han visto nunca entrar a una desconocida con aspecto de rata mojada.

—Hola —saludo en inglés y nadie responde; siguen mirándome atónitos. Supongo que comer solo azúcar durante ocho horas no me ayuda a no tener ojos de loca—. ¿El señor y la señora Walker?

Una señora altísima y con más cara de estar en la portada del Vogue París que de atender la barra de un *pub* perdido en Escocia se acerca a mí al mismo tiempo que noto que alguien se detiene a mi espalda. Estoy bloqueando la puerta, pero antes de que pueda apartarme oigo su voz.

No creía que fuera a afectarme tanto, seguro que lo que me pasa es culpa de llevar tantas horas tras el volante. Me fallan las rodillas.

—¿Martina?

Me he imaginado este momento muchas veces, demasiadas para reconocer el número en voz alta, y en ninguna de ellas Leo me levanta en brazos para evitar que me rompa la cabeza al caer al suelo. Genial, sencillamente genial.

25

SE SUPONÍA QUE NO IBA A SER ASÍ

—Puedes dejarme en una silla, en cualquier parte, en realidad. Suéltame.

—Estás empapada y te tiemblan las piernas, seguro que no has comido nada durante el viaje. ¿Tanto te habría costado aceptar que alguien viniera a buscarte al aeropuerto?

—Vengo de Londres.

Leo se detiene en medio del *pub* y durante unos segundos creo que va a soltarme. Está furioso y no sé por qué.

—De Londres. ¿Has venido conduciendo ese coche de allí fuera desde Londres?

—¿Y a ti qué te importa? Suéltame.

—Diana no se tomará nada bien que vomites en medio de su *pub* —sentencia al dar otro paso.

—Diana no quiere que sus clientes se comporten como matones —lo intercepta la amazona de antes—. Deja a la señorita en el suelo, Leo.

Y como si fuera un perro amaestrado obedece, pero fulmina a la mujer con la mirada y se queda plantado a mi lado. Como soy terca doy un paso hacia la derecha y él me imita. Vale, da igual, estoy demasiado cansada para estas tonterías. Me quedo quieta y le ignoro.

—Buenas noches, deduzco que usted es la señora Walker. —Le tiendo la mano empapada, aunque ahora está más seca porque antes me he sujetado del jersey de Leo y no me he fijado en que está más fuerte y un poco más delgado que hace años—. Soy Martina Martí y siento presentarme así; mi paraguas está en el fondo del maletero.

La mujer me sonríe y aprieta mi mano.

—Llámame Diana. Bienvenida a Bellamie, donde el tiempo es tan imprevisible como el humor de su gente.

—Gracias.

—Voy a buscar las llaves y los papeles de la cabaña; seguro que quieres secarte y descansar un poco.

Diana se aleja hacia la barra, de donde regresa después acompañada de un hombre más alto que ella y también muy atractivo. Me presenta a Steve, su marido, fotógrafo retirado y propietario con ella del local. Leo sigue de pie a mi lado, irradiando mal humor, y yo sigo ignorándole. Steve le da una palmada en la espalda al regresar a la barra para atender al resto de clientes, que siguen observando la escena con deleite. Varios hacen comentarios a Leo y es evidente que le conocen y que le tienen cariño. ¿Cuánto tiempo lleva aquí? ¿Está solo o Belén le está esperando en casa? En el dosier de la editorial no se mencionaba ninguna información al respecto y ahora mismo me odio un poco más por haber pensado en ello. No me importa si está solo o acompañado, no me importa nada que tenga que ver con Leo, aunque le tenga pegado a mi espalda y me muera de ganas de mirarle.

—La cabaña está más abajo, cerca del lago. Sigue la carretera hasta que encuentres un poste rosa y después gira a la derecha. No tiene pérdida.

—¿La has puesto en la cabaña de lady Fraser? —pregunta Leo airado.

El nombre me gusta, pero me da igual cómo se llame, lo único que quiero es llegar allí, quitarme la ropa mojada y dormir. Tal vez mañana cuando despierte descubriré que todo esto ha sido el sueño más raro de mi vida y seguiré en Barcelona escribiendo para *youtubers* adolescentes.

—La reformamos hace poco, solucionamos lo del techo y es la única que tenemos libre.

—Seguro que estaré muy bien. —Acepto una carpeta de plástico donde Diana ha guardado antes la documentación y las llaves de la casa—. Gracias por todo.

—De nada. Antes de abrir el *pub* he dejado cuatro cosas en la nevera por si tenías hambre. Pásate por aquí mañana, o cuando puedas, y te enseño el pueblo.

—Lo haré.

Estoy tan cansada que estoy a punto de dormirme de pie. Me he mantenido despierta hasta ahora porque sabía que tenía que conducir hasta aquí, pero la lluvia seguida por el calor que hace aquí dentro, y la presencia de Leo, consiguen que me dé vueltas la cabeza. Necesito descansar y recordar por qué pensé que era buena idea aceptar este trabajo.

Dado que todo el mundo sigue mirándome, hago una reverencia como si fuera un actor abandonando el escenario y me dirijo a la puerta. Oigo varios silbidos y vítores que no llego a entender, da igual, lo único que quiero yo es llegar a mi nueva casa y descansar.

Abro la puerta del coche: la equivocada porque, claro, el volante aquí está al otro lado y yo estoy demasiado cansada para pensar. Doy la vuelta, abro la otra puerta y una manaza la cierra antes de que pueda entrar.

—No puedes conducir así, apenas te mantienes en pie.

Leo.

—Pues claro que puedo. He conducido hasta aquí y soy perfectamente capaz de llegar a la cabaña de lady Macbeth.

—Lady Fraser —me corrige.

—Lady lo que sea. Apártate.

El muy cretino se aparta, o eso finge, porque cuando me despisto me quita las llaves de la mano y sonríe muy satisfecho de sí mismo.

Le miro por primera vez desde que he llegado. Ha dejado de llover y está oscureciendo y el lago que queda detrás de Leo refleja una luz casi mágica que le da a él un aspecto trágico. Está más fuerte y delgado que la última vez que le vi y diría que hace días que no se afeita. Lleva un jersey azul marino y vaqueros y unas botas de esas para caminar por la montaña que están gastadas. Tiene el pelo negro un poco más largo y un par de arrugas en las comisuras de los ojos que no estaban antes.

Las diferencias entre el Leo que tengo delante y el que vi hace unos años no se deben solo al paso del tiempo, es como si hubiese mudado de piel y aún estuviera aprendiendo a vivir en la nueva. De repente siento lástima por no haber presenciado esa evolución, por haber desaparecido un día de su vida y haber reaparecido otro mucho más tarde, pero el muñir de una vaca me devuelve a la realidad y me doy cuenta de que nada de eso ha sido culpa mía, que fue Leo el que desapareció y ha sido él quien ha puesto en marcha esta especie de reencuentro. Y no es justo, no es justo que me sienta como un títere en mi propia vida.

—Devuélveme las llaves.

—Estás furiosa conmigo; lo sé y tienes todo el derecho del mundo a estarlo.

—Me importa una mierda si crees o no que tengo derecho a estar furiosa. Me importa una mierda lo que creas de mí o del mundo entero. Devuélveme las llaves.

—No. No puedes conducir así, estás temblando.

—De las ganas que tengo que pegarte. Me estoy conteniendo.

—Está bien, pégame. Vamos.

—Te has vuelto loco, esa es la única explicación.

—Tal vez, pero no voy a permitir que bajes sola esa cuesta. Es peligrosa, ha llovido, no conoces la carretera y estás a punto de dormirte de pie. Ódiame todo lo que quieras; diría que llevarte a tu casa no empeorará las cosas, y cuanto más tiempo estemos aquí discutiendo más tarde podrás meterte en la cama.

Tengo ganas de pegarle, muchas, y también de gritarle y de insultarle. Pero no servirá de nada y no era así como quería que fuera nuestro reencuentro; se suponía que yo iba a estar fría e impersonal e iba a comportarme como una gran profesional; le hablaría solo del libro, nada más. Y ahora estoy empapada, furiosa y a punto de preguntarle qué le ha pasado estos últimos años para acabar aquí, en este pueblo de Escocia vestido de pescador.

—Está bien, conduce tú —le digo dirigiéndome a la puerta del acompañante—. Llévame a casa y desaparece.

Leo parpadea sorprendido; seguro que creía que seguiríamos discutiendo un par de horas más.

—Claro, de acuerdo.

Entra en el coche y debe echar el asiento hacia atrás para tener sitio para sus largas piernas. Me niego a mirarle y reconocer que sigue oliendo igual. Leo siempre ha olido muy bien, con ese extraño perfume que no encaja con él y al mismo tiempo lo hace a la perfección: Leo tendría que oler a libros, a seriedad, tal vez a madera o a cuero, como los protagonistas atormentados de muchas novelas, pero en realidad huele a la brisa del mar y a lluvia, quizá hasta a un prado en primavera. Es un perfume demasiado optimista y alegre para alguien como él.

Cierro los ojos y echo la cabeza hacia atrás.

Apenas llevo una hora con él y ya he recordado que huele bien; genial, Martina. Levanto una mano para frotarme la sien y le oigo carraspear. Desoyendo mis propios consejos, me giro hacia él.

—¿Qué pasa? Di lo que estás pensando.

—Tus pulseras —contesta—. Echaba de menos el sonido de tus pulseras.

Bajo la mano de inmediato y vuelvo a girar la cara hacia el paisaje, aunque casi no veo nada.

Conduce en silencio un par de minutos y, tras girar en un poste rosa, llegamos a lo que deduzco que es la cabaña de lady Fraser.

—Es aquí —dice y baja a por mi equipaje.

Mientras tanto, yo abro la puerta con las llaves que me ha dado Diana y enciendo la luz. Es muy pequeña, pero suficiente para mí. Salta a la vista que los Walker la han arreglado con mucho cariño y que la mantienen en muy buen estado.

—¿Quieres que te lleve la maleta a la habitación? —ofrece Leo.

¿Quiero que se quede aquí más minutos de los necesarios? No, por supuesto que no.

—No hace falta, gracias.

Él asiente y deja las llaves del coche encima de un mueble que hay junto a la puerta.

—Si mañana quieres descansar... —empieza.

—No, he venido aquí por trabajo y según mi contrato este empieza mañana. Estaré en tu casa a la hora acordada.

—Pero si...

—No. Estaré allí.

—Si quieres, podemos... —vuelve a intentarlo.

—No. El contrato de la editorial establece que las entrevistas se realizarán en tu domicilio, así que allí estaré. Mañana podemos establecer otras rutinas, si lo crees necesario.

—Está bien... —Levanta las manos—. Nos vemos mañana.

Se me queda mirando y recurro a las fuerzas que me quedan para aguantar el escrutinio con frialdad. El cansancio ayuda y lo cierto es que estoy tan enfadada que ahora mismo puedo asegurar que miro a Leo sin un ápice de cariño o de añoranza en la mirada.

Él se da cuenta y da un paso hacia atrás.

—¿Por qué has aceptado, Martina?

¡Vaya! Creía que íbamos a guardar esta clase de preguntas para más adelante o que íbamos a llevárnoslas a la tumba. Yo prefería la segunda opción, así que elijo contraatacar e interrogarle también:

—¿Por qué has pedido a la editorial que fuera yo la escritora?

Leo ladea la cabeza en un gesto que, cruelmente, me recuerda al chico que fue antes.

—Creía que era evidente: porque quería verte.

No sé qué decir, seguro que parezco un pez intentando respirar fuera del agua. Leo sonríe con tristeza y añade:

—Intenta descansar. Nos vemos mañana.

26

NO ES LO MISMO OLVIDAR QUE DEJAR QUE PASE EL TIEMPO

Los rayos de sol que se cuelan por la ventana de mi dormitorio me despiertan a las seis de la mañana. Empiezo a moverme y noto en la espalda todas y cada una de las horas que me pasé ayer conduciendo. Aprieto los párpados y escondo la cabeza en la almohada; tal vez si lo deseo muy fuerte cuando vuelva a abrir los ojos estaré en mi piso en Barcelona y todo esto habrá sido un sueño.

Uno, dos, tres, cuatro, cinco, seis, ocho, nueve y diez.

Abro los ojos. Sigo en Escocia, en la cabaña de lady Fraser, tengo agujetas en la espalda y me duelen los brazos y las piernas. Al menos no me resfrié por culpa de la lluvia, algo es algo. Ayer, antes de desmayarme en la cama, tuve las fuerzas justas para quitarme la ropa, ponerme el pijama y cerrar la puerta con llave. Apenas observé la que va a ser mi casa durante estos meses, así que me obligo a salir de la cama para inspeccionarla mejor.

El dormitorio es la estancia más bonita. La cama es muy grande y ocupa casi todo el espacio. No hay ningún armario, pero sí una preciosa cajonera antigua y un burro de esos que hay en las tiendas con perchas para colgar la ropa que no quiera guardar doblada. También hay un pequeño tocador con un espejo antiguo, aunque creo que lo utilizaré de escritorio. El suelo de toda la cabaña está cubierto de madera y hay alfombras esparcidas por aquí y por allá que le dan un aire muy bohemio. El baño, gracias a Dios, está completamente reformado. También es pequeño, pero lo más sorprendente es que además de ducha tiene bañera; la bañera más original que he visto nunca. Es un barril de *whisky*, por lo que he podido deducir de las letras que tiene aún visibles; medio barril, en realidad, y tiene los grifos justo encima para que pueda llenarlo y bañarme. Si tuviera que adivinar, diría que no es una bañera al uso y que los propietarios de la cabaña son aficionados a la decoración y a las cosas hechas en casa. La cocina y el comedor son una única estancia y equivalen a la totalidad de la casa. En la parte del comedor hay una chimenea y un sofá de cuero viejo y la cocina está equipada con una vieja cocina Aga, de esas de hierro con puertas de distintos tamaños, y con utensilios para sobrevivir. Nunca he cocinado en una Aga, pero hace un año me encargaron un libro de cocina en la editorial donde había un apartado dedicado a este tipo de cocinas, así que supongo que tendré que hacer memoria si no quiero provocar un incendio o morir de hambre.

Ayer abrí la maleta en el suelo del comedor, justo entre el sofá y la chimenea, y allí sigue. Y allí seguirá un rato más porque si no quiero llegar tarde a mi primer día de trabajo tengo que ducharme.

En la carpeta que me entregó Diana anoche hay un mapa con distintas localizaciones del pueblo marcadas y, para mi sorpresa, una de ellas es la casa de Leo. Me imagino que Eva le pidió que lo hiciera y al pensar en mi editora aprovecho y le envió un mensaje para decirle que estoy en Bellamie y todo va según lo previsto. Casi escupo el té, porque no hay café en la cabaña, al teclear las últimas palabras. Si Eva supiera lo descabellado que es esto, no me habría pedido que viniera.

Según el mapa, la casa de Leo está en el extremo norte del lago, cerca del agua, y más o menos a un quilómetro de la cabaña. Hemos quedado a las ocho; miro el reloj y decido que iré a pie. No tengo ganas de volver a conducir y el ejercicio me irá bien para recuperarme de lo de ayer. Guardo el ordenador portátil en el bolso (dudo que hoy lo utilice, pero prefiero llevarlo), uno de mis cuadernos y el estuche con los bolígrafos y lápices, y me pongo las botas. Llevo una falda larga, no me apetece ponerme vaqueros, ya tendré tiempo de hacerlo más adelante si bajan las temperaturas, y una de mis camisetas favoritas debajo de un jersey verde oliva. Me recojo el pelo en una coleta; al hacerlo las pulseras tintinean y recuerdo el comentario que hizo ayer Leo sobre que las había echado de menos.

No me las quito nunca, al menos no del todo. A veces cambio alguna porque la limpio o quito o añado otra porque ya no me gusta o me la han regalado. Las miro y me planteo quitármelas para dejarle claro que nada de lo que pase estas semanas tiene que ver con lo que pasó hace años. Sacudo la cabeza, es una tontería, las pulseras son mías y me gusta llevarlas, y si Leo no tiene ningún poder sobre mí tengo que demostrarle a él y a mí misma que nada de lo que diga me afecta. Si ha echado de menos las pulseras, peor para él. Fue decisión suya, así que le toca asumir las consecuencias; yo no tengo que hacer nada para hacerle la vida más fácil, excepto cumplir con mi obligación contractual y escribir su biografía.

Decidida, me cuelgo el bolso y salgo de la cabaña.

El paisaje me abruma durante unos segundos, incluso el aire es bonito, porque gracias a los reflejos del lago parece impregnado de motas de colores. Veo que de la cabaña sale un camino de arena y grava que transcurre paralelo al lago y se dirige hacia las casas que hay más hacia el norte. Decido seguirlo y caminar por ahí. Yo siempre he creído que soy de mar o de ciudad, que la montaña y la naturaleza nunca han sido lo mío, pero creo que podría acostumbrarme a esto. Es una belleza distinta, desnuda, aunque suene a tópico, muy sincera y que me obliga a serlo conmigo misma. Tengo la sensación de que aquí, lejos del ruido de mi vida, no puedo mentirme, y como no quiero enfrentarme a eso porque ni de lejos estoy preparada para algo tan arriesgado, busco el móvil y aprovecho para llamar a mi hermano Marc.

Él, por suerte, contesta al instante.

—Estoy muy enfadado contigo.

—No lo estés, por favor. Siento mucho no haberte llamado antes.

Le oigo suspirar.

—¿Dónde estás?

—Caminando por un lago, todo esto es precioso.

—Me alegro, así podrás enseñárnoslo todo cuando vengamos a verte. —Creo que bromea—. ¿Por qué has aceptado hacer esto, Martina? Creía que habías pasado página.

—Y lo he hecho. Lo he hecho —repito porque le imagino ladeando la cabeza de ese modo que significa que no me cree—. No he aceptado porque quiera volver a tener algo con Leo, te lo aseguro.

—Entonces ¿por qué has aceptado?

—Porque me pagan muy bien y porque Eva me ha prometido que, cuando publique mi nueva novela, harán un lanzamiento muy bueno.

—¿Esa novela que no has terminado?

—Por eso es tan genial este encargo; estoy perdida en un pueblo de Escocia, aquí nada puede distraerme, tendré tiempo de sobra para terminar la novela.

—¿Y ya sabes cómo vas a terminarla? Lo último que me dejaste leer parecía más un drama que una novela romántica.

—No tendría que haberte dado esas páginas. —Suspiro—. ¿Cómo están Olivia y los niños?

—Vale, cambiemos de tema. Olivia está muy bien; enfadada contigo porque no vinieras a vernos antes de irte. —Oigo a mi cuñada decir que no está enfadada, que no haga caso a mi hermano—. Está en la habitación de los gemelos, pero tiene un oído supersónico.

—Es raro oírte reír tan a menudo.

Marc carraspea para dejar de hacerlo.

—Sí, supongo que sí, pero no lo cambiaría por nada del mundo. Tú también deberías reír más.

—¡Eh, que yo me río mucho!

—Sabes a qué me refiero. Ese Leo siempre te ha hecho llorar. No me gusta que estés allí sola.

—Estoy bien, te lo aseguro. Tú también tuviste que enfrentarte a tus miedos para llegar adonde estás ahora. Tal vez Bellamie y este encargo sean mi Hotel California.

—Al contrario de lo que dicen tus novelas, no es necesario pasar una prueba de valor para encontrar la felicidad, Martina.

—Lo sé, era broma. —No lo era—. Te prometo que estaré bien. ¿Me perdonas por no habértelo contado antes?

—Con una condición.

—La que quieras.

—Llámame si sucede algo, lo que sea. Puedo dejar la consulta y plantarme en Escocia en pocas horas. ¿De acuerdo?

—De acuerdo —acepto emocionada y para no ponerme a llorar le digo—: Las ovejas de aquí son muy peludas y diría que no están bien de la cabeza. Me he cruzado ya con unas cuantas y te juro que me han mirado muy mal.

Marc vuelve a reírse.

—Déjalas tranquilas y no te sucederá nada, y mantente lejos de las vacas peludas. No te comportes como esos insensatos que se acercan a la fauna local como si fueran una atracción de feria. Recuerda que tienes un hermano veterinario.

—Lo haré. Da un beso a Olivia y a los niños de mi parte, ¿vale?

—Vale. Por cierto, ¿viste a Álex antes de irte?

—Sí, ¿por?

—Porque llevo dos días llamándole y no me contesta. Te juro que esto de ser el sensato de los dos no es lo mío. Lo está pasando muy mal con lo de Sara y no sé cómo ayudarle.

—Creo que ni él lo sabe, Marc. ¿Tú crees que Sara de verdad quiere divorciarse?

Le oigo pensar; los dos sabemos que Álex y Sara están pasando por un momento muy difícil y haríamos lo que fuera para ayudarles.

—No puedo ni imaginarme por lo que están pasando. Los abortos, los médicos, la operación de Sara. Si a Olivia le sucediera algo así creo que me volvería loco. Puedo entender lo que piensa Sara; está convencida de que si deja a Álex él podrá rehacer su vida con otra mujer y que se olvidará de todos los problemas. Y me temo que, por mucho que la quiera Álex, no puede obligarla a seguir con él si ella está decidida a dejarle.

—Pero se quieren.

—Lo sé. Seguiré llamando a Álex. Si por casualidad habla contigo dile que deje de comportarse como un capullo y me llame.

—Lo haré, te lo prometo.

—Tengo que irme. Debo llevar a los gemelos al cole. No te olvides de lo que te he dicho: no dejes que Leo te haga llorar.

—No lo haré.

Recorro el resto del camino pensando en lo que me ha dicho Marc e intento recordar si Leo me hizo sonreír en el pasado. A veces pienso que lo que pasó entre nosotros estuvo condenado a acabar mal desde el principio porque nunca le conocí de verdad. Pero yo sí fui sincera con él, tanto que durante un instante pensé que él era la única persona que me conocía, el único que me apoyaba sin reservas y estaba en mi bando, en mi rincón del mundo. Leo fue quien más me animó a luchar por mi sueño de escribir y me gusta creer que me habría sincerado con mis padres de todos modos, que habría dejado Derecho aunque él no hubiese existido, pero sé que él me dio el último empujón para hacerlo cuando lo hice. Sí, lo habría hecho tarde o temprano, pero con él me atreví antes porque si él confiaba tanto en mí, ¿qué podía salir mal? Esa era una de las cosas que nunca he entendido: ¿cómo es posible que me apoyase tanto y, al mismo tiempo, no me contase nada o casi nada sobre sus sueños?

Ahora ya no importa; supongo que podría preguntárselo, pero no lo haré porque la respuesta no cambiará nada.

Veo la casa al fondo; es de madera y tiene dos plantas y un ventanal enorme que da al lago. En la planta inferior hay un muelle que conduce al agua, donde hay una pequeña barca atracada. Nunca me había imaginado qué tipo de casa tendría Leo, pero al verla no se me ocurre ninguna mejor. Esa construcción fría y aislada del resto del mundo le encaja a la perfección.

27

INSTRUCCIONES PARA PONER UN CORAZÓN EN MARCHA

LEO

Creía que este día no iba a llegar nunca y, aunque me lo he imaginado miles de veces, a juzgar por mi reacción de anoche no estoy preparado para volver a estar cerca de Martina. Cuando la vi entrar en el *pub* dejé de respirar y tuve que recurrir a todas mis fuerzas para no plantarme delante de ella y besarla. Seguro que a ella no le habría hecho mucha gracia, como mínimo me habría dado un puñetazo. O dos. Salta a la vista que no se alegra de estar aquí y, sin embargo, ha venido.

La he visto acercarse por el camino, pero me he obligado a esperar y no he abierto la puerta hasta que ha llamado. Ha tardado unos minutos, tal vez porque se ha planteado qué estaba haciendo aquí o porque ha tenido que recordarse que no podía dar marcha atrás y salir corriendo. Sea por el motivo que sea, al final ha llamado y le he abierto. He tenido que morderme la lengua para no decirle que estaba preciosa o que llevo demasiado tiempo echándola de menos.

No está lista para eso y creo que yo tampoco, la verdad.

—Hola, buenos días —le digo—. Pasa, adelante. ¿Te apetece un café?

—¿Tienes café? —Aprieta nerviosa la tira del bolso que le cuelga del hombro—. En la cabaña solo había té.

—El café es una ofensa en Bellamie, pero lo compro de contrabando —intento bromear—. ¿Te preparo una taza?

—Sí, gracias.

Voy hacia la cocina y dejo que ella se espere en el comedor.

—Puedes dejar las cosas donde quieras, estás en tu casa —le digo de espaldas—. Enseguida vuelvo.

Aprovecho estos minutos para tranquilizarme, todavía recuerdo la sensación de tenerla en brazos de ayer por la noche cuando le fallaron las rodillas en el *pub* y me siento como un cretino porque mi primer impulso hace unos segundos habría sido, otra vez, besarla y sé que no puedo hacerlo. No tengo derecho.

Hace cuatro años de la última vez que la besé, fue en el funeral de Simón, y me comporté como un capullo egoísta con ella. Lo único que puedo decir en mi defensa es que estaba destrozado; se suponía que Simón no iba a morir, que todavía le quedaba tiempo, que todavía nos quedaba tiempo, pero no fue así y cuando vi a Martina en la ceremonia del Palau lo único que pensé fue que ella podía mantener alejado el dolor, que si ella estaba conmigo aunque solo fuera un segundo, lo demás sería soportable.

La utilicé y la besé porque era lo que yo necesitaba sin importarme si era lo que ella quería y, cuando me aparté, vi en sus ojos tanta tristeza, tanta pena y tanto amor, que durante un instante me alegré porque si ella aún me quería un poco, no todo estaba perdido. Pero lo estaba, lo estaba por mi culpa y tuve que soltarla. La dejé allí sin darle ninguna explicación, porque si abría la boca y empezaba a hablar me desmoronaría.

Fui un cobarde y un egoísta, y ella no se merecía nada de eso; ojalá pudiera asegurar que ahora voy a hacerlo mejor. Al menos esta vez he tenido tiempo de prepararme y nunca nada ha sido tan importante como ella.

Con las dos tazas ya listas regreso al comedor y veo que sigue de pie sin quitarse ni el bolso ni el jersey. Incluso sigue mirando la puerta como si estuviera a punto de salir corriendo.

—Le he puesto leche y azúcar; no sé si sigues tomándolo así —le digo para romper el hielo.

—¿Qué?

—El café. —Levanto las tazas—. ¿Lo tomas igual que antes?

—Sí, gracias. —Sacude la cabeza—. Creo que esto es muy mala idea.

—¿Tomar café? Puedo preparar otra cosa.

Por fin me mira y me falta el aire porque me doy cuenta de lo mucho que lo echaba de menos. Existo de un modo distinto cuando Martina me mira; lo descubrí el día que la conocí.

—No. Deja el café.

Obedezco y dejo las dos tazas en la mesa.

—Ya está. ¿Mejor así?

Me acercaría a ella si creyera que con el gesto no la asustaría y saldría corriendo.

—Un momento. —Deja el bolso en la silla y sacude de nuevo la cabeza—. Enseguida vuelvo.

Da media vuelta y sale de casa. El hecho de que haya dejado el bolso me tranquiliza y también porque la veo caminar hasta el borde del agua hablando sola. Ojalá pudiera saber qué dice, ojalá tuviera el derecho a salir tras ella, rodearla con los brazos y preguntarle qué le pasa.

La observo pasear de un lado al otro, hasta que se detiene, toma aire y se dirige decidida de nuevo a mi casa. Le abro la puerta antes de que llegue y me aparto para dejarla entrar.

—No puedes hacer comentarios sobre antes —me ordena—. Si vuelves a insinuar que nos conocemos, me iré. Esto es solo un trabajo.

«No lo es», pienso, pero acepto sus condiciones.

—De acuerdo.

—Genial. Empecemos. ¿Quieres trabajar aquí o prefieres ir a otra parte?

Conque vamos a fingir que no nos conocemos. Podría ser peor, me digo, podría haberse ido o podría no haber aceptado el encargo. Cuando empecé a poner en marcha este plan sabía que tenía muy pocas posibilidades de que saliera bien, de hecho, sigo convencido de que me estallará en la cara, pero no podía seguir así.

—No lo sé. ¿Qué es lo habitual? Por mí podemos trabajar aquí, tengo espacio de sobra, pero dado que es la primera vez que hago algo así estoy dispuesto a escucharte y dejarme aconsejar.

—Pues será la primera vez.

Se da cuenta de su error en cuanto levanto una ceja.

—¡Ah, no! Si yo no puedo hacer referencias a nuestra relación anterior, tú tampoco.

—Tienes razón —acepta a regañadientes.

La veo tensarse y me arrepiento de haberle echado en cara ese comentario. Yo sí quiero hablar de nuestra relación anterior, si es que puede llamarse así a lo que tuvimos, porque para mí fue más que eso.

—¿Nos sentamos? —Le señalo la mesa y ella elige la silla más alejada a la mía. Fantástico—. Dime, ¿cómo funciona esto?

—Pues la verdad es que no lo sé —contesta mientras saca una libreta y un estuche del bolso—. Tendrías que haber pedido que te ayudase un buen periodista, o al menos uno con un programa en la tele o en la radio.

Puedo decirle que no quiero contarle mi vida a un periodista y que todavía no sé si voy a acabar publicando el libro. Hasta ahora siempre había rechazado las propuestas que me llegaban de distintas editoriales, casi siempre después de algún juicio o en especial cuando conseguí cambiar esa ley, pero hace unos meses tuve la idea de utilizar este método para acercarme a Martina, y al parecer ha funcionado. No puedo contarle nada de esto, todavía no, así que me concentro en lo otro que ha dicho.

—¿Cómo que no lo sabes? Por lo que sé, has escrito varios libros por encargo.

Deja de buscar cosas en el bolso, diría que lo utilizaba de excusa para no mirarme, y clava los ojos en los míos. Me esfuerzo para ocultar el efecto que me produce; suerte que no puede ver que se me ha anudado el estómago y acelerado el corazón, porque entonces sí que saldría corriendo de aquí y yo me lo tendría bien merecido.

—Sí, cierto, y la pregunta es ¿cómo lo sabes? Mi nombre no aparece en ninguno de esos libros; esa precisamente es la gracia de contratar a un *negro*, que su nombre no sale en ninguna parte y el famoso de turno puede decir que ha escrito el libro en cuestión. No nos entrevistan, no firmamos el día de Sant Jordi, somos anónimos e invisibles.

No quiero mentirle, ya no, lo he hecho demasiadas veces en el pasado; pero no estoy listo para contarle toda la verdad, así que elijo una parte.

—Simón se enteró por casualidad y me lo dijo.

No añado que, a pesar de que le tenía prohibido a Simón que me hablase de ella, él se encargaba de hacerme saber todo lo que sabía de Martina y yo esperaba ansioso cada noticia. Era una especie de ritual entre nosotros: yo llegaba a su casa y él me contaba un montón de cosas que no me importaban y que yo fingía escuchar hasta que sacaba el tema de Martina y entonces yo me enfadaba y le decía que no quería saberlo y él sonreía y seguía hablando, porque reconocía la mentira en mis ojos y en cómo memorizaba cada palabra.

—¿Simón?

—Simón —afirmo.

¡Dios, cómo le echo de menos! Seguro que si estuviera aquí ahora me daría una colleja por no haber intentado esto antes.

—¿Cómo es posible? Yo no se lo conté nunca. La última vez que le vi fue un Sant Jordi hace años y yo aún no había publicado nada. Él salía del médico... —Se emociona y no puedo evitar alegrarme de ello; el cariño que Martina sintió desde el principio por Simón es una de las cosas que más me gustan de ella. Claro que esa lista es tan larga que incluye muchísimo más.

—Me lo contó. Se alegró mucho de verte.

—¿Estaba enfermo?

Asiento y desvío la mirada hacia la taza; no me resulta fácil hablar del tema.

—No me lo contó hasta el último momento. Fue genio y figura hasta el final.

—Me enteré de que había muerto por casualidad. Si hubiera sabido que estaba enfermo habría...

—No habrías podido hacer nada —la interrumpo porque, aunque quiero hablar de nuestro pasado, no sé si debemos empezar por este momento de nuestra historia—. ¿Quieres saber cómo se enteró de que escribías libros para famosos?

—Claro.

—Por Violeta Regaliz.

Martina sonríe asombrada.

—¿Violeta? Fue uno de mis primeros encargos y uno de los mejores, la verdad. No es habitual que permitan que una *youtuber* de catorce años escriba novelas de aventuras y la idea fue suya, eso tengo que reconocerlo. Me la contó y yo la escribí.

—Diría que hiciste más que eso.

—No creas. Violeta es un sol. De todas las personas para las que he escrito es de las mejores, la más honesta y auténtica. Espero que no cambie.

—Dudo que lo haga; su familia no se lo consentiría. El abuelo de Violeta juega, jugaba —me corrijo— al dominó con Simón cada domingo por la mañana en un parque cerca de casa. Él le contó que su nieta iba a publicar un libro pero que lo iba a escribir otra persona, una chica de Barcelona llamada Martina Martí. Al parecer se acordó de tu nombre porque le hizo gracia que estuviera repetido, que tuvieras nombre de chica y de chico a la vez.

—Supongo que después de cinco hijos mis padres se quedaron sin ideas. ¡Qué pequeño es el mundo!

—Sí, a veces creo que demasiado. Simón me llamó ese mismo día para decírmelo y a partir de entonces te seguimos la pista.

—¿Cómo?

—Una vez sabes qué tienes que buscar, no es tan difícil conseguir información al respecto.

—Eso suena siniestro, Leo.

Es la primera vez que pronuncia mi nombre y se da cuenta, porque de inmediato me mira a los ojos y los míos no ocultan nada; son dos ventanas a mis remordimientos.

—No lo es tanto, te lo aseguro. Simón recordó que conocía a una chica que trabajaba en la editorial donde publicas; antes había trabajado en el Palau y la llamaba de vez en cuando para preguntar. Eso es todo.

—Podría haberme llamado a mí; se lo habría contado.

—Creo que le gustaba hacer de detective y la verdad es que se negaba a llamarte porque decía que tenía que hacerlo yo —confieso, porque soy un idiota impaciente que necesita tantear el terreno.

Martina vuelve a mirar la taza de café y bebe un poco.

—Dejando a un lado el caso de Violeta Regaliz y algún otro más, no suelo hablar con las personas de las que escribo el libro. Normalmente la editorial me entrega un dosier con la información que quieren que salga en el libro y trabajo a partir de ahí. En un par de ocasiones he mantenido alguna entrevista telefónica con el sujeto, pero poco más. A la mayoría no les importa lo que contenga el libro, solo necesitan que exista y salir guapos en la foto de la cubierta. Y vender mucho, eso también.

Ella acaba de dar por zanjado nuestro viaje al pasado y no tengo más remedio que aceptarlo. Me levanto de la mesa y voy a la cocina a por dos vasos de agua. No tengo sed, pero necesito pensar y recordarme que tengo que ser paciente y que me merezco pasar por todo esto. Bastante suerte tengo ya con que Martina esté aquí.

—Entonces ¿por dónde quieres empezar? —le pregunto cuando regreso con los vasos.

—Dímelo tú. Eva, mi editora, me dijo que habías negociado con la editorial la publicación de un libro sobre ti pero de —hace la señal de comillas— contenido sin especificar. Así que, dime, ¿qué quieres contar?

Sé que a pesar de lo que acaba de decir Martina no podemos escribir un libro sobre lo que yo quiera. Soy consciente, para mi desgracia, del interés que genera mi persona y que, aunque a mí me gustaría desaparecer por el fondo, tengo que ser de un modo u otro el centro de la historia, pero eso no significa necesariamente que tenga que hablar de mí.

—No lo sé exactamente. —La veo abrir los ojos—. Escúchame, por favor. Necesito tu ayuda, por eso pedí que fueras tú y no otra persona la que escribiera el libro. No me veo capaz de contar esto a nadie más.

—¿Por qué?

Suelto el aliento.

—No quiero hablar de mi carrera ni de los bajos fondos del sistema judicial. No quiero destapar ningún escándalo ni nada de eso. Quiero contar por qué he llegado hasta aquí, por qué he luchado tanto y he sacrificado lo que más quería —no disimulo— para estar aquí. Quiero que las personas que lean el libro sepan que hay problemas que no pueden dejarse para más adelante, ni para otro presupuesto, ni para otras elecciones porque los niños a los que afecta tal vez no vivan para ese futuro incierto. No quiero convertir mi vida en una historia de éxito, ni en un panfleto de superación personal ni en uno de esos estúpidos libros que dicen que «si quieres, puedes». Eso no es verdad, puedes querer y no poder. Puedes querer y que no te dejen.

Me escucha atenta y cierro los dedos de las ganas que tengo de tocarle una mano y de pedirle que esté a mi lado, que me de fuerzas para dar este último salto.

—¿En qué quieres convertir tu historia?

Sacudo la cabeza.

—Esa es la cuestión, no es mi historia.

—Entonces ¿de quién es?

—De mi hermana Leila.

28
LEILA

—¿Tienes una hermana?

—Tenía —responde Leo—. Murió tres días después de su dieciocho cumpleaños. Yo tenía catorce.

No sé qué decir, no sé qué hacer. No sé cómo comportarme con este Leo que tengo delante. Por un lado, parece incluso más inaccesible que años atrás, como si estuviera rodeado de una capa protectora que le aísla de mí, y por otro es más humano, más real que entonces, más de verdad. Todavía recuerdo la primera vez que le vi el día que fui a matricularme; sus ojos me atraparon, cierto, pero fue como quedarse embobada viendo a un actor famoso. Tuve la misma sensación que tengo cuando leo una buena novela y el protagonista me cautiva, no puedo dejar de prestarle atención, pero una parte de mí sabe que no es real.

Este Leo es real y acaba de contarme algo muy importante para él y yo no sé si quiero reaccionar con la frialdad y educación de alguien con quien mantiene una relación profesional o con el cariño que nunca dejas de sentir por una persona que ha formado parte de tu vida. Al final elijo la segunda opción; no es la mejor para mí, pero aunque él y yo no tengamos ya futuro no quiero insultar el recuerdo de nuestro pasado fingiendo que no fuimos nada.

—¡Dios! Leo... —Alargo una mano y busco la que él tiene en la mesa para entrelazar nuestros dedos—. Lo siento mucho, no lo sabía.

Él desvía la mirada hacia nuestras manos y las observa como si no pudiera creerse lo que está viendo. Han pasado años desde la última vez que nuestras pieles se rozaron y fue con un beso lleno de tristeza y resentimiento; es curioso que al tocarnos el tiempo y el silencio se desvanezcan un poco y los sentimientos que creímos olvidados afloren en cada poro.

—Gracias —responde—. Quería hablarte de ella antes, hace años, pero no supe cómo hacerlo. No podía. Esta es la primera vez que pronuncio su nombre en voz alta en mucho tiempo.

—Leila... Es un nombre precioso. Leila y Leo suena muy bien.

Él sonríe y levanta la cabeza para mirarme, así que le devuelvo la sonrisa e intento no pensar en cómo hemos llegado hasta aquí. A veces el pasado no importa; lo único que importa es sobrevivir juntos a un mal recuerdo.

—La verdad es que Leila me llamaba León; en el centro de acogida me lo cambiaron por Leo. Mi pelo no siempre se ha comportado tan bien como ahora y creo que lo llevaba demasiado largo. A mi hermana le gustaba peinarme porque decía que mi melena era mucho mejor que la suya; decía que era injusto y se vengaba haciéndome trenzas mientras dormía.

—Ojalá la hubiera conocido; me habría gustado ser su amiga.

—Os habríais llevado muy bien, estoy seguro. Simón tampoco la conoció y siempre he odiado que las personas más importantes de mi vida no llegasen nunca a ver a Leila, oír su risa o conocer su sentido del humor o su inteligencia.

Nos quedamos así unos minutos; él parece perdido dentro de esos recuerdos y yo empiezo a darme cuenta de que esto será mucho más complicado y arriesgado de lo que creía. Me había prometido a mí misma que iba a mantener las distancias con Leo, que esto iba a ser un encargo más y que iba a tratarle solo con cortesía profesional, y aquí estoy sentada dándole la mano y planteándome seriamente la posibilidad de abrazarle. Cuando en realidad esta confesión sobre Leila, por sincera y triste que sea, no tiene nada que ver con nosotros y no cambia lo que sucedió hace años.

Aflojo los dedos y Leo capta el mensaje y me suelta, aunque sigue mirándome mientras yo, para disimular, busco algo en el bolso. Cuando lo encuentro saco la pequeña grabadora y un paquete de cintas por abrir.

—¿Qué es esto? —me pregunta.

—Una grabadora. Ya te he dicho que nunca he hecho algo así y antes de venir estuve pensando en cómo enfocar el proyecto. No sé si tú tienes notas o si ya has escrito algo.

—No, nada.

—Pues empezamos de cero; mejor así, supongo. Pensé que podía hacerte preguntas y grabar las respuestas para después ordenar las ideas y escribir el texto. O tal vez podrías grabarte tú a solas y luego entregarme las cintas para que yo las trascriba y dé forma a tus ideas.

—No quiero grabarme solo —dice rotundo—. Pero no me importa que grabes nuestras conversaciones. Es buena idea; así no tenemos que estar anotando mientras hablamos.

El uso que hace del plural no me gusta, pues me hace pensar en un nosotros que nunca llegó a existir.

—Sé que existen métodos de grabación más modernos y sofisticados, pero pensé que así solo habrá un original y, cuando terminemos con el libro, podrás hacer con las cintas lo que quieras.

—Confío en ti, Martina. Puedes quedarte las cintas para hacer tu trabajo o... —me mira a los ojos— para lo que quieras.

No voy a morder el anzuelo.

No voy a morder el anzuelo.

—Genial, gracias. —Mejor seguir hablando del libro—. Pues, si te parece bien, pongo una cinta y empiezo a grabar.

—Me parece perfecto.

Nadie lo diría porque se cruza de brazos, pero finjo no darme cuenta y preparo la grabadora.

—Has dicho que quieres que el libro sea la historia de Leila —empiezo—. ¿Cómo quieres enfocarlo?

Leo frunce las cejas y se levanta de la silla para empezar a pasear.

—¿Y qué vas a hacer? ¿Vas a hacerme preguntas como si no me conocieras de nada?

—Sí, esa es mi intención. No te conozco, Leo. Ya no. Y dudo que alguna vez te conociera.

—No puedes decir eso.

—¿Por qué no? —Busco la grabadora y la paro; esto es un maldito desastre—. Hace años tuvimos algo, vale, lo reconozco. Nunca lo he negado. Tuvimos algo que no acabó bien. Punto. No quiero hablar de eso, no vale la pena. Además, no estoy aquí porque me hayas llamado o porque seamos amigos o porque hayas decidido reconquistarme —pronuncio la palabra como si me causara escalofríos—. Estoy aquí para hacer un trabajo y eso es lo que vamos a hacer. Habrías podido exigir que tu novela la escribiera el ganador del Ondas del año pasado o la mejor periodista del país, pero pediste que lo hiciera yo y aquí estoy.

—¿Y por qué estás aquí?

—¿Cómo que por qué estoy aquí?

—Sí, ¿por qué estás aquí? ¿Es solo por el trabajo?

—¿Y por qué iba a ser si no? —Respiro hondo—. Mira, si has cambiado de opinión, estoy convencida de que en la editorial darán saltos de alegría si les pides que envíen a otro.

—No quiero a otro. Te quiero a ti.

Mi estúpido corazón se detiene un segundo al oír esas palabras. Ahora ya no significan nada, pero no hace tanto tiempo habría sido increíble escucharlas salir de sus labios.

—Pues entonces lo haremos a mi manera.

Leo se queda mirándome; veo cruzar los pensamientos por su mente y no puedo evitar ponerme nerviosa. Seguro que en la sala de su tribunal le basta con mirar así a los letrados para que hagan lo que él quiere. Yo voy a ponérselo más difícil.

—Está bien —acepta—. Dale al botón de grabar. ¿Quieres empezar por Leila? Pues empecemos por ella.

—Podemos empezar por donde tú quieras, es tu libro. —Aprieto el botón y abro también mi cuaderno en una hoja en blanco bolígrafo en mano—. Tal vez prefieras empezar por el principio o por algo que no te resulte tan difícil.

Es obvio que hablar de su hermana no le resultará fácil.

—De acuerdo. —Se aprieta el puente de la nariz y veo que tiene ojeras, parece cansado—. ¿Te parece bien que empiece por Simón?

—Claro, pero si estás cansado y quieres que me vaya, no pasa nada. Puedo irme y volver otro día.

Sonríe y es una sonrisa tan inesperada que nos sorprende a los dos y estalla entre nosotros como una tormenta en primavera.

—Si te vas, a lo mejor me cuesta volver a encontrarte. La primera vez tardamos meses en dar el uno con el otro por segunda vez —dice.

Sigue sonriendo y yo tengo que morderme el labio para no recordarle que no quiero hablar de nosotros. Me está provocando para sacar el tema y no voy a caer en la trampa.

—Tenemos que fijar unos horarios de trabajo. Seguro que tú tienes muchas cosas que hacer y yo...

—No tengo nada que hacer. Lo único que quiero es verte —debe de ver el pavor en mi rostro porque se apresura a añadir— y escribir el libro.

—De todos modos, necesitamos un horario. Tenemos que comer y descansar, si no acabaremos, acabarás, quiero decir, exhausto.

Vuelve a pensar antes de hablar.

—¿Qué te parece si nos damos esta semana de prueba? Tú acabas de llegar y aún no sabemos si esto va a funcionar.

—Me parece muy buena idea —reconozco—. ¿Quieres que lo dejemos por hoy?

—No, pero ¿podemos hablar de otra cosa antes de seguir?

Si fuera un gato ahora mismo se me habría erizado la espalda y le estaría enseñando los dientes.

—¿De qué?

—¿Cómo están tus hermanos?

—¿Mis hermanos? ¿Quieres hablar de mis hermanos? —Estoy estupefacta.

Leo asiente como si fuera lo más normal del mundo.

—Sí. Siempre te relajas cuando hablas de ellos, aunque sea para contar que te han hecho enfadar, es como si viajaras a tu lugar feliz. Hubo un día, una tarde que salimos a tomar algo pocos días después de la fiesta de los jueces, que me contaste que habías visto no sé qué película con Ágata y Martina y tuve que morderme la lengua para no hablarte de Leila. Nosotros nunca hicimos nada parecido, pero en ese instante la eché muchísimo de menos y odié un poco más el mundo, porque supe que a ella le habría encantado hacer algo como ver películas con amigas. —Se encogió de hombros—. No sé explicarlo, pero oírte hablar de tus hermanos siempre consiguió que me sintiera más cerca de Leila.

¿Cómo voy a negarme a su petición después de escuchar esa historia? Tengo que apretar los ojos para contener la amenaza de las lágrimas. No es justo que Leo baje las barreras justo cuando yo ya no quiero cruzarlas.

Primero tengo intención de hacerle un breve informe de la situación laboral y sentimental de mis hermanos, el típico discurso que soltamos cualquiera de los seis cuando nos encontramos a algún conocido por el pueblo y nos pregunta cómo estamos en casa, pero justo cuando voy a abrir la boca me doy cuenta de que eso no es lo que me ha pedido, no exactamente, aunque tal vez ni siquiera Leo lo sabe.

—¿Has visto alguna peli de los Minions?

Levanta las cejas y la comisura de los labios, y creo que tiene los hombros menos tensos que hace un segundo.

—No, pero sé quiénes son.

—Vale, pues un día de las pasadas Navidades estábamos en casa de mis padres en Arenys de Mar cuando Álex llegó de improviso. Se suponía que él y Sara estaban en Madrid, pero ella le había pedido que regresara a Barcelona sin ella y Álex, en vez de ir a su casa, fue a la de nuestros padres.

—¿Le pasa algo a Álex?

—Es complicado. Sara y él tienen problemas para tener hijos y lo están pasando muy mal, pero no es eso lo que iba a contarte.

—Perdón, sigue. Los Minions.

—Exacto, los Minions. Álex llegó a casa enfadado y dolido y estuvo a punto de arrancarnos la cabeza cuando le preguntamos dónde estaba Sara. No sé qué pasó exactamente, me imagino que todos estábamos nerviosos después de comer tanto azúcar o se nos había subido el champán a la cabeza, la cuestión es que nos peleamos como cuando éramos niños y los traidores de mis cuñados y cuñadas se partieron de risa y fueron a buscar a mis padres, los muy chivatos. Mi madre apareció hecha una furia, diciendo que parecía mentira que nos comportásemos como energúmenos delante de invitados. Llamó «invitados» a Gabriel, Emma, Anthony y Olivia, y a ellos tampoco les hizo mucha gracia. Total, que mi padre también se enfadó y decretó que nos encerraba en su despacho para pensar en lo que acabábamos de hacer.

—¿Os encerró a los seis en su despacho? ¿Para pensar?

—Te lo juro. Y nos quedamos tan estupefactos que le hicimos caso. Guillermo fue el primero en entrar cabizbajo, aunque creo que fue porque se estaba aguantando la risa. Le hicimos caso como cuando éramos pequeños y nos castigaba y mi padre nos dejó allí encerrados mientras él, mi madre y mis cuñados se iban a tomar algo. Seguimos sin saber de qué hablaron durante ese rato, pero volvieron abrazados y cantando. En fin, que nos quedamos los seis encerrados en el despacho de papá partiéndonos de risa durante un rato, pero después empezamos a hablar y Álex nos contó lo que le estaba pasando con Sara y después fue Helena la que nos explicó algo y después Ágata y también Guillermo y Marc. Nos dimos cuenta de que si bien nos vemos mucho, tal vez demasiado, a veces nos olvidamos de contarnos lo importante.

—¿Y qué pintan los Minions?

—¡Ah, sí! Los Minions. Después de las confesiones y de la terapia, corríamos el riesgo de volver a ponernos intensos, y Guillermo decretó con acierto que, ya que estaríamos encerrados hasta que papá nos sacase de allí, o bien saltábamos por la ventana o bien veíamos una peli juntos. En el despacho de papá todavía hay un televisor y lo pusimos en marcha; lo único decente que encontramos fue la peli de los Minions. No sé cuál de todas, pero nos reímos a carcajadas. No te imaginas lo bien que se nos da a los seis imitar el lenguaje de esos bichos amarillos. Estuvo muy bien, la verdad. Hemos decidido que esta Navidad veremos juntos otra peli de la serie y nos pensaremos si invitamos a papá y a mamá. Así que supongo que estamos bien.

—Diría que sí, al menos eso parece. Leila y yo teníamos una especie de lenguaje secreto, nada elaborado, no creas. Por ejemplo, ella se tocaba una ceja y significaba que tenía que esconderme o si se rascaba la nariz tenía que salir corriendo, cosas así.

—Tienes que echarla mucho de menos.

—Mucho. Lo peor fue cuando cumplí dieciocho años y tres días porque entonces me di cuenta de que ella jamás había pasado de ese punto.

—¿Y Simón no llegó a conocerla?

—No. Simón me acogió cuando Leila llevaba dos semanas muerta. ¿Te importa que lo dejemos aquí?

—No, claro que no. De todos modos, debería irme ya; todavía no he deshecho el equipaje y necesito instalarme en la cabaña.

—Me ofrecería a acompañarte, pero estoy casi seguro de que me dirás que no, ¿me equivoco?

—No.

—Lástima.

29

LA DAMA DEL LAGO Y OTRAS LEYENDAS
QUE NO SON DE FIAR

Regreso a mi cabaña con una sensación extraña en el pecho; ha sido raro descubrir a este nuevo Leo, porque creo que esta es la mejor manera de explicar lo que ha sucedido: he conocido a un nuevo Leo y aunque ha habido momentos en los que me ha parecido ver atisbos del que conocí en el pasado, ahora es distinto. Y está bien porque yo tampoco soy la misma que hace años.

A medio camino me doy cuenta de dos cosas: la primera, no le he preguntado por qué su esposa no está aquí con él y, la segunda, tengo hambre, lo que es normal porque no hemos comido. No quiero analizar por qué todavía no le he preguntado por Belén y, en lo que a comer se refiere, ni Leo ni yo estamos preparados para hacer algo tan doméstico como cocinar y almorzar juntos, pero hoy al menos no nos hemos tirado de los pelos y creo firmemente que podemos trabajar juntos en este proyecto.

Siempre que no vuelva a acercarme demasiado a él.

Diana no mintió anoche cuando me dijo que me había dejado la nevera llena, sin embargo, después de no haber explosionado con Leo no quiero acercarme a la Aga y estoy demasiado melancólica para querer comer sola. Entro en la cabaña a por las llaves del coche y conduzco hasta el *pub*; me irá bien hablar con los residentes de Bellamie y conocerlos un poco mejor.

Obviamente me dirijo primero hacia la puerta del pasajero y deshago el camino preguntándome cuántas veces más tendré que equivocarme para dejar de hacerlo. Veo el camino por primera vez, anoche estaba oscuro y yo agotada, y reconozco que Leo hizo bien en insistir en acompañarme. Si hubiera conducido yo, habría acabado atascada en el prado. Es una carretera angosta, aunque el término «carretera» no sé si es el más acertado; más bien es un camino de cabras con algo de asfalto.

En el *pub* hay menos gente que ayer, aun así es una clientela interesante y todos, absolutamente todos, se giran a observarme.

—Hola —les saludo en voz alta; lo mejor será acabar con esto de una vez por todas—, soy Martina. He venido a escribir un libro. Es un placer conocerlos a todos.

Ya está; esto debería bastar para satisfacer su curiosidad.

Nadie responde y vuelven a girarse hacia sus pintas de cerveza, tazas de té, periódicos o fichas de dominó. ¡Vaya! Esperaba algún que otro comentario.

—No les hagas caso —me saluda Diana—; son un público difícil. Lo cierto es que ayer se pasaron horas analizando lo que había sucedido entre tú y Leo.

—No sucedió nada entre Leo y yo —me defiendo, y enseguida veo que he caído en la trampa—. ¡Oh! Eres muy hábil, Diana. Mi madre estaría encantada de conocerte.

—Y seguramente yo a ella. ¿Has dormido bien? ¿Qué tal la cabaña?

—Todavía no me he instalado, pero es preciosa, gracias. Y ayer más que dormir me desmayé.

—Me lo imagino. ¿Qué te trae por aquí? —Ordena copas y botellas mientras hablamos.

—No quería cocinar, tengo hambre y no me apetecía estar sola.

—Pues has venido al lugar adecuado. Te traeré los platos del día —me comunica sin darme la oportunidad de rechazarlos. No lo habría hecho, no soy tan tonta como para ofender a la mujer que parece tener todo Bellamie bajo control y que además será mi casera durante tres meses.

Tomo posesión de una mesa que hay en una esquina junto a la ventana y decido sacar mi cuaderno. Si no me inspiro mirando el paisaje escocés, señal de que no estoy hecha para esto. Uno de los camareros del *pub* se acerca y coloca delante de mí un vaso de agua y un cuenco de sopa de verduras. El primer plato del día, me explica, siempre es una crema o una sopa. Le doy las gracias y la pruebo; no sé de qué está hecha y no pienso preguntarlo porque jamás sería capaz de cocinarla, pero está buenísima, igual que el pastel de carne que me traen después. Mientras como aprovecho para leer las últimas notas que escribí sobre Grace y Eddie.

—¿Estás escribiendo?

Cierro el cuaderno y del susto se me cae la cuchara al plato.

—Lo siento, creía que me habías oído acercarme.

—¿Qué estás haciendo aquí, Leo?

Él sonríe a pesar de mi tono antipático.

—He quedado con Steve para salir a correr. Me va bien para recuperar la musculatura de la pierna.

Desvío la mirada hacia la parte inferior de su cuerpo y compruebo que va preparado para salir a correr.

—¿Qué le pasa a tu pierna?

Él me mira confuso y después sacude la cabeza.

—Nada, una lesión.

Aparece Steve también equipado para hacer deporte y me da la mano, disculpándose por no haberse presentado anoche oficialmente. El afecto con el que se ríe de Leo es evidente y me sorprende porque hace años nunca le vi así con nadie, nunca llegué a conocer ninguno de sus amigos, ni siquiera sé si tenía alguno. Quizá lo más parecido fue Simón, aunque es obvio que esa relación era distinta.

Creo que es la primera vez que veo a Leo con alguien que le cae bien y me gusta. Quizá entre él y yo ya no quede nada, pero me alegra ver que está rodeado de personas que le quieren.

—¿Nos vamos? —Steve le da una palmada en la espalda.

—Enseguida voy —le dice Leo y se queda mirándome—. ¿Estás bien?

—Claro. ¿Por qué lo preguntas?

Se encoge de hombros y da un paso hacia atrás.

—Sé que antes has dicho que solo quieres tener una relación profesional y que no quieres hablar de nuestro pasado, pero acabas de llegar aquí y quiero creer que no me odias tanto como para no llamarme si necesitas algo o si, sencillamente, te apetece hablar con alguien.

—No te odio, Leo. Me rompiste el corazón, pero acabé superándolo, y estoy convencida de que podemos trabajar juntos y sacar tu libro adelante.

Creo que está más confuso ahora que cuando ha llegado.

—¿Y qué me dices de tu libro?

—¿Mi libro?

—Cuando he llegado, antes de que cerraras el cuaderno, he visto que estabas escribiendo.

—¿No te está esperando Steve?

—Steve odia correr; no le importará que tarde un par de minutos más. Dime, ¿estás escribiendo?

Dudo un segundo, siempre me ha costado hablar de mi escritura. Excepto con Leo. No sé qué extraño poder ejerce él sobre mí en lo que a este tema se refiere, pero desde el día que le conocí que soy incapaz de ocultarle nada en este sentido. Tal vez sea porque él fue el primero en creer que podía llegar a ser escritora. Por eso le respondo con la verdad.

—Tengo una novela a medias y no sé cómo continuarla. No sé qué final darle y eso me tiene atascada.

Él sigue sin moverse.

—¿Puedo leerla?

—No, Leo, no puedes leerla.

—¡Leo! —aparece Steve en la puerta.

—Está bien, me voy. ¿Nos vemos mañana?

—Nos vemos mañana.

Se levanta el cuello del jersey porque, aunque estamos a finales de mayo, al clima de Bellamie le da igual y refresca. Cuando se va intento volver a concentrarme y no puedo. Leo siempre me animó a escribir y, pasara lo que pasase entre nosotros, si de algo no dudé nunca fue de que quería leerme.

Fer nunca se interesó demasiado por lo que escribía. Nunca me preguntó si podía leer los relatos del taller de escritura o el manuscrito de la novela y sé que no ha leído la primera que publiqué. Decía que no lo hacía porque no quería hacerme daño, dando por hecho que la novela no le gustaría y entonces tendría que destriparla delante de mis narices. Los libros de famosos le parecían bien porque esos me daban un sueldo, pero si por casualidad alguien me preguntaba si era escritora, él aparecía de la nada y se aseguraba de decirle a esa persona que no, que yo solo escribía por encargo, como si eso no valiera nada, como si simplemente juntara palabras de forma mecánica. Los libros, tanto si son por encargo como si no, son muy difíciles de escribir. Relego a Fer al fondo de mi memoria, tendría que haberle dicho que se metiera sus opiniones esnobs por un sitio, pero no lo hice entonces y de nada sirve que lo piense ahora.

Releo mis notas y Diana me trae un trozo de pastel de chocolate que no he pedido pero que soy incapaz de rechazar. Mientras lo devoro, me quedo pensando en la historia de Grace y Eddie, en por qué no encuentro la manera de seguir adelante cuando sé perfectamente cómo hacerlo. Sé qué recursos literarios puedo utilizar, conozco los clichés del género y he hecho todos los cursos de escritura que existen sobre motivación de personajes, creación de escaletas, medidor de tensiones, intercalación de tramas. Si existe un buen curso de escritura en un radio de cien quilómetros de mi apartamento, yo lo he hecho y he sido de las primeras de la clase. Y, a pesar de ello, ahora mismo soy incapaz de decidir por dónde sigue mi historia y cómo escribirla.

Mi primera y hasta ahora única novela romántica la escribí casi de un tirón. Recuerdo que se me ocurrió la idea la noche que Leo y yo fuimos a ese concierto en el Palau de la Música. Estábamos los dos sentados en aquel lugar tan bonito, escuchando una canción preciosa y él no dejaba de acariciarme el dorso de la mano con el pulgar. Recuerdo que cerré los ojos y pensé que me bastaría con esa caricia para reconocer a Leo. Podría estar mil años sin verle ni hablarle, él podría cambiar de aspecto o yo perder la memoria, pero si notara esa caricia en el dorso de la mano le reconocería y recordaría que le quería (aunque a él nunca llegué a decírselo). Cuando regresé a casa después de pasar aquel fin de semana con él, llené ocho páginas de notas sobre los personajes y puntos de la trama. Tardé un tiempo en escribirla, pues hubo capítulos que me costó mucho desenredar, pero la idea estaba allí, en mi cabeza, y solo era cuestión de ir sacándola.

Hubo un momento, cuando Leo y yo discutimos por teléfono y él no regresó de Madrid, que me planteé no terminarla, pues una parte de mí sentía que esa historia estaba ligada a la nuestra. Pero al parecer el despecho es un gran motor para la inspiración y me imaginé muchas veces a Leo encontrándose la novela en la sección de los más vendidos de las librerías y arrepintiéndose de haberme dejado. Fui una ilusa, pues la novela nunca se vendió lo suficiente y Leo no se arrepintió.

No me gusta creer que la terminé por eso, pero tal vez sí que lo hice y por eso *Algún día dejaré de soñarte* tiene ese final. No lo sé, supongo que fue mi manera de superar la ruptura y hacer terapia. No sé cómo lo hacen otros escritores, pues conozco a muy pocos, pero a mí me cuesta mucho separar mis sentimientos de lo que escribo.

Incluso ahora, cuando pienso en esa primera novela, hay capítulos en que no sé dónde termina la realidad y dónde empieza la ficción. Mi corazón está en cada página.

Esta vez va a ser distinto, pues no voy a dejarme llevar por mis emociones, dice la chica que lleva más de dos años sin escribir una línea decente porque ya no cree en el amor.

Esto termina hoy y aquí.

Cierro el cuaderno, termino el pastel y me acerco a la barra para pagar y hablar con Diana. Ella insiste que hoy invita la casa, es mi primera comida en Bellamie y es su modo de darme la bienvenida. Accedo y le doy las gracias, no voy a discutir con ella, con la condición de que si un día necesita ayuda en el *pub* me llame y acepte tener una camarera gratis por unas horas.

—¿De verdad tienes experiencia como camarera?

—Mucha. Trabajé en un chiringuito de la playa durante varios veranos y me pasé la carrera entera haciendo de camarera en una cafetería cerca de casa.

—Si es así, te tomo la palabra, las buenas camareras son muy difíciles de encontrar. Pero si es más de una vez tendrás que aceptar que te pague.

—Hecho.

Regreso a la cabaña y aparco el coche de alquiler en la parte trasera porque creo que lo utilizaré muy poco. A casa de Leo puedo ir andando y, cuando me acerque al pueblo, a no ser que tenga que ir cargada, preferiré pasear.

Voy a replantear la novela; creo que no sé qué hacer con Grace y Eddie porque no sé qué quieren ellos. ¿Quieren estar juntos? ¿Están enamorados o solo encaprichados? Aunque yo no crea en el amor, ¿soy capaz de escribir esa emoción? Tengo que pensar bien cómo voy a seguir y no hay nada que me ayude más a desatascar la mente que caminar. Este es el lugar perfecto para ello, así que me dirijo al lago; la luz del atardecer se refleja en el agua y parece como si hubiera estrellas flotando.

Estoy segura de que a Grace le gustaría estar aquí. La protagonista de mi novela no ha conocido a sus padres y se ha criado en hogares de acogida (lo sé, yo también sé de dónde saqué la idea). Es una periodista de renombre, pero acaban de despedirla del periódico donde trabajaba por un escándalo. Aquí la trama se complica y ahora mismo no viene al caso. La cuestión es que Grace no sabe qué hacer con su vida, pues tiene varias opciones: demandar al periódico, aceptar una oferta de trabajo en el extranjero o escribir por fin su novela. De repente reaparece alguien de su pasado, Eddie, ¿quién iba a ser si no? Eddie es la única persona que Grace ha querido nunca, el chico del que se enamoró de pequeña y que estuvo a su lado hasta que cumplieron veinte años y él se largó y la dejó tirada (sí, también sé de dónde he sacado esto). La cuestión es que Eddie ha sufrido un accidente y está en coma en un hospital en Australia. Los médicos llaman a Grace porque ella es la única persona que figura en la documentación de Eddie y la única que tiene permiso para decidir, si llega el momento, si le desconectan.

No es tan trágica como suena, lo prometo.

Ahora mismo tengo a Grace en el avión rumbo a Australia recordando su pasado con Eddie y no sé cómo seguir. ¿Qué hará cuando llegue allí? ¿Se pone a investigar el accidente que ha sufrido Eddie y convierto la novela en una trama policial? Tal vez Grace podría tener una aventura con un detective, por ejemplo, y convierto a Eddie en un ser despreciable. ¿O escribo una historia de amor épica en la que Eddie se despierta y lucha para reconquistar a Grace? ¿Por qué querría Eddie reconquistar a Grace? ¿Por qué Grace volvería a enamorarse de alguien que le ha hecho tanto daño?

30

NO ES LO MISMO UNA MOTIVACIÓN QUE UNA EXCUSA

—He estado pensando —es lo primero que dice Leo cuando abre la puerta.

—Buenos días.

—Buenos días. Perdona, es que he tenido una idea —se disculpa—. ¿Quieres un café? ¿Has desayunado? También tengo cruasanes, si quieres.

—He desayunado, pero nunca digo que no a un cruasán. Gracias.

—¿Y café?

—Sí, por favor.

Le sigo hasta la cocina. Ayer no llegué a entrar y se me desencaja la mandíbula al verla. Es preciosa. Creo que si la viera mi hermana Ágata echaría a Leo y exigiría quedarse con la casa. No es muy grande, pero aprovecha el espacio a la perfección y tiene una ventana enorme desde la que se ven las Highlands. Es como estar en medio de la montaña.

—A Simón también le gustó —dice Leo, adivinando mis pensamientos.

—¿Simón estuvo aquí?

—Sí. Unos meses antes de que muriera vinimos aquí a pasar unos días. Me obligó a ir a pescar con él en el lago. Era octubre, no te imaginas el frío que pasamos, pero estuvo muy bien.

—Me alegro de que pudierais pasar tiempo juntos.

—Y yo. Si hubiera sabido que iba a irse tan pronto, habría insistido en hacerlo más a menudo.

—¿Él no te dijo que estaba enfermo?

Leo ha preparado la mesa que hay en la cocina. Encima hay dos tazas, dos platos, una bandeja con cruasanes, la lechera y la azucarera.

—No. Según él, no quería preocuparme porque no había nada que hacer, y no quería pasar esos últimos meses como si fuera un inválido o un moribundo.

—Lo siento mucho.

—Y yo, pero la actitud de Simón me enseñó algo.

—¿El qué?

—Que no sirve de nada arrepentirte si no vas a hacer nada para remediarlo.

—Supongo que es una buena lección.

—¿Quieres mermelada o mantequilla? —Leo cambia de tema. Hoy parece más decidido que ayer, más enérgico y un poco más distante. Algo de lo que debería alegrarme, ya que yo misma insistí en ello y el drama no aporta nada.

—No, gracias.

—Pues diría que ya está todo listo. —Señala la mesa y me invita a sentarme.

—¿Y cómo encontrasteis esta casa?

—La encontró Simón. —Da un bocado a un cruasán—. ¿No deberías poner en marcha la grabadora?

¡Mierda! Me he olvidado por completo del motivo por el que estoy aquí. Al parecer él no.

—Sí, claro. Perdona.

Saco la grabadora y una vez está lista la coloco entre los dos.

—Simón me llamó el día de mi cumpleaños de 2011. Lo primero que hizo fue reñirme.

—¿Por?

Leo sonríe.

—Por todo: trabajaba demasiado, no iba a verle ni le llamaba, estaba perdiendo el tiempo con la persona equivocada. —Me mira a los ojos—. A Simón no le gustaba ningún aspecto de mi vida y se aseguraba de dejármelo claro cada vez nos veíamos. Tal vez por eso le rehuía, aunque fuera inconscientemente. No es agradable tener a alguien diciéndote todo el tiempo que la estás cagando, y mucho menos cuando sospechas que esa persona tiene razón.

—Estoy segura de que estaba orgulloso de ti.

No le pregunto por Belén, a pesar de que indirectamente ha aparecido en la respuesta de Leo, porque no quiero interrumpir su explicación y porque no me atrevo, no voy a negarlo.

—Pues yo no lo estaría tanto. ¿Estaba orgulloso de que hubiese salido adelante? Sí, de eso sí lo estaba. Pero a Simón le daba igual que hubiese sacado la nota más alta de un examen, que fuese juez o que me asignasen a un juzgado u otro. Él no medía la vida en esos términos.

—¿Y cómo la medía?

Leo suelta el aliento.

—Por la cantidad de gente a la que ayudaba, por ejemplo, como hizo conmigo. O por la cantidad de canciones favoritas que tenía o por si había tenido un buen día en la playa. O por la cantidad de veces que se enamoraba.

—Me gusta el sistema de Simón —reconozco, echando de menos las conversaciones que me he perdido con él.

—Sí, él siempre decía que tú le entendías mucho mejor que yo.

Me sonrojo y para disimular escondo el rostro detrás de la taza de café.

—No le vi tantas veces.

—Da igual, eso no impidió que se quedase prendado de ti y que te defendiera a capa y espada. —Le falla un poco la voz y carraspea—. La casa la encontró Simón por casualidad; ese hombre tenía una flor en el culo para estas cosas, y el día que me llamó me dijo que mi regalo de cumpleaños era alquilarla para un par de semanas en octubre. No se me ocurrió negarme, así que llamé al día siguiente y cumplí con sus órdenes. Esas dos semanas son uno de los mejores recuerdos de mi vida.

—¿Qué hicisteis?

—Hablar, pescar, discutir. Viéndolo ahora con perspectiva, me doy cuenta de que Simón se estaba despidiendo de mí y que a su manera quería asegurarse de que me dejaba con la vida que él creía que me merecía.

—¿Qué quieres decir?

Leo vuelve a sonreír.

—Se pasó las dos semanas diciéndome qué tenía que hacer: trabajar menos, reír más, hacer amigos de verdad. —Me mira—. Dejar a Belén y buscarte a ti.

—No le hiciste caso.

—Sí que se lo hice.

—Pues será que se lo hiciste en lo de trabajar menos, porque en lo demás no.

¿Qué me pasa? ¿Por qué he dicho eso?

Leo me aguanta la mirada y niega con el gesto.

—Fui a buscarte.

—No.

—Sí.

—Creo, Leo, que me acordaría si hubieras venido a buscarme o si, no sé, me hubieras llamado por teléfono, por ejemplo.

—Regresamos a Barcelona la última semana de octubre —ignora por completo mi provocación y sigue con su historia—. El taxi nos dejó en casa en Simón y recuerdo que me abrazó en medio de la calle y me exigió que me pusiera en marcha. Supe exactamente a qué se refería, así que todavía arrastrando la bolsa de equipaje me dirigí a tu casa. No sabía si todavía vivías allí, pero me pareció un buen lugar para empezar. Supongo que podría haberte llamado. Ahora ya da igual.

No, no da igual. No puedo creerme que fuera a buscarme. No puedo creerme que fuera a buscarme y que al no encontrarme decidiera seguir con Belén.

—¿Y qué pasó? ¿Cambiaste de opinión durante el trayecto?

—No. Estaba dentro del taxi pagando la carrera cuando te vi llegar. Os vi llegar. Ibas de la mano de un chico rubio. Los dos sonreíais y hablabais, interrumpiéndoos mutuamente. Tú te detuviste en la acera y durante un segundo pensé que me habías visto e ibas a acercarte a mí, pero empezaste a buscar algo en el bolso. Segundos más tarde sacaste el móvil y contestaste. Mientras, el chico rubio sacó una llave del bolsillo de los vaqueros y abrió el portal de tu edificio. Él tenía llave, así que también vivía allí, y me sentí como un idiota por haber creído que iba a encontrarte sola, esperándome. Por supuesto que estabas con alguien. Aun así esperé un poco más, supongo que pensé que tal vez era un vecino, qué sé yo. Pero entonces él se acercó a ti y te besó en los labios para que dejases de hablar por teléfono. Le dije al taxista que arrancase y me fui.

—¿Qué...? —balbuceo— ¿Qué se supone que tengo que decir ahora?

—Nada. No te he contado esto porque espere algo de ti. Sé que nuestro momento pasó. Te lo he contado porque estábamos hablando de Simón, de lo que significó nuestra estancia en esta casa.

Sigo aturdida y no me trago la cara de inocente que pone ahora Leo. Tal vez ha empezado la historia hablando de Simón, pero ha acabado de otra manera. Recuerdo el día del que habla, recuerdo que pensé que alguien me estaba mirando, pero no vi a nadie y cuando sonó el móvil me olvidé. Fer y yo nos habíamos encontrado en la calle; él volvía del periódico y yo había salido a pasear después de llevar varias horas escribiendo. Él estaba contándome algo del artículo en que estaba trabajando y yo sobre la novela. En esa época estábamos bien y Fer, como ha dicho Leo, me besó para que colgase. No quiero preguntarme qué habría pasado si Leo hubiese llegado unos minutos más tarde y hubiese llamado al timbre o si Fer se hubiese retrasado en el periódico y yo hubiese estado andando sola por la calle.

Me niego a entrar en el juego del «qué habría sucedido si». Pasó lo que pasó y así es como estamos ahora. Busco algo, lo que sea, para arrancarnos a los dos de la imagen que ha creado Leo con sus palabras. No podemos seguir atrapados en esa calle de años atrás.

—¿Por qué no llevas los apellidos de Simón?

Leo suelta el aliento y se levanta para recoger los platos del desayuno.

—Simón me acogió cuando yo tenía catorce años. Al principio fue muy difícil; me comporté como un imbécil con él. Todavía me cuesta creer que no me echase de casa, pero por más perrerías que le hiciera, por mal que me portase con él, por más maleducado, ofensivo, insultante que fuera o por más cosas que le rompiera o robase, él siempre estaba allí. Siempre. Tardé más de lo justificable en comprender que Simón no iba a irse a ninguna parte, que no iba a devolverme al centro de acogida y que siempre iba a estar a mi lado dispuesto a escucharme y a ayudarme, y también a reñirme y a decirme que la estaba cagando. No sé cuándo empecé a pensar en él como en mi padre; sé que casi nunca le llamé así, pero eso es lo que él fue para mí. —Guarda la leche en la nevera y vuelve a mirarme—. Tendría que habértelo presentado así.

—Le conocí muy poco, pero tengo el presentimiento de que te entendía como nadie y que el día que me llevaste a la biblioteca del Palau entendió por qué lo hacías.

—Sí, a veces pienso que él conocía mis sentimientos mejor que yo. Cuando superamos el plazo de acogida y llegó el momento de hacer los trámites de adopción yo estaba a punto de cumplir dieciocho años. Simón y yo hablamos del tema y al final él me dijo que era decisión mía: lo que él sentía por mí no cambiaría por lo que dijera un papel. ¿Sabes por qué decidió acogerme?

—No.

—Él era adoptado, yo no llegué a conocer a sus padres, pero por lo que él me contó eran unas personas increíbles que le dieron una vida extraordinaria. Simón no llegó a contarme nunca toda la historia, pero al parecer se enamoró de una chica que murió muy joven y decidió que jamás volvería a enamorarse, que pasar por tanto dolor no valía la pena. Después de la muerte de esa chica, decidió recorrer el mundo y ver los lugares que se suponía que iban a visitar juntos. Allí fue donde se tatuó. Cuando regresó entró a trabajar en el Palau y empezó a hacer de voluntario en el centro de acogida donde estábamos Leila y yo. Cuando sucedió lo de mi hermana, no se lo pensó dos veces y presentó los papeles para mi acogida, aun sabiendo lo difícil que iba a resultar. Me contó que lo hizo porque el día que se llevaron a Leila me miró a los ojos y reconoció mi mirada.

—¿Qué mirada?

—La de alguien que no quiere vivir.

—¡Dios! Leo...

Él se encogió de hombros.

—No sé qué habría hecho si Simón no me hubiese acogido, tal vez él tenía razón y no habría querido seguir adelante, o tal vez habría elegido un camino muy distinto. Lo que sí sé es que me salvó la vida y, según él, yo había acabado echándola por la borda.

—Yo no diría eso. Mira todo lo que has conseguido.

Leo se ríe de sí mismo.

—¿Lo dices por mi trabajo? A Simón no le impresionaba y la verdad es que a mí cada vez menos. Pero es la decisión que tomé y tengo que vivir con ella. Simón nunca llegó a adoptarme legalmente, a los dos nos dio igual, pero cuando decidí cambiarme los apellidos antes de entrar en la Universidad elegí uno de los suyos. Marlasca. Él siempre decía que era su favorito porque parecía el nombre de un pirata.

—Es un homenaje muy bonito —le digo—. No sabía que te habías cambiado los apellidos. ¿Puedo preguntar cómo te llamabas antes?

—Claro. Leo Carrera Ortiz.

—No te pega —intento aligerar el ambiente; basta con ver los ojos de Leo para saber que hablar de esto le está pasando factura. Por eso no le pregunto qué le llevo a hacer el cambio y sigo bromeando—: Ahora solo te faltan los tatuajes de Simón para parecer un pirata.

Consigo que sonría un poco y se me encoge el corazón porque, aunque nunca he entendido por qué, siempre me ha parecido una hazaña hacer sonreír a Leo.

—Ya, bueno. A veces pienso que Leo Carrera Ortiz y Leo Marlasca Carrera son dos personas completamente distintas.

31

SE EMPIEZA POR PEDIR UNA CITA
LEO

Martina lleva tres semanas aquí, viniendo cada día a casa para trabajar excepto los sábados, que no sé adónde va, y voy a volverme loco si
sigo teorizando sobre ello.

Apenas he conseguido que se relaje conmigo. Tenemos una especie de rutina en la que ella llega temprano cada mañana y almorza-
mos juntos. Después aprovechamos ese rato para repasar lo último
que tratamos el día anterior y ella me enseña lo que ha escrito y me
devuelve la cinta por si quiero destruirla o guardarla. Por supuesto
que las guardaré; quizá sea lo único que me quede de Martina cuando
termine todo esto.

A lo largo de esta quincena hemos hablado de mi trabajo, de cómo
empecé en la Universidad, de mis profesores y de los casos más interesantes de los que me he ocupado, pero los dos hemos esquivado
cuestiones más íntimas. Apenas hemos vuelto a hablar de Simón y
Leila ha aparecido casi por casualidad en una o dos conversaciones.
Tampoco hemos vuelto a hablar de nada que se acerque remotamen-
te a nosotros. No podemos seguir así, o al menos yo no puedo. Tanta

cordialidad y profesionalidad está a punto de hacerme perder la cordura. No nos vemos fuera de casa a no ser que nos crucemos por casualidad en el *pub* o en alguno de los caminos que rodean Bellamie y el lago. Entonces nos saludamos y los dos seguimos por separado. En el *pub* la he visto escribiendo unas cuantas veces y no me he atrevido a acercarme porque no quiero que deje de hacerlo.

Hoy es viernes y Martina está recogiendo sus cosas en el comedor mientras yo me seco las manos en el baño e intento reunir el valor necesario para hablar con ella de algo que no tiene nada que ver con el dichoso libro. En mi cabeza puedo oír a Steve riéndose de mí anoche. Tienes que hablar con ella, me dijo, aprovecha la excusa de los juegos de Bellamie e invítala a salir, no es tan complicado.

Si él supiera...

Cuando conocí a Martina tuve que obligarme a no verla porque sabía que si estaba cerca de ella iba a hacer todo lo posible para conocerla. Nunca lo he entendido, pero ahora ya no quiero hacerlo, ahora sé que lo que me pasa con ella es un regalo. Siempre he querido estar con ella, saber qué piensa, hacerla sonreír, escuchar sus historias. Me habría conformado con ser su amigo, mentira, pero me habría resignado y lo habría intentado. Aunque no supiera cómo llamar a lo que me estaba pasando, siempre lo he querido todo con ella, esa es la verdad, la amistad habría sido un premio de consolación, y todavía no puedo creerme que hubo un momento en nuestra historia durante el cual ella se enamoró de mí.

Y yo elegí otro camino y la dejé atrás. Yo soy el único culpable de haberla perdido.

—Creo que lo tengo todo —dice al verme en el pasillo—. Pasaré a limpio lo de hoy y empezaré con el siguiente capítulo. —Se cuelga el bolso del hombro—. Creo que el domingo podré enseñarte algo, ¿te parece bien?

Me da igual, lo que sea con tal de que siga hablando conmigo.

—Me parece muy bien. Quería preguntarte algo.

—Tú dirás.

—Este fin de semana son los juegos de Bellamie y quería preguntarte si te apetecería ir a verlos conmigo mañana.

Ya está, ya lo he dicho, y a juzgar por la mirada de Martina no sabe qué responderme.

—Leo, yo...

—Ya sé que el sábado no nos vemos nunca e imagino que ya tienes planes.

—No es eso.

—¿Entonces qué es?

—Estamos bien así. Nos costó pillar el ritmo, pero el libro ya avanza y no quiero ponerlo en peligro.

—Y no lo vamos a poner en peligro. Mira, te propongo algo.

—Tú dirás.

—Mañana todo el pueblo va a estar en la plaza que hay delante del *pub* o paseando por el lago, yendo de una prueba a otra. Habrá lanzamiento de troncos, un partido de fútbol y juegos tradicionales escoceses. Podemos ir juntos, porque si vamos por separado seguro que acabaremos cruzándonos, y si después de un rato ves que estás cómoda podemos ir a cenar. Solo si te sientes cómoda —añado—. Los juegos son muy divertidos y así conocerás a la gente del pueblo.

—No sé.

—Tú misma has dicho que estamos bien, que no se nos da mal trabajar juntos. Seguro que alguna vez has ido a tomar algo con un compañero de trabajo.

Tengo que dejar de insistir o acabaré atragantándome con las tonterías que estoy diciendo.

—No creo que tú nos veas como compañeros de trabajo.

Me rindo.

—Tienes razón. —Respiro hondo—. Quiero ir a los juegos contigo, Martina. Quiero estar contigo fuera de esta casa porque empiezo a creer que estamos atrapados en una especie de maleficio y que no existimos fuera de aquí. Quiero presentarte a personas del pueblo que conozco y quiero disfrutar de unas horas sin hablar de mi carrera, de mis casos o de mi jodida infancia.

Se queda mirándome, sé que está dudando porque se muerde el labio inferior y tengo que clavar los talones en el suelo para no acercarme a ella y deslizar el pulgar por la zona que ha quedado marcada por los dientes. Será mejor que retire el ofrecimiento, que le diga que no pasa nada si no quiere ir y que este fin de semana me vaya del pueblo.

—Nunca he aceptado salir con un hombre casado.

Tardo varios segundos en asimilar la frase.

—¿Qué has dicho?

—He dicho que nunca salgo con hombres casados. —Parpadeo confuso y al parecer eso la pone furiosa—. Y a ti tendría que darte vergüenza insistir tanto.

Se da media vuelta y se dirige airada hacia la puerta. Por fin reacciono y corro tras ella para detenerla.

—¿Qué has dicho? —repito, porque estoy atontado.

—Déjame salir, Leo. —He apoyado la mano en la hoja de madera y no puede abrir—. Déjame salir y los dos olvidaremos esta conversación. El domingo te traeré las cintas y el texto que tenga listo para que puedas repasarlo y el lunes seguiremos como si no hubiese pasado nada.

—Espera un segundo. Por favor.

Se aparta de la puerta y cruza los brazos.

—Mira, Leo...

—No estoy casado. Belén y yo nos divorciamos hace casi dos años.

Entrecierra los ojos.

—¿Estás divorciado? ¿Sabes qué? Da igual, todavía tenemos mucho trabajo por delante y visto está que a la mínima nos ponemos a discutir.

—No es verdad y lo sabes. Acepta salir el sábado conmigo, solo a ver los juegos, y después vemos qué pasa.

—En la documentación que me pasó Eva no figura que estés divorciado y tampoco lo he visto en ninguna parte.

No me permito sentir optimismo, tal vez solo ha buscado esa información para ponerla en el libro.

—Belén y yo decidimos ser discretos. A mí nunca me ha gustado compartir información sobre mi vida privada y esta vez a ella tampoco. A Belén le interesa que sus padres y algunos de sus amigos sigan creyendo que está casada.

—Estás divorciado. Genial. No sé si decir que lo siento o que me alegro por ti, pero eso no significa que vaya a cambiar de opinión sobre ti o que vaya a suceder nada entre nosotros.

—Lo sé. Eres tú la que ha dicho que no salía con hombres casados como si te estuviera proponiendo algo ilícito. Lo único que quiero es ir a los juegos contigo.

—¿Y ya está?

—Vale, tal vez te invitaré a cenar, pero eso ya lo veremos.

—Todo esto es culpa tuya. Normalmente soy una persona muy racional.

Se sonroja como si estuviera pasando vergüenza y de repente tengo ganas de sonreír.

—Lo sé —admito, y aunque no tengo ni idea de a qué se refiere exactamente, lo más probable es que sea culpa mía.

—Será mejor que olvidemos esta conversación y que dejes de mirarme de esa manera.

—¿De qué manera?

—Ya sabes.

—No, no tengo ni idea. —Estoy sonriendo como un idiota y ella está a punto de hacerlo.

—Me voy. Nos vemos mañana.

—¿Paso a recogerte a las cuatro?

—Está bien, me rindo. Vamos juntos a los juegos pero nada de tonterías. Una cosa es trabajar juntos en el libro y la otra que me mires de esa manera y me pidas una cita. Por tu culpa casi me convierto en una dama victoriana que dice frases del estilo «Nunca salgo con hombres casados» —hace la señal de las comillas con los dedos y estoy a punto de soltar una carcajada y abrazarla—. Todo esto es ridículo. Se supone que hemos superado el pasado y que solo somos dos adultos que trabajan juntos.

—No te he pedido una cita.

—Sí que lo has hecho.

—Ir a los juegos no es una cita.

—¿Quieres que te diga que no?

—No recuerdo que fueras un hueso tan duro de roer.

—Pues será que tienes mala memoria.

—Pasaré a buscarte a las cuatro y, para que conste, no creo que seas una dama victoriana. ¿Puedo preguntarte algo?

—¿No crees que deberías dejarlo ahora que me has convencido?

—La verdad es que si creyera que existe la menor posibilidad de que me dijeras que sí te pediría que te quedases aquí conmigo un poco más. Pero no voy a hacerlo.

—¿Ah, no?

—No.

—¿Qué quieres preguntarme?

—¿Por qué no me has preguntado antes por Belén? Podrías haberlo hecho; llevas tres semanas interrogándome a diario.

—Porque no es asunto mío y creía que ya hablarías de ella cuando quisieras. Por ahora solo has mencionado a Simón y a Leila, y apenas has dicho nada. Había dado por hecho que no querías que el libro sea muy personal y que si no hablabas de tu esposa era porque no querías.

—Y tú no sentías la menor curiosidad —añado.

—Te lo he dicho, no es asunto mío. Pero si quieres mi opinión, creo que si quieres que el libro sea diferente, si quieres que tu mensaje llegue a la gente, tienes que ser más sincero y hablar de lo que te importa de verdad.

—¿Tú también eres igual de sincera cuando escribes?

—Estamos hablando de ti.

—Está bien. Me lo pensaré. —Cedo al impulso de tocarla y alargo la mano hacia sus pulseras—. Todavía no me has contado qué significan estas pulseras.

Normalmente ella se aparta si estamos demasiado cerca o si nos rozamos aunque sea por casualidad, pero hoy no lo hace. Hoy deja que deslice el dedo por la fila de adornos que le cubren parte del antebrazo.

—Nunca he entendido que te fascinen tanto.

—Me fascinan las historias que cuentan y que seas la clase de persona que lleva encima tantos recuerdos. Hasta que te conocí ni se me había pasado por la cabeza la posibilidad de que alguien pudiera atesorar tal cantidad de buenos momentos. ¿De dónde ha salido esta?

Elijo una al azar y Martina la mira. Es un simple hilo plateado del que cuelga una diminuta estrella de mar.

—Esta me la regalaron Carmen y Albert el último fin de semana que trabajé en El Cielo.

Busco su mirada porque los recuerdos de los fines de semana que pasamos juntos en la playa suben como la marea ante mis ojos.

—¿Y esta?

Señalo otra, que es más gruesa y trenzada.

—Esta me la trajeron Guillermo y Emma de Grecia; la compraron en un mercadillo. Dijeron que les recordó a mi pelo.

—Tendría que haberte regalado alguna, tal vez así yo también formaría parte de tus buenos recuerdos.

Aparta el brazo muy despacio; yo no me disculpo por lo que he dicho y tampoco dejo de mirarla.

—Será mejor que me vaya, se hace tarde.

Abro la puerta y espero a que pase.

—Hasta mañana, Martina.

—Hasta mañana, Leo.

32
LOS JUEGOS

Los juegos de Bellamie son una de las mayores atracciones turísticas de la zona y el pequeño pueblo se llena de visitantes el fin de semana. Diana me había hablado de ellos unos días atrás y me había preguntado si Leo me había invitado a verlos con él. Al ver mi cara de estupefacción le dio un ataque de risa y yo fingí que no entendía qué estaba insinuando.

Llevo aquí tres semanas y cada día que pasa me cuesta más mantener mi enfado con Leo. Lo peor es que desde hace días no hemos hablado de nosotros ni un momento, a veces en alguna conversación surge algún recuerdo y los dos pasamos por encima de puntillas, como si fuera un niño pequeño o un monstruo al que no queremos despertar. Tal vez deberíamos hacerlo y ver qué pasa porque esta especie de limbo repleto de cordialidad en el que estamos instalados empieza a afectarme.

No puedo creerme que ayer le dijera esa tontería de que no salgo con hombres casados. Ojalá hubiera podido atrapar las palabras antes de que salieran de mi boca y encerrarlas en una jaula. ¡Vaya tontería! Si no quiero salir con él, pues le digo que no y punto. El problema es que estoy luchando contra mí misma porque hay una parte de mí a la que le gusta este Leo, que cada vez está más a gusto con él y que cada día se quedaría hasta un poco más tarde para seguir charlando.

Y esto no puede ser porque tal vez el Leo de ahora sea distinto, pero el de antes fue un cretino y todavía tiene que pedirme perdón o explicarme qué demonios sucedió hace años. Me da igual que ahora tenga los ojos más dulces o que cuando sonría se le marquen más las comisuras de los labios. Me da completamente igual.

La primera semana pactamos nuestro horario de trabajo y decidimos que el sábado sería nuestro día libre, y yo me he pasado los últimos tres lo más lejos que he podido de Bellamie con la excusa de hacer turismo y descubrir Escocia, pero lo cierto es que tenía miedo de que si me quedaba aquí me cruzaría con Leo y cedería a la tentación de conocerle mejor.

Suenan dos golpes en la puerta y voy a abrir.

Solo vamos a ver los juegos.

Solo vamos a ver los juegos.

—Hola —le saludo y le dejo pasar; no ha estado aquí desde el día que llegué y veo que inspecciona la cabaña.

—Hola. Te he traído flores.

No voy a sobrevivir a esto.

—¡Oh, gracias! —Acepto el ramo de lavanda y violetas, que es precioso, y me doy media vuelta hacia la cocina—. Voy a buscar un jarrón para ponerlo en agua.

—¿Sabes por qué se llama «la cabaña de lady Fraser»? —me pregunta de pie frente al sofá, mirando la pila de libros románticos que tengo en la mesa.

—No. ¿Tú sí?

—Sí.

—¿Y piensas contármelo?

Leo levanta uno de los libros y lee la contracubierta para después pasar a otro.

—La primera vez que estuve aquí la cabaña era una ruina y Diana y Steve acababan de decidirse a renovarla. Los conocí entonces y, como seguro puedes imaginarte, Simón no tardó en metérselos en el bolsillo; casi cada noche íbamos al *pub* a charlar con ellos. Al final incluso ayudamos a levantar el muro del dormitorio. Simón era así.

—¿Por eso decidiste volver aquí ahora?

—No exactamente, aunque Simón tiene mucho que ver conque esté aquí. Te estaba contando lo de lady Fraser.

—Tienes razón, sigue. —Ya tengo las flores en agua y estoy arreglando los tallos.

—Al parecer la primera persona en alquilar la cabaña fue una señora canadiense muy simpática que vino a Escocia porque quería leer toda la serie de *Outlander* en su escenario real. Según me han contado Steve y Diana, la mujer se pasaba el día paseando por las montañas, buscando pistas de Jamie Fraser y disfrutando de cada momento. Dejó huella en Bellamie, pues todos la recuerdan con cariño; pasaba de los noventa y, según dicen, tenía más ganas de vivir que una niña de cinco años.

—Ojalá ser así.

—Tú eres así. Tú no tienes miedo a la vida.

—No es verdad.

—Tal vez tú no lo creas, pero tú no te has visto cuando paseas por la playa o cuando hablas de tus hermanos o de tus libros. Te aseguro que eres así.

Empezamos mal si apenas llevo diez minutos con él y ya me tiemblan las rodillas.

—La señora canadiense, ¿sabes si ha vuelto alguna vez?

—No ha podido. Está bien, pero se rompió una cadera y su familia no la deja viajar. Diana aún se escribe con ella y le envía fotos de *su* cabaña. ¿Nos vamos?

—Sí, vamos.

Abro la puerta y me topo con un coche algo destartalado y salpicado de barro, pero que encaja a la perfección con el paisaje.

—He venido en coche.

—¿Tú tienes coche?

—¿Por qué te sorprende tanto?

—No lo sé —contesto sincera—. Supongo que siempre te he imaginado en moto.

Leo me abre la puerta y espera a que me siente para cerrarla, y aunque el gesto no es el mismo, no puedo evitar compararlo con lo que hacía cuando me ponía y quitaba el casco.

Le veo caminar por delante del coche hasta llegar a la puerta del conductor y toma aire antes de abrirla.

—En realidad no es mío, es de Steve y Diana, me lo prestan cuando estoy aquí. He pensado que tal vez después de los juegos podíamos ir a cenar a otra parte. Hay un pueblo que me gustaría enseñarte.

—Primero vamos a los juegos.

—De acuerdo.

—¿Vienes por aquí a menudo? Creía que esta era la segunda vez que estabas aquí, pero por la manera que hablas diría que visitas Bellamie con frecuencia.

—La primera vez que vine fue con Simón, eso ya te lo he contado. —Conduce con cuidado y sin apartar la vista de la carretera; cualquiera diría que está relajado, pero veo que aprieta el volante—. La segunda fue un año después. Simón, el muy mentiroso, me dijo que volveríamos cada año por las mismas fechas y cuando llegó el momento estaba tan enfadado con él que vine solo. No fue bonito, la verdad, y si no llega a ser por Steve y Diana ese viaje habría podido terminar muy mal. Después vine la primavera siguiente y pregunté si podía alquilar de nuevo la casa donde habíamos estado. Conocí a los propietarios y llegué a un acuerdo con ellos para comprarla. Desde entonces vengo siempre que necesito pensar o hacer las paces conmigo mismo.

—¿La casa es tuya? —Le veo asentir—. Tienes una casa en un pueblo perdido de Escocia.

—Así es.

—Esto sí que no me lo esperaba, Leo.

Sonríe.

—Me gusta sorprenderte.

—Mira la carretera.

Leo aparca en la parte trasera del *pub* y cuando baja se acerca a mi lado del coche para abrirme la puerta. Al ver que dejo los ojos en blanco se ríe.

—¿Qué pasa? ¿No puedo ser educado?

—No sé qué hacer contigo, Leo.

—Me conformo con que quieras conocerme de nuevo. Vamos, quiero enseñarte algo.

Me ofrece la mano y no se me ocurre ningún motivo para no entrelazar mis dedos con los de él.

—Tengo que pedirte algo —dice.

—Ya empiezas.

Entonces suelta una carcajada que me desarma.

—No hablemos del libro ni de nada relacionado con el trabajo; esta tarde solo somos tú y yo.

—Está bien.

Damos un paseo por la feria que hay montada en la plaza que hay delante del *pub* y que se extiende por algunas calles del pueblo. Saludamos a Diana y a Steve, que no disimulan lo mucho que les sorprende y alegra vernos juntos.

—Ya era hora que dieras una oportunidad a Leo —me dice Diana.

—Me cuesta tomarte en serio vestida así —le digo.

Ella se echa la negra melena hacia atrás y deja el corsé blanco más al descubierto. También lleva una falda de tartán. Parece sacada de la portada de una novela romántica histórica de escoceses; solo le falta tumbarse en el prado y estaría perfecta.

—A Steve le encanta.

—No me extraña.

—Y no me digas que él no está muy guapo vestido así. —Señala a su atractivo marido, que efectivamente está espectacular disfrazado de escocés—. El año que viene tienes que convencer a Leo de que se vista así; todas las mujeres de la comarca harían cola en el *pub* para verlos y muchos hombres también.

Y no se equivoca. Leo sin afeitar y con tartán y camisa blanca desabrochada... Tengo que apartar la imagen de mi mente si quiero sobrevivir a esta noche.

—Dudo que pueda convencer a Leo de nada. Además, el año que viene no estaré aquí.

—Pues será porque no quieres, porque podrías volver.

—¿Y hacer qué?

—¿Vacaciones? Ya sabes, eso que hace la gente de vez en cuando.

—La verdad es que a mis hermanas les encantaría ver esto, y a mis hermanos también.

—¿Lo ves? Ya estás haciendo planes para volver. Bellamie tiene una magia especial.

Leo regresa de hablar con Steve en la parada que tiene montada unos metros más allá, y donde solo sirven cervezas en jarras antiguas, y se coloca a mi lado. Por el rabillo del ojo veo que está a punto de sujetarme por la cintura, pero al final se detiene.

Me enseña un camino para ir al lago que no conocía y donde están empezando algunos de los juegos. El primero que vemos es el lanzamiento de troncos. Los participantes llevan faldas escocesas y camiseta, aunque algunos se la sacan, y tras empolvarse las manos proceden a lanzar troncos de varios metros por el aire para ver cuán lejos son capaces de llegar. No tiene mucho sentido, pero es un espectáculo hipnótico.

Después hay una especie de carrera de relieves que no acabo de comprender y en un campo más allá, un partido de *rugby*. Llegamos cuando faltan veinte minutos para que termine y nos sentamos a ver el final. Varias personas se acercan a saludar a Leo, ninguno menciona que sea juez ni nada por el estilo, y algunos hacen algún comentario en recuerdo de Simón. Leo me presenta a todos por mi nombre y más de uno levanta las cejas, pero no dicen nada más.

—Tienes muchos amigos aquí —le digo.

—Unos cuantos.

—¿Saben a qué te dedicas?

Levanta los hombros.

—Supongo que sí; en Bellamie no se pueden guardar secretos, ya te darás cuenta.

—¿También tienes tantos amigos en Barcelona?

—No, la verdad es que no. Me llevo bien con mi equipo del juzgado y tal vez hay tres o cuatro personas con las que podría ir a cenar de vez en cuando, pero amigos no.

—¿Y en Madrid?

Sacude la cabeza.

—En Madrid menos.

Me arrepentiré de hacer esta pregunta, pero la hago igualmente.

—¿Y qué pasó con Pablo y los demás?

Me mira un segundo y después vuelve a girar el rostro hacia el partido.

—Al principio, poco después de que Belén y yo nos casáramos, les vimos unas cuantas veces. Hubo momentos en los que me planteé hacer un esfuerzo e intentar parecerme más a ellos, integrarme en su grupo, pero me revolvía el estómago porque cada vez que les tenía cerca tenía ganas de gritar a Pablo por haberte dicho eso aquel día en la playa.

—Fueron crueles, pero no mintieron.

—Sí que mintieron, Martina. Por supuesto que mintieron. Tengo la culpa de muchas cosas, pero no de eso. Jamás me habría prometido con Belén estando contigo.

—Da igual, al final te casaste con ella.

Y no conmigo.

—Creo que no estamos preparados para hablar de esto —dice entonces Leo—. Todavía tengo que contarte muchas cosas.

—Podemos no hablar de esto, en el libro no saldrá nada...

—¿Crees que esto tiene que ver con el libro? ¡Dios, Martina! —Sacude la cabeza.

—Estás haciendo lo mismo que hace años —comprendo de repente y las ganas que tengo de llorar y de salir corriendo son tantas que me impulsan a ponerme en pie—. Tienes un plan dentro de tu cabeza y no me lo cuentas o solo me cuentas las partes que te interesan. Pues te diré algo: yo no soy una ficha que puedas mover a tu antojo y no he venido aquí para que vuelvas a jugar conmigo.

Leo también se pone en pie.

—No estoy jugando contigo, Martina. Y no tengo ningún plan. ¿Acaso no ves que soy un jodido desastre y que lo único que quiero es estar contigo?

—Esto ha sido un error. Será mejor que nos despidamos y que nos vayamos a casa. El lunes todo esto...

—No. No podemos seguir haciendo esto, huyendo cada vez que nos tropezamos con un recuerdo complicado o doloroso de nuestro pasado.

—Yo sí puedo hacerlo.

—Pues yo no y diría que tú tampoco. ¿Sabes por qué no tengo amigos en mi profesión? ¿De verdad quieres saberlo? —No espera a que le responda—. Todo el mundo cree que es porque soy muy competitivo o muy reservado o directamente muy antipático, y algo de razón llevan en eso. Pero el verdadero motivo por el que no tengo amigos es porque cada día cuando entro en el juzgado recuerdo que dejé que salieras de mi vida para estar allí y me odio a mí mismo. Nadie se acerca a mí porque odio estar allí, odio lo que tuve que hacer para conseguirlo y lo peor de todo es que sé que me equivoqué. Lo sé. Podría haberte dicho la verdad, podría haber compartido mis miedos contigo, podría haberlo hecho todo de una manera muy distinta, pero no lo hice. Conseguí exactamente lo que quería y te eché de mi vida porque no encajabas en ese estúpido plan del que hablas. Por eso no tengo amigos.

—Leo, yo...

—Y sé que no puedo volver atrás y que nada de lo que diga va a cambiar las cosas, pero necesito hacer esto. Necesito llegar hasta el final y contártelo todo. No podemos seguir esquivando estos temas, Martina. Podemos ir con cuidado, si tú quieres, porque sé que a veces me comporto como una apisonadora.

—¿Solo a veces?

Sonríe un instante y después me mira serio.

—No te vayas a casa. Acabemos de ver el partido de *rugby* y vayamos a cenar, por favor. Prometo no hablar del pasado. Me comportaré como si fuera un escocés que quiere ligarse a una turista.

—Trabajé en un chiringuito de playa durante años, así que soy inmune a las técnicas de ligue de los extranjeros —bromeo porque intento fingir que no he oído nada de lo que ha dicho antes y porque sé que Leo tiene razón al decir que no podemos esquivar eternamente el pasado.

Si no hablamos del pasado no terminaremos nunca su libro.

Y no conseguiré olvidarle.

—¿Eso quiere decir que aceptas ir a cenar conmigo?

—Acepto.

33

LOS PELIGROS DE SALIR CON UN ESCOCÉS
(AUNQUE SOLO FINJA SERLO)

Termina el partido de *rugby* y Leo me tiende la mano para ayudarme a levantarme del césped donde hemos vuelto a sentarnos. No
me suelta cuando estoy de pie y caminamos hacia una caravana
donde venden comida y bebida. Frente a la caravana hay mesas y
bancos de madera, y aunque hay gente todavía quedan espacios libres.

—He pensado que prefiero reservarme el derecho a llevarte a ese
restaurante que te decía para otro día. Hoy podemos comer aquí, ¿qué
te parece?

—Me parece muy buena idea.

Aquí el ambiente es relajado y no hay mesas con velas ni nada
que grite a los cuatro vientos que estamos en una cita. Aquí puedo
mantener mis defensas y recordarme que he vuelto a ver a Leo por
trabajo y no porque él me haya buscado.

—¿Qué te apetece?

—¿No se supone que eres un escocés intentando ligarse a una turista? Elige tú.

Leo se ríe, su risa siempre me ha encogido el estómago, y se dirige a pedir nuestra comida mientras yo espero en el banco donde hemos decidido sentarnos. Regresa cargado con una bandeja llena de platos que huelen maravillosamente y dos vasos con cerveza.

—Vamos a ver si la comida tradicional escocesa consigue conquistarte.

Mientras sea la comida y no él no veo el problema, así que me animo a probarlo todo.

—Cuéntame qué es lo que más te gusta de Escocia. ¿Por qué elegiste comprar la casa? ¿Fue solo por Simón?

—Al principio lo que más me gustaba era que aquí nadie sabe quién soy, pero la verdad es que lo que más me gusta es quién soy yo cuando estoy aquí.

—¿Y qué tiene de distinto el Leo de Escocia?

Bebe un poco de cerveza antes de contestar.

—Tú lo dijiste una vez, que lo que sentía por ser juez era más una obsesión que una vocación. Tenías razón, es una obsesión y una prisión, y aquí siento que puedo escapar, aunque sea solo durante unos días.

—Pues me alegro de que hayas encontrado un lugar así.

—Había encontrado algo mejor antes, contigo —dice mirándome a los ojos—, pero lo eché a perder. Al menos de Bellamie no pueden echarme, o eso espero.

—¿Cuánto tiempo vas a quedarte?

—No lo sé. Pedí un año de excedencia. —Le miro sorprendida y añade—: Me quedaré aquí mientras estemos trabajando en el libro y después ya veremos. Tal vez siga el ejemplo de Simón y dé la vuelta al mundo.

—¿Y te tatuarás como él?

—Lo dudo, pero quién sabe. ¿Y tú? ¿Qué vas a hacer cuando regreses a Barcelona?

—Lo primero será terminar tu libro. Antes de enviárselo a Eva tendré que repasarlo, corregirlo y acabar de darle forma. Me imagino que ella o alguien de la editorial te mantendrá informado.

—¿Tú no?

—Lo dudo; esa parte del proceso no la llevo yo. Me temo que yo solo escribo el libro y después ellos se ocupan de lo demás.

—¿Y tú qué harás?

—Gracias a este encargo podré estar tranquila durante un tiempo, así que supongo que intentaré acabar mi novela.

—¿Por qué no has podido acabarla?

Juego con una servilleta de papel antes de contestarle.

—Mis hermanos me han preguntado muchas veces lo mismo y siempre les contesto que no sé qué final darle. Y es verdad, eso es parte del problema. Pero tú... —sacudo la cabeza— tú siempre has tenido este superpoder.

—¿Yo tengo un superpoder?

—Sí, haces que quiera contarte la verdad, toda la verdad, incluso esa que intento negarme a mí misma. Es por cómo me escuchas, prestando tanta atención. Nadie me escucha así; supongo que porque soy la pequeña de seis hermanos muy estridentes, no sé hacer que la gente me preste atención.

—La mía la has tenido siempre. Explícame lo del libro.

—Estoy atascada en el conflicto. Se supone que Grace, la protagonista, está volando a Australia porque Eddie, el chico, está en coma en un hospital y ella es la única persona de contacto. Eddie y Grace llevan años sin verse y él le rompió el corazón, pero Grace viaja allí de todos modos porque al parecer tiene tan poco instinto de supervivencia como yo.

—La has escrito tú, así que me imagino que puedes hacerle hacer lo que tú quieras.

—No creas; a veces estás escribiendo y te das cuenta de que un personaje pide algo que tú no tenías planeado para él. La cuestión es que ahora mismo tengo a Grace en el avión y no sé qué quiero que haga cuando aterrice. ¿Se queda junto a Eddie y vuelven a enamorarse? ¿O se pone a investigar el accidente que le ha dejado en coma y tiene una aventura con un policía?

—Son dos caminos muy distintos, no sé qué decirte. Personalmente elijo la primera opción, creo que Grace debería estar junto a Eddie y al menos escucharle.

—¿Por qué?

—¿Cómo que por qué?

—Quiero decir, ¿por qué tiene que escucharle? Han pasado muchos años y él la dejó sin más; desapareció de su vida con un estúpido mensaje de texto.

No sé si seguimos hablando de Eddie o si estoy echándole en cara a Leo lo que pasó entre nosotros. Lo cierto es que estos días, cuando me pongo a escribir, me cuesta distinguir la historia de mis personajes de la nuestra.

Le veo dudar, en sus ojos veo reflejados mis pensamientos, pero no se echa atrás y contesta.

—Tal vez Eddie se asustó, tal vez se equivocó y cuando se dio cuenta no supo rectificar. O tal vez tenía miedo de que si iba a ver a Grace ella le echaría de su lado. Tal vez Eddie no supo reconocer a tiempo lo que sentía y cometió el peor error de su vida. Si la única persona que tiene en su lista de contactos para emergencias es Grace, señal de que ella es la única que le importa, y quizá sea un modo muy retorcido de demostrárselo, pero por algo se empieza. Y dices que Grace está en el avión; se ha subido porque ha querido, nadie la ha obligado, ¿no?

—No.

—Pues es señal de que ella está dispuesta a escucharle. Podrías haber escrito que Grace recibe la llamada del hospital y cuelga sin más, pero has escrito que se sube al avión. Diría que eso significa que, de un modo u otro, tú también crees que Grace y Eddie deben hablar.

Sacudo la cabeza, es injusto que Leo esté utilizando mis personajes para defender su caso, aunque supongo que se lo he puesto en bandeja.

—Quizá tengas razón, pero aún estoy a tiempo de que el avión sufra un accidente y Grace se quede perdida en una isla desierta con el piloto.

Abre los ojos escandalizado.

—¿Le harías eso a Eddie?

—No, la verdad es que no —respondo sincera—. Pero no puedo escribir un final en el que no crea.

—No, supongo que no. ¿Te has arrepentido alguna vez de dejar Derecho para ser escritora?

—No, aunque confieso que no es como me lo imaginaba. ¿Y tú? ¿Ser juez es tan maravilloso como creías?

—No lo definiría así. —Recoge los platos de papel que hemos dejado vacíos y se levanta—. Voy a tirar esto.

—Vale.

No insisto, es obvio que no quiere hablar del tema ahora, así que también me levanto y recojo los vasos y las servilletas para ir a tirarlos. Leo me ve acercarme y suelta el aliento.

—¿Paseamos un rato?

Se pone a andar sin darme la mano y me coloco a su lado. El lago preside los juegos y, como nosotros, hay más gente caminando tranquilamente a su alrededor. Es raro, porque por un lado no puedo evitar comparar este momento con aquel primer paseo que dimos en la playa, pero al mismo tiempo sé que son instantes distintos y que Leo y yo somos personas distintas. Hemos pasado años sin hablarnos ni vernos y la verdad es que tampoco pasamos tantos meses juntos. Calcule como lo calcule, estuve más tiempo con Fer que con Leo y, sin embargo, dentro de mí no han ocupado el mismo espacio. Es curioso que haya personas que no dejan huella, que no conquistan los territorios que todos tenemos escondidos dentro, mientras que a otras les basta con un instante para reclamar un país entero como propio.

—Tengo que contarte algo —le digo empujada por la brisa mágica del lago y porque no puedo echarle en cara a Leo que me cuente las cosas a medias cuando soy culpable de lo mismo.

—¿Quieres que nos sentemos en algún lado?

—No, la verdad es que prefiero seguir paseando. —Leo asiente y nos guía hacia una pequeña carpa que hay junto a uno de los embarcaderos del lago. Son escasos y en todos ellos hay canoas y barcas de pesca—. ¿Te acuerdas de la primera vez que fuiste a Madrid, cuando Lestrad quiso que hicieras no sé qué y no pudiste regresar para tu cumpleaños?

—Claro que me acuerdo. Puedo recitar de memoria el último mensaje que me enviaste. Tú a mí también me rompiste el corazón.

—Fui a verte.

Leo se detiene en seco.

—¿Cómo que fuiste a verme? ¿Fuiste a Madrid?

—Sí.

Parpadea varias veces, da dos pasos para alejarse de mí y después regresa aún más desencajado.

—Explícamelo, por favor.

Esta vez soy yo la que se pone a andar y él me sigue; mete las manos en los bolsillos y fija la mirada en mí.

—El día antes de tu cumpleaños me dejaste un mensaje en el que sonabas triste, agobiado y muy enfadado con el mundo. Lo escuché varias veces, muchísimas, porque te echaba de menos y porque, no sé, pensé que escuchándolo te ayudaba. Estaba en mi habitación, en casa de mis padres, y entró mi hermano Álex y me preguntó por qué no iba a verte y te daba una sorpresa. Podía ir y volver de Madrid el mismo día, seguro que Carmen y Albert me darían fiesta y que a nuestros padres no les importaría, me dijo. Pensé que era una tonta por no haberlo pensado antes y me puse en marcha. Compré el billete; el AVE salía a primera hora de la mañana pero me daba igual. Sabía que tampoco iba a dormir de los nervios y de las ganas que tenía de verte. Te envié un mensaje muy temprano felicitándote; estaba tan impaciente que casi solté en el mensaje que estaba en el tren para verte.

—Dijiste que tal vez ibas a darme una sorpresa.

—Sí, es verdad. Bajé del AVE y me dirigí al lugar donde cantabas los temas con tu preparadora. Tú no me habías dado la dirección, pero me habías dicho que era junto al juzgado de lo penal número uno de

Madrid y no me resultó difícil encontrarlo. Mi plan era llegar allí y preguntarle a alguien.

—¿Y qué pasó? ¿No llegaste?

—Sí que llegué. Llegué, encontré el juzgado y paré a una señora que salía del edificio para preguntarle si sabía dónde estaban los opositores. Tuve suerte a la primera, pues la mujer era secretaria de una sala y una de sus sobrinas opositaba. Me señaló el edificio donde estabais y me dijo que lo más fácil sería que fuera al bar de la esquina porque todos los opositores iban allí, así que me dirigí al bar y me senté en la barra a esperarte. La barra tenía forma de ele y tomé posiciones en un taburete de la esquina porque desde allí veía la ventana y al mismo tiempo quedaba algo escondida y podía darte una sorpresa.

—¿Por qué no nos vimos? ¿Qué pasó? ¿Te sucedió algo?

—Yo sí te vi. Llevaba quince o veinte minutos en el bar cuando entraste con una mujer. Iba a correr hacia ti, pero vi que estabas muy serio y que la señora te estaba hablando enfadada.

—Lestrad.

—Sí, era ella. Os quedasteis en la barra no muy lejos de mí, pero tú te colocaste dándome la espalda. Era imposible que me vieras. Esa mañana no había mucha gente, así que pude oír perfectamente vuestra conversación. —Aunque ha pasado mucho tiempo, vuelvo a sentirme tan pequeña como aquel día—. Lestrad te estaba diciendo lo decepcionada que estaba de ti y que temía haberse equivocado contigo. Creo que tú fingías que la escuchabas, porque no le estabas prestando demasiada atención, hasta que ella te dijo que había notado que habías cambiado en los últimos meses, que estabas menos concentrado. Entonces tensaste los hombros y levantaste la cabeza hacia ella. Lestrad dijo que sabía que habías roto con Belén y que estabas viendo a otra persona, una chica de primero o segundo de carrera. Tú te tensaste aún más y Lestrad te aguantó la mirada.

—Recuerdo aquel día —dice Leo y tengo la sensación de que él también odia ese recuerdo, aunque por motivos distintos a los míos.

—Lestrad te dijo que le parecía bien que hubieras roto con Belén, reconozco que eso me sorprendió, hasta ese momento todos los comentarios que había oído sobre vosotros era que erais la pareja perfecta. Lestrad dijo que lo mejor que podías hacer era estar solo, divertirte cuando te hiciera falta, pero no comprometerte con nadie porque no tenías tiempo para dedicar a esa persona. Y dijo que sería muy estúpido de tu parte que, con todo lo que habías sacrificado para llegar hasta allí, ahora lo echases a perder por una chica que probablemente te acabaría dejando, harta de aguantar los sacrificios de salir con un opositor.

—Y entonces le contesté.

—Sí, entonces le contestaste y le dijiste que no tenía de qué preocuparse, que solo estabas pasando el rato conmigo y que obviamente lo primero eran las oposiciones. No ibas a fallarle más, ibas a ponerte las pilas y a recuperar el tiempo perdido, y cuando volvieras a Barcelona me dejarías.

—¡Joder, Martina! Lo siento. Fui un imbécil.

—Ahora ya da igual, pero quería que lo supieras. No es justo que te exija que me cuentes la verdad cuando yo no te había contado esto.

—¿Por qué no me dijiste nada? ¿Por qué no te acercaste a mí y me insultaste?

—Porque oí tu voz mientras te justificabas delante de esa mujer y le decías que lo más importante para ti eran esas oposiciones y ser juez. Vi que decías la verdad, que realmente te arrepentías de haber perdido el tiempo conmigo y de haberla defraudado a ella. Lo peor es que ni siquiera podía culparte por haberme mentido, desde el principio me dijiste que para ti lo primero era ser juez, así que lo que me estaba pasando era culpa mía. Esperé a que os fuerais del bar y pagué mi cuenta. Después fui a Atocha y cambié el billete para el primer AVE que salía destino a Barcelona.

—Podrías haberme dicho algo.

—¿Qué? ¿Que sabía que ibas a dejarme cuando regresaras? ¿Que te había oído decir que no era lo más importante para ti? Tú eras la primera persona que me hacía sentir especial, que me escuchaba de verdad, que me entendía. Estaba enamorada de ti.

—¡Joder, Martina! Y yo de ti. No era verdad lo que le dije a Lestrad, le dije lo que sabía que quería escuchar. No iba a dejarte cuando volviera a Barcelona, aunque no puedo demostrártelo. No iba a dejarte, esa es la pura verdad. Y tendría que haber insistido en hablar contigo, no tendría que haberme ofuscado tanto cuando me enviaste ese mensaje rompiendo conmigo. Fui un idiota.

—No importa, no podemos volver atrás. Los dos cometimos errores y no es justo que te culpe solo a ti de lo que nos pasó. El rencor no lleva a ningún lado y no quiero que tu libro salga perjudicado por mi culpa.

—Ahora mismo el libro me da igual, Martina. Es lo que menos me importa.

—¿Y qué te importa?

Estamos frente la carpa donde hay una banda tocando y gente bailando, veo a Diana y a Spencer y también a unas cuantas personas que Leo me ha presentado antes.

—Demasiadas cosas, pero para empezar —me tiende una mano— quiero bailar contigo.

34

BAILAR EN UN LAGO BAJO LA LUZ DE LA LUNA TENDRÍA QUE ESTAR PROHIBIDO

LEO

Estoy casi seguro de que Martina va a decirme que no quiere bailar conmigo, pero después de oír lo que sucedió en Madrid por culpa de Lestrad o la abrazo o me pongo a gritar aquí en medio. Y dado que no tengo derecho a abrazarla, bailar es la única opción que me queda.

Me tiembla el pulso y no disimulo; si me rechaza le diré que no importa aunque por dentro me hiera. Espero y, cuando estoy a punto de apartarme, ella desliza los dedos por encima de los míos.

No hemos entrado en la carpa, estamos bailando fuera, donde hay también otras parejas. Es una noche cálida para ser escocesa, aunque ahora mismo el corazón me late tan rápido que podría helar y no me daría cuenta. No reconozco la canción, es una melodía suave y el chico que canta lo hace en escocés, así que no tengo ni idea de qué está diciendo, pero entiendo a la perfección el sentimiento.

Habla de ocasiones perdidas, de personas que no se olvidan y de recuerdos que se quedan dentro.

Martina no dice nada, se balancea despacio y cuando mueve la mano hasta mi nuca me falla la respiración. Suelto el aliento despacio y la acerco más a mí, hasta que coloca la mejilla en mi jersey y su cabeza encaja suavemente bajo mi mentón.

—Bailar contigo siempre ha sido mala idea —susurra.

—Yo no estoy tan seguro.

Noto su sonrisa encima de mi respiración y cierro los ojos para capturar este instante; el instante en que mi corazón vuelve a latir porque ella está cerca. Tardé un tiempo en comprender qué me pasaba, en darme cuenta de que había entregado el alma a esta chica y que nada de lo que consiguiera compensaría el hecho de haberla echado de mi vida. Creía que después de la muerte de Leila nada podría hacerme daño, que podía recuperarme de cualquier golpe del destino, y no sabía lo equivocado que estaba hasta que el golpe me lo di yo mismo al dejar a Martina.

Ella cometió errores, nunca he colocado a Martina en un pedestal, si lo hubiera hecho, si hubiese convertido a esta chica de carne y hueso en una criatura de ficción, seguro que habría podido olvidarla. Los mitos no calan, la verdad sí. Pero el que dejó la relación fui yo, el que eligió no continuar porque le daba miedo y porque quería centrarse en su objetivo fui yo, y tuve que vivir con ello. Hasta que decidí dejar de hacerlo e intentar recuperarla.

—Te negabas a hablarme, a contestar el teléfono... —le digo sin soltarla—. Estaba tan enfadado contigo que me puse a estudiar para vengarme. Es un razonamiento absurdo y una motivación ridícula, pero pensé que iba a demostrarme a mí mismo que me había equivocado contigo, que me había encaprichado. Creo que Simón nunca se ha reído tanto de mí como en esa época. Decía que era un idiota por no buscarte y no insistir en que teníamos que hablar.

—Yo también podría haberte dicho algo —reconoce.

—Tal vez, pero si yo hubiera oído decirle a alguien lo que me oíste decir a mí, quizá habría reaccionado como tú. Regresé a Barcelona y tenía pensado lo que te diría si nos cruzábamos por la calle o en alguna parte, pero el día que aprobé el examen no pensé nada de eso. Me dieron la nota y lo único que quise hacer fue ir a buscarte para contártelo.

La canción termina y nos detenemos sin separarnos. Martina levanta el rostro hacia mí y se me seca la garganta. Quiero besarla, llevo tanto tiempo añorando sus labios, tanto tiempo convencido de que nunca volvería a tenerla cerca, que me cuesta sudor y lágrimas no moverme. Quizá ella me devolvería el beso, tiene la respiración entrecortada y durante un instante ha desviado la mirada hacia mi boca, pero para Martina sería solo un beso, así que respiro hondo y espero.

—No voy a volver a enamorarme de ti, Leo.

Eso ha dolido más de lo que esperaba.

—Está bien, pero ¿podemos ser amigos? Estas tres semanas solo hemos hablado del libro y, exceptuando lo de hoy, nunca aceptas hacer nada conmigo.

—Leo...

—¿Qué?

—Lo nuestro acabó muy mal y hemos estado varios años sin vernos e intentando superar el trauma, al menos yo. No quiero volver a pasar por eso nunca más y esto —baja los ojos hacia nuestros torsos casi pegados— solo puede acabar mal. Tú sigues con tu cruzada personal y yo no quiero volver a ser víctima de esa obsesión. Además, ni siquiera vivimos en la misma ciudad y yo, además de escribir tu libro, tengo que terminar el mío.

Puedo rebatir todos y cada uno de esos puntos, pero se me da muy bien leer a Martina y ahora ha levantado todas sus defensas.

—Solo te estoy pidiendo que seamos amigos, que aceptes quedarte a cenar en casa si acabamos de trabajar tarde o que no tengas miedo de pedirme que te ayude a encender la calefacción de tu cabaña cuando te des cuenta de que falla.

—¿La calefacción de mi cabaña falla?

—A veces. ¿Qué me dices? ¿Amigos?

La suelto y doy un paso hacia atrás.

—De acuerdo, seremos amigos.

—Genial. Vamos, aún estamos a tiempo de pescar algo.

—¿Pescar? ¿Ahora?

—Es la última actividad de la feria: pesca a oscuras en el borde del lago. Nadie pesca nunca nada, pero es divertido. Vamos.

Tiro de ella y sonrío cuando Martina enlaza los dedos con los míos sin dudarlo.

Un par de horas más tarde regresamos paseando hasta el lugar donde antes he dejado aparcado el coche. Le abro la puerta y ella vuelve a dejar los ojos en blanco, así que cuando la cierro le hago una reverencia hasta que suelta una carcajada. Durante el trayecto le cuento que el año pasado un par de ovejas decidieron quedarse a charlar en medio de la carretera y que varios coches tuvimos que esperar casi una hora para continuar porque, por más que tocábamos el claxon, no se movían de donde estaban.

—No hace falta que bajes del coche —dice cuando detengo el vehículo frente a la cabaña.

—Sé que no hace falta, pero lo haré igualmente, si no te importa.

No me dice que no, pero abre la puerta antes de que pueda hacerlo yo. Llego a su lado mientras busca la llave para entrar.

—Nunca llegaste a decirme qué has hecho con tu moto.

—Todavía la tengo. —Meto las manos en los bolsillos de los vaqueros para no tocarla—. Y todavía la utilizo cuando puedo. Si quieres, un día, cuando los dos estemos en Barcelona, vamos a alguna parte.

—Ya veremos.

Abre la puerta y se gira hacia mí.

—Buenos noches, Leo.

—Buenas noches, Martina. —Sonrío sin moverme de donde estoy—. Gracias por acompañarme a los juegos y por cenar conmigo.

Ella tampoco se mueve y de repente veo que se sonroja y baja la cabeza.

—Esto es ridículo —farfulla.

—¿El qué?

Levanta las manos para tirar de mí hacia abajo y justo antes de besarme susurra:

—Cállate.

Creo que mi corazón y mi cerebro se detienen durante un segundo.

Martina está besándome.

Martina está besándome.

Martina me muerde el labio inferior y mi cerebro por fin reacciona. Saco las manos de los bolsillos para sujetarle el rostro, para acariciar esa piel que lleva años fija en mis recuerdos. Separo los labios para besarla como llevo tiempo soñando. El tiempo, ese que junto a nuestros errores nos ha mantenido separados, desaparece con el sabor de Martina y cuando uno de sus gemidos se desliza por mi garganta renuncio a mantener la calma.

Bajo las manos por su espalda, odiando la ropa y las diferencias entre esa Martina y la de mis recuerdos. Llego a las nalgas y la levanto para llevarla en brazos hasta el interior de la cabaña y cerrar la puerta a mi espalda con un puntapié.

Ella me rodea la cintura con las piernas, hunde los dedos en mi pelo y se pega a mí para acabar con todo lo que no sea ella. Pero hay algo en su desesperación que va más allá del deseo y me odio a mí mismo cuando eso me obliga a dejar de besarla durante un segundo y a depositarla despacio en el suelo.

—¿Qué estamos haciendo, Martina?

No responde, baja una mano por mi torso hasta detenerla en la cintura de los vaqueros para tirar de mí hacia ella. No puedo resistirme cuando empieza a recorrer mi mandíbula con su boca.

—Martina, joder, no juegues conmigo.

Eso la detiene y me mira.

—No estoy jugando contigo, te estoy besando.

Vuelve a tirar de mí y cedo porque no existe universo en el que Martina quiera besarme y yo me niegue.

—¿Por qué? —consigo pronunciar segundos más tarde, cuando ella está tirando de mi jersey y yo estoy a punto de hacer lo mismo con el suyo.

—¿Por qué te beso?

Me muerde el cuello y me temo que estoy a punto de suplicar que no deje nunca de hacer lo que está haciendo.

—Sí, por qué.

—Porque es obvio que los dos llevamos semanas pensando en esto y tenemos que quitárnoslo de en medio. No nos deja avanzar.

Capturo sus muñecas y las sujeto para apartarla un poco de mí, a ver si así consigo pensar. Los dos tenemos la respiración entrecortada y los labios todavía mojados de nuestros besos.

—Será un error. Si hoy nos acostamos, mañana te irás de aquí con cualquier excusa —le digo y sé que doy en el clavo cuando ella aparta la mirada—. Mírame, Martina.

—¿Qué? —Está furiosa conmigo.

—Nada me gustaría más que arrancarte la ropa y que tú me la arrancases a mí y pasarme la noche en la cama contigo, pero ya te perdí una vez y no quiero volver a correr ese riesgo.

Ella sacude la cabeza y afloja los brazos hasta dejarlos inertes para que tenga que soltarla.

—Ha sido un error —dice—. Tienes razón, no tendría que haberte besado.

—Yo no he dicho eso.

No me escucha, se ha cerrado en banda y lo único que se me ocurre para hacerla reaccionar es acercarme a ella y volver a besarla. Ella no me aparta, sino que suspira en mis labios.

—No ha sido un error —le digo en voz baja al separarnos—, pero quiero que te quedes porque aún nos queda mucho de qué hablar.

—Está bien, no me iré.

—¿Lo prometes?

—Lo prometo. Me he dejado llevar por la luna y el lago. No tendría que haber aceptado salir contigo; ahora todo será más complicado. No volverá a pasar.

Suelto el aliento con resignación y camino hasta la puerta.

—Cierra detrás de mí. —Ella deja los ojos en blanco—. Lo digo en serio, Martina. Cierra. En Bellamie nunca pasa nada, pero he visto demasiadas desgracias en los juzgados.

—Está bien, cerraré.

Camina hasta la puerta y sujeta la hoja de madera.

—¿Nos vemos mañana a la hora de siempre?

—Tal vez deberíamos darnos un descanso.

No voy a insistir; no serviría de nada.

—Como quieras; yo estaré en casa. Buenas noches, Martina.

—Buenas noches.

Espero hasta que oigo el cerrojo y entro en el coche antes de que me arrepienta y vuelva a llamar a la puerta y le suplique que me deje entrar.

35

UNA COSA ES SER CAUTA Y OTRA COBARDE

El coche de Leo tarda unos minutos en arrancar y alejarse. ¿Qué he hecho? ¿¡Qué he hecho!? Lo único que puedo decir en mi defensa es que la luna, el lago, el paseo y hablar de lo que sucedió aquel septiembre de hace años ha sido demasiado. Y es injusto que Leo tenga el aspecto que tiene y que me mire como me mira y que me haya pedido que bailásemos. Parecerá ridículo, pero es el único chico que me lo ha pedido y es la única persona del mundo a la que le oigo latir el corazón cuando me acerco. No es que lo oiga directamente, es más una sensación. No sabía explicarla hasta que hace unos años fui a la consulta veterinaria de mi hermano Marc y vi que tenía un halcón herido. Era un animal precioso que habían traído de un parque natural para que Marc los ayudase y cuando fui a verle quiso enseñármelo. Tenía un plumaje que parecía terciopelo dorado y le pregunté a Marc si podía acariciarlo. Me dijo que sí y acerqué la mano muy despacio, tentativa, pidiéndole permiso. Cuando toqué las plumas, el halcón aflojó la tensión de las alas y los dos respiramos tranquilos. Recuerdo que me sentí muy afortunada porque me había dado permiso para tocar sus plumas y, mientras lo hacía, él me miraba y pensé que existía un vínculo entre nosotros. Pues eso es lo que me pasa con Leo.

Tanto antes como ahora, tengo el presentimiento de que él no deja que se le acerque cualquiera y que el vínculo que existe entre él y yo es especial.

Además, llevo tres semanas viéndolo a diario. Era previsible que tarde o temprano metiese la pata como he hecho hoy y le besase. Pero claro, él sigue teniendo el poder de leerme la mente y se ha dado cuenta de que si el beso iba a más (cosa que no me habría importado) lo aprovecharía como excusa para huir. Lo cierto es que ahora mismo la tentación de hacer las maletas y largarme es más que considerable y tener el sabor de Leo en los labios no me ayuda para nada a tranquilizarme. Solo me queda una opción.

Me aparto de la puerta donde he tenido que apoyarme antes porque Leo, con esa despedida, se había llevado con él mi capacidad para tenerme en pie y busco el móvil en el bolso, que sigue en el suelo. Miro la hora; es tarde pero no tanto como para que me insulten demasiado, así que llamo a mi hermana Helena. Ella contesta anunciando mi nombre con alegría.

—Le he besado.

—¿A quién?

—¿Cómo que a quién? ¿A quién va a ser? A Leo.

—Espera un momento, te pongo en altavoz.

—¿Qué? No. ¿Por qué? ¿Qué estás haciendo, Helena?

—¡Martina! —Un eco de voces me saluda.

—¿Ágata? ¿Guille? ¿Qué estáis haciendo los tres juntos?

—Anthony y Helena han venido a vernos —explica Guillermo— y después han llegado Ágata y Gabriel.

—¿Estáis todos? —de repente me atraganto con la añoranza.

—Marc y Olivia están con los gemelos en su casa y Álex está en Madrid con Sara —explica Helena.

—No sabía que estabas en Barcelona, Ágata.

—Es que Gabriel echa de menos a sus amigos; estos tres son peores que un grupo de adolescentes —contesta mi hermana mayor.

—¡Eh! Me siento ofendido por esa descripción —dice Anthony.

—¡Pero si tú eres el peor de todos! —Se ríe Helena.

—Dejad de decir tonterías. —Oigo a Gabriel—. Quería consultar unas cosas con tu hermano y ver a la pequeña Matilda.

Matilda es la hija de Guille y Emma, y ahora mismo mataría por tenerla en brazos y oler su preciosa cabecita de bebé.

—¿Qué ha pasado con Leo? —pregunta Ágata.

—Le ha besado —responde Helena.

—¿Cómo que le has besado? ¿Por qué? Se suponía que ibas a Escocia solo a trabajar y que no ibas a acercarte a ese tío ni con un palo. ¿Qué está pasando, Martina?

—No lo sé, Ágata. —Suspiro—. No lo sé y por eso he llamado a Helena a la una de la madrugada. ¿Qué estoy haciendo? No sé qué me pasa con Leo, le veo y... y me olvido de los malos recuerdos.

—Yo la entiendo —aporta Helena—, a veces por mucho daño que te haya hecho alguien no puedes arrancártelo del corazón.

—Y no sabes cuánto me alegro de eso y cuánto lamento haberte hecho daño —responde Anthony y suerte que no estoy allí porque seguro que ahora mi hermana está embobada mirándole—. La cuestión es, Martina, si me lo permites, por qué te hizo daño Leo. No sé si me explico. En mi caso, me comporté como un idiota y un cobarde, cierto, pero una parte de mí creía que tu hermana estaría mucho mejor sin mí.

—Idiota —dice Helena.

—Ya, no pensaba con claridad.

—La situación de Leo es distinta —afirmo.

—¿Estás segura? ¿Conoces ya toda la historia? —insiste Anthony.

—¿Estás defendiendo a Leo? —pregunta sorprendida Ágata—. ¡Pero si tú siempre has dicho que le arrancarías la piel a tiras si volvía a acercarse a Martina!

—Lo sé. —Anthony no se justifica—. Pero hace unos segundos he oído la voz de Martina igual que todos vosotros.

—¿Qué quieres decir? ¿Qué le pasa a mi voz?

—¡Oh, Ant! Tienes razón.

—Ahora que lo dices, es verdad.

—¿Qué es verdad? ¿Podéis dejar de hablar en código?

—Cuando has dicho que habías besado a Leo, hemos oído desde aquí que te alegrabas de haberlo hecho. Casi salían corazones rosas flotando del altavoz del teléfono —explica Anthony.

—¿Habéis hablado de lo que pasó hace años? —me pregunta entonces Ágata.

—De parte —reconozco.

—¿Y crees que ahora las cosas pueden ser distintas entre vosotros?

¿Lo creo?

—Sí, la verdad es que sí.

—¿Estás dispuesta a volver a arriesgarte? —insiste Ágata.

—No lo sé.

—Yo diría que sí lo sabes, de lo contrario dudo que le hubieras besado. Si no estás dispuesta a dar una oportunidad a Leo, no tiene sentido que le hayas besado.

Helena se ríe.

—A ver, Ágata, ¿quieres que te lo explique? ¿Tú has visto a ese tío? Diría que no hace falta tener muchos motivos para besar a Leo. Lo raro es que Martina haya tardado tres semanas. Aunque sea solo para desquitarse o para quitarse la espina que él le dejó clavada hace años. Yo nunca llegué a creerme del todo el discurso ese que nos soltó sobre que solo había aceptado ese encargo por cuestiones profesionales.

Helena me conoce demasiado bien.

—¿Y si dejas que lo cuente tu hermana, cielo, y de paso dejas de babear por un desconocido? —intercede Anthony.

—No estoy babeando. Yo solo babeo por ti, Ant. Lo que quería decir es que Martina lleva años pensando en Leo; es normal que aproveche la oportunidad.

—¿Qué ha pasado? —aparece Emma; supongo que no estaba ahí hasta ahora.

—Martina ha besado a Leo —le explica Guillermo.

—¡Oh, no!

—Menos mal, alguien con sentido común y que no intenta psicoanalizarme. Gracias, Emma —digo—. No tendría que haberle besado.

—¿Te arrepientes? —preguntan todos.

Ignoro la pregunta porque no sé responderla y sigo desahogándome.

—Y no solo le he besado. Si Leo no se hubiese apartado, le habría arrancado la ropa con los dientes y le habría lamido todo el cuerpo.

—¡Dios, no! Otra vez no —se queja Guille—. ¿Por qué os parece tan bien contarme detalles sobre vuestra vida sexual? Sois mis hermanas pequeñas.

—Nosotras también conocemos detalles de la tuya —dice Ágata.

—Me niego a creer que eso sea cierto —se queja Guille.

—¿Él se ha apartado? ¿Solo le has besado? Danos más información. —Es Anthony—. Yo no soy como tu hermano; quiero detalles.

—Hemos bailado en el lago y después me ha traído a casa y, no sé, no podía dejar de mirarle y de pensar en... Digamos que Leo siempre ha sido mi tipo.

—Y el de cualquiera.

—¡Emma!

—¿Qué? No he dicho nada que no sea cierto. Tal vez sea un capullo, pero está buenísimo.

—Odio a ese tío —farfulla Guillermo.

—Le he besado y él me ha levantado en brazos

—Eso es muy sexi —reconoce Ágata.

—Y después hemos empezado a desnudarnos, pero él se ha detenido.

—¡Gracias a Dios! —Guillermo otra vez.

—Y me ha dicho que no quería que siguiéramos porque yo lo aprovecharía como una excusa para largarme de aquí.

—¿Y lo habrías hecho? —Este es Gabriel.

—Sí, la verdad es que sí.

—¿Por qué?

Me quedo pensando unos segundos.

—Chicos, vosotros no lo entendéis. Vosotros estuvisteis separados como mucho unos meses y enseguida hicisteis las paces. —Suspiro—. De hecho, cuando Leo y yo rompimos, por culpa vuestra me pasé meses esperando a que él reapareciera y me pidiera perdón, y cuando no pasó tuve que asumir que a mí no me pasan estas cosas.

—¿Qué cosas?

—Los finales felices, las historias de amor de película. Ya sabéis. A mí estas cosas no me pasan. Y la verdad es que había hecho las paces con ello. Me había resignado. No sé si puedo arriesgarme a creer en el amor otra vez.

—Has dicho tantas tonterías que no sé ni por dónde empezar.

—¡Ágata! —la riñe Helena.

—Es verdad. Empezando por lo más evidente, que nuestras historias no son de película o lo son tanto como la tuya. Nosotros también tuvimos y tenemos nuestros problemas; la cuestión es, Martina, si quieres solucionarlos. Si crees que vale la pena intentarlo.

—Agui tiene razón —dice Gabriel—. Huir puede parecer un acto de valientes, pero en esta situación es de cobardes. Leo no vino a buscarte entonces, pero si tú te vas ahora, estarás haciendo lo mismo que hizo él: irte sin dar la cara. La pregunta es si quieres quedarte, si quieres intentar arreglar lo vuestro.

—No sé si hay nada que arreglar.

—Martina, peque, ¿te acuerdas de cuando tú y Fer lo dejasteis?

—Claro que me acuerdo, Helena. ¿A qué viene eso ahora?

—No me llamaste y tampoco llamaste a Ágata ni a Guille ni a nadie. Un día nos dijiste que habíais terminado y eso fue todo. Y cuando empezaste a salir con él, igual; no hubo nervios, ni dudas, ni nada. En cambio ahora...

—Ahora nos has llamado a la una de la madrugada porque le has besado y te has asustado —añade Ágata.

—Os odio.

—No es verdad.

—¿Y qué hago ahora?

—¿Puedo decir algo?

—Claro, Anthony.

—Hace años, en la boda de Guillermo y Emma, tu hermano me dijo algo que se me quedó grabado.

—¿Yo?

—Sí, tú. Dijiste que cuando encuentras a la persona que llena los vacíos de tu alma tienes que mantenerla a tu lado.

—¡Ooooh, Guille!

—Dejad de mirarme así, chicas. No fue para tanto.

—Los vacíos de tu alma —repito en voz baja.

—Tal vez él no sea santo de nuestra devoción, pero tú llevas años echando de menos a Leo; eso lo sabemos todos —dice Ágata.

—Fer nunca me gustó —añade Gabriel—. No es que tuviese nada de malo y tengo que admitir que no es mal periodista. Pero cuando entrabas y salías de una habitación, él nunca te buscaba con la mirada, era como si no le importase. En cambio, Leo... Recuerdo un día que Ágata y yo fuimos a la playa. Nos prohibiste acercarnos al chiringuito porque él estaba allí y todavía no querías presentárnoslo, así que pusimos las toallas un poco más lejos. Yo estaba sentado leyendo y vi que ibas a nadar; iba a levantarme para ir contigo cuando vi que Leo te miraba desde la arena y también se levantaba. Así que me quedé sentado donde estaba y os observé. Si se hubiese acercado alguien a hacerte daño, Leo le habría arrancado la cabeza con las manos. Te miraba como si estuviera dispuesto a pelearse con cualquiera con tal de tenerte a su lado, como si no pudiera creerse que tuviera la suerte de que estuvieras con él.

—No me lo habías contado —dijo Ágata.

—Creo que me pusiste crema solar en la espalda y me besaste y después...

—¡Demasiada información, Trevelyan!

Todos nos reímos ante la exasperación de Guillermo.

—¿Y si vuelve a salir mal? —les pregunto.

—¿Y si sale bien? —dice Helena—. ¿No crees que te debes a ti misma intentarlo?

—Sí, supongo que sí.

—No puedo creerme que vaya a defenderle, pero allá voy. Martina, cariño, Leo no fue a buscarte hace años para pedirte perdón —dice Ágata—, pero ahora lo ha hecho. Todo esto lo ha orquestado él; tú misma dijiste que podría haber exigido a la editorial que su libro lo escribiera cualquier otro. Te pidió a ti porque es un hombre y los hombres, cuando tienen que pedir perdón, se complican la vida en vez de llamarte y decirte directamente «Lo siento». Pero eso es lo que está haciendo; ha montado este tinglado porque quiere pedirte perdón. Se ha tomado su tiempo, eso lo reconozco, pero aquí está; aquí tienes tu momento de película, como tú lo llamas. La pregunta es qué vas a hacer al respecto.

—Votos a favor de que Martina se quede —pide Helena.

—¡Eh, que no os veo! No sé quién está votando. —Me río—. Además, mi vida sentimental y sexual no es una democracia; yo soy la única que manda.

—Demasiado tarde. Nos has llamado y ya hemos votado. Te quedas.

—Vete a dormir, Martina —dice Guillermo—. Yo echaré a estos locos de mi casa.

—Gracias, chicos. Os echo de menos.

—¡Y nosotras a ti! —grita Ágata—. Llámanos cuando hayas desnudado a Leo.

Me rio y sé que mi hermana mayor ha dicho eso porque ha oído que estaba a punto de llorar. Es la mejor.

—¡Ágata, por favor!

Por el chillido de Ágata deduzco que Gabriel, además de reñirla, la ha levantado en brazos y le está haciendo cosquillas o dándole besos.

—Sí, eso, llámanos y cuéntanos qué tal ha ido el reencuentro —pide Helena poniendo voz ronca.

—¡Yo también quiero detalles! —añade Emma.

—Os llamaré, lo prometo.

36

EL OLOR DEL CAFÉ EL DOMINGO POR LA MAÑANA

Me despierto sorprendida de lo bien que he dormido; supongo que hablar con los impresentables de mis hermanos me ayudó a tranquilizarme. Les echo mucho de menos, en Barcelona no es que nos veamos a diario, pero ayer me di cuenta de que aquí no puedo cruzar cuatro calles y plantarme en casa de Helena o subirme a un tren y pasar el día con Marc, por ejemplo.

Lo que les dije ayer es verdad. Hace unos años todos, excepto yo, cayeron como moscas en manos de Cupido. Papá bromeaba y decía que iba a montar en casa un plató de un programa de esos de citas porque parecíamos tener un imán permanente para el amor y los finales felices.

No es de extrañar que estuviera convencida de que lo mío con Leo también iba a salir bien, ni que decidiera que quería dedicarme a escribir literatura romántica.

Es un pensamiento infantil, lo sé, pero me da rabia ser la única de la familia a la que no le ha tocado la lotería del amor. Sí, vale, sé que el amor no es una lotería y que hay que cuidarlo, pero una parte de suerte siempre hay y yo la he tenido muy mala.

Claro que, ahora que lo pienso, la historia de Leo no puede compararse ni de lejos a la de Gabriel o a la de Anthony. Si esto fuera una novela, diría que Leo es la clase de protagonista que necesita un arco mucho más largo para redimirse, pero no lo es.

Después de ducharme y vestirme me siento en el sofá a leer las transcripciones que terminé ayer por la mañana de la última cinta de Leo. Los domingos anteriores he ido a su casa más o menos a esta hora, pero hoy no sé qué hacer. Si me quedo aquí, dudo que sea capaz de concentrarme y parecerá que me estoy escondiendo o que no me atrevo a enfrentarme a lo que sucedió anoche, y algo de razón hay en eso, aunque la verdad es que tengo ganas de verle. No quiero comportarme como hace años y quedarme dentro las preguntas que quiero hacerle o las palabras que quiero decirle.

Recojo mis cosas y me pongo un jersey verde un poco más grueso. Me suelto la trenza que me había hecho mientras se me secaba el pelo y busco las botas que lancé antes de ayer bajo el sofá. Mientras paseo hacia su casa saco el móvil para llamar a Álex, pero no me contesta y le dejo un mensaje. Ayer mis otros hermanos dijeron que Álex estaba en Madrid con Sara y espero que eso signifique que están arreglando las cosas.

Yo no he tenido suerte con Leo ni con Fer, pero lo que le está pasando a Álex es mucho más cruel y doloroso. Él y Sara se quieren muchísimo y no puedo ni imaginarme el dolor que siente Sara después del aborto y de las noticias que les han dado los médicos. Puedo comprender que su reacción sea echar a Álex de su vida para protegerle. Creo que yo haría lo mismo. Pero si conoce a Álex tan bien como creo, sabrá que mi hermano la quiere demasiado y que no se irá sin luchar por su relación. Ojalá pudiera hacer algo por ellos. Esta tarde, cuando regrese a la cabaña, si Álex no me ha llamado antes volveré a intentar localizarle. Tal vez podría ofrecerles que vinieran a verme; el paisaje de Escocia es precioso y les iría bien alejarse de todo.

Llego a casa de Leo y llamo a la puerta. Estoy nerviosa; tengo cosquillas en las manos y el corazón me late desbocado. Él abre antes de que me lo piense mejor y dé media vuelta para irme.

—Hola. Has venido.

Parece sorprendido y muy feliz. Reconozco esa cara, la cara de felicidad de Leo, y los nervios se me escapan con la sonrisa que dibujo en el rostro.

—Sí, he venido.

Leo se agacha muy despacio y me da un suave y lento beso en los labios. No dura mucho, lo suficiente para que yo suspire y él sonría.

—Buenos días —susurra, apartándose un poco, y la calidez de su mirada se extiende por mi cuerpo hasta que lo único que puedo hacer es levantar una mano para acariciarle la mejilla y el pelo. Él atrapa la muñeca y mira las pulseras, es gracioso lo mucho que le intrigan, y tira de mí hacia dentro.

—He traído los capítulos que creo que están más o menos listos para que se los enviemos a Eva —empiezo con esto porque el otro tema, nosotros, no me veo capaz de atacarlo aún—. Y también el borrador de las últimas cintas. ¿Por dónde quieres empezar?

—Por el café. ¿Quieres uno?

Creo que está nervioso, pues se mueve con menos eficacia de la que es habitual en él y no ha esperado a que contestase para llenar mi taza. Es adorable verle así, aunque no voy a decírselo.

—Sí, gracias. Huele muy bien.

—Le pedí a Diana que me encargarse una paquete de esta marca a uno de sus proveedores.

—¿Y te dijo que sí?

—Sí, pero a ver qué me pide a cambio.

—Gracias. —Acepto la taza y me sonrojo cuando Leo se sienta delante de mí y abre el periódico.

No es la primera vez que le veo hacer eso, pero hoy me produce una sensación distinta; el café huele distinto y el Leo sin afeitar de hoy parece más cálido y cercano que el de la semana pasada.

—¿Qué? —Levanta la cabeza y sonríe.

—Nada. Voy a preparar mis cosas.

Será mejor que vaya al comedor y me instale en la mesa, porque si me quedo en la cocina mucho más tiempo, acabaré babeando y no es plan; menos aún cuando no sé qué quiero hacer ni si estoy preparada para darle otra oportunidad a Leo. Aunque él todavía no me la ha pedido.

Me acerco a la ventana. Esta mañana hay un poco de niebla en el lago, pero eso no impide que haya un par de barcas cruzándolo.

—¿Te gustaría ir en barca por el lago?

Leo está justo detrás de mí y su voz me eriza la piel de la nuca.

—El mar me gusta mucho, ya lo sabes, pero las barcas son otro tema. De pequeña mi madre me apuntó al club náutico del pueblo, suena mucho más glamuroso de lo que es, para que aprendiera a ir en patinete o a hacer surf. Duré dos días porque me mareaba como una sopa. Tardé años en volver a subirme a una barca y solo lo hice porque mi padre y yo nos apuntamos a un curso de submarinismo juntos. Lo mío es nadar, pero tal vez con el lago sea distinto. Podría intentarlo.

Leo me acaricia el pelo.

—Sí, podríamos intentarlo.

Doy un paso hacia atrás y él deja caer el mechón de pelo por entre sus dedos. Después se guarda las manos en los bolsillos.

—¿Empezamos por repasar lo que hicimos el viernes? —le propongo dirigiéndome a la mesa donde solemos trabajar.

—La verdad es que creo que deberíamos empezar por el principio —dice él sentándose en la silla de siempre, pero acercándola a mí un poco más de lo habitual.

—¿Quieres repasar la introducción que escribimos de la novela? Creía que te gustaba.

—No. Quiero contarte por qué necesitaba ser juez.

Los domingos no solemos grabar, pero si está dispuesto a hablar de esto no puedo desaprovecharlo. Busco la grabadora en el bolso y cuando la pongo encima de la mesa, Leo coloca una mano encima de la mía y noto que está frío a pesar de que en la casa hace incluso calor.

—¿Estás bien? ¿Seguro que quieres hablar de esto?

Desliza el índice por mis pulseras y elige una. Empiezo a comprender por qué lo hace.

—¿Qué significa esta?

Él tiene la mirada fija en la pulsera y yo hago lo mismo antes de contestar. Es una pulsera hecha de pequeños aros de distintos tonos de verde y azul que se intercalan con otros un poco más grandes y muy finos de plata.

—Esta me la regaló Roque.

—¿Quién es Roque?

—Uno de mis mejores amigos de la facultad. De la Facultad de Filología. Cuando nos graduamos hicimos un viaje juntos; él, Mika y yo. Fuimos a las Canarias. Yo paseaba mi cuaderno por todos lados; entonces escribir me resultaba fácil.

—¿Ahora ya no?

—No tanto.

Leo asiente y vuelve a observar la pulsera.

—¿Y Roque te la regaló por algún motivo en especial?

—La compró en un tenderete que había en una de las playas que visitamos. A Mika le compró unos pendientes. Insistió. Fue el primero de los tres en encontrar trabajo y dijo que sin nuestros apuntes no lo habría conseguido. Ahora vive en Salamanca y trabaja para la Universidad. Él fue quien me presentó a Fer.

—¿Quién es Fer?

—Fer, Ferrán, es mi ex.

—Ah. El rubio que vi ese día en el portal.

—Ese mismo.

Si no hubiera estado fijándome en Leo se me habría pasado por alto la tensión que durante unos segundos se ha instalado en sus hombros.

—¿Llevas alguna pulsera de él?

—No, ninguna.

Leo levanta la cabeza y fija sus ojos oscuros en los míos.

—¿Porque no te regaló ninguna o porque no quieres llevarla?

Suelto el aliento.

—No me regaló ninguna. A Fer no le gustaban mis pulseras, le parecían infantiles y horteras. Insistía en que me las quitara si le acompañaba a algún acto del periódico. No me mires así; Fer no era, no es —me corrijo—, malo. Si no me las hubiera quitado no habría pasado nada. Fer trabajó muy duro para ascender en el periódico y se ponía muy nervioso en los actos oficiales o si íbamos a algún sitio donde sabía que iban a estar sus jefes.

—A mí me gustan tus pulseras.

Desliza el dedo por todas, empezando por la que está más cerca del codo, y lo detiene al llegar a la muñeca. Solo que allí pasa también el pulgar por mi piel y contengo el aliento.

—Tú tienes una fijación muy rara con su tintineo —bromeo porque no podemos seguir hablando de esto; no puede seguir haciéndome temblar solo con mirarme o con tocarme la muñeca.

No es justo.

Y tenemos demasiados asuntos pendientes por resolver.

Leo sonríe.

—¿Sabes por qué me gusta tanto el tintineo de tus pulseras? Porque si lo oigo significa que te tengo cerca.

Me suelta la muñeca y, tras respirar hondo, levanta la grabadora de la mesa y le da al botón de grabar.

—¿Estás listo para empezar? —Asiente—. Vale, pues cuéntame por qué decidiste ser juez.

—Dirás mejor por qué me obsesioné con ser juez. Tú y Simón sois las únicas personas de mi vida que alguna vez lo habéis llamado así; el resto admiraba o incluso alimentaba mis ansias o mi vocación, como lo llaman algunos.

—Tener vocación es necesario para ser juez —afirmo—. Y es algo bueno.

—Sí, pero en mi caso tú y Simón teníais razón. Era una obsesión.

—Bebe un poco de agua, hasta ahora no me había fijado en que ha traído un par de vasos, y después empieza a hablar—: Nunca conocí a mis padres biológicos, supongo que si quisiera podría buscarlos y gracias a mi trabajo no tardaría en dar con ellos. No sería ético, pero podría hacerlo, y, sin embargo, nunca he tenido la menor intención de encontrarles porque no significan nada para mí. No les recuerdo, pero odio lo que le hicieron a mi hermana.

—¿Cuántos años tenía Leila cuando llegasteis al hogar de acogida?

—Siete. Ella tenía siete y yo estaba a punto de cumplir tres. Conozco la historia de mis padres porque cuando éramos pequeños Leila me la contó cientos de veces, como si fuera un cuento de hadas al que le faltaba llegar al final. La historia empezaba así: había una vez un chico y una chica que, aunque se querían mucho, gritaban por culpa de un maleficio que les había hecho una bruja malvada. La bruja les perseguía y quería hacerles daño, y qué mejor manera de conseguirlo que quedándose con sus hijos, así que el chico y la chica tuvieron que buscar un escondite para ellos, pero les prometieron a los pequeños que cuando estuvieran a salvo regresarían a buscarlos. Leila se creyó la historia durante años, mientras que yo siempre pensé que era solo un cuento, pero podía ver las lágrimas que surcaban el rostro de mi hermana mayor cuando pronunciaba la última palabra. En el centro de acogida estábamos bien, no es un lugar maravilloso, pero en ese sentido tuvimos suerte. Leila y yo estábamos juntos; ella dormía en una habitación de niñas de su edad y yo en otra con niños de la mía. Además, durante el día nos veíamos y ella siempre estaba pendiente de mí. El problema era que a veces venían parejas interesadas en acogernos. La gran mayoría de gente que quiere acoger o adoptar huye de los hermanos, y más si son mayores, y Leila, en este caso, era considerada mayor. Aun así en ocasiones los asistentes que llevaban nuestro caso venían a vernos y hablaban con Leila sobre el tema y ella se negaba a escucharlos. Insistía en que nuestros padres volverían a buscarnos y decía que de ninguna manera podíamos irnos a casa de nadie. Si por casualidad el caso avanzaba, Leila se encargaba de asustar a los pobres que se habían interesado en nosotros.

—¿Nunca os acogió nadie?

—Un par de veces, pero Leila siempre conseguía que la cosa se torciera de un modo u otro y eso causaba tensión entre nosotros. Yo no me acordaba de mis padres y quería tener una familia de esas que veía en la tele. En el centro de acogida íbamos al cole y hacíamos deporte; no estábamos mal y yo no había conocido otro mundo, pero sabía que existía y quería vivirlo.

—¿Cuántos años tenías cuando fuiste a una de esas familias?

—La primera vez siete y la segunda nueve. Cuanto más mayores nos hacíamos los dos, menos gente se interesaba por nosotros y Leila empezó a estar más tranquila y yo más enfadado; la culpaba por no haber tenido esa hipotética familia que me habría sacado de allí, llegué a decirle cosas horribles, como que ojalá ella también se hubiese largado y me hubiesen dejado allí solo, porque entonces seguro que me habrían adoptado.

—¿Y qué decía ella?

—Nada. Sonreía y me llamaba «león malhumorado» o «león engreído». Leila nunca se enfadaba conmigo. Leila cumplió dieciséis años y empezó a preocuparse por qué pasaría cuando cumpliera dieciocho y tuviera que dejarme allí. Más que preocuparse, se obsesionó, supongo que es cosa de familia —intenta bromear, pero es evidente que le cuesta hablar de esto—, y se puso a estudiar Derecho. No creo que fuera consciente de que estudiaba Derecho, quiero decir que no es que se pusiera a estudiar la carrera, sino que se puso a estudiar todas las leyes y reglamentos que se aplican a los niños que están en los centros de acogida. Si un texto contenía la palabra «menor», «adopción», «tutela», «hermanos», «acogida» o cualquier otro término relacionado con el tema, lo leía y lo desmenuzaba hasta encontrar algo que pudiera servirle. Y lo encontró.

—¿El qué?

—Habló con la directora del centro de acogida, con todos los asistentes que nos visitaban, y todos coincidían en que era imposible.

—¿Qué quería hacer?

—Quería encontrar a mis padres y que estos renunciasen a nuestra tutela para después ser ella mi tutora legal. Así no nos separarían nunca.

—Te quería mucho.

Leo asiente y se levanta para acercarse a la ventana. Desprende soledad y un abatimiento que no tiene nada que ver con lo que sucede ahora, sino con el pasado.

—Fue una inconsciente. En el centro nadie le hizo caso. Leila se había ganado la fama de tener un carácter voluble y de tomar decisiones precipitadas, aunque eso no justifica que ningún adulto la escuchara como era su deber. ¡Joder! Solo hacía falta que fueran personas decentes, pero no, tenían demasiado trabajo y Leila era un estorbo en el fondo; una niña que se había hecho mayor y a la que ya habían borrado de su mente. Leila, siendo como era, no dejó que eso la detuviera y optó por saltarse las normas. Empezó a salir a escondidas y a aceptar cualquier trabajo con tal de ganar dinero y que su investigación siguiera adelante. Yo no le hacía mucho caso, pues era un crío egoísta y no entendía la obsesión de mi hermana. Solo pensaba en cumplir los dieciocho y largarme de allí con o sin ella.

—No seas tan duro contigo mismo, Leo.

—Créeme, no lo soy lo suficiente. Fui un egoísta con mi hermana y eso también contribuyó a lo que pasó después. Pasaron varios meses sin que sucediera nada relevante; nadie se interesaba por acogernos a Leila y a mí. Ella tenía diecisiete años, estaba acercándose a los dieciocho, y yo casi trece. Éramos demasiado mayores para gustar a nadie, pero un día la directora del centro vino a vernos y nos dijo que había pareja que tal vez querría hablar con nosotros. Leila perdió el control, se negó en redondo y esa noche desapareció. Volvió tres semanas más tarde, con la mirada perdida y el rostro vacío de cualquier emoción. Era como ver un fantasma.

—¿Qué pasó?

Sigue hablando de espaldas a mí, mirando al lago, quizá buscando la manera de distanciarse de la tristeza.

—Había encontrado a nuestros padres. No estaban lejos de Barcelona; él no la reconoció y ella intentó robarle. Me contó que le llevó su tiempo convencerlos de que era su hija y que, cuando la creyeron, lo primero que le dijeron fue que no pensaban darle dinero y que tenía que espabilarse por su cuenta. Eso le rompió el corazón. Les contó lo que pretendía hacer y que lo único que quería de ellos era una firma y que se presentasen al juzgado cuando les llamasen.

—¿Aceptaron?

—No o sí, según se mire. Le dijeron que lo harían a cambio de dinero.

—¡Dios mío!

—Nunca llegó a decirme la cantidad, solo que la conseguiría. Leila intentó hablar con la directora del centro, pero como se había escapado sin decir nada, esta inició un procedimiento con los asistentes sociales para que se la llevaran y se negó a hablar con ella. También intentó ponerse en contacto con el servicio de protección de menores, con cualquiera que creyera que podía ayudarnos. Sé que escribió a todos los jueces que habíamos conocido a lo largo de nuestras distintas visitas al juzgado, las que habíamos hecho cuando nos habían acogido y devuelto. Nadie le hizo caso, nadie perdió ni un segundo por ella.

—Lo siento tanto, Leo...

—Me imagino que se sintió atrapada, que pensó que no tenía otra opción. La noche antes de irse vino a mi habitación; entonces yo dormía solo porque mi compañero de cuarto estaba en el hospital por una intervención. Se tumbó en mi cama y se puso a preguntarme cosas del colegio como si nada y al cabo de un rato hicimos planes. Era algo que hacíamos de pequeños, pero que con el tiempo habíamos olvidado.

—¿En qué consistía?

—En hablar de todo lo que haríamos cuando viviéramos juntos, como que haríamos la compra del súper el viernes porque ella me recogería del colegio y cenaríamos pizza. El sábado iríamos al cine y comeríamos palomitas. Viviríamos en un apartamento muy pequeño porque con el trabajo de ella no podíamos permitirnos nada más, pero pronto mejorarían las cosas. Leila sería la encargada del súper o de la tienda de ropa, esto variaba según el día, y yo iría a la Universidad. Todo nos parecía posible. La verdad es que esa noche no le hice mucho caso al principio, pero pasaron los minutos y acabé tumbándome a su lado en la cama para escucharla hablar. La mañana siguiente había vuelto a irse.

—¿Adónde?

—No lo sé exactamente. La policía la encontró meses después y fue por casualidad; estaba muy malherida en una casa abandonada. No sé qué pasó y siempre que intento imaginármelo se me hiela la sangre y tengo pesadillas. La policía llamó al centro y cuando la directora vino a buscarme supe que a mi hermana le había pasado algo. Me llevaron con ella al hospital y... ¿sabes lo peor de todo?

—¿Qué?

—Tenía los papeles firmados. Había conseguido que nuestros padres renunciasen a la tutela. No pudieron hacer nada por ella, solo contener el dolor para que no sufriera. Murió días más tarde.

Ese recuerdo le ha dejado tan tenso, que creo que si me acerco a él para tocarlo se romperá en mil pedazos.

—Lo siento mucho, Leo.

—Simón apareció entonces. Antes de acogerme me ayudó con los papeles y gracias a él recibí una indemnización por la muerte de mi hermana. Se habían cometido irregularidades y... —se aprieta el puente de la nariz— da igual, pagaron para acallar sus conciencias. Recuerdo el día que vi al juez; apareció en el centro de acogida, leyó los papeles que había preparado Leila y en menos de dos minutos los firmó y se acabó todo. Dos minutos, Martina. Dos jodidos minutos. Si alguien hubiese escuchado a mi hermana durante dos minutos tal vez hoy estaría viva. Entonces decidí que haría todo lo que fuera necesario para tener esa clase de poder y que cuando lo tuviera escucharía y ayudaría a la gente que yo decidiera. Me pagué la carrera con el dinero de esa jodida indemnización.

Ojalá pudiera viajar en el tiempo y abrazar a ese Leo adolescente de catorce años que acababa de perder a su hermana mayor en esas horribles circunstancias.

—La ley de acogida y la ley de menores —ato cabos y digo en voz alta—. Por eso llevas tanto tiempo luchando para que redacten unas nuevas. Y todas tus sentencias. ¡Dios, Leo!

—Sí, bueno, ahora ya conoces la historia. Si mi hermana hubiese podido estudiar Derecho sería mucho mejor juez que yo. A estas alturas ella ya habría logrado el doble o el triple de mejoras.

Se da media vuelta hacia mí y ladea confuso la cabeza.

—¿Qué pasa? —le pregunto.

—Estás llorando. —Camina hasta mí y levanta un pulgar para capturar una lágrima—. No deberías.

—Déjame. Estoy llorando por Leila—. Y entonces a él le brillan los ojos—. Y también por ti. Siento mucho que tuvieras que pasar por todo eso. ¿Por qué no me lo contaste antes?

—Tú tenías dieciocho años y yo veintitrés cuando nos conocimos y no quería que vieras esa parte de mí. Todavía ahora tengo miedo de lo que esto pueda significar para nosotros, pero...

—Pero tenías que contármelo para el libro.

—No, Martina. Tenía que contártelo porque, si quiero tener la menor posibilidad de que des otra oportunidad a lo nuestro, necesitas saber quién soy de verdad.

Le acaricio la mejilla y después el pelo. Sonrío porque entiendo perfectamente que Leila le llamase «león»; casi ronronea cuando deslizo los dedos por los mechones.

—Creo que hablar de nosotros puede esperar. De hecho, creo que hoy debemos hacer algo completamente distinto a lo habitual —le digo.

Leo sonríe y su mirada se vuelve pícara.

—¿Qué sugieres?

—Salgamos de aquí. Vayamos a dar un paseo en barca por el lago y después podemos ir al *pub*, comer algo y, no sé, dejarnos llevar por las costumbres escocesas. Creo que los dos lo necesitamos.

—Está bien. No es lo que tenía en mente, pero de acuerdo. Dejémonos llevar por el espíritu escocés.

37

¡SORPRESA!

Tengo que reconocer que dudaba que Leo fuera a aceptar mi plan, pero ahora puedo afirmar que se portó como un campeón y que hacía años que no me reía tanto. De hecho, creo que ayer, después de dejar el recuerdo de Leila y su historia en casa de Leo, fue uno de los días más divertidos de mi vida.

Y Leo cumplió también su palabra de no hablar de lo nuestro. Pasamos el día como si solo fuéramos amigos; sí, de acuerdo, los amigos no se desnudan con la mirada y cuando bailan no lo hacen tan pegados y tampoco aprovechan cualquier excusa para rozarse, pero la cuestión es que los dos nos lo pasamos muy bien. Al parecer, dejarse llevar por el espíritu escocés consiste en beber *whisky*, bailar, cantar desafinando y reírte como si no hubiera un mañana.

Steve nos acompañó a casa en coche después de cerrar el *pub*. Leo dejó el suyo aparcado en la plaza porque dijo que en ese estado no se veía capaz de lidiar con las vacas del país. Me dejaron en la cabaña a mí primero y, a pesar de que Steve estaba perfectamente, porque él solo había bebido agua mientras nos engatusaba a nosotros, insistí en que Leo me enviase un mensaje cuando hubiese llegado a casa y se hubiese metido en la cama. Aceptó hacerlo después de decir que si quería asegurarme de que se metía en la cama podía acompañarle. Todavía no sé cómo conseguí aguantarle la mirada y bajar del coche sin sonrojarme. Minutos más tarde, cuando me envió el mensaje de que había llegado sano y salvo añadió una disculpa por la insinuación y tantos emoticonos que fue adorable.

No sabía que Leo podía ser así de divertido ni que, cuando bebe más de la cuenta, le da por cantar canciones de mariachis. Cuando se enteren mis hermanos querrán adoptarle.

Lo único malo de ayer es que ahora mismo tengo una resaca de mil demonios y no encuentro las pastillas para el dolor de cabeza en ninguna parte. ¿Dónde las guardé?

Alguien golpea la puerta con fuerza y casi me estalla el cerebro. No tengo ni idea de quién puede ser, pues Leo no llama así (no analicemos por qué soy capaz de distinguir el modo de llamar de Leo) y tampoco espero a nadie, pero como al parecer el desconocido insiste porque vuelve a golpear, voy a abrir convencida de que será un turista perdido.

—¡Sorpresa! —gritan tres personas nada más verme y engullirme en un abrazo múltiple.

Son Mika, Roque y Fer.

—Chicos, ¿qué estáis haciendo aquí? —intento preguntarles antes de que me estrangulen.

Mika es la primera en soltarme y darme una explicación.

—Te dije que vendríamos a verte.

—Dijiste que lo estabais pensando y que me avisaríais antes.

—¿No te alegras de vernos? —Roque me levanta en brazos como un saco de patatas y se pone a correr hacia el lago—. ¿No te alegras de vernos?

—¡Roque! ¡Para, para, para! Tengo resaca. —Se detiene en seco. Roque no soporta que la gente vomite; es lo que le da más asco del mundo—. Claro que me alegro de veros, solo que no os esperaba.

—Por eso se llama «sorpresa», Tina, porque si la gente te avisa antes pierde la gracia.

Deshace el camino y cuando llegamos a la cabaña vuelve a dejarme en el suelo.

—Hola, Tina. —Fer se acerca a mí para darme un beso en la mejilla—. Me alegro mucho de verte.

—Hola, Fer.

Él se toca la barbilla, un gesto que delata que está nervioso.

—Les dije que no era buena idea no avisarte, pero ya sabes cómo es Roque cuando se le mete algo en la cabeza.

—Lo sé. —Veo que seguimos de pie en el umbral y que me miran expectantes—. Pasad, pasad. Lo siento. Tengo dolor de cabeza. ¿Queréis tomar algo?

—Me encanta tu casa, Tina —dice Mika—. Es muy auténtica.

—Y pequeña, pero podremos apañárnoslas —sigue Roque.

Necesito encontrar ya el ibuprofeno. ¿Piensan quedarse aquí?

—¡Eh, chicos! Tal vez a Tina no le va bien que nos quedemos aquí con ella. Quizá tenga planes.

«Gracias, Fer», pienso. «Por una vez has dado en el clavo».

—Pues claro que le va bien que nos quedemos aquí —dice Mika y me planteo si sería muy feo que la estrangulase—. Y seguro que puede tomarse un par de días de vacaciones para acompañarnos en nuestra ruta.

Definitivamente voy a estrangularla.

—Poneos cómodos, chicos. Si queréis que entienda algo de lo que estáis diciendo, antes necesito ducharme.

—Claro, ve tranquila —dice Roque—. Aquí te esperamos. ¿Te importa que prepare unos cafés?

—Mientras no incendiéis la cabaña, haced lo que queráis.

Aunque nada me gustaría más, no me entretengo en la ducha y cuando salgo me cepillo los dientes y me visto en un tiempo récord. No me esperaba la visita de mis amigos y mucho menos la de Fer; no es que nos llevemos mal desde que lo dejamos, es que apenas tenemos ningún contacto. Y Mika tendría que haberme avisado.

Salgo y los encuentro sentados en el sofá estudiando una guía de viajes. No quiero enfadarme con ellos, pero no me parece bien que se presenten aquí sin más y que den por hecho que voy a dejarlo todo. Ellos no lo hacen en sus trabajos, ellos han pedido vacaciones y se han organizado, no se han largado sin más. Es el problema de siempre, a la gente le cuesta entender que mi trabajo es tan serio como el suyo, como si por dedicarme a una profesión artística no tuviera que cumplir horarios o pagar a Hacienda. Antes de mantener esta conversación necesito un café y el ibuprofeno que buscaba antes; la caja entera a poder ser. Entro en la cocina y Roque y Mika ni siquiera apartan la mirada del mapa sobre el que están discutiendo. Fer sí me mira, me guiña el ojo y sacudo la cabeza confusa. ¿A qué viene esto?

Vuelvo a abrir los armarios y un ángel del cielo o un elfo escocés se apiada de mí y, donde antes no he visto nada, ahora veo mi salvación. Saco dos pastillas del blíster y me las lanzo a la boca sin pensar. Busco un vaso de agua y Fer aparece a mi lado con uno en la mano.

—Gracias.

—De nada.

Entonces alguien llama a la puerta. Estoy a punto de ponerme a reír; si no fuera por la resaca y por las maletas que veo plantadas frente a la puerta creería que estoy soñando. Voy a abrir seguida de mis amigos.

Y encuentro a Leo.

Y Leo ve a Fer pegado a mi lado y a mí con el pelo mojado y su rostro pasa a ser una estatua de piedra.

—Hola —le digo con una sonrisa que llega demasiado tarde—. ¿Qué haces aquí?

—He ido al pueblo a por mi coche y he aprovechado para comprar cruasanes y cuando pasaba por aquí de regreso he visto que tenías visita. —Señala el coche de alquiler de mis amigos—. He pensado que tal vez sucedía algo, pero ya veo que no.

—¿Quieres entrar? —Me aparto un poco. Roque, Mika y Fer no dejan de mirar a Leo ni de bloquearle el paso—. Son mis amigos. Han venido a darme una sorpresa.

Eso consigue que Leo afloje un poco la mueca de los labios.

—¿Van a quedarse aquí?

No sé si se refiere a Escocia, a Bellamie o a mi cabaña.

—Hola, soy Roque. —Mi amigo ha decidido pasar a la acción y le tiende la mano—. Pasa. Acabo de preparar café.

—¿Ah, sí?

Leo sabe que no me gusta el café de mi cafetera; no le he pillado el truco y la verdad es que prefiero tomarlo con él en su casa, aunque a él ese detalle no se lo he contado.

—Sí, pasa, seguro que queda una taza —sigue Roque.

—De acuerdo, pero solo tengo unos minutos. Soy Leo.

—¿Conoces a Tina por el trabajo? —Mi amiga desnuda a Leo con la mirada y tengo que contenerme para no darle un puntapié—. Yo soy Mika.

Leo estrecha la mano de ambos sin responder de qué nos conocemos y yo cierro la puerta como si estuviera viendo esa escena flotando por encima de ellos, fuera de mi cuerpo.

—Yo soy Fer. Soy periodista. Hace tres años cubrí uno de los casos de tu juzgado.

Leo estrecha también la mano de Fer y busca mi mirada por encima de los hombros de mi ex. Él no ha dado su apellido y es obvio que ni Roque ni Mika le han reconocido, pero Fer sí. A Mika le dije que venía a Escocia porque tenía un encargo de la editorial, pero no especifiqué sobre qué ni sobre quién y ella no me lo preguntó. Además, el contrato que firmé con la editorial estipula que no puedo contarle a nadie sobre quién estoy escribiendo. Ya me salté la norma con mis hermanos porque sé que puedo fiarme de ellos, cosa que no puedo decir de mis amigos.

—Leo. Lo siento, pero no te recuerdo.

—Nunca llegamos a hablar, pero si mientras estamos aquí tienes tiempo me encantaría...

—No concedo entrevistas.

—Tina está escribiendo tu libro —adivina Fer.

Nunca ha sabido encajar una negativa con elegancia; cree que cualquier persona debería considerar que es un honor que él quiera entrevistarlos.

Leo le suelta la mano y le fulmina con la mirada.

—No sé a qué libro te refieres y, de todos modos, mi respuesta es la misma. No concedo entrevistas.

—No veo por qué. Díselo, Tina, una buena entrevista puede ayudar a promocionar tu libro —insiste Fer ignorando por completo la negativa y la mirada de Leo.

—Leo, ¿quieres un café? —interrumpo antes de que se produzca una catástrofe.

Él observa la escena e intento imaginarme cómo la interpreta. Ve a Roque y a Mika relajados, él sonriendo en la cocina y ella tirándole los tejos con la mirada, y a Fer plantándole cara y acercándose a mí como si quisiera dejar claro con los gestos que estoy de su parte.

—No, gracias —responde al fin—. Será mejor que me vaya. Tengo cosas que hacer.

¿Qué?

—Nos vemos dentro de un rato —le digo al ver que camina decidido hacia la puerta.

Entonces él se da media vuelta.

—No es necesario. Tus amigos están aquí; ya nos veremos en otro momento.

—¡Genial! —vitorea Roque—. Podemos ir a ese lugar que decías antes, Mika.

—Sí, tal vez podríamos quedarnos a dormir y regresar mañana.

—Por mí no hay problema —dice Leo, como si de verdad le diera completamente igual—. Mándame un mensaje para avisarme cuando vuelvas.

Cierra la puerta y desaparece.

Mis amigos se ponen a hablar a la vez. Fer ataca a Leo llamándole «imbécil» y «prepotente», y Mika y Roque no le defienden, ella se limita a enumerar la cantidad de cosas que le han parecido atractivas de Leo y él a decir que ha sido muy majo al detenerse para ver quién estaba aquí conmigo. Tardo un segundo en reaccionar porque sigo aturdida por lo que ha pasado. Fer y Leo han estado juntos en la misma habitación y ha sido como si dos etapas de mi vida chocasen ante mis ojos. Pienso en lo que dijo mi hermana la otra madrugada: cuando Fer y yo lo dejamos no hubo drama. Igual que ahora. La única reacción que Fer me ha provocado desde que ha llegado ha sido entre pereza y ganas de estrangularlo.

—¡Callad de una vez!

Me miran atónitos. Yo nunca grito, o casi nunca, y supongo que no saben a qué atenerse.

—¡Guau! ¿Qué hiciste ayer, chica? Este mal humor no es normal en ti.

Cuento hasta diez para no mandar a paseo a mi mejor amiga de la facultad.

—Os habéis presentado aquí sin avisar —enumero también con los dedos—. No habéis tenido ninguna consideración por mi trabajo ni por mis obligaciones. Tampoco me habéis preguntado si me apetecía veros o si tenía permiso del propietario de la cabaña o de la editorial, que es la que paga todo esto, para alojar aquí a más personas. Habéis hecho lo que os ha salido de los huevos porque claro, total, Tina solo escribe, es un *hobby* por el que le pagan algo de vez en cuando. Esto es mi trabajo y es tan serio como los vuestros, ¿está claro? —Asienten y me miran con miedo. Me alegro—. No solo eso. Acabáis de ser muy maleducados con Leo.

—¿Maleducados con ese estirado?

—Cállate, Fer. Sí, y tú además has sido muy impertinente.

—Ese tío tiene aires de grandeza —dice Roque—. Supongo que es normal siendo quien es y todo eso. Sí, al principio no le he reconocido, pero ahora sé perfectamente quién es y no hace falta que le defiendas. El superjuez puede defenderse solito. Vamos, tómate un café y luego nos vamos de excursión. Podemos aprovechar el día y, si de verdad crees que mañana tienes que estar aquí, pues regresamos.

Tomo aire porque de lo contario les arrancaré la cabeza.

—Podéis quedaros aquí y hacer lo que os dé la gana. Bellamie es precioso y el pueblo de al lado también. Yo voy a casa de Leo a disculparme con él.

—¿Nos dejas plantados?

Mika me mira ofendida mientras guardo mis cosas en el bolso y me pongo la chaqueta.

—Os habéis presentado sin avisar y yo hoy tengo otros planes. Como amigos míos que se supone que sois seguro que podéis respetar eso igual que yo os respeto a vosotros. Si queréis hablamos esta tarde cuando regrese. Hay una llave de más allí, en esa bandeja. —Se la señalo—. Cerrad de un golpe cuando salgáis. Hasta luego.

Me voy dejándolos boquiabiertos y me pongo a caminar hacia la casa de Leo. Estoy tan enfadada que casi podría ir corriendo.

38

NO PUEDO VIVIR SIN TI

LEO

Estoy tan enfadado, y tan celoso, que apenas puedo aflojar los músculos lo suficiente para conducir hasta casa. Durante un segundo me planteo la posibilidad de largarme a otra parte, lejos, a algún lugar donde pueda arrancarme de la cabeza la imagen de ese tío al lado de Martina. No lo hago porque eso equivaldría a huir, a renunciar a ella, a dejarle el camino libre a ese desgraciado, y eso sí que no pienso hacerlo.

Entro en casa, lanzo las llaves encima de la cocina y dejo la bolsa con los cruasanes que he ido a comprar como un idiota cuando me he levantado. Lo del coche ha sido una excusa. Ayer fue una de las noches más divertidas y alegres de mi vida, y eso que justo antes de que saliéramos a dar un paseo en barca por el lago acababa de contarle a Martina lo peor que me ha pasado nunca.

El paseo en barca sirvió para alejar el amargo recuerdo de la trágica e injusta muerte de Leila, el agua se llevó la tristeza y Martina me pidió que le contase tonterías de Leila, como por ejemplo, si le gustaba disfrazarse por Carnaval (le encantaba) o si tenía un sabor de helado favorito (el de fresa). Después fuimos al *pub* y me obligó a jugar a los dardos. Me dio una paliza tremenda; al parecer en la Facultad de Filología se toman muy en serio eso de los dardos. Después bebimos y comimos, y ella me habló de sus hermanos y de los distintos libros que ha escrito durante este año, como por ejemplo, uno sobre un famoso futbolista retirado cuya pasión ahora es cultivar bonsáis. No entiendo que alguien lea eso y me molesta que Martina haya dedicado su talento a esa clase de historias, pero ayer no se lo dije porque era evidente que ella intentaba distraerme y que saltaba de una historia a otra en busca de mi sonrisa.

Estoy convencido de que nunca he dejado de estar enamorado de ella, pero anoche fue como si esa certeza me golpease en toda la frente y me rompiera por dentro.

Bebimos, Diana y Steve se sentaron con nosotros a charlar varias veces, y también vino la bibliotecaria de Bellamie para decirle a Martina que estaba muy enfadada con ella porque no se había pasado por allí, a lo que ella le respondió que lo haríamos un día de estos. No sé si se equivocó al utilizar el plural, pero elijo pensar que no, que ella ya me incluye en sus planes.

Después seguimos bebiendo y me obligó a cantar canciones de Wham, de Queen, de Bonnie Tyler, de Kate Bush y de Cindy Lauper en el karaoke que hay en el *pub* y que hasta anoche nadie había utilizado. Mi reputación jamás se recuperará de esto y mi corazón tampoco. Steve nos acompañó en coche a casa y mentiría si dijera que no odié un poco a mi amigo por ser tan responsable. Si Martina y yo hubiéramos estado a solas seguro que habríamos acabado la velada besándonos. Aunque tal vez no, porque la noche no había tratado de eso y porque, si soy sincero, no quiero que nuestro primer beso después de tanto tiempo esté emborronado por el alcohol o la tristeza.

Estaba convencido de que hoy hablaríamos y sí, de acuerdo, de que sucedería algo más. Pero no, hoy ella tiene a sus amigos y a su jodido ex en casa y va a largarse unos días con ellos.

¡Mierda!

Tal vez sí debería largarme.

Llaman a la puerta y voy a abrir sin plantearme quién puede ser. Cualquier desconocido me irá bien para gritarle y desahogarme con él.

—Te has ido sin más.

Es Martina y está enfadada conmigo. ¿Ella está enfadada conmigo?

—¿Qué has dicho?

Coloca un dedo en mi pecho y me golpea con él repitiendo cada palabra.

—He dicho que te has ido sin más.

Capturo la muñeca y la detengo.

—Yo de ti no me provocaría, *Tina*.

—¡Oh, no! Esto sí que tiene gracia. No tienes derecho a estar enfadado. —En vez de alejarse, se pega más a mí, con lo que la mano que le retengo queda prisionera entre los dos—. Te has largado. Igual que hace años. Te largas. Y no me llames Tina. Lo odio.

—¿Lo odias? —Doy un paso hacia delante. Me hierve la sangre por tenerla tan cerca y me cuesta pensar porque lo único que veo ante mí es el tiempo que no hemos estado juntos—. ¿Sabes qué es lo que yo odio? Odio no saber por qué aceptaste venir aquí. Odio haber tardado años en buscarte. Odio haber visto a ese tío a tu lado. Odio que él sepa cosas de ti que yo ni me imagino. Lo odio.

—Pues yo odio que te hayas largado como si te diera igual, sin hablar conmigo. Y odio que te casaras, puestos a decir obviedades.

—¿Sabes qué? Basta.

No hay ni un milímetro entre los dos y Martina tiene la espalda contra la ventana de cristal desde la que se ve el lago. Puede empujarme y apartarme, puede irse cuando quiera y destrozarme, dejarme indefenso. Pero está aquí, está aquí de verdad, y me mira como si me necesitase tanto como yo a ella.

Y no puedo más.

Agacho la cabeza y capturo sus labios sin ninguna delicadeza. La beso porque si no lo hago dejaré de existir y porque mi cuerpo no puede pasar ni un segundo más sin ella. Y cuando enreda los dedos en mi pelo para tirar de mí hacia ella, me da igual si aún tenemos que hablar o si ella terminará marchándose o si esto solo servirá para que el resto de mi vida sea una mierda. Todo me da igual porque Martina me besa.

La calma que tal vez me quedaba se esfuma y lo único que sé es que o estoy con ella o me muero.

Le suelto la mano porque necesito las mías para apoyarme en la ventana y pegar mi cuerpo al de ella. Ella tiene la cabeza levantada y, aunque yo tengo la mía inclinada hacia abajo, está de puntillas para salvar los centímetros de altura que nos separan. Al recuperar la mano, Martina decide matarme levantándome el jersey y tocándome la piel.

Yo dejo de besarla para recorrerle el cuello con la lengua y al llegar a la clavícula no resisto la tentación de morder suavemente la zona donde le late el pulso. Está así por mí, saber eso compensa un poquito por haberla visto antes al lado de ese desgraciado. Sacudo esa imagen, pues solo quiero pensar en ella y en todo lo que voy a hacerle antes de que uno de los dos recuperemos el sentido común y nos separemos.

Martina desliza las uñas por mis abdominales sin quitarme la ropa y apoya la frente en mi torso. La oigo gemir cuando recorro con la lengua la zona que he marcado con los dientes y se me nubla la mente. Aparto las manos de la ventana, me da igual si me caigo al suelo, pero necesito tocarla. Hoy, gracias a Dios, lleva una camisa y puedo desabrocharle los botones.

Desabrocho el primero y cuando mis nudillos rozan su piel ella susurra mi nombre.

Es demasiado. Si la toco y vuelve a suspirar así me correré aquí mismo, así que vuelvo a besarla, lo que empeora las cosas o las mejora tanto que mi corazón corre el riesgo de estallar junto con el resto de mi cuerpo. Martina separa los labios, incrementando la fuerza del beso, metiéndose dentro de mí, echando el dolor que había provocado su ausencia.

Le desabrocho los botones, dos acabo arrancándolos, y me prometo que su piel jamás se olvidará del tacto de mis dedos. Separo la tela y me aparto para verla porque mis ojos reclaman ese derecho.

—¡Joder, Martina! Eres preciosa.

Lleva un sujetador blanco con puntilla en los extremos que cubren la parte superior de sus pechos y, sin dejar de mirarla, me agacho y recorro esa parte con la lengua. A ella le tiemblan las piernas y me tira del pelo como si llevase tiempo pensando en este momento, como si esta caricia formase parte de esos deseos que todos ocultamos en algún lugar de la mente.

Aparto la tela del sujetador para besarle el pecho y me fallan las rodillas. ¿Cómo he podido estar tanto tiempo sin ella? Apoyo una mano en la ventana y la otra en la piel desnuda de la cintura de Martina para acariciarla. Tal vez podría ir despacio, tomarme mi tiempo, recorrer cada milímetro con la lengua, los labios y los ojos, pero ella aleja los dedos de mi pelo para desabrocharme el pantalón y acariciarme.

—¡Dios! —farfullo.

Me acaricia por entre la ropa y, aunque muero por que me toque, le aparto la mano y la retengo en la ventana.

—Quieta —susurro, pegado a la piel de su estómago antes de lamer el camino hasta su cintura.

—Leo —gime mi nombre y me pongo de rodillas frente a ella.

Apoyo la frente en sus vaqueros y Martina me acaricia el rostro con la mano que tiene libre. Sus pulseras me rozan la piel y, si quedaba una parte de mí que era capaz de ir despacio, esta desaparece. Capturo la muñeca, las pulseras se me clavan en la palma y levanto la mirada en busca de la suya. Suerte que estoy de rodillas porque ver a Martina sin camisa, con la respiración entrecortada y mordiéndose el labio me habría llevado aquí de todas formas. Despacio guía los ojos hasta los míos y, cuando estoy seguro de tener su atención (aparte de que casi se me para el corazón), le lamo la palma de la mano. A ella le falla el aliento y sin apartar la mirada guio la mano que acabo de besar hasta mi hombro, justo debajo mi jersey. Me desnudaría, nada me gustaría más que notar a Martina, pero no pienso apartarme de ella, así que tendrá que bastarme con esto.

Coloco la palma de su mano en mi nombro, el frío metal de las pulseras me roza el cuello y tras tomar aire le quito las botas, primero una y después la otra, y después le desabrocho el pantalón para deslizarlo por sus increíbles piernas.

Le dejo la ropa interior porque necesito recuperar algo de autocontrol y coloco mis dos manos en la cadera de Martina, una a cada lado, para apoyar la frente en su estómago y cierro los ojos. La mano que ella tiene en mi hombro tiembla y con la otra me acaricia el pelo.

—Leo...

—No, no digas nada si no quieres que te folle aquí mismo.

Hace años nunca habría utilizado esta palabra con Martina, pero ahora es lo que siento. La rabia por lo que el tiempo que hemos perdido juntos por mi culpa, los celos que me devoran desde que he visto a ese tío en su casa, las semanas que llevamos viéndonos a diario sin resolver esto. No puedo engañarme a mí mismo, lo que necesito ahora va más allá de unas caricias, más allá de hacer el amor. Lo que me está pasando es instintivo, sale de dentro de mí sin restricciones y sin complejos. Es la necesidad más básica que he tenido nunca.

Martina se estremece y le sujeto las caderas.

—Tranquila, te tengo. Estoy aquí.

No sé qué me digo; el calor que desprende su cuerpo es lo único que me retiene en este mundo. La beso por encima de la ropa interior y respiro su respuesta. Podría quedarme así horas y horas, pero acabaría desvaneciéndome de deseo, así que aparto la tela y la beso.

Y entonces Martina gime mi nombre y susurra que no pare o algo igual de absurdo, como si fuera capaz de hacer eso, o que siga o que no deje de besarle y clava las uñas en mi hombro y con la otra mano tira de mi pelo hacia arriba. Me levanto porque ni aunque viviera mil años podría negarle nada a esta chica y cuando estoy a la altura de su rostro tira de mí para besarme.

Saber que ella nota su sabor en mis labios, que me besa como si no pudiera ni quisiera evitarlo, como si no pudiera respirar si no estoy con ella, acaba conmigo y con una mano le quito la ropa interior para acariciarla. Nunca he sentido que nadie me deseara tanto y sé que yo nunca desearé tanto a nadie. Noto las manos de ella en mi cintura, tirando de los vaqueros hacia abajo, eliminando la débil barrera que nos separaba.

Cuando sus dedos me tocan, dejo de besarla para apoyar mi frente en la suya e intentar no convertirme en un animal en celo, aunque creo que ya es tarde.

—Quiero tenerte aquí todo el día —le digo—. Quiero estar dentro de ti horas y horas.

Martina sigue acariciándome y tengo que apartarle la mano. No puedo esperar más. Ella, como si no me hubiese destruido ya mil veces, levanta una pierna desnuda y sube el pie por mi muslo hasta enredarla en mi cintura.

—Todo el día y toda la noche. —La beso con la lengua y con los dientes y busco su sexo. Cuando noto su calor tengo que cerrar los ojos de nuevo y respirar—. ¡Joder, Martina!

—Lo sé.

Ella me sujeta las mejillas y me baja el rostro para besarme de nuevo. Me besa mientras entro en ella, mientras mi mundo por fin vuelve a existir y mi vida vuelve a tener sentido.

—¡Joder! —farfullo apartándome—. No me toques. No hagas nada. Estate quieta.

Martina deja caer la cabeza en mi pecho y odio no estar desnudo, aunque tal vez sea mejor así porque, de lo contrario, ya habría terminado. La siento temblar, noto su cuerpo adaptándose al mío y se me nubla la mente. Ojalá pudiera decirle lo que siento, lo que nunca he dejado de sentir, pero ahora mismo lo único que quiero es recuperar el tiempo perdido.

Me tiemblan las manos. Con la derecha acaricio la piel del muslo que ella ha colocado en mi pierna y bajo los dedos hasta llegar a la rodilla. Ella gime y al respirar se acerca más a mí y, joder, esto es demasiado. Con la otra mano le sujeto la otra pierna y la levanto del suelo hasta que ella me rodea la cintura con ellas.

Estamos apoyados contra la ventana; yo llevo los vaqueros y el jersey y en un rincón de mi mente pienso que tendría que llevarla al dormitorio o como mínimo al sofá, pero solo quiero quedarme aquí y sentirla.

Martina gime de nuevo. Tiembla tanto que esos leves movimientos son la tortura más dulce y sensual que he sufrido nunca. Lleva las manos a mi nuca y acerca mi rostro al suyo para besarme.

Mis caderas empiezan a moverse sin destreza ni control.

—No pienso soltarte nunca, ¿me oyes? Nunca más.

Ella me lame los labios y yo los separo para devorarla. Con los pies firmes en el suelo, apoyo con todo el cuidado del que soy capaz su espalda en la ventana y con una mano le acaricio el pecho, la cintura, cualquier centímetro de piel que encuentro desnudo.

Martina empieza a temblar, a estremecerse, a repetir mi nombre una y otra vez.

—¡Joder, joder! —farfullo yo al tener un orgasmo que me dobla las rodillas y elimina el pasado de mi vida.

No voy a dejar a Martina en el suelo, no voy a dejarla en ninguna parte. Todavía con ella en brazos camino hasta el dormitorio y nos tumbo a los dos en la cama.

39

ALGÚN DÍA DEJARÉ DE SOÑARTE

Leo no deja de mirarme como si no pudiera creerse que estoy aquí con él. Acaba de tumbarnos en la cama de su dormitorio, es la primera vez que estoy en esta habitación, pero no puedo fijarme en nada que no sea él. Se aparta de mí en silencio, con los ojos oscuros desbordados de deseo, asombro y lujuria. Se me eriza la piel solo con esa mirada y me muerdo el labio para no gemir de nuevo.

No sé qué me pasa.

Basta con que mire para que un cosquilleo me recorra el cuerpo y se instale entre mis piernas. Diría que es ridículo si no me gustase tanto.

Lo primero que hace es agacharse para quitarse los zapatos y después se desabrocha del todo los vaqueros, antes yo solo he conseguido desabrochar lo necesario para tocarle, y se los quita junto con los calzoncillos. Su cuerpo ha cambiado estos años; es más fuerte y el impacto que me produce verle me roba el aliento. A él le sucede lo mismo porque cuando se quita por fin el jersey que tanto he odiado antes veo que también tiene la respiración acelerada.

Sin decir nada, camina hasta la cama y se tumba a mi lado para acabar de desnudarme. El silencio que hay entre los dos es delicado, no incómodo, como si supiéramos que debemos proteger lo que está pasando entre nosotros. El sexo puede haber sido el más erótico y descarnado que he tenido nunca, pero creo que nadie puede entregarse así a otra persona si no hay algo más.

Leo me quita la camisa y me desabrocha el sujetador. Los lanza a un lado sin ninguna delicadeza y después me acaricia el rostro para girarlo hacia él y besarme.

Baja la mano por mi cuello y esternón y la detiene en el ombligo unos segundos. Me quema la piel y al mismo tiempo no puedo dejar de temblar. Estoy tan aturdida por el deseo que tardo unos segundos en comprender que yo también puedo tocarle después de tanto tiempo soñándolo.

Llevo la mano izquierda a su rostro, le acaricio la mejilla hasta que él separa más los labios e incrementa el beso y coloco la mano derecha en su pecho, donde su corazón late tan rápido como el mío. La caricia de Leo sigue avanzando, sus dedos están ahora en mi entrepierna y yo doblo la rodilla para indicarle que necesito más. Gime en mis labios y con la mano que tengo en su nuca tiro de él hacia mí.

Leo hunde un dedo en mi sexo y es como si mi cuerpo ya no me perteneciera y estuviera sincronizado con los anhelos del suyo.

Mueve la lengua al ritmo de la enloquecedora caricia de sus dedos, respiro a través de él porque o me he olvidado de hacerlo sola o decido que prefiero tener menos aire a cambio de tener más Leo. Con la mano que tenía en su torso busco el brazo con el que está tocándome y clavo las uñas en el bíceps porque tengo el presentimiento de que si él no me retiene allí voy a romperme en mil pedazos y desaparecer.

Leo coloca una pierna entre las mías, no distingo donde termina él y empiezo yo, y con la lengua recorre mi paladar hasta despedirse de mis labios con un mordisco.

—Pregúntame en qué estoy pensando —pide con la voz ronca y sin dejar de tocarme.

—¿Qué?

Echo el cuello hacia atrás y levanto las caderas porque o deja que termine ya o voy a perder la cabeza.

—Mírame y pregúntame en qué estoy pensando o dejo de tocarte.

Ralentiza los movimientos de su mano y abro los ojos. En los suyos veo que no sería capaz de cumplir con su amenaza, que está tan desesperado y perdido como yo y que necesita que haga lo que me pide. Me humedezco los labios solo para ver cómo sigue el movimiento con la mirada.

—Te juro que estoy intentando ir despacio. —Se le oscurecen los ojos aún más y baja la cabeza para lamerme el cuello y morderme la oreja—. Pero me haces perder la cabeza, Martina. Pregúntamelo y los dos podremos tener lo que queremos.

—¿En qué...? ¡Dios! —gimo porque no sé qué ha hecho con la mano pero a mi cuerpo le ha gustado demasiado—. ¿En qué estás pensando?

Un ronroneo de satisfacción sale de su pecho y se cuela directamente en el mío hasta estremecerme.

—En que has venido aquí porque tú también necesitabas esto, ¿verdad?

—Sí —respondo intentando acercarle más a mí.

Casi no puedo respirar y mi mente lo único que es capaz de entender es lo mucho que necesito que Leo siga tocándome.

—Dime que sabes qué significa esto. Dímelo.

Sigue acariciándome y se ha apartado un poco para agacharse y besarme el cuello y después dibujar mi esternón con la lengua.

—Dímelo —insiste, deteniéndose una vez más.

—Leo —solo puedo decir su nombre.

—Significa que estás conmigo y que yo estoy contigo. Significa que vamos a encontrar la manera de estar juntos. Dime que lo entiendes.

Echo la cabeza hacia atrás y con la rodillas intento apretar el brazo de Leo contra el resto de mi cuerpo. Levanto las caderas y clavo las uñas en su espalda. No sé qué más hacer para que me dé lo que necesito.

—Dímelo y deja de torturarme —pide con una voz que delata que ese anhelo sale de lo más profundo—. Dímelo, por favor.

—Estoy contigo —gimo desesperada.

—¡Joder, Martina! Ese sonido va a acabar conmigo.

Por fin devora mis labios y se coloca encima de mí sin dejar de tocarme. Mueve la mano, los dedos, hasta que estoy a punto de suplicarle, si no lo he hecho ya, que sea él quien deje de torturarme a mí de una vez. Pero no puedo porque no tengo voz, no tengo cuerpo, todo se lo he dado a él. Me da igual dejar de existir durante un instante si después cuando vuelvo Leo y yo hemos encontrado nuestro camino de vuelta el uno al otro. Levanto la rodilla para aprisionarle, para retenerle del mismo modo que él me está reteniendo a mí con sus besos y sus caricias.

—¿Sabes la cantidad de veces que he soñado que hacía el amor contigo? ¿La cantidad de veces que he tenido que masturbarme porque abría los ojos y tú no estabas a mi lado?

—Leo.

—Y ahora estás aquí, conmigo, y puedo sentir que me deseas. —Sus palabras me erizan la piel; se escapan de sus labios como si no pudiera detenerlas—. Necesito que te corras porque cuando entre dentro de ti no voy a poder ir despacio.

—Es demasiado, Leo.

—No, no es demasiado. —Gira la muñeca al mismo tiempo que me besa la frente. La ternura del gesto es tan contradictoria, tan distinta a la sexualidad de lo que está haciéndole a otra parte de mi cuerpo, que me hace estremecer—. Esto lo es todo, Martina. Todo. Córrete.

El beso, sus ojos antes de cerrarlos para besarme, que me haya llamado de esa manera cuando antes no lo había hecho nunca, consiguen que mi cuerpo responda del modo más íntimo a su petición. El orgasmo me hace temblar, aprieto los brazos alrededor de la espalda de Leo y dejo que sus labios y su lengua, su sabor, me llenen.

Él aparta la mano despacio y, ante mi gemido, me acaricia el pelo y se coloca con cuidado encima de mí para guiar su erección hacia mi sexo.

No hay nada entre nosotros, el tiempo que nos ha separado se desvanece, los secretos que nos han mantenido alejados ya no existen. Solo estamos Leo y yo. Desnudos. Mirándonos a los ojos. Esperando a que nuestras respiraciones se sincronicen y a que nuestros corazones reconozcan que ya nada los separa.

Leo debe de pensar lo mismo que yo y, cuando por fin comprende que esto es real, que estoy aquí de verdad y que no me está soñando, pierde el control de su cuerpo. Mueve las caderas con fuerza y agacha la cabeza para besar primero mis labios y después recorrer con la lengua el cuello y dedicarse a mis pechos. Cumple su promesa de antes y no hay ningún centímetro de mi cuerpo que no se aprenda con sus besos.

Más tarde Leo me acaricia despacio la espalda mientras yo tengo la cabeza recostada en su pecho. Me he quedado dormida y, cuando abro los ojos, veo un objeto que me resulta muy familiar en la mesita de noche. La habitación es preciosa, igual que el comedor y la cocina tiene una amplia ventana, y aunque la protege una cortina, esta es de suave lino blanco y deja entrar la luz de la mañana.

Parpadeo dos veces, quizá los múltiples orgasmos hacen que esté imaginando cosas, pero no, mi libro sigue allí, un ejemplar de mi primera novela está junto a un despertador, un vaso de agua y una pequeña caja metálica de pastillas de menta para la tos.

Las pastillas me hacen sonreír, pero sigo aturdida por lo otro. Me apoyo en una mano para incorporarme un poco y mirarle a los ojos.

—Tienes un ejemplar de *Algún día dejaré de soñarte* y lo has leído —añado, porque el lomo tiene muchas marcas y es evidente que alguien lo ha leído varias veces.

Leo me mira como si acabara de decirle una obviedad tan grande como que la Tierra es redonda.

—Pues claro que tengo un ejemplar de tu libro y claro que lo he leído.

El modo en que me mira podría convencerme de lo que quisiera. Levanta la cabeza y captura mis labios en un beso lento aunque no por eso vacío de deseo.

—Tengo tantas preguntas... —susurro cuando se aparta.

—Dispara —dice él, tumbándose de nuevo sin dejar de mirarme y sin dejar de acariciarme. Ahora tiene una mano en mi espalda y con la otra busca la que yo tengo en su pecho.

—¿Cómo es posible que tengas estos abdominales?

Él suelta una sonora carcajada.

—¿Esta es tu primera pregunta?

—Es culpa tuya; me has derretido el cerebro.

Estoy muerta de vergüenza, pero de verdad que no es normal. Hace unos años Leo era alto y delgado, pero se pasaba el día opositando, no haciendo flexiones. Tenía un buen cuerpo porque hacía algo de deporte y tenía veintitrés años. El cuerpo que tiene ahora es un escándalo.

—Cuando pasé el examen de judicatura y empecé a trabajar me di cuenta de que o encontraba la manera de desconectar cuando salía del juzgado o la ansiedad acabaría conmigo y tendría un infarto. Simón me aconsejó que nadase y me apunté a la piscina municipal. Cuanta más ansiedad tenía, más nadaba de noche para compensarla. Hace dos años me dijeron que nadar me ayudaría a recuperarme de la lesión de la pierna más rápido y desde entonces nado más. Cuando estoy aquí nado en el lago cada mañana antes de que llegues y a veces después porque... —lleva una mano hasta mi rostro y la otra a mis nalgas— porque si no, no puedo concentrarme en nada durante el resto del día.

—¿Lesión?

—¿Esta es tu segunda pregunta? —Levanta una ceja y sonríe.

—La verdad es que tenía otra pensada.

—Dime la que tenías pensada.

—¿Cuál es tu parte favorita del libro?

—Cuando Madeleine y Luke pasean por la playa.

Vuelvo a apoyar la cabeza en su pecho porque me gusta cómo late su corazón cuando me tiene cerca y porque esto es más complicado que el sexo de antes.

—Seguro que creíste que lo escribí pensando en nosotros —intento bromear sin mucho éxito.

—No. Quería creer que lo escribiste pensando en nosotros, pero no me atrevía. Estaba convencido de que apenas pensabas en mí y que si alguna vez lo hacías era con rencor o para insultarme. Compré el libro el día que salió y empecé a leerlo nada más llegar a casa. Fue una tortura.

—¿Tan malo te parece?

—No, sabes que no. La tortura fue no poder hablar contigo y decirte lo mucho que me había gustado o lo genial que me parecía este o aquel diálogo. No poder compartir contigo la alegría de verlo publicado.

—Fue muy mal —le explico.

—Esas cosas pasan. Cuando decidiste escribir sabías que te metías en un mundo muy complicado y que podía ser cruel e injusto. ¿Por eso no has vuelto a publicar?

—En parte sí y en parte porque mi segunda novela hasta ahora estaba estancada.

Leo echa la cabeza hacia un lado y me levanta el mentón para mirarme.

—¿Ya no?

—¡Oh, vamos! Esto no es mérito tuyo. Tarde o temprano habría sabido cómo continuar.

—Yo no he dicho nada.

—Tu cara lo dice todo.

—¿Ah, sí? ¿Qué dice ahora mi cara? —Tira de mí hasta que mi rostro queda justo a la altura del suyo. Me quedo sin habla al perderme en sus ojos—. Dice que te necesito otra vez. Ven aquí.

—Eres insaciable.

Mis palabras se cuelan en medio de nuestra sonrisa.

—Contigo sí.

Y volvemos a ser labios, besos, abrazos y caricias.

—Tengo que regresar a la cabaña y hablar con mis amigos —le digo a Leo cuando los dos estamos en la cocina. Él preparando unos huevos que serán nuestra primera comida desde hace horas y yo mirándole embobada.

Tensa levemente los hombros, aunque intenta disimularlo.

—¿Se han quedado allí?

—No lo sé. Les he dicho que podían quedarse y que hablaríamos esta tarde cuando volviéramos a vernos. Estoy furiosa con ellos porque se han presentado sin avisar, como si yo estuviera aquí perdiendo el tiempo. —Me siento en el taburete que hay en la barra americana—. Pero no quiero que piensen que no me alegro de verlos.

Leo reparte los huevos en dos platos justo cuando las tostadas saltan de la tostadora y después lo trae todo adonde yo estoy. Al dejar la comida agacha la cabeza para besarme y se aparta antes de que reaccione para ir a servir el zumo de naranja que ha hecho antes.

—¿Crees que no respetan tu trabajo?

—No es eso. Bueno, sí, en parte. A la gran mayoría de gente le cuesta entender que escribir es en el fondo un trabajo como cualquier otro, que tienes que sentarte y pasarte horas buscando documentación, entrevistando a personas o sencillamente escribiendo páginas que después borrarás. Las series de la tele han hecho mucho daño a la profesión.

Leo se ríe.

—Lo digo en serio.

—Te creo. Pasa lo mismo con los abogados y las series de juzgados. Te aseguro que la realidad es mucho más administrativa que la ficción. Diles lo que piensas y... —sirve dos cafés y se sienta a mi lado— y aunque me repatea decirlo, ve con ellos unos días si quieres.

—¿Te repatea?

—Vamos a ver, Martina, ¿qué sensación crees que me produce saber que tal vez estarás dos días visitando castillos de Escocia con tu ex?

No digo nada, levanto la taza de café y bebo un poco para ocultar mi cara de satisfacción.

—No voy a ir a visitar castillos con mi ex.

Cuando dejo la taza, Leo tira de mi taburete y me besa apasionadamente.

—Me alegro.

—Pero tengo que ir a hablar con ellos. Creo que sucede algo entre Roque y Mika; la última vez que se vieron fue en Navidad y discutieron. Me temo que uno de ellos o los dos han organizado este viaje para verse y nos han arrastrado a mí y a Fer porque no se atreven a estar solos.

x—Da igual cuáles sean sus motivos, porque yo no quiero estar con él.

Terminamos la comida que queda en los platos y cuando Leo se aparta me adivina el pensamiento.

—Todavía tenemos mucho de que hablar.

—Exacto, así que tienes que dejar de distraerme con tus besos y... —señalo el dormitorio— y todo lo demás.

—Haré lo que pueda —miente, porque me besa la mejilla y después recorre el cuello con la nariz hasta que consigue erizarme la piel de todo el cuerpo.

Me levanto del taburete; si me quedo aquí más rato volveremos a la cama y mañana no podré moverme. Será maravilloso, de eso no tengo ninguna duda, pero tengo que conservar alguna neurona para hablar con Mika, Roque y Fer.

—Me voy. Tengo que resolver esto con mis amigos.

Leo suelta el aliento resignado y también se pone en pie.

—¿Quieres que te acompañe?

—No, gracias. Será mejor que esté sola. —Caminamos hasta la puerta y él la abre a desgana—. ¿Nos vemos mañana?

—Creo que ya va siendo hora de que te des cuenta de que puedes venir aquí cuando quieras. —Se agacha y me da un beso, a pesar de que a mí se me ha desencajado la mandíbula de la sorpresa—. Llámame si necesitas algo, cariño.

40

UN PASEO POR EL LAGO

Mika, Roque y Fer se fueron hace ya tres semanas. Estaban esperándome en la cabaña cuando regresé de casa de Leo. Al principio ninguno se tomó bien mi negativa a irme de vacaciones con ellos y Mika salió enfadada dando un portazo, así que tuve que ir tras ella y dejar a Roque y a Fer para más tarde.

La encontré en el lago, sentada en una roca lanzando piedras al agua. Lo primero que hizo fue pedirme disculpas por no haberme avisado de este viaje y lo segundo ponerse a llorar. Ella y Roque se acostaron en Navidad y él después se largó diciéndole que lo mejor sería olvidarlo y que no se lo contase a nadie porque no quería estropear nuestro grupo de amigos.

—A mí podrías habérmelo contado —le dije.

—No quería meterte en medio; tú siempre has sido amiga de los dos y tampoco había nada que contar.

Lo peor, según Mika, era que desde entonces Roque le escribía y llamaba más que antes, pero insistía en contarle que salía con otras personas y siempre añadía algún comentario sobre que ella era su mejor amiga. Le respondí que tal vez decía todo eso porque intentaba convencerse a sí mismo y no a ella, pero que lo único que podía hacer para salir de dudas era hablar con él.

Visto mi historial no soy nadie para dar tal consejo, pero a Mika pareció convencerla y me prometió que la próxima vez no intentaría resolver sus problemas involucrando a inocentes de por medio. Regresamos juntas a la cabaña un rato más tarde y Mika le pidió a Roque que fuera a pasear con ella porque tenían que hablar. No regresaron hasta tres horas más tarde y cuando lo hicieron anunciaron que al día siguiente se irían juntos a hacer la ruta que habían planeado. Todavía no estoy al tanto de todos los detalles, pero mis dos mejores amigos de la facultad están juntos y parecen felices y me basta con eso.

La partida de Fer fue menos fácil y mucho más desagradable. Nos quedamos a solas mientras Mika y Roque estaban paseando y hablando de sus cosas, y primero intenté ser agradable, pensar en los buenos momentos que habíamos compartido (porque algunos habíamos tenido) y recordar aquellos meses durante los cuales nos hicimos amigos.

Pero Fer siempre ha sido muy envidioso y muy mal perdedor. Cuando publiqué *Algún día dejaré de soñarte*, si entrábamos en una librería donde mi libro no estaba (es muy difícil, por no decir imposible, que tu primer libro esté en todas las librerías), me lo señalaba al instante y no dejaba de recordármelo el resto del día. Si por casualidad sí estaba (porque eso a veces también pasaba), comentaba la poca cantidad de ejemplares que había o su mala colocación.

—No sabía que tenías tan buena relación con el superjuez —empezó—. No me lo dijiste cuando cubrí aquel juicio en su juzgado.

Cierto. Ni Mika ni Roque, ni por supuesto Fer, saben nada de mi relación con Leo. Cuando empecé Filología fue como empezar de cero, como si los dos años que pasé en la Facultad de Derecho no hubieran existido; los dos años que Leo había entrado y salido de mi vida, pero no de mi corazón.

Supongo que me dolía hablar de él o quizá no se lo conté a nadie porque quería proteger su recuerdo. No lo sé y me imagino que es algo a lo que tendré que enfrentarme tarde o temprano.

—¿Por qué has venido? —No caí en la provocación—. Hace casi un año que no hablamos más de dos minutos seguidos.

Fer se encogió de hombros y paseó por la cabaña.

—Pensé que podíamos reconectar.

—Eso no te lo crees ni tú.

—Está bien. Un contacto me sopló lo del libro del juez y me dijo que te habían encargado a ti que lo escribieras.

Tardé demasiados segundos en atar cabos y la bilis me subió por la garganta.

—No has venido porque quisieras verme a mí o creyeras que podíamos reconectar —repetí—. Ni porque quisieras tomarte unos días de vacaciones con tus amigos. Estás aquí porque creías que ibas a conseguir entrevistar a Leo antes que nadie.

No se ofendió lo más mínimo, todo lo contrario, parecía sentirse muy satisfecho consigo mismo.

—Soy muy bueno en mi trabajo. Sé aprovechar una oportunidad cuando se me presenta. Y no miento cuando digo que podríamos volver a intentarlo. Sería matar dos pájaros de un tiro. Si estuviéramos juntos, imagínate lo que podríamos hacer para promocionar la historia.

Dejando a un lado lo despreciable que me pareció y las arcadas que me provocó, sentí curiosidad. Tuve la sensación de que tenía ante mí una faceta de Fer que en el pasado me había pasado por alto.

—¿Por qué? Siempre decimos que lo dejamos de mutuo acuerdo, pero deberíamos decir que nos aburrimos el uno del otro.

—Tienes que reconocer que los últimos meses fuiste un coñazo.

—¿Un coñazo? Tenía trabajo y estaba muy agobiada por mi novela, lo sabes perfectamente. Lo que pasa es que tú solo te preocupabas por ti mismo.

—Y a ti mis cosas te parecían una mierda. Tendrías que haberte visto la cara cada vez que te hablaba de mi trabajo, pero bien que te parecía que te llevase de viaje conmigo o que...

—Déjalo, Fer. Basta. Quiero quedarme con algún buen recuerdo de ti. Lo dejamos y visto está que tomamos la decisión correcta.

—Yo sí, te lo aseguro. Este último año ha sido uno de los más felices e interesantes de mi vida —dijo poniendo cara de lascivia para que me quedase claro a qué se refería.

—Me alegro por ti —le aseguré e intenté sentirlo de verdad—. Espero que seas muy feliz.

Le molestó más que fuera amable con él a que le gritara. Se puso la chaqueta y anunció que se iba al *pub* que había visto en la entrada del pueblo y que Roque podía ir a buscarlo allí cuando acabara de humillarse delante de Mika.

No he vuelto a verle desde entonces. La mañana siguiente, cuando se fueron, él se aseguró de esquivarme y de meterse dentro del coche para que no tuviéramos que despedirnos.

Pasear junto al lago me sirve para poner en orden mis pensamientos y las emociones de estas últimas semanas. Al menos el mensaje que he recibido hace unos minutos, con el *selfie* de Mika y Roque en Londres, hace que me sienta un poco menos mal por no haberles acompañado de vacaciones.

—¡Martina! ¡Espera! —Leo abre la puerta de su casa y baja corriendo hacia donde estoy—. No sabía que estabas aquí.

Es muy temprano, el sol aún parece un poco dormido, y me pongo de puntillas para besar a Leo.

—No quería despertarte.

Él me sujeta por la cintura y vuelve a besarme.

—Me he despertado y no estabas —me explica—. No me ha gustado. —Me aparta de los ojos un mechón que se ha soltado de la trenza—. ¿Sucede algo?

Exceptuando la noche que mis amigos estuvieron en mi casa, Leo y yo hemos dormido juntos desde entonces. No hemos hablado del tema, al parecer todavía somos unos expertos en esquivar las cuestiones importantes, pero si estoy en su casa y regreso a la cabaña le llamo para que venga a cenar y acaba quedándose a pasar la noche conmigo. O me quedo en su casa y después de trabajar en su novela vemos una película o vamos a cenar o a pasear y acabamos durmiendo juntos.

—Nada. —Le sonrío—. Solo quería pasear, me ayuda a pensar. Apenas falta un mes para que tenga que regresar a Barcelona.

Le tiendo la mano para que pasee conmigo.

—Lo sé. Yo también he estado pensando en eso.

—Eva está muy contenta por cómo está quedando el libro. Los capítulos que le he enviado le han gustado mucho. Dice que no es lo que esperaba, pero que le encanta, que es mucho mejor. El mercado está saturado de libros de políticos o famosos que no cuentan nada, y dice que tu historia dejará huella.

—No quiero dejar huella; me conformo con que casos como el de Leila no se repitan.

Nos detenemos en el embarcadero, un ánsar se acerca al lago y se mete en el agua, donde hay un par de cisnes salvajes nadando. Me resultaría muy fácil imaginarme paseando por aquí cada mañana o viniendo a pasar nuestras vacaciones, pero no me atrevo.

—Hay algo que sigo sin entender —digo.

Leo me ha soltado la mano y juega con el extremo de mi trenza mientras lo observa fascinado.

—¿El qué?

—¿Por qué has aceptado hacer este libro justo ahora? ¿Por qué no hace tres años, cuando lograste que modificaran la ley de acogida y de adopción? ¿O hace cuatro, cuando juzgaste aquel caso de esa red que traficaba con menores en España? Me imagino que la oferta de la editorial es más que generosa, pero te conozco y no has aceptado por dinero.

Leo parece no estar escuchando; suelta la trenza y busca de nuevo mi mano. La levanta y mira las pulseras.

—¿Esta qué significa?

Dejo los ojos en blanco, pero le sigo el juego. Siempre que tiene que contarme algo importante pregunta antes por una pulsera, como si fuera una especie de intercambio. Elije una de las primeras que me puse, cuando aún no sabía que iba a iniciar ese ritual, esa colección de recuerdos. Es muy fina, parece un hilo de plata y en medio cuelga un pequeño cascabel.

—Esta me la regalaron mis hermanos cuando cumplí catorce años. Me repitieron mil veces que la habían pagado con el dinero que habían ganado ellos trabajando en verano y no nuestros padres. Dijeron que así me oirían llegar y no podría pasar tan desapercibida.

—A mí nunca me has pasado desapercibida. —Recorre la pulsera y acerca la palma a sus labios para dejar allí un beso.

—Ya, bueno. En esa época perseguía a mis hermanos a todas horas porque quería ir con ellos a hacer cosas de mayores y ellos, básicamente, me evitaban. Diría que creyeron que si el cascabel anunciaba mi presencia tendrían tiempo de salir corriendo antes de que los encontrara.

—La primera vez que una editorial se interesó por mí o por mi carrera judicial, mejor dicho, fue hace seis años, cuando destapé un caso de corrupción en el juzgado de menores. La verdad es que no le hice mucho caso porque si hay algo que creo que no se merecen esos corruptos es más fama y porque no estaba interesado en nada que pudiera distraerme de mi carrera profesional. Con el tiempo recibí otras propuestas y nunca les hice caso; a Belén y a su familia les habría encantado que hubiese aceptado una o todas. Ellos nunca entendieron que me negase.

Menciona tan poco a Belén que me sorprende oír su nombre y Leo lo nota.

—Nunca quise a Belén y ella tampoco a mí, eso tienes que saberlo. Deja que termine de contarte cómo surgió lo del libro, porque aunque no lo parezca, está relacionado. Hace dos años estaba en el aparcamiento del juzgado en Barcelona; había ido en moto, solía hacerlo los viernes, era una especie de tradición. Cuando Simón estaba vivo iba a verle y hablábamos un rato, él me echaba la bronca por seguir comportándome como un idiota y jugábamos al dominó hasta que él empezaba a trabajar. Después de su muerte seguí haciéndolo; iba en moto al bar donde Simón y yo solíamos jugar y echaba alguna que otra partida con sus amigos. Un día, al acabar, me puse el casco, arranqué y un coche se me echó encima. No fue un accidente; del coche salió un tipo con una pistola dispuesto a terminar el trabajo, pero tuve suerte. Aquel día había mucha seguridad en el juzgado; un coche de policía lo presenció todo, abatió a mi agresor y arrestó al resto.

—¡Dios mío, Leo! —Abro los ojos horrorizada—. No lo sabía.

—No lo sabe nadie. El caso está bajo secreto de sumario y tanto la policía como yo decidimos no comunicar nada para poder trabajar tranquilos. La prensa tiende a inmiscuirse y a veces avisa sin querer a los delincuentes de lo que estamos haciendo. Al menos quiero creer que es sin querer.

—Pero, pero... ¡Dios mío!

—Fue una venganza —dice escueto.

—El caso de la trata de menores.

—Exacto. Enviamos a mucha gente a la cárcel y no se lo tomaron nada bien al parecer.

—Tu pierna... Así te hiciste daño.

—Sí, mi moto se me cayó encima y me rompí varios huesos. También me rompí un par de costillas con la caída y sufrí una leve conmoción cerebral. Podría haber sido peor.

Tengo que abrazarle.

—¡Eh, tranquila! —dice él rodeándome también con los brazos—. Ya pasó.

—Podrías haber muerto.

Suelta el aliento antes de responder.

—Sí, podría haber muerto. Tuve mucha suerte. Me llevaron al hospital enseguida, la pierna me dolía mucho y me costaba respirar por las costillas, pero a mí solo me preocupaba una cosa: hablar contigo. Tenía que hablar contigo fuera como fuese.

—Me llamaste.

Me aparto para mirarle al recordar esa llamada.

La llamada que apareció de la nada y que en cuestión de segundos me hizo revivir lo mejor y lo peor de nuestra historia. La llamada que hasta ahora él y yo hemos fingido que no existía.

41

LA LLAMADA

Jueves, 17 de abril de 2014

—¿Leo?

—¡Martina, joder! Gracias a Dios que has contestado.

—¿Sucede algo? ¿Estás bien?

—Sí, no. ¡Joder! ¿Pueden dejarme en paz un momento, por favor? ¿No ven que estoy hablando por teléfono?

—Puedo colgar...

—¡No! No cuelgues, por favor. Tal vez después no pueda volver a llamarte.

—Leo, ¿qué pasa? Suenas raro y hace años que no hablamos.

—Tengo que decirte algo. ¡Joder, solo necesito un minuto, no vuelva a pincharme!

—Leo, no entiendo nada. ¿Dónde estás?

—Lo he intentado y no puedo vivir sin ti, Martina. No puedo y no quiero. ¿Lo entiendes? No hay manera de que pueda estar un día más sin ti.

—Leo...

—Y sé que llego tarde y que estás con otro, y que tal vez ya no me quieres o no me has querido nunca...

—Leo, yo...

—Te quiero, Martina.

—¿Y me lo dices ahora?

—Lo siento.

—¿El qué?

—Todo, absolutamente todo. Excepto enamorarme de ti.

—Yo... Leo... Yo no sé qué decir.

—Prométeme que me llamarás mañana. Prométemelo, por favor.

—Leo, me estás asustando. ¿Estás bien?

—Tú solo prométeme que me llamarás mañana y te lo explicaré todo. Por favor.

—Está bien, te lo prometo. ¿Leo? ¿Estás ahí? ¿Leo?

En estos casi dos meses que llevamos en Bellamie Leo nunca ha mencionado la llamada y yo tampoco. De hecho, si no fuera porque hoy en día los móviles dejan rastro de todo creería que la había soñado. Me pasé días analizando cada palabra con mis hermanas, desmenuzando los pocos segundos que había durado, buscando pruebas ocultas que pudiesen revelar su significado y al final llegamos a la conclusión de que Leo me había llamado borracho y después se había arrepentido.

—Te llamé al día siguiente. Varias veces. La última me contestó Belén —le cuento recordando con rabia aquel momento y agacho la cabeza— y me dijo que te dejara en paz, que os ibais de vacaciones a las Bahamas y que desapareciera de tu vida de una vez por todas.

Leo me levanta el mentón en busca de mis ojos.

—Lo sé, Belén me lo dijo hace un año. Antes no lo sabía. Tuvieron que operarme varias veces, hubo complicaciones y estuve más tiempo del que habían anticipado en el hospital. Cuando salí del quirófano después de la primera intervención, la que me hicieron después de que te llamase, no dejaba de repetir tu nombre. Estaba prácticamente inconsciente y solo te llamaba a ti. Los médicos habían llamado a Belén y ella no sabía qué hacer o qué decirles, pues para ella las apariencias lo eran todo, y cuando llamaste se puso furiosa. Borró tu llamada y también la que te había hecho yo. Me pidió perdón cuando me lo contó.

—¿Te pidió perdón?

Sigo confusa, pero me parece que no basta con pedir perdón cuando por tu culpa has impedido que dos personas hablasen y resolvieran sus asuntos. Vale, no soy objetiva con Belén, lo sé. Pero es que podría haberme dicho que Leo estaba en el hospital y entonces yo... ¿qué habría hecho?

—Apenas recuerdo nada de los primeros días que estuve ingresado, pero poco a poco fui encontrándome mejor y me dieron el alta.

—En la prensa dijeron que te habías tomado unas vacaciones.

—No queríamos que se supiera lo del intento de asesinato y la verdad es que siempre me ha dado igual lo que digan de mí. Lo de las vacaciones era tan buena historia como cualquier otra. Primero fui a casa y cuando entré supe que no podía seguir allí ni un día más. Al principio no recordaba haberte llamado ni haber hablado contigo, pero sabía que mi matrimonio era una farsa y que no podía seguir adelante. Le dije a Belén que quería el divorcio; a ella no le sorprendió pero tampoco se lo tomó bien. No intentó hacerme cambiar de opinión, pero me pidió que no se lo dijéramos a nadie. Si yo no necesitaba estar divorciado, bien podíamos seguir casados, aunque solo fuera por cuestiones prácticas.

—¿Cuestiones prácticas?

Se me encoge el estómago al recordar que esas cuestiones prácticas jugaron en nuestra contra cuando Leo estudiaba.

—Le dije que no, que me daba igual, que quería el divorcio. Discutimos. Ella me dijo que no volvería a recuperarte, que cometía un error y que si habíamos llegado hasta allí bien podíamos seguir adelante.

—¿Belén sabe quién soy?

Me mira y levanta una ceja.

—Lo ha sabido siempre. Nunca he podido disimular lo que siento por ti.

Me sonrojo y como me da miedo enfrentarme a esa verdad desvío la mirada hacia el lago.

—¿Por qué os casasteis?

Leo suspira antes de responder.

—Yo me casé porque estaba furioso; tú nunca habías intentado ponerte en contacto conmigo para hacer las paces y cada día que pasaba más convencido estaba de que había cometido el mayor error de mi vida eligiendo mi carrera profesional antes que a ti. Me convencí de que con ella todo sería más fácil, su padre y sus contactos me ayudarían y ella jamás me rompería el corazón como habías hecho tú. Pensé que si me casaba por fin aceptaría que habías desaparecido de mi vida. Y respecto a Belén, la verdad es que solo puedo hacer conjeturas. Supongo que Belén se casó conmigo porque creía que tenía que hacerlo y porque nunca ha sabido luchar por lo que quiere. Supongo que en esto ella y yo nos parecemos, al menos entonces. Belén creía que si tenía el marido perfecto crearía la vida perfecta y dejaría de pensar en lo que necesita de verdad o en quién necesita de verdad.

—¿A qué te refieres?

—Belén y Patri tienen una relación desde la Universidad. Me enteré por casualidad y de repente varios momentos de nuestro pasado adquirieron sentido. Siempre han estado juntas y lo triste es que ninguna de las dos quiere reconocerlo. Cuando le dije a Belén que luchase por esa relación me dijo que no me atreviera a repetirlo en voz alta nunca más, que eso no era lo que estaba pensando. Creo que se equivoca, pero ya no es asunto mío.

—¿Dónde está ahora?

—En Madrid; sus padres se mudaron allí hace años. Espero que sea feliz, los dos nos hemos hecho desgraciados demasiado tiempo, pero lo dicho, ya no es asunto mío.

—¿Y cuándo te enteraste de que yo te había llamado mientras estabas en el hospital?

—Hace algo más de un año fui a Madrid por trabajo y acepté quedar para comer con ella. Me había llamado varias veces insistiendo en que teníamos que vernos. Ya habíamos firmado los papeles del divorcio, pero pensé que habría encontrado algo mío en alguna parte o que quería comentarme algo relacionado con sus padres.

—¿Ellos no saben que estáis divorciados?

—Yo apenas tengo relación con ellos desde hace tiempo; mi exsuegro y yo no tardamos en distanciarnos. Tiene una visión muy distinta a la mía sobre lo que implica ser juez y no he hablado con ellos desde que se mudaron a Madrid. Espero que Belén ya se lo haya dicho, pero no depende de mí y la verdad es que me da igual.

—¿Y qué pasó el día que os visteis en Madrid?

—Belén había sufrido un pequeño accidente, nada grave. Un coche había chocado con el suyo en plena calle. No se había hecho mucho daño, pero me dijo que durante el rato que estuvo en la ambulancia se dio cuenta de que solo quería a una persona a su lado.

—Patri.

—Supongo, aunque no me lo dijo. Lo que sí me dijo es que por fin entendía qué me había pasado a mí aquel día, el día que intentaron matarme, y que si solo repetía tu nombre tenía que significar algo. Entonces me contó que habías llamado y lo que te había dicho y también que había borrado mi llamada.

—¡Dios mío!

—Me pidió perdón. Me dijo que estaba asustada porque si yo la hubiera dejado entonces no habría sabido qué hacer con su vida, pero que ese no fue el motivo por el que te dijo que nos íbamos juntos de viaje.

—¿Y cuál fue?

Leo me acaricia la mejilla y después coloca ambas manos en mi cintura.

—Me dijo que estaba furiosa conmigo por ser tan cobarde y por no haberle dicho la verdad desde el principio. Y en eso tengo que darle la razón; ella sabía que yo no estaba enamorado de ella y que la estaba utilizando, y sospechaba que estaba enamorado de ti, pero nunca habíamos hablado de ello. Belén creía que tú y yo nos habíamos peleado sin más, no sabía que ella había jugado un papel en nuestra ruptura y que yo lo había aprovechado para alejarme de ti. Se puso furiosa. Nunca habíamos sido sinceros el uno con el otro a pesar de llevar tantos años juntos. Dijo que al menos podríamos haber sido buenos amigos.

—¡Vaya con Belén!

—Sí, no sé si todo eso es fruto de ese leve accidente o si le ha sucedido algo más, pero me alegro de que esté empezando a pensar así. Me alegro de que me dijese esas verdades a la cara y de que por fin me contase que me habías llamado. Regresé a Barcelona esa misma tarde; ahora que sabía que sí que te había llamado y que mis recuerdos no eran fruto de un delirio inducido por la mediación las cosas cambiaban. Te había llamado y tú me habías contestado y me habías llamado al día siguiente tal como me habías prometido. ¿Qué me habrías dicho si hubiéramos podido hablar?

—No lo sé, la verdad. Estaba preocupada por ti, no entendía por qué me habías llamado de la nada ni por qué me habías dicho todo eso. Supongo que te habría preguntado si lo decías de verdad.

—Lo decía de verdad. No hay ninguna verdad más cierta en mi vida que tú.

—Pero cuando Belén me dijo que os ibais de vacaciones y que te dejara en paz y después salieron esos artículos en la prensa del corazón diciendo que estabas en paradero desconocido, pensé lo peor. Pensé que me habías llamado borracho y que era una broma de mal gusto.

—¡Joder, Martina! Lo siento. Estaba aquí, en Bellamie, no me enteré de esos artículos hasta que regresé meses más tarde y entonces estaba convencido de que solo había soñado que te llamaba, no que lo había hecho de verdad.

No puedo preguntarme qué habría sucedido si hubiésemos hablado entonces. Volver al pasado es imposible y más si se trata de recuerdos que ni siquiera han existido. Leo y yo no hablamos hace dos años y nada podrá cambiar eso.

—¿Y el libro? ¿Qué pinta tu libro en todo esto?

Leo se sonroja y carraspea antes de continuar.

—El libro, bueno, eso es... —Respira hondo—. Quería hablar contigo, quería contarte todo lo que había pasado y pensé que si te llamaba no me contestarías.

—Espera un momento. ¿Me estás diciendo que llevas un año planeando esto? ¿Que aceptaste publicar un libro sobre tu vida para hablar conmigo?

Se aprieta el puente de la nariz y desvía la mirada hacia el lago.

—Diría que llevo toda la vida preparándome para estar contigo, pero supongo que técnicamente sí, puede decirse que llevo un año planeando esto. Y habría accedido a hacer cualquier cosa con tal de que me escuchases un segundo. Si no hubieras accedido a escribir el libro, lo habría aceptado y habría seguido adelante con el proyecto. Creo que la historia de lo que le sucedió a Leila puede ser importante y ayudar a mejorar las cosas para muchos menores, así que aunque te hubieras negado a hacer el libro, habría seguido adelante. Y habría encontrado la manera de asumir que no querías volver a verme ni hablar conmigo.

Esto es demasiado.

—Podrías haberme llamado —le digo intentando asimilar lo que acaba de contarme.

—¿Así sin más? Vamos, sé sincera, no habrías querido ponerte al teléfono y la verdad es que lo entiendo. La última vez que nos vimos fue en el funeral de Simón y los dos estamos de acuerdo en que me comporté como un cretino, y después estaba lo de esa llamada y lo de las vacaciones con Belén. No sabía qué pensabas de mí, pero sabía que después de eso no podía ser nada bueno.

—No sé qué decir, Leo —confieso con el corazón en un puño—. Tú llevas un año organizando esto, preparándote para este momento. Pero para mí hasta hace apenas dos meses eras el chico que me había roto el corazón en la Universidad porque yo no encajaba en sus planes de futuro, y que después se había comportado de un modo extraño, negándose a salir del todo de mi vida. No voy a mentirte, acepté el encargo de tu libro porque una parte de mí quería saber por qué habías exigido que fuera yo la escritora, pero por otra quería demostrarme que te había olvidado y que no significabas nada para mí. ¡Ah! Y porque la editorial me prometió que si accedía a hacerlo más adelante publicarían mi próxima novela romántica por todo lo alto. Te juro que en ningún momento se me pasó por la cabeza que hicieras esto para volver a conectar conmigo o para que tuviéramos una segunda oportunidad. ¡Hasta hace unas semanas estaba convencida de que seguías casado!

—Sé que son muchas cosas y no quería contártelas todas de golpe. —Me sujeta la mano y me acaricia la parte interior de la muñeca—. Creía que podría ir más despacio, pero cada día que pasamos juntos es mejor que el anterior y estoy impaciente por tener más días contigo, por dejar de preguntarme cada mañana si tendré que despedirme de ti o si te quedarás conmigo para siempre. Tú misma has dicho que dentro de un mes tendrás que regresar a Barcelona.

—Leo...

—Tienes razón, yo llevo un año pensando en esto y tú no. No es justo que te presione y no voy a hacerlo. Solo quería que supieras la verdad y cuáles son mis intenciones.

—¿Y ya no tienes más secretos? ¿Ya me lo has contado todo? —Sonrío y él lo agradece agachándose para darme un beso.

—Bueno, supongo que algún secreto me queda, pero nada importante. Ahora ya lo sabes todo sobre mí. ¿Qué piensas? ¿Crees que podrás darme otra oportunidad?

Esa es la pregunta. ¿Puedo? ¿Creo de verdad que existen las segundas oportunidades? ¿Creo que el amor puede con todo?

—¿Te he contado alguna vez que soy la única de mis hermanos que no ha tenido su final feliz?

Leo me mira confuso y levanta una ceja.

—No, creo que no.

—Ágata se enamoró del mejor amigo de Guillermo, nuestro hermano mayor, y después de un par de baches en Londres, Gabriel se plantó en Barcelona e hicieron las paces en cuestión de semanas —enumero—. Guillermo conoció a Emma en un vuelo a Nueva York y lo mismo, discutieron y se dejaron, pero pocos meses después ella volvió a Barcelona y no paró hasta que mi hermano la perdonó y —chasqueo los dedos— no se han separado desde entonces. Helena conoció a Anthony cuando él trabajaba en Barcelona, se enamoraron, hubo drama y, ¡zas!, él le envió los *e-mails* más románticos de la historia e hicieron las paces. Espera —le digo cuando le veo sonreír—, Marc se estaba haciendo pasar por Álex cuando conoció a Olivia, apareció el amor y luego una gran discusión y ella le echó porque creía, con razón, que él le había tomado el pelo, pero al cabo de unos meses se plantó en la consulta veterinaria de mi hermano e hicieron las paces. Felices para siempre. Y Álex, ¡oh!, Álex conoció a Sara en Las Vegas, eso es difícil de superar, se enamoraron, se separaron, hubo drama en San Francisco, ella organizó en Madrid un encuentro superromántico y también hicieron las paces. Vale que ahora tienen problemas, pero estoy convencida de que los solucionarán.

—Me alegro, pero ¿qué tiene todo eso que ver con nosotros?

—Tú y yo nos conocimos en la facultad. Lo teníamos todo a nuestro favor para que las cosas salieran bien y salieron lo peor posible.

—No nos fue tan mal; nos enamoramos —me recuerda.

—Tal vez. —No voy a ceder tan fácilmente—. Lo que quiero decir es que mis hermanos tuvieron su final feliz en cuestión de meses y tú y yo llevamos años separados.

—¿Existe alguna norma al respecto? ¿Hay algún manual que diga qué requisitos necesita una historia para tener un final feliz?

—No, ninguno.

—Entonces ¿por qué no seguimos nuestro propio ritmo? Da igual si tardamos unos meses o unos años, en mi opinión, lo importante es que los dos queramos llegar a ese final feliz juntos.

—Es imposible discutir contigo, no me extraña que seas tan buen juez.

Sonríe satisfecho.

—Te propongo una cosa: hoy no trabajemos en el libro, no volvamos a hablar de esto ni tomemos ninguna decisión trascendental.

—¿Y qué quieres hacer?

—Elige tú. Yo nos he traído hasta aquí. ¿Tú qué quieres hacer hoy?

Lo pienso varios segundos antes de responder.

—Quiero pasear junto al lago. Después quiero ir a comer al *pub* y hablar un rato con Diana y Steve, y después quiero volver a tu casa y ver una peli contigo.

Quiero un día cualquiera con él, sin drama, sin presión, sin tener que pensar en qué pasará mañana.

—Hecho.

42

LAS NOTICIAS VUELAN; LAS MALAS VAN MÁS RÁPIDO

Tengo un escritorio en casa de Leo. Apareció la semana pasada, cuando Duncan, el carpintero de Bellamie, un escocés más alto que Leo y con cara de poder partir un tronco solo con mirarlo, instaló una pequeña y delicada mesa, hecha con sus manazas, junto a la ventana del comedor, para que así tuviera las mejores vistas del lago, tal como Leo le había pedido.

El carpintero instaló la mesa, regresó luego a la camioneta que había aparcado fuera y volvió cargado con la silla más bonita y cómoda que he tenido nunca. Después se despidió de Leo con unas palmadas en la espalda, diciéndole que se alegraba de verlo tan bien y que lamentaba haber tardado tanto. A mí me guiñó un ojo y me dijo que esperaba verme muy a menudo por aquí.

Iba a enfadarme con Leo por haber encargado esos muebles sin decirme nada, por no haber consultado conmigo si me parecía bien o si tenía la menor intención de escribir en su casa, pero cuando abrí la boca él me levantó en brazos, me besó y me sentó en el escritorio para demostrarme que tenía la altura exacta para que él pudiera arrodillarse delante y demostrarme con la lengua y los labios lo arrepentido que estaba por no habérmelo dicho antes.

Después de la demostración le perdoné, obviamente, y he tardado varios días en ser capaz de sentarme a escribir aquí sin sonrojarme.

—¿Estás escribiendo? —me pregunta él besándome detrás de la oreja.

—Sí.

—¿Tu novela?

—¡Chis! No lo digas muy alto, no quiero gafarme.

Me besa el cuello sonriendo.

—¿Ya tiene título?

—No, todavía no —respondo frustrada—. No lo entiendo; creía que cuando consiguiera desatascar la historia me saldría. Los títulos siempre se me han dado bien, pero con este no hay manera.

—Bueno, ya sabes lo que dicen: lo bueno se hace esperar.

—Ojalá tengas razón.

—¿Y ya tienes título para nuestro libro?

Leo hace eso últimamente, llama «nuestro libro» a su biografía y la verdad es que me gusta, me produce vértigo, no puedo negarlo, pero me gusta.

—Creo que sí. ¿Quieres oírlo?

—Dispara.

—Primero había barajado lo obvio, ya sabes, tu nombre o uno de esos motes horribles que te ponen en los periódicos.

—¿Te refieres a «superjuez»?

—Exacto. ¿A ti te gusta?

—Lo odio.

—Claro que si vieran tus abdominales te llamarían algo mucho peor.

—¿Cuándo vas a dejar de reírte de mis abdominales?

—Nunca. Los adoro. —Coloco una mano debajo de la camiseta y los acaricio para demostrárselo.

—Deja de tocarme si no quieres que te levante y te folle en el sofá.

—Eso no suena tan amenazante como crees, Leo.

Me aparta la mano de debajo de la ropa y me mira a los ojos.

—Dime los títulos y después cumplo con mi amenaza.

—Está bien —finjo sentirme decepcionada—. Tengo una lista, después te la enseño, pero mi favorito es *Justicia menor*; ya sabes, porque Leila y tú erais menores y no os hicieron caso y...

No puedo terminar la explicación, Leo se agacha para besarme apasionadamente.

—Me encanta, es perfecto. Como tú, que eres perfecta para mí, Martina.

No sé si me levanto yo o si él tira de mí hacia arriba, pero pronto nuestra ropa acaba en el suelo y nosotros en el sofá, como si quisiéramos romper un récord mundial sobre la pareja que más rápido consigue hacer perder la cabeza al otro.

—Esto empieza a ser ridículo —le digo después, recorriéndole la garganta con la lengua—. Yo nunca he sido así.

—¿Así cómo?

Leo me acaricia la espalda con una mano y con la otra juega con mi pelo. Podría hacer una broma, decir que antes no había hecho nada tan salvaje en la cama o que nunca le había arrancado la ropa a nadie, pero ya va siendo hora de que acepte lo que está pasando.

—Como si formase parte de otra persona, como si no pudiera respirar si te vas lejos.

Estoy tumbada encima de él y noto que se le acelera el corazón.

—No pienso irme a ninguna parte.

El sonido de mi teléfono móvil se entromete, ha ido a parar al suelo delante del sofá donde estamos, y no contestaría, pero veo el nombre de mi hermano Álex en la pantalla y alargo la mano para hacerlo porque llevo días persiguiéndole.

Leo sonríe y pone una mano en mis nalgas. Le miro mal y él se limita a encogerse de hombros.

—Eres imposible —susurro antes de contestar.

Leo me da un beso en el cuello.

—¡Álex! ¿Cómo estás? ¿Estás con Sara?

Sé que ella ha regresado a Barcelona, me lo contó Helena el día que hablé con ella, y que se han visto. Al menos mi cuñada ya no está en otra ciudad, rompiéndole el corazón a Álex.

—Eso te lo cuento más tarde. ¿Estás con Leo?

Me tenso y Leo también se pone alerta. Mis padres y mis hermanos saben que estoy con él, que paso días en su casa y que hacemos algo más que trabajar en su libro. No les he contado todos los detalles porque primero, antes tengo que aclararme un poco y, segundo, porque quiero verles las caras cuando lo haga. Álex está al tanto de eso y hay algo en su voz que me deja claro que no ha llamado para cotillear.

—Sí, ¿por qué lo dices?

—Dile que busque cualquier revista del corazón de España de esta semana o cualquier periódico de hoy.

Leo se levanta con cuidado y tras depositarme en el sofá como si no pesara nada se pone los *bóxers* y va a por su ordenador portátil.

—Pon a tu hermano en altavoz —me pide, sentándose de nuevo a mi lado y poniéndolo en marcha.

—Álex, voy a ponerte en altavoz —le aviso—. Ya está. ¿Qué ha pasado? ¿Qué estamos buscando?

—¡Mierda! ¡Joder! —exclama Leo.

—Exacto —dice Álex desde el teléfono—. Está en todas partes.

Miro la pantalla del ordenador y veo una foto nuestra besándonos junto al lago en la portada de la revista con un titular repugnante.

—¡Dios mío! —farfullo—. Dicen que soy tu amante y que has conseguido que la editorial publique mi libro.

—Eso no es todo —sigue Álex.

Leo teclea el nombre de un periódico y la imagen cambia. Antes de verla tiro de la camiseta de Leo que está en el suelo para cubrirme. No puedo seguir desnuda mientras nuestra intimidad es diseccionada de esta manera por unos desconocidos.

—Al menos en el periódico dicen que eras escritora antes de acostarte conmigo —mascula Leo—. ¡Mierda! Lo siento mucho, Martina.

—Me sujeta las manos y veo que estoy temblando—. Te prometo que voy a arreglarlo.

—No es culpa tuya —le digo, pero él me mira como si no me creyera.

—Gabriel te llamará dentro de un rato, dice que puede averiguar de dónde provienen las fotos. Según la abogada de su revista, las fotos son ilegales. La ley inglesa de protección a la intimidad se toma esta clase de infracciones muy en serio.

—Tiene razón —confirma Leo—. Es uno de los motivos por los que elegí venir aquí. Esto no va a quedar así.

—Hay más —sigue Álex.

—¿Qué? ¿Cómo que hay más?

—Unos periodistas se han presentado en casa de papá y mamá. Papá les ha echado, además Guillermo y Emma estaban en casa y le han ayudado, creo que se han largado con el rabo entre las piernas.

—¡Oh, no!

Voy a ponerme a llorar.

—Lo siento, Martina. Lo solucionaremos, ya verás.

—Tengo que volver a Barcelona; no puedo dejar que mi familia tenga que hacer frente a esto mientras yo estoy aquí. ¡Oh, Dios! Eva estará furiosa, tu libro...

—Mi libro no es importante, nada excepto tú es importante —afirma Leo mirándome a los ojos—. Álex, gracias por avisarnos. ¿Te importa que te llamemos dentro de un rato y te informemos de qué vamos a hacer?

—No, claro que no.

—Gracias, Álex —le digo.

—No me las des y no sufras por nosotros. Estamos bien. Sara y yo iremos a casa de papá y mamá mañana por la noche, y creo que Marc y Olivia también estarán. Anthony y Helena iban hoy, si no me equivoco. Y Guillermo está en plan militar, montando un ejército para defenderte. Gabriel te llamará dentro de un rato; él, Ágata y las niñas están dispuestos a reconquistar Escocia si hace falta. Tú dinos qué quieres que hagamos y nos ponemos en marcha.

No puedo pensar, aunque Leo ha apagado el ordenador no dejo de ver nuestra foto en la portada de esa revista con aquel horrible titular debajo.

—La foto de la revista es de hace semanas —digo confusa—. No tiene sentido. Aquí no te conoce nadie y a la gente que sabe que eres juez en España no le importa lo más mínimo.

—Tienes razón.

—Tiene que haber sido alguien de aquí —sugiere Álex—. ¿Quién sabe que estás aquí, Leo?

—En la editorial lo saben, pero incluí una cláusula en el contrato que decía que si le revelaban a alguien mi paradero tenía derecho a romperlo y a recibir una cuantiosa indemnización. No han sido ellos; llevaban mucho tiempo detrás del libro y no son tan tontos. Además, Eva le tiene mucho cariño a Martina, jamás le haría algo así.

—¿Y una editorial de la competencia?

—No —sigue Leo—. Están interesados por mi libro pero no a ese nivel. No ganan nada echando a perder mi reputación, todo lo contrario.

—El morbo vende —sigue Álex.

—Tal vez, pero no creo que se trate de eso.

—¿Qué estás pensando? —Basta con mirar a Leo para saber que el cerebro le va a mil por hora.

—En el texto de la noticia del periódico hay algo que no encaja.

—Déjame leerlo otra vez.

Leo pone en marcha el ordenador y gira la pantalla hacia mí.

—La verdad es que no tiene mucho sentido. —La voz de Álex llega desde el altavoz—. Leo es una figura pública, pero lleva casi un año desaparecido y nadie lo ha buscado. Vivimos en un país que genera suficientes escándalos a diario como para perder el tiempo con algo así. ¿Por qué han viajado a Escocia?

—¡Oh, Dios mío! Sé quién ha hecho la fotografía. Sé quién ha vendido la noticia.

—¿Quién? —preguntan los dos.

—Fer.

Siento arcadas.

—Voy a matar a ese desgraciado; no, mejor aún, voy a destrozarle la vida —afirma Leo.

—¡Eh! Calma, Leo —le pide Álex—. Aunque tienes todo mi apoyo ahora no necesitamos otra noticia en primera plana.

—Leo no va a matarle; voy a hacerlo yo con mis propias manos —digo poniéndome en pie—. Será rencoroso y vengativo... Es una rata rastrera. Eso es lo que es, una rata rastrera.

—A mí nunca me gustó ese tío —dice Álex.

—Voy a subirme al primer avión que salga para España y voy a... —Estoy tan enfadada que no puedo ni hablar—. Voy a presentarme en el periódico y a decirles que es el peor periodista que tienen en plantilla, que apenas sabe redactar. ¡Yo tenía que corregirle los textos! Y luego él me decía que yo solo sabía escribir cursiladas.

—Álex, ¿podemos llamarte más tarde? —me interrumpe Leo.

—Sí, claro. Vamos, Martina, entiendo que estés furiosa, pero ya verás que...

—¡Dice que van a publicar mi libro porque me he acostado con Leo! Hay que ser desgraciado para decir eso.

—Lo sé. Lo arreglaremos —dice Leo.

—¿Cómo?

Álex es el primero en contestar.

—No lo sé, pero estamos todos de tu parte y esta vez, además, tienes a Leo.

Con esa frase se ha ganado a Leo para siempre.

—Está bien. —Hablo yo porque Leo se ha quedado sin habla—. Prometo no matar a Fer hasta que llegue a España. Te llamamos dentro de un rato.

43

YO ME QUEDO PARA SIEMPRE CON MI REINA Y SU BANDERA

LEO

Martina ha salido del comedor en cuanto ha colgado Álex y se ha encerrado en nuestro dormitorio, donde seguro que ha empezado a hacer la maleta para irse de aquí.

Yo me quedo unos segundos donde estoy, incapaz de moverme de la rabia que recorre mi cuerpo. Si tuviera a Fer delante le arrancaría la columna vertebral con las manos y disfrutaría haciéndolo. ¿Cómo puede haberle hecho esto a Martina? ¿Cómo es posible que alguien que dice haberla querido en el pasado ahora sea capaz de hacerle daño? Estoy seguro de que la foto nos la hizo él y que ha sido él quien ha escrito el artículo del periódico y después ha vendido el resto de las imágenes a distintas revistas.

Después de que Martina afirmase rotundamente que él era el culpable, he vuelto a leer el artículo y he visto la prueba. En una línea la llamaba «Tina Martí».

Las ganas de pegarle, de hacerle daño físicamente, persisten, pero a medida que pasan los segundos se me ocurren más modos de torturarle. No es algo de lo que deba sentirme orgulloso, pero me da igual. Ese desgraciado ha hecho llorar a Martina y solo por eso se merece ir al infierno.

No puedo seguir sin hacer nada, aflojo los músculos de los brazos y las piernas y camino decidido hasta el dormitorio. Martina sigue llevando solo mi camiseta y la imagen consigue que mi corazón se tranquilice un poco; no es normal el efecto que me produce verla con mi ropa por casa.

Hay una maleta abierta encima de la cama, la misma con la que ella trajo aquí su ropa hace apenas una semana, cuando por fin reconoció que era una tontería que cada día tuviera que pasar por la cabaña a buscar sus cosas. La editorial pagó el alquiler de la cabaña durante tres meses y Martina prefirió no comunicarles que no iba a vivir ahí las últimas semanas porque no quería dar explicaciones sobre nuestra relación.

Ser un secreto no me gusta, aunque entiendo por qué no quiere contárselo a Eva y que quiera tomarse su tiempo.

Se mueve como un colibrí por la habitación y sigue insultando a Fer por lo bajo, pero es evidente que está triste y dolida, y cada dos pasos se pasa el reverso de la mano por la cara para secarse unas lágrimas.

—Cariño, espera —le pido acercándome a ella—. Para un momento.

—Tengo que hacer las maletas, cerrar la cabaña y buscar el primer vuelo que salga de Glasgow o Edimburgo hacia España. O tal vez podría ir a Londres hoy mismo, seguro que allí...

Le sujeto las manos y el jersey que tenía entre los dedos cae encima de la cama.

—Respira.

—No puedo. —Solloza y en mi mente anoto otro motivo para odiar a Fer, pero no digo nada y tiro de ella hacia mí para abrazarla.

Martina cierra los puños en mi torso y llora mientras yo le acaricio la espalda.

—No es justo, Leo. No es justo.

—Lo sé, cariño, y vamos a arreglarlo.

—Tu reputación saldrá intacta, pero ha echado la mía por la borda —farfulla.

Tiene razón, el mundo es así de injusto.

—No dejaremos que esto te perjudique. Encontraremos la manera de que retiren el artículo y se retracten.

—Tú sabes tan bien como yo que nadie hace caso de las retractaciones, y que aunque lo retiren el daño ya estará hecho.

—La gente tiene muy mala memoria.

—No es justo —repite—. No es justo que el estúpido de mi ex te haya hecho esto solo para vengarse de que no le concedieras esa entrevista y de que yo no quisiera volver con él.

—No me importa. Fer puede hacerme lo que quiera, pero jamás le perdonaré que te haya hecho daño a ti.

—Por mi culpa, ahora todo el mundo sabe dónde está tu refugio, tu lugar especial en el mundo.

La aparto para mirarla a los ojos.

—Mi lugar favorito eres tú, Martina. Aquí no se acercarán y, si alguien lo intenta, demandaremos al periódico o la revista en cuestión para que les quede claro que aquí no son bienvenidos. Nadie va a echarnos de nuestra casa y nadie va a separarnos, así que deja de decir que te vas sola a Barcelona, de hablar en singular, como si pudiera dejar que te fueras a alguna parte sin mí. Deja de pensar que esto es el final para nosotros.

Sorbe por la nariz y me mira con las pupilas dilatadas.

—Odio que siempre sepas lo que pienso —dice sin amargura, indicando justamente lo contrario.

—Yo también lo odio —sonrío y le acaricio la mejilla para capturar las últimas lágrimas.

—Si me voy sola puedo decir que la foto no es lo que parece o que Fer la ha manipulado porque es un exnovio vengativo. Puedo mantenerte al margen, mis hermanos me ayudarán, y seguro que si la prensa cree que tú no estás involucrado se olvidarán de mí en pocos días.

—¿Eso es lo que quieres, mantenerme al margen?

—Has luchado mucho para llegar adonde estás. Leila... —Agacha la cabeza—. Lo has hecho todo por ella. No quiero que por culpa de esto no consigas lo que quieres.

—Te quiero a ti, Martina. Y a no ser que tú me eches, quiero quedarme contigo para siempre.

No responde, solo asiente con ojos profundos y brillantes como el lago que queda a mi espalda, y me abraza con todas sus fuerzas. ¿Cómo es posible que hace solo un par de horas estuviéramos riendo desnudos en el sofá y ahora tenga este miedo a perderla?

—Está bien. Nos vamos juntos a Barcelona.

Siento tal alivio que me fallan las rodillas y tardo unos segundos en encontrar la voz.

—Tú termina de preparar tu equipaje; yo me ocupo de los billetes y de llamar a Diana y a Steve para que sepan que la cabaña quedará vacía. Les contaré lo que ha pasado para que estén al tanto y nos avisen si aparece alguien husmeando por aquí. Después llamamos a tus hermanos y les ponemos al corriente. ¡Eh, mírame! Saldremos de esta.

Voy a soltarla cuando se pone de puntillas y me aniquila dándome un beso.

—Lo sé —dice al alejarse para terminar de hacer su maleta.

En el trayecto en coche de Bellamie al aeropuerto de Glasgow, Martina llama a su familia para darles los detalles del vuelo y asegurarles que está bien, enfadada y dolida, pero que ya no se plantea cometer un asesinato. También les dice que llegará a Barcelona conmigo y yo intento que no se me note que me da más miedo conocer a los Martí que enfrentarme a cualquier juicio.

Hace años solo vi a unos cuantos hermanos de Martina aquella vez en la fiesta de graduación de Derecho. Un fin de semana en la playa, cuando los dos estábamos en el chiringuito, vi de lejos a su hermana mayor y al que ahora es su marido, pero a sus padres no los he visto nunca y a los seis hermanos juntos tampoco. Y sé que para ella su opinión es la más importante del mundo.

No gustarles a Mika o a Roque no me importaba. Prefiero caerles bien, pues Martina forma parte de mi vida y yo de la suya, y si ellos están allí quiero gustarles, pero no me quita el sueño porque sé que Martina no me dejaría por ellos.

Sus hermanos o sus padres son otro tema y eso me aterroriza.

Intento pensar qué haría yo si tuviera una hija y eso me complica las cosas porque entonces me imagino a una niña con los ojos de Martina y la sonrisa de Leila y el corazón se me expande de tal manera en el pecho que temo me rompa las costillas. Me suda la espalda y tengo que apretar el volante para que ella no note que estoy temblando.

—Creo que voy a llamar a Eva, seguro que ha visto el periódico y no me ha llamado porque está alucinando con la noticia. ¿Te importa que le cuente que estamos juntos? Ella sabe que nos conocemos y, aunque nunca me ha preguntado qué clase de relación existió entre nosotros, ahora preferiría no mentirle.

Definitivamente acabo de perder la capacidad de respirar y pensar a la vez.

—No, por supuesto que no me importa. Puedes decírselo a quien quieras. Yo no quiero mentir sobre nosotros.

Martina me sonríe y llama a Eva. Mientras la escucho me doy cuenta de que se lleva bien con su editora. Cada minuto que pasa Martina parece más tranquila, menos furiosa por la noticia. Sigue haciéndole hervir la sangre que hayan violado nuestra intimidad, pero no ha vuelto a decir que quiere enfrentarse sola a esto o que no quiere perjudicar mi carrera judicial con el escándalo.

—Eva dice que no nos preocupemos por el libro, que nadie se acordará de esto cuando salga, y que si alguien se acuerda solo puede beneficiarnos. Dice que seguro que a mucha gente le parecerá muy romántico que lo hayamos escrito juntos.

—¿A ti te parece romántico?

—Al principio intenté no verlo así, tomármelo como un encargo más, pero supongo que sí es romántico. Al fin y al cabo, gracias a este libro me has contado tu historia.

—Quiero creer que habría encontrado la manera de contártela sin el libro —le digo buscando su mano por encima del cambio de marchas para acercarla a mis labios y besarle en los nudillos—. Todavía me falta conocer la historia de algunas pulseras.

—¿Cuál quieres que te cuente ahora?

—Ahora tengo otra pregunta: ¿por qué solo las llevas en una muñeca?

Martina se queda perpleja unos segundos.

—La verdad es que no lo sé. Supongo que fue algo inconsciente y cuando quise darme cuenta las llevaba todas en el mismo brazo.

—Tal vez te estás guardando el otro para algo especial.

—Tal vez.

Levanta el brazo y empieza a quitárselas.

—¿Qué haces?

—Quitármelas. No te imaginas lo complicado que es pasar el control de seguridad del aeropuerto con ellas. Como no viajo mucho no es un problema, pero aun así me da pena. Volveré a ponérmelas cuando estemos en el avión.

Aprieto el volante y aparto la mirada porque no es momento de descubrir lo erótico que me parece ver a Martina quitándose sus pulseras.

Durante el vuelo a Barcelona, Martina me ha contado que Roque y Mika le han enviado varios mensajes diciéndole que estaban de su parte y que en ningún momento imaginaron que Fer haría algo tan rastrero. Me alegro de que ellos dos no la hayan traicionado. En el aeropuerto recogemos el equipaje y buscamos un taxi. Una vez dentro le doy al conductor mi dirección.

—¿Te parece bien que vayamos a mi casa? ¿O prefieres ir a la tuya?

Martina sacude la cabeza sonrojada. Está cansada, salta a la vista que ha llorado, pero sonríe y eso me tranquiliza.

—¿Qué pasa? —le pregunto confuso.

—Acabo de darme cuenta de que hasta ahora no sabía dónde vivías. En mi mente seguía imaginándote en el piso que tenías de estudiante.

—Me dio mucha pena despedirme de ese apartamento. Te veía de pie frente mi viejo sofá, dormida en mi cama sin hacer y tenía miedo de que tu recuerdo se quedara allí cuando me fuera.

—¿Y fue así?

—No. —Me río de mí mismo—. Tu recuerdo está bien metido aquí dentro, pero prefiero la realidad de tenerte cerca. Ahora vivo a dos calles del Palau de la Música; compré el apartamento cuando Simón me dijo que estaba enfermo y después del divorcio me mudé allí definitivamente. ¿Te parece bien que vayamos allí?

—Me parece perfecto.

—Además, la dirección no consta en ninguna parte. Forma parte del sistema de protección que me pusieron después del atentado y muchos jueces tienen algo parecido. Nadie podrá encontrarnos allí.

Se tensa durante unos segundos.

—¿Tú crees que hay alguien vigilando mi apartamento?

—Lo dudo, pero podría ser. Todo depende del interés que hayan generado las fotos que vendió Fer.

—Entonces vamos a tu casa sin ninguna duda. No quiero pelearme con nadie y es lo que terminará pasando si veo a alguien en mi portal.

Pago la carrera al llegar a mi calle y el taxista nos ayuda con el equipaje. Martina ha enviado un mensaje a sus padres para decirles que hemos llegado y que mañana iremos a verlos. Le doy las llaves mientras yo me ocupo de las maletas. Cuando camino detrás de ella me digo que, por mucho que me gustaría que se quedase aquí para siempre, aún no puedo hacerme ilusiones.

Abre la puerta y busco su rostro para adivinar su reacción; quiero que le guste tanto que no quiera irse.

—Es precioso. Aquí también hay ventanales —los señala— y tienes muchos libros.

—Eso es mérito de Simón. Ven, te enseñaré el dormitorio y el baño por si quieres refrescarte y descansar un rato.

Hace meses que no estoy por aquí, así que mientras Martina está en mi habitación reviso que el resto de la casa esté en orden y funcionando. Lo cierto es que estoy retrasando el momento de entrar en el dormitorio, porque sé que si veo a Martina allí estaré perdido para siempre. Como si ya no lo estuviera, como si ya no llevase años enamorado de ella sin remedio.

Me lavo las manos en el otro baño del piso y voy a su encuentro. Cuando abro la puerta la encuentro sentada en la cama con una caja en el regazo.

¡Mierda! Me había olvidado de que estaba allí. La busqué el último día que estuve en casa y debí olvidarme de guardarla.

—Lo siento —dice ella—. He visto mi nombre en la tapa y la he abierto. No debería haberlo hecho.

Supongo que este es tan buen momento como cualquier otro para que también descubra esto.

—No pasa nada. —Camino hasta la cama y me siento cerca de ella.

—¿Qué es esto?

No tengo que mirar la caja para saber qué me está señalando: las nueve cajas pequeñas de cartón, cada una con un lazo, que hay en el interior.

—¿Recuerdas esas Navidades, cuando te envié el libro y las postales?

—Claro que lo recuerdo. Es el regalo más bonito que he recibido nunca. Te escribí y no me contestaste.

—Lo sé; fui un idiota. —La miro y busco la mano que tiene más cerca de mí para acariciarla—. Te había comprado algo más, pero a última hora cambié de opinión y decidí no enviártelo. No quería que creyeras que seguía pensando en ti, aunque por supuesto lo hacía, ni que te rieras de mí con el tío con quien te imaginaba.

—No salía con nadie.

—En mi mente sí y digamos que no lo llevaba demasiado bien. —Busco la cajita de aquel año—. La cuestión es que decidí no enviártelo, pero tampoco quise deshacerme del regalo porque en mi cabeza era tuyo, y supongo que de algún modo retorcido decidí guardarlo porque creí que algún día podría dártelo. Toma, es para ti. Feliz cumpleaños y feliz Navidad.

Le doy la cajita y espero a que la abra.

Martina sonríe al aflojar el lazo y al descubrir el contenido le brillan los ojos, aunque estoy casi seguro de que esta vez son lágrimas de alegría.

—Leo, es una pulsera. Es preciosa.

La recuerdo como si la viera por primera vez. Es una filigrana de oro blanco de la que cuelga un caballito de mar.

—La elegí porque me recordó a nuestro primer paseo en la playa —confieso—. Cuando vine a buscarte para ir al baile de los jueces iba a dártela, pero quería esperar a que nuestra relación fuera más sólida y ya sabes qué pasó; lo dejamos y no llegué a hacerlo. Después se convirtió en una especie de tradición o de tortura, supongo que depende de cómo lo mires. Cada año en Navidad te compraba una pulsera y no te la enviaba, sino que la ponía a buen recaudo en esta caja.

—Las has guardado todas —dice sentándose de rodillas en la cama para acercarse a mí.

—Sí, las nueve; una por año. La de este espero poder regalártela el día de tu cumpleaños.

—¿Me ayudas a ponérmela?

—Claro.

Levanto el brazo donde ella ha vuelto a colocarse las pulseras durante el vuelo, pero Martina lo aparta y me ofrece el otro.

—No, en este.

La pulsera puede esperar, yo no. La beso y nos tumbo a los dos en la cama.

44
EL AMOR QUE TE LLEVAS

Leo sigue dormido cuando me doy cuenta de que sé cómo terminar mi novela. Salgo de su cama con cuidado de no despertarle y, vestida con una vieja camiseta suya que encuentro en el armario, voy en busca de mi maleta. Él las ha dejado en la entrada y la abro para sacar el ordenador portátil.

Sonrío al notar el cosquilleo en la punta de los dedos y el nudo de emoción que se me forma en el estómago siempre que necesito escribir algo. Hacía mucho tiempo que no me sucedía. Tal vez mi reputación está por los suelos por culpa del idiota de Fer, quizá Eva me dirá que al final no quieren o no pueden publicar mi novela, pero he recuperado las ganas de escribir y la certeza de que, por ahora, quiero escribir historias como la de Grace y Eddie.

Aparto unos cojines del sofá y me pongo cómoda en un rincón donde no me resulta nada difícil imaginarme en el futuro. Mis dedos vuelan por las teclas, impacientes por llegar a esa frase, a esa escena que sé que cambiará el destino de mis protagonistas y que, si tengo suerte, emocionará a la persona que la lea. Veo tan claro el final que necesitan mis personajes que me cuesta creer que no lo viera antes, que me haya costado tanto llegar hasta aquí.

Grace se instalará en casa de Eddie mientras él sigue en coma en el hospital y, a través de los objetos de la vida cotidiana de él, descubrirá que Eddie nunca ha dejado de pensar en ella. Mientras, a través de sueños y de la voz de Grace, que le habla cuando va a visitarle, Eddie se dará cuenta de que ella también ha seguido conectada a él. Estoy escribiendo el capítulo donde Eddie despierta, ve a Grace y no acaba de comprender qué está haciendo ella allí.

—¿Qué estás haciendo? —La voz soñolienta de Leo me sobresalta.

—Escribiendo.

Se acerca a mí y se sienta a mi lado. No lleva camiseta y está despeinado, y tiene esa mirada de cuando no se preocupa por nada y se deja llevar por lo que está sucediendo. Está tan guapo que durante un segundo pierdo el hilo de la frase y me giro para besarle.

—¿Es tu novela?

—Sí. Ya sé cómo terminarla y qué título ponerle.

—¿Y vas a decírmelo o quieres torturarme hasta que la novela esté en la lista de los más vendidos?

Sacudo la cabeza sin dejar de sonreír y dejo el ordenador portátil en la mesa porque este momento merece toda mi atención.

—No sé si la novela estará nunca en ninguna de esas listas y la verdad es que me da igual —le digo mirándole a los ojos—. Vale, no me da igual, sería bonito que el libro gustase y funcionase. Cualquier escritor que diga lo contrario miente. Pero ahora mismo lo que de verdad me hace feliz es poder escribirla y haber recuperado la sensación.

—¿Qué sensación?

—Esta. —Muevo los dedos como si tocase un piano—. Las ganas de contar historias, la certeza de que sé qué quiero contar y cómo hacerlo. Y en el caso concreto de Grace y Eddie, la absoluta convicción de que se merecen un final feliz. No digo que en el futuro no me apetezca escribir algún otro género, pero por ahora sé que quiero escribir literatura romántica y crear personajes como Grace y Eddie que al principio la cagan y no tienen suerte en el amor, pero que acaban encontrando su segunda o tercera oportunidad.

Leo levanta una mano para apartarme un mechón de pelo del rostro y me acaricia la mejilla.

—Me alegro de que creas eso.

—¿Quieres saber el título?

—Claro.

—*El amor que te llevas*, porque eso es lo que les pasa a Grace y a Eddie, que se han llevado tanto amor el uno del otro que, aunque hayan pasado años separados, no pueden olvidarse. Por eso su historia tiene que acabar bien, porque en el pasado Grace se había llevado el corazón de Eddie consigo y él había hecho lo mismo con el de ella. Y todo el mundo sabe que no se puede vivir sin corazón; por eso Eddie está en coma. —Salto de un extremo a otro de la trama de la novela, explicándole a Leo por qué es el título perfecto, y él no deja de sonreírme.

—Estoy impaciente por leerla.

Y no puede haber nada más perfecto, excepto que después de decir esa frase me besa y mi mundo mejora un poco más.

Después de ducharnos y cambiarnos de ropa, Leo llama a la que, según él, es la mejor abogada de temas relacionados con la protección del honor y la intimidad en nuestro país y concierta una cita con ella para dentro de un par de horas. Ella le ha asegurado ya por teléfono que ni Fer ni el periódico ni las revistas tienen nada que hacer y que van a tener que retirar las publicaciones e indemnizarnos. Le cambia la voz mientras habla por teléfono y veo por primera vez al Leo que es capaz de dejar un juzgado en silencio y conseguir que un Consejo de Ministros le escuche y cambie una ley en cuestión de meses. Me parece muy sexi y, si no fuera porque antes de hablar con esa abogada he quedado con Álex, no dudaría en desnudarle allí mismo y demostrárselo.

Voy a ver sola a Álex, porque aunque Leo se ha ofrecido a acompañarme y estoy impaciente por que mis hermanos le conozcan mejor, ahora mismo quiero hablar con él a solas. Quiero saber cómo está y de camino a la cafetería donde hemos quedado cruzo los dedos por él. He recuperado mi fe en los finales felices y me parecería muy injusto que él no tuviera el suyo.

—¡Martina!

Álex me saluda desde la otra calle. Está más delgado, pero sonríe y un par de chicas que pasan por su lado se quedan embobadas mirándolo. Las entiendo perfectamente. Cuando los gemelos eran adolescentes e iban a la playa, se formaban corros a su alrededor para admirarlos.

—¡Álex! —Le abrazo con todas mis fuerzas y él me levanta del suelo como hace siempre.

—Me alegro mucho de verte. ¿Dónde está Leo? ¿Habéis tenido algún problema desde que habéis llegado?

—Ninguno. Leo está en su casa, hemos quedado con una abogada dentro de un rato, pero antes quería verte a ti. ¿Cómo estás?

—Bien. —Suelta el aliento—. Creo que estamos bien y que pronto estaremos mejor.

Sé a quién se refiere con ese plural y de nuevo le rodeo el cuello con los brazos.

—Me alegro mucho.

Entramos en la cafetería y pedimos unos cafés. Después Álex empieza a contarme.

—Acepté divorciarme de Sara.

Casi escupo el café.

—¿Qué has dicho?

El muy cretino sonríe y repite.

—Acepté divorciarme de Sara. Fui a la cita con el abogado tal como me pidió y firmé los papeles delante de ella en el mismo instante en que me los dio.

—¿Sara y tú os habéis divorciado? ¿Y estás contento?

—No exactamente. Y sí, creo que hace meses que no estaba tan contento.

—No entiendo nada.

—Le dije a Sara que no podía obligarla a seguir casada conmigo si ella no quería, igual que no la podía obligar a quererme o a querer un futuro conmigo.

Me imagino la escena y estoy segura de que, si había alguien más presente, como por ejemplo un abogado, se emocionó. La manera en que Álex habla de Sara es tan sincera que si no fuera porque yo tengo a Leo en mi vida sentiría envidia.

—¿Y qué pasó?

—Ella dijo que era mejor así, que las cosas nos irían mejor a cada uno por su lado y que así yo podría conocer a una chica con la que tener hijos. Le dije que eso era mentira y que dejase de decirlo, que no iba a pasar, pero firmé los papeles, me levanté, le di un beso y me fui. Ha sido lo más difícil que he hecho en mi vida.

—¿Y qué hizo Sara?

—Al principio nada. Cada día me despertaba con el corazón en un puño, convencido de que iba a recibir los papeles definitivos del divorcio firmados por ella y con el sello del juzgado. Y cada noche le enviaba un mensaje y ella lo leía y no contestaba.

—¿Puedo preguntar qué decía el mensaje?

Álex se encoge de hombros resignado.

—Que la quería, que me daba igual estar divorciados y que la única familia que quería formar era con ella.

—¡Oh, Álex!

—Pero seguí haciendo vida normal. Me obligué a ir al trabajo, a la piscina y a quedar con los amigos o con Marc, Guillermo o incluso Anthony si me lo pedían. No quería que Sara se enterase de que yo estaba hecho un desastre y que quisiera verme porque sentía lástima.

—Diría que es imposible sentir lástima por ti, Álex, pero vale, entiendo lo que quieres decir.

—Hace unas semanas recibí una oferta de empleo para trabajar en Estados Unidos. Hace años me ocupé de la compraventa de un hotel en San Francisco y al parecer le causé muy buena impresión al propietario.

—¿No fue entonces cuando conociste a Sara?

—Sí, exactamente. El señor Fairmont me llamó porque al parecer no está tan retirado como yo creía y está buscando un director para un pequeño hotel de lujo que ha abierto en California, en la zona de los viñedos.

—¿Vas a aceptar?

—No, no quiero vivir en Estados Unidos, pero reconozco que me halagó y que siempre me alegraré de haber recibido esa oferta.

—¿Por qué?

—Porque Sara se enteró y se plantó en casa echando humo por las orejas. —Álex no puede dejar de sonreír—. Me lanzó los papeles del divorcio al pecho y cuando me agaché para recogerlos vi que ella no los había firmado.

—¿Y qué hiciste?

—Digamos que aquí no puedo contártelo porque hay niños cerca.

—¡Álex!

—¿Qué? ¿Acaso me dirás que tú y Leo solo jugáis a las cartas? Después hablamos y Sara me contó lo triste que estaba y la rabia que sentía por lo que nos había pasado.

—¿Ahora ya estáis bien?

—Sí. Aún nos queda camino por recorrer, pero estamos bien. Vamos a adoptar; hemos empezado el proceso.

—Álex, ¡qué buena noticia! Me alegro muchísimo.

Pienso en Leo y en Leila de pequeños, en lo distinta que habría sido su vida si alguien como Álex y Sara les hubiese adoptado cuando llegaron al centro de acogida.

—Gracias. Sara está muy contenta, aunque prefiere ser cauta y de momento no decírselo a nadie. Tiene miedo de que las cosas vuelvan a salirnos mal, así que...

—Tranquilo, no se lo diré a nadie.

—Pero sigue guardando los papeles del divorcio que firmé. Dice que si algún día cree que soy desgraciado los firmará y los llevará al notario.

—¿Y eso te preocupa?

—Los primeros días sí, hasta que comprendí que no tengo nada de qué preocuparme porque Sara no me hará nunca desgraciado. Espero que algún día me los dé o los rompa delante de mí, pero puedo esperar. Si a ella le da tranquilidad tenerlos, a mí no me importa; sé que ninguno de los dos nos iremos a ninguna parte.

—Me alegro mucho de que hayas recuperado tu final feliz, Álex.

—Y yo de que tú tengas por fin el tuyo, porque Leo es eso, ¿no?, tu final feliz.

—Sí, lo es.

—¿Y cuándo podremos conocerle en persona?

—Pronto, pero antes, ¿puedo pedirte un favor?

—Claro, lo que tú quieras.

—¿Me acompañas a un sitio?

Álex me acompaña hasta la Diagonal y me deja frente al edificio donde se encuentran las oficinas del periódico donde trabaja Fer.

—¿Estás segura de que quieres entrar sola? ¿No quieres que suba contigo o que llamemos a Leo?

—No, gracias. Esto necesito hacerlo sola. Pero ¿puedes esperarme aquí y ayudarme si ves aparecer un coche de policía?

—No bromees con esto, Martina, que a mamá y a papá les da algo si tienen que sacarte del cuartelillo. Y no me imagino lo que me haría Leo; por lo que recuerdo de él y las fotos que he visto, tu chico parece un roble.

—Está bien, me contendré. ¿Me esperas aquí?

—Cuenta con ello.

Subo hasta la planta del periódico y saludo a la recepcionista, que, aunque me mira sorprendida, me deja pasar. No sé si lo hace porque se acuerda de mí de cuando salía con Leo o porque ayer mi foto ocupaba una página de la publicación para la que trabaja. No me cuesta encontrar la mesa de Fer y varias personas se levantan de sus cubículos a mi paso para ver adónde me dirijo.

—Hola, Fer.

Da tal salto al oír mi voz que tengo que contenerme para no reírme.

—Tina, ¿qué haces aquí? ¿Cómo has entrado?

—Por la puerta; yo hago las cosas a cara descubierta, no como tú.

Se cruza de brazos y me mira desafiante.

—¿Qué quieres?

—Nada, la verdad. Solo he venido a decirte que me parece lamentable lo que has hecho y que no has conseguido nada.

—Eso lo dirás tú.

Me encojo de hombros.

—Tal vez, aunque estoy segura de que después de las demandas que recibiréis tú y los medios a los que has vendido las fotos, se lo pensarán dos veces antes de contratarte de nuevo. En fin, tú sabrás por qué lo has hecho, pero te aseguro que, si con ello pretendías hacer daño a la carrera de Leo o a mí, no lo has conseguido. —Alargo la mano hacia un cuenco lleno de caramelos de menta y veo que el director del periódico se acerca—. ¡Ah, hola, Mateo! —Nos hemos visto varias veces y me acuerdo de él—. ¿Os importa que me lleve un par de caramelos? Gracias. Ya nos veremos. Yo de vosotros iría redactando la disculpa y retirando las fotos, os ahorraréis tiempo más adelante.

45

EL CIELO ES UN LUGAR EN LA TIERRA

Estos últimos meses he aprendido que no todos los finales felices tienen la misma forma y que no todos se consiguen de la misma manera. Y también que si vale la pena, un final no es un final, es un principio, un punto y seguido a partir del que empieza la verdadera historia.

La primera vez que conocí a Leo y me enamoré de él no tenía ni idea de lo complicada que puede llegar a ser la vida ni de que a veces, para ganar algo, hay que perder mucho durante el camino, o como mínimo aprender de nuestros errores y de los de los demás.

La segunda vez que le conocí, cuando acepté escribir su libro y viajar a Escocia, me enamoré de él de nuevo y esta vez para siempre.

No es lo mismo querer a alguien cuando no te ha sucedido nada, cuando no has tenido que pasarte años sin esa persona a tu lado, que quererla cuando ya has pasado por eso. Ahora sé que, aunque puedo vivir sin Leo, no hay manera de que sea feliz sin él.

Tengo el cuaderno en las rodillas y bajo el bolígrafo para escribir:

Grace está junto a la cama de Eddie cuando él parpadea y abre los ojos. Tarda unos segundos en reconocerla y, cuando lo hace, es como si el mundo brillase en su mirada.

—¿Grace?

—Hola, Eddie.

Ella le acaricia el rostro y aprieta los dedos que sujeta en su mano. No están tan fríos como hace días y, cuando él intenta hacer fuerza, una lágrima de alivio le resbala por la mejilla.

—No llores —le pide él.

Grace sonríe; es típico de Eddie despertar de un coma con exigencias.

—Voy a hacer lo que me dé la gana.

Eddie vuelve a cerrar los ojos y se pasa la lengua por los labios. Grace sabe que tiene que ir a buscar un médico, que debe avisar a alguien de que Eddie ha despertado, pero tiene miedo de soltarle. ¿Y si sus dedos, su presencia, son lo único que le retiene en este mundo? ¿Y si cuando regresa él ha vuelto a llevarse el corazón de ella a ese lugar donde nadie puede encontrarle?

—Tengo miedo de volver a abrir los ojos —dice entonces él con la voz ronca y dolorida por el tiempo que no la ha usado.

—¿Por qué? ¿Te duelen?

Grace intenta levantarse; tiene que ir llamar a un médico ahora mismo. No soporta la idea de que Eddie esté sufriendo.

—No. —Respira, pues necesita todas sus fuerzas para decir lo que está pensando—. Tengo miedo de que cuando lo haga no estés a mi lado.

—¡Oh, Eddie! —Grace se sienta, ahora en la cama, con cuidado de no hacerle daño—. Estaré. Te lo prometo.

—Más te vale.

Grace se agacha y le da un suave beso en los labios agrietados y corre hacia el pasillo en busca de un médico. Eddie ha despertado, pero aún le falta mucho para ponerse bien.

El médico y ella regresan al dormitorio. Eddie vuelve a despertarse y lo primero que hace es buscar a Grace con la mirada. Tiempo más tarde, después de que varios médicos le hayan visitado, auscultado, pinchado y hecho varias pruebas, vuelven a estar solos en la pequeña habitación del hospital.

—Siento no haber quitado tu nombre de la lista de contactos —empieza Eddie—. Te puse allí hace años y después me olvidé de cambiarlo. Gracias por haber venido y por haber estado aquí todos estos días. Podía oírte, ¿sabes?

Grace no sabe qué hacer. Eddie no la mira, mantiene los ojos fijos en la raya azul de la sábana con el logo del hospital y parece decidido a despedirse de ella. Pero ya han pasado por eso, ya se han dicho adiós demasiadas veces y después de estas semanas ella no va a irse sin más.

—¿Te arrepientes?

—¿De qué? —dice él.

—De no haber quitado mi nombre de la lista de contactos en caso de emergencia.

Leo me salpica, agacha la cabeza para acercarse a mí y sacude el pelo como si fuera un niño de ocho años para mojarme.

—¡Eh, para! —le pido riendo—. Vas a estropearme el final de la novela.

—No me puedo creer que estés escribiendo en la playa. Tus hermanas y tus cuñadas acaban de darnos una paliza jugando a vóley, claro que han lanzado a los niños en contra nuestra. Son su arma secreta.

—Lo que pasa es que juegan mejor que vosotros. —Tiro de la tira de su bañador para que se acerque y volver a besarlo—. Sabes a sal, me gusta.

—¡Joder, Martina, no hagas eso! —me riñe cuando me paso la lengua por los labios—. Toda tu familia está aquí y ahora que por fin les gusto no quiero que me rompan la cara.

—No lo harán, tranquilo.

—Lo harán si te llevo al agua para follarte mientras están todos delante.

—Leo...

—No, vamos, distráeme. —Se sienta a mi lado—. Esto es culpa tuya —señala su erección—, así que tienes que ayudarme. ¿Qué estabas escribiendo?

—La escena final de la novela. ¿Quieres leerla?

—Ahora mismo preferiría llevarte a casa y arrancarte el bikini con los dientes para lamerte entera, pero leeré lo que has escrito. ¿Te he contado alguna vez lo loco que me volvían los bikinis que llevabas ese verano?

—No, pero cuéntamelo cuando termines de leer esto.

Le paso el cuaderno y espero mientras lee con atención. Cuando termina deja la libreta con cuidado en el cesto donde está también nuestra ropa y me pregunta:

—¿Tú te arrepientes?

—¿De qué?

—De haber aceptado el encargo de la editorial y haber viajado a Escocia.

—No, por supuesto que no. ¿Y tú? ¿Te arrepientes?

—¿De haber chantajeado a la editorial para que te contratasen a ti y no a otro escritor? Jamás.

Sonrío y sacudo la cabeza.

—No, me refiero a si te arrepientes de lo que pasó hace años, de haberme dejado aquel verano. Si pudieras, ¿cambiarías algo de tu pasado?

No es la primera vez que pienso algo así; a menudo me pregunto cómo sería Leo si Leila no hubiese muerto de esa manera, si en vez de eso Simón hubiera aparecido antes y hubiese podido acoger a los dos hermanos. También me pregunto qué clase de hombre sería ahora si aquel día no hubiese estado ayudando a matricular a los nuevos alumnos de Derecho y qué clase de persona sería yo si él no hubiese estado allí. En mi caso, sé que escribiría, de eso estoy segura, pero ¿qué clase de libros? ¿Qué clase de juez sería ahora Leo si no me hubiera conocido aquel día?

Él suelta el aliento y desvía la mirada hacia el mar, donde siguen jugando algunos de mis hermanos y varias de mis sobrinas. No sé si se está imaginando esa clase de futuro para nosotros, todavía no hemos hablado de eso, o si ahora que nos conoce a todos quiere salir corriendo. A tientas busca mi mano y la levanta de la toalla para besarla. Es el brazo donde llevo sus pulseras, las nueve que me habría regalado, una por Navidad, si hubiésemos estado juntos.

Tal vez teníamos que perdernos durante tanto tiempo para que nuestra historia tuviera sentido. Entonces se gira hacia mí y lleva la otra mano a mi nuca para tirar de mí y besarme sin importarle que mi familia esté también en la playa.

—Si pudiera cambiar algo de mi vida, si por algún milagro pudiera eliminar el momento más doloroso que he vivido, no lo haría. No haría nada que pudiera poner en peligro estar hoy aquí contigo.

Soy yo la que ahora necesita besarle. Atrapo sus labios y le sujeto el rostro con las manos porque para mí no hay nadie más increíble que él.

—¡Eh, chicos! —La voz de Marc nos interrumpe y me planteo ahogarle en el mar y hacer desaparecer su cadáver. Lástima que Martí y Álex, sus hijos gemelos, me caigan demasiado bien para hacerlo—. Vamos a comer algo en El Cielo, ¿os animáis?

Leo me guiña el ojo y sonríe.

—Claro, danos un minuto —responde él.

—Eres un cretino, Marc. —Me pongo en pie para perseguirle hacia el agua—. Ya verás quién se queda con los gemelos la próxima vez que quieras ir de fin de semana romántico con Olivia.

Marc se ríe a carcajadas y acelera el paso.

—¡Álex, Guillermo, ayudadme! ¡Se ha vuelto loca! ¡Mamá, haz algo, Martina quiere ahogarme!

—Tú te lo has buscado —responde mi madre doblando una toalla—. No tardéis; Carmen nos ha guardado la mesa para dentro de diez minutos.

—¡Auxilio! —Marc se está partiendo de risa—. ¡Leo, ayúdame, o le cuento lo de los pendientes!

—¿Qué pendientes?

Leo se pone en pie y corre detrás de mí hasta atraparme y lanzarse al agua conmigo en brazos.

—Eres un traidor —le digo apartándome el pelo mojado de la cara cuando saco la cabeza del agua.

Leo no se inmuta por el insulto y me besa con locura.

—No voy a perdonarte —insisto.

Vuelve a besarme y desliza una mano bajo el agua para sujetarme por las nalgas y pegarme a él.

—Vale, me parece bien, así voy a tener que hacer méritos hasta conseguir que cambies de opinión.

Me lame el cuello y mueve la mano por debajo de la tela del bikini.

—Leo —suspiro—, ¿qué es eso de los pendientes que ha dicho Marc?

—Hace unos años —empieza a contarme entre beso y beso y sin dejar de tocarme bajo el agua—, tu hermano me llamó para decirme que te habías olvidado unos pendientes en mi casa y que tenía que devolvértelos porque los necesitabas para una boda.

—¡Oh, Dios mío! —gimo y oculto el rostro en el cuello de Leo. El agua del mar me quema en la piel y las manos de él me están arrebatando el sentido.

—Eran los pendientes que llevabas la noche que fuimos al concierto del Palau; te los olvidaste al día siguiente. Fue la primera y única vez que te quedaste a pasar la noche en mi piso.

—Me acuerdo. ¿Y qué le dijiste a mi hermano?

Leo enreda una mano en el extremo de mi melena y tira hacia atrás con cuidado para que tenga que mirarle.

—¿Qué crees que le dije?

Tiene las pupilas tan dilatadas como las mías y a los dos hace rato que ha dejado de importarnos que haya más gente en la playa.

—No lo sé. —Me acerco a él y le muerdo el labio consiguiendo que él apriete los dedos en mis nalgas y aparte la tela del bikini y de su bañador para deslizar después su erección dentro de mí.

—¡Joder, Martina! No te muevas o además de correrme tus herma-nos vendrán a matarme. No te muevas. Por favor.

—Está bien, lo intentaré.

Él tiene los pies firmes bajo el agua, su cuerpo desprende tensión y yo me pego a su torso para besarle. Son besos con sabor a sal y a crema solar, llenos de deseo y de sueños, de todo lo que está por venir. Le acaricio el pelo mientras le devoro con la boca y confieso que son-río cuando él clava los dedos en mi espalda para decirme que me comporte, que está a punto de perder el control.

Interrumpo el beso para lamerle la sal de la barbilla y después dirigirme a su oreja.

—Dime qué pasó con los pendientes —susurro mordiéndole el ló-bulo.

—¡Joder, Martina! Pues le dije que no pensaba devolvértelos a no ser que volvieras a ponértelos para mí.

Le premio con un beso.

—¿Y qué dijo mi hermano?

Leo enarca una ceja y mueve las caderas bajo el agua.

—No tengo ni idea. Le colgué.

—¿Y todavía los tienes?

Leo me sujeta por la cintura con una mano y la otra la lleva deba-jo de la parte superior del bikini para torturarme.

—Claro que los tengo; lo tengo todo de ti.

—Leo.

Me estremezco igual que las olas, el agua me quema en la piel y lo único que evita que me ahogue en tanto placer son sus labios.

—Vamos, cariño, dame algo más. Deja que te vea.

Abro los ojos y busco los de Leo para que vea lo que está hacién-dome, lo que solo él consigue con sus besos y caricias, con su sonrisa y con su presencia.

—Te quiero, Leo.

—¡Dios, Martina! —farfulla antes de besarme y de correrse—. ¡Jo-der!

Segundos más tarde los dos abrimos los ojos y nos besamos despacio. Él me suelta con cuidado y me pasa las manos por el pelo para acariciarme.

Mi familia nos espera en el chiringuito de Carmen y Albert, pero no tenemos prisa para unirnos a ellos. Sé que estarán allí cuando salgamos del agua.

—¿Vamos? —le digo a Leo.

Él me da la mano, pero en vez de nadar hacia la orilla tira de mí para besar las pulseras y volver a sujetarme en brazos.

—Iba a esperar a que fuera tu cumpleaños o a que tu novela saliera publicada o a que saliera nuestro libro ahora en septiembre. Quería esperar al momento perfecto.

—¿Perfecto para qué?

—Para pedirte que estemos juntos para siempre.

—¡Oh, Leo!

—Sé que hace poco que volvemos a estar juntos, pero llevas años metida en mi corazón y no puedo más. No puedo vivir sin ti, esa es la verdad. No hay manera. Y aunque la hubiera no quiero buscarla, no quiero volver a recuperarme de ti, quiero estar contigo para siempre.

—Tú también llevas años metido aquí dentro. —Coloco nuestras manos encima de mi corazón—. Y también quiero estar contigo para siempre. No existe un momento más perfecto que este, Leo. No esperemos más.

—¡Martina, Leo! ¡Os estamos esperando! —Gabriel nos grita desde la orilla.

Leo sonríe y tira de mí hacia allí.

—¿Por qué sonríes? Que sepas que seguro que saben qué hemos estado haciendo en el agua y ahora van a tomarnos el pelo. No estás preparado para eso.

—Créeme, cariño, lo estoy. Llevo años preparándome para este momento.

—¿En serio? Tú estás peor de lo que creía; mi familia es un caso aparte.

Estamos en la arena, secándonos un poco antes de entrar en El Cielo. Leo se agacha para darme un beso largo y que hace que me dé vueltas la cabeza.

—En serio.

Efectivamente cuando entramos todos mis hermanos nos vitorean y se ríen de nosotros. Leo aguanta con estoicismo y deja que le tomen el pelo, aunque devuelve más de un comentario, consiguiendo que todos se rían. Lo cierto es que parece uno más, como si llevase mucho tiempo entre nosotros.

—¿Puedo decir algo? —digo de repente golpeando una copa con un tenedor como en las bodas. Esto del amor me ha convertido en una idiota—. Por fin lo entiendo.

Todos me miran.

—¿El qué? —pregunta mi padre.

—Una cosa que nos contó Anthony hace semanas, algo que le había dicho Guillermo el día que se casó con Emma.

—Ya estamos otra vez —se queja Guillermo.

—¡Oh, vamos! No pasa nada. —Se ríe Ágata—. Ya va siendo hora de que el mundo entero sepa que eres el más romántico de todos.

—Discrepo —dice Álex—; Sara es la más romántica. Ella es la reina de los grandes gestos.

—Cállate, cielo —le riñe Sara—, y deja terminar a Martina o eso que te he prometido antes pasará a la historia.

Le pellizca el trasero y todos nos reímos.

—Está bien —accede Álex—, me callo, pero no pienso retractarme. Tú eres la más romántica, aunque Gabriel tampoco está mal.

—¿Qué dijo Guillermo? —pregunta mi madre—. Deduzco que fuera lo que fuese hizo entrar en razón a Anthony.

—Querida suegra —dice Anthony—, sabes que habría entrado en razón de todos modos, es imposible que hubiera podido pasar un día más sin mi Helena.

Un coro de «¡Ooohs!» y «¡Aaahs!» secundan a Anthony.

—¿Vais a dejarme hablar o no? —les digo y antes de seguir busco la mano de Leo encima de la mesa y enredo nuestros dedos—. Por fin he entendido eso de que cuando encuentras a la persona que te llena los vacíos del alma no debes dejarla ir. Leo es esa persona para mí y no os podéis imaginar lo feliz que me hace que hoy esté aquí con nosotros.

Leo suelta un taco en voz muy baja, probablemente porque mis padres están delante, y tira de mí hasta que quedo sentada en su regazo y me besa delante de todos.

Vuelven los vítores y silbidos, pero nos tomamos nuestro tiempo.

—Te quiero —susurra él pegado a mis labios.

Los demás obviamente le oyen y empiezan a gritar:

—¡Yo también te quiero, Leo! —grita Álex.

—Y yo —dice Helena.

—Yo te adoro —añade Ágata riéndose después de dar un beso a Gabriel.

Mis sobrinas se abalanzan sobre Leo para besarle y colgarse de su cuello, sus brazos y sus piernas mientras le profesan su amor eterno.

—Está bien, está bien. —Mi padre intenta poner orden—. Todos queremos a Leo. ¿Podemos pedir ya? Tengo hambre y me imagino que Carmen y Albert tendrán que cerrar en algún momento.

—Iré a la cocina a ayudar —digo levantándome de la mesa porque ha empezado el caos sobre cuántas raciones de calamares pedimos o si queremos o no croquetas.

—Espera, voy contigo —dice Leo.

En la cocina, Carmen y Albert nos abrazan y nos dicen que ya era hora que entrásemos en razón. Después, Leo se pone un delantal y yo otro y les ayudamos.

—Todavía estás a tiempo de huir —le digo guiñándole un ojo.

Él se agacha para besarme.

—¡Qué va! Yo me quedo contigo para siempre.

46

SEIS HIJOS, NO SÉ CUÁNTOS NIETOS Y UNA BODA

Un año más tarde.
Playa de Arenys de Mar

—Estás preciosa.

—Lo que estoy es muy nerviosa —respondo a Sara, que es la única que se ha atrevido a quedarse conmigo mientras acabo de vestirme.

—Me lo imagino —se ríe—, pero también estás preciosa. A Leo se le desencajará la mandíbula cuando te vea.

—¡Mamá, mamá, mamiiii! —Un pequeño terremoto entra corriendo en la habitación y se lanza a los brazos de Sara con la certeza de que ella la interceptará en el aire.

Sara, obviamente, no falla y segundos después las dos están dando vueltas como posesas delante de mí.

—¿Qué pasa, Lupe?

—Papá y Max dicen que no puedo estar aquí contigo porque estás haciendo cosas de mayores con Martina y seguro que yo rompería algo, pero les he dicho que se equivocan. ¿A que es verdad? ¿A que puedo estar aquí con vosotras y no romperé nada?

—Yo no he dicho que fueras a romper nada —aparece Álex, que está impresionante. Si Leo está tan guapo, será a mí a quien se le desencajará la mandíbula—. Lo siento, cielo. —Se agacha para dar un beso a Sara y para levantar en brazos a Lupe.

—No pasa nada, ¿dónde está Max?

—No preguntes, se lo ha llevado Guillermo para enseñarle algo de nuestra infancia que seguro me hará quedar mal.

Sara sonríe y ahora es ella la que tira de mi hermano para darle un beso.

—Eso es imposible, Max te adora.

—Sí, bueno, mi padre lleva días amenazándome con contarle no sé qué batallita. Las bodas siempre han sacado su lado más melodramático y eso de casar a su última hija no lo lleva nada bien. Ya verás como después de esta adoptan un mono.

—¿Un mono? —Lupe se ríe.

—¡Ah, no! Me he equivocado, que mono ya tenemos uno en esta familia —responde Álex, haciéndole cosquillas.

—¡Yo no soy un mono!

—Perdón, tienes razón, eres la niña más bonita y lista del mundo. Es que a veces me confundo cuando te veo saltar así de un lado a otro. ¿Vas a quedarte quieta con papá durante un rato? Martina tiene que acabar de vestirse si no queremos que Leo sufra un infarto.

Abro los ojos ante el último comentario. ¿De verdad está tan nervioso?

—Me quedo contigo con una condición. Marc me ha enseñado a *negotar* —dice Lupe con una sonrisa de oreja a oreja.

—¿Marc te ha enseñado qué?

—A negociar —le explico y por la cara de Álex deduzco que quiere estrangular a su gemelo.

—¿Y con qué quieres negociar? —Mi hermano mira embobado a su hija.

—Me quedaré contigo si me llevas en brazos todo el rato.

—Hecho.

Álex le da un beso a Lupe en la nariz y después se agacha para dar otro en los labios a Sara. Antes de irse se acerca a mí y también recibo uno, pero en la mejilla.

—Estás preciosa, hermanita. Me alegro mucho por ti.

—Gracias y ahora vete antes de que me ponga a llorar y eche a perder el maquillaje.

Álex se va corriendo y Sara se acerca a ponerme bien el pelo.

—Estoy tan contenta de que tengáis a Lupe y a Max ya con vosotros.

—Nosotros también; sin Leo todo habría sido más difícil. —Me da un abrazo—. Y sin ti también. Gracias por cuidar de Álex cuando yo no podía.

—De nada, sabía que una historia como la vuestra no podía acabar mal.

—Pues podrías haberme avisado —bromea secándose una lágrima—, porque yo no lo tenía tan claro.

—Suele verse más claro desde fuera. Yo estaba convencida de que la mía con Leo estaba muerta y enterrada y mírame ahora.

—¿Estás lista para salir?

—Impaciente.

—Pues voy a buscar a tu padre. —Sara se dirige a la puerta, pero se detiene antes de abrirla—. ¿Sabes una cosa?

—¿Qué?

—Sé que me he perdido parte de tu historia con Leo pero es imposible que alguien que te mira como Leo te mira a ti haya dejado de quererte ni por un segundo. Tal vez pasasteis años sin veros, saliendo con otras personas, haciendo otras cosas, pero eso no significa que él no te quisiera. Hay amores que no dependen de si las cosas van bien o si son convenientes o fáciles, que resisten pase lo que pase y el que os tenéis vosotros es de esos.

—Gracias —balbuceo, emocionada. Voy a llegar hecha un flan al altar, bueno, a El Cielo, que es donde Leo me está esperando con mi familia.

—Si yo no sintiera lo mismo por tu hermano tal vez no podría reconocerlo, pero créeme, Leo te quiere de esta manera, sin importarle nada más.

—¡Oh, Sara! —Me rindo y la abrazo, a la porra con el maquillaje—. Te hemos echado tanto de menos este tiempo...

—Y yo a vosotros. Vamos, tenemos que dejar de llorar. Voy a buscar a tu padre antes de que la líe con Max.

—De acuerdo.

Max y Lupe son los hijos adoptivos de Sara y Álex, ellos dos son hermanos biológicos y se llevan seis años, lo que significa que Max tiene diez y Lupe cuatro, y que Max llegó con una mochila bastante llena de problemas. Pero Sara y Álex están a su lado siempre, igual que hizo Simón con Leo, y la verdad es que es como si Lupe y Max siempre hubiesen formado parte de nuestra familia.

—¿Estás lista, Martina? —pregunta papá desde la puerta.

—Sí, ¿vamos? —le ofrezco el brazo.

—Vamos.

Entramos en el coche, donde Marc nos está esperando porque ha sido elegido para hacer las veces de conductor y, citando palabras textuales de mi madre, «evitar que papá entre en El Cielo hecho un drama». De momento vamos bien, creo.

Este último año ha sido de los más intensos y maravillosos que he vivido nunca. *Justicia menor* se publicó y nadie se acordaba ya de las fotos que Fer nos había hecho cuando estábamos en Escocia ni del divorcio de Leo; noticia que también destapó una revista de cotilleos. Para sorpresa de todos, fue Belén la primera que les plantó cara y les dijo que no se metieran en su vida, que ahora era feliz con su novia. Leo ha decidido donar las ganancias que genere *Justicia menor* a distintos centros de acogida y la verdad es que me parece una idea maravillosa.

Mi novela, *El amor que te llevas*, salió publicada hace una semana, así que todavía es pronto para saber si funcionará o no, pero esta vez estoy viviendo el momento con Leo y me siento tan afortunada que no me atrevo a pedir más. Quiero que sea un éxito, sería absurdo no desear algo así, pero lo mejor es que estoy muy orgullosa de la historia de Grace y Eddie y del final feliz que he escrito para ellos.

—¿En qué estás pensando? —me pregunta papá.

—En la suerte que tengo.

Él sonríe.

—Martina, ten cuidado —me advierte Marc desde el volante—, ya sabes que papá es de lágrima fácil y mamá nos despelleja si llega hecho un desastre.

—Cállate, Marc. Lo tengo todo bajo control —nos asegura papá—. Además, tú lloraste en tu boda si no me falla la memoria.

—Se me metió algo en el ojo.

—Sí, claro.

—Está bien, lo reconozco, lloré un poco. ¿Quién puede culparme? Nunca pensé que pudiera encontrar a alguien que me quisiera tanto como Millán.

—Eh, para, que vas a hacerme llorar y yo llevo rímel —le riño—. ¿Sabéis una cosa?

—¿Qué? —preguntan al unísono.

—Nunca he escrito sobre una boda —respondo—. Es una escena que no me gusta, sale demasiada gente y en el fondo es aburrida.

—Pues yo no estoy de acuerdo —dice papá—. Es el epílogo perfecto. Y no todas las bodas son aburridas. Mira esta, por ejemplo.

Me quedo pensándolo, pero Marc detiene el coche antes de que pueda responder.

—Ya hemos llegado.

Él baja a abrirme la puerta, pero en cuanto lo hace todos mis sobrinos aparecen en tropel para ayudarme con el vestido (que no necesita ayuda porque no llevo cola ni nada parecido) y con las flores. Frente a El Cielo veo a mis hermanos charlando entre ellos y con sus parejas, felices, sonrientes. Creo que empiezo a entender lo que ha dicho papá hace un segundo.

—¡Eh, Martina! —me saluda Helena, que ahora está junto a Sara, quien también ha llegado—. Vamos, que se está haciendo tarde.

—Ya voy —me rio—, ya voy. ¿Qué me decís, tropa, me acompañáis?

Mis sobrinas y sobrinos vitorean un «sí» y nos ponemos en marcha junto con papá, que efectivamente está llorando.

Dentro de El Cielo están nuestros amigos, el oficial del juzgado que va a oficiar la boda, y mis hermanos, que han entrado justo antes que yo.

Y Leo.

Leo, que no se espera a que me acerque a él, sino que camina decidido hacia mí para besarme.

—Hola —susurra al apartarse—. Estás preciosa.

—Hola. ¿Me estabas esperando?

Sonríe de oreja a oreja.

—Toda la vida.

—Pues ya he llegado.

—Me he dado cuenta. —Mira a mi alrededor—. Y no pienso dejarte escapar, pero antes tengo una sorpresa.

—¿Una sorpresa?

—No es nada. —Se mete la mano en el bolsillo del pantalón y saca una cajita—. Ábrela.

Lo hago y dentro hay una pulsera de la que cuelga una ola.

—¿Es una ola?

—Sí.

—Es preciosa, Leo —le digo emocionada.

—El día que nos conocimos me llevaste a pasear a la playa y me dijiste que ese trozo de mar era nuestro durante unos segundos. Nadie me había dicho nunca algo así. Nadie me había dado nunca nada y tú en ese instante me diste el mar. Era imposible que no me enamorase de ti, mi mar, mi Martina.

—¡Oh, Leo! Yo...

—Te quiero. ¿Quieres que te ponga la pulsera?

—Claro.

Le tiendo la muñeca izquierda, donde llevo las pulseras que me ha regalado él.

—¡Eh, chicos! ¿Os casáis o qué? —pregunta Ágata.

—Sí, ahora, un momento —le contesto y miro a Leo por entre las lágrimas de felicidad—. Te quiero.

Él sonríe y me besa para después apartarse y volver a su sitio frente al oficial.

Mi padre termina de acompañarme por el breve pasillo y cuando llego delante, Leo me da otro beso y mis hermanos se ponen a silbar. Es la boda más ridícula a la que he asistido nunca y la más bonita. La ceremonia es breve, el oficial cumple con los requisitos legales y después Leo y yo nos ponemos los anillos.

Entonces estalla el caos, música, confeti, pétalos de rosas, y creo que fuera he oído algún que otro petardo.

Horas más tarde, Leo y yo estamos sentados en la arena. Llevo la americana de él sobre los hombros y nuestros zapatos están a un lado.

—¿Quieres irte ya? —me pregunta dándome un beso en la frente.

—¿Podemos quedarnos a ver salir el sol?

—Claro.

Dentro de dos días nos vamos a Escocia, solo podemos quedarnos una semana porque Leo vuelve al juzgado y yo estoy escribiendo mi tercera novela y promocionando la segunda, pero los dos tenemos muchas ganas de ir.

—Mira. —Leo hunde los pies en la arena—. Aquí no llega el mar, así que este trozo de arena no puede llevárselo.

—¿Qué? ¿De qué estás hablando?

—Este trozo —dibuja un círculo alrededor de los dos, tiene que contorsionarse un poco, pero al final consigue cerrarlo—. Este trozo es nuestro para siempre.

Sonrío como una boba y le beso.

—Tienes razón, nuestro para siempre.

NOTA DE LA AUTORA

Escribí la primera novela de los hermanos Martí, *Nadie como tú*, en el 2006 y si todo hubiera salido según lo previsto habría escrito *No hay manera* en el 2011. No lo hice. Nada, o casi nada, salió según lo previsto y cuando llegó el momento de Martina no pude escribir su historia y después, años más tarde, tuve miedo de hacerlo.

Esa es la pura verdad.

Creo que un escritor, y más si escribe literatura romántica, debe poner su corazón, o como mínimo parte de él, en las historias que crea y el mío en ese momento estaba pasando por un mal momento. Tal vez habría podido obligarme a escribir la novela y tal vez alguna editorial la habría publicado, quién sabe, pero no pude y no quise hacerlo. Prefería que Martina se quedase sin historia a escribir una que no tuviera alma. Y cuantos más años pasaban más miedo me daba enfrentarme a ella.

Pero no todo ha sido malo, estos años me han servido para aprender y también han servido para que Martina y Leo crecieran en mi cabeza porque, si bien es cierto que no escribía su historia, también lo es que siempre han estado presentes aquí dentro, dando vueltas y susurrándome todo lo que querían que les sucediera.

No os miento si os digo que en mi ordenador el archivo de esta novela es de los más antiguos y también de los más largos porque tiene no sé cuántos principios y finales distintos y una larguísima lista de ideas. Alguna me la he guardado para otra historia porque si algo he aprendido en este tiempo es que todo lo que escribes algún día sirve para algo, aunque sea para darte cuenta de que es una idea pésima o un giro que no tiene ni pies ni cabeza.

Si tuviera que decir cuándo empecé a escribir No HAY MANERA en serio, diría que fue meses después de publicar *Herbarium. Las flores de Gideon* con Titania. *Herbarium* cambió mi manera de ver el mundo editorial y me dio el regalo de conocer a Esther Sanz, la editora del sello y responsable directa de que me haya atrevido a publicar de nuevo la serie de los hermanos Martí y a escribir la historia que faltaba, esta que tienes ahora en las manos.

Esther, además de tener un talento inagotable, es de esas personas que siempre ve el bien en los demás, algo que le envidio profundamente, y confía en el poder de las historias. Sigue su intuición como nadie y cuando cree en ti acabas convencido de que eres capaz de escribir lo que quieras: algo que, en mi opinión, deberían hacer todos los editores, pero que es menos frecuente de lo que parece. Así que gracias, Esther, por haberme recordado que los Martí son especiales y por haberme dado la oportunidad de publicarlos de nuevo y mejor, y escribir la historia de Martina tal y como necesitaba.

La novela que acabas de leer es la más íntima y sincera que he escrito nunca. Gracias por elegirla y si eres de las lectoras o lectores que llevan años esperando a Martina, infinitas gracias por la paciencia. No hay suficientes palabras para expresar la gratitud que siento por todas las veces que alguien me ha preguntado por esta novela, aunque fuera para reñirme y decirme que estaban cansados de esperar que la publicase. Sin vosotros os aseguro que No HAY MANERA no existiría.

Ojalá pudiera incluir en esta nota el nombre de todas las personas que he conocido a lo largo de estos años y que me han inspirado y ayudado a seguir adelante. Tengo la suerte de haber conocido grandes personas, escritoras increíbles que ahora son amigas y blogueras con las que he compartido momentos increíbles. No puedo mencionarlas a todas, pero aquí quiero dar las gracias a Sara Lectora, Patricia Marín, Noe Miss Ginesta, y Aurora, de la librería Maite Libros, por haber leído No HAY MANERA antes de que se publicase y haber sido tan generosas con sus palabras sobre esta historia.

No puedo cerrar esta nota sin mencionar a mis padres y a mis hermanos. La serie de los hermanos Martí no está basada en mi familia, al menos eso es lo que digo siempre, pero no es del todo verdad. Los Martí son seis hermanos y nosotros también, dos de mis hermanos son gemelos, pero no idénticos como Marc y Álex, y también tengo una hermana que es diseñadora gráfica como Ágata, aunque ella no es la mayor, lo soy yo. Podría seguir y seguir, pero supongo que os chafaría varias sorpresas de la serie si no la habéis leído entera y no quiero hacerlo. Quiero que la leáis y que después salgáis a buscar más libros de literatura romántica y os paséis años leyendo historias que aceleran el corazón y dejan al lector con una sonrisa en los labios. Como lectora que soy, formar parte de este grupo de lectores es una de las mejores cosas que me ha pasado en la vida.

Gracias Marina, Maria, Guillem, Josep y Júlia por ser los hermanos más caóticos y complicados que alguien puede tener y por hacer que la vida a vuestro lado sea más divertida e interesante de lo que sería recomendable para cualquiera. Os quiero mucho. Y gracias a nuestros padres por cometer la locura de tener tantos hijos y dejarnos campar a nuestras anchas y crecer con la cabeza llenas de pájaros. La próxima vez que alguien venga a casa y nos diga que tenemos que filmar un *reality* deberíamos planteárnoslo en serio.

Y ya puestos a desnudar el alma, quiero dar las gracias a Marc por estar a mi lado, por leer mis historias desde el primer día y por decirme que si quería ser escritora lo único que tenía que hacer era ponerme a escribir. Y gracias por no hacerme encajar en ningún molde ni encajar tú en ninguno, por jugar con mis hermanos pequeños desde siempre y por cuidar de todos desde el principio.

Este último párrafo lo reservo para Àgata y Olívia. Puedo decir que sois lo que más quiero en este mundo y que sin vosotras nada de esto valdría la pena. Recuerdo una noche cuando estaba escribiendo *A fuego lento*, la segunda novela de la serie, y Àgata justo acababa de aprender a caminar y lo que más le gustaba del mundo era sentarse detrás de mi silla y tirar al suelo las novelas que había en la estantería. Su sección favorita era la de romántica, supongo que los colores de las cubiertas captaban su atención, pero ahora que es mayor y una gran lectora, sigue siendo el género que más le gusta. Y es la lectora más exigente que existe. Olívia todavía está enfadada porque ninguno de los Martí se llama como ella y yo le digo que es porque ella llegó justo al final de esa etapa, cuando Marc y yo creíamos que sería imposible tenerla. Su condición para perdonarme por mi error de cálculo es que escriba una serie de libros con una protagonista que se llame Olivia y, a poder ser, que sean libros de aventuras con alguna que otra ilustración y que pueda leer ya mismo. Haré lo posible para conseguirlo. Gracias por ser una inspiración constante, aunque a veces no me dejéis concentrarme, y por ser la mejor parte de mi corazón. Y la más grande.

¿TE GUSTÓ ESTE LIBRO?

escríbenos y
cuéntanos tu opinión en

f /Sellotitania 🐦 /@Titania_ed

📷 /titania.ed

#SíSoyRomántica